ANNE LÜCK

DAS ST. ALEX

Tagmond

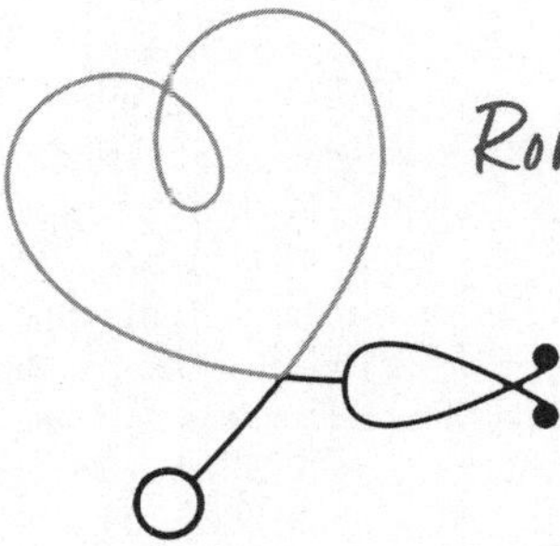

Roman

KNAUR

Besuchen Sie uns im Internet:
www.knaur.de

Aus Verantwortung für die Umwelt hat sich die Verlagsgruppe Droemer Knaur zu einer nachhaltigen Buchproduktion verpflichtet. Der bewusste Umgang mit unseren Ressourcen, der Schutz unseres Klimas und der Natur gehören zu unseren obersten Unternehmenszielen. Gemeinsam mit unseren Partnern und Lieferanten setzen wir uns für eine klimaneutrale Buchproduktion ein, die den Erwerb von Klimazertifikaten zur Kompensation des CO_2-Ausstoßes einschließt. Weitere Informationen finden Sie unter: www.klimaneutralerverlag.de

FSC www.fsc.org MIX Papier | Fördert gute Waldnutzung FSC® C083411

Originalausgabe Dezember 2022
Knaur Taschenbuch

Ein Imprint der Verlagsgruppe
Droemer Knaur GmbH & Co. KG, München

Redaktion: Michelle Stöger
Covergestaltung: SO YEAH DESIGN, Gabi Braun
Coverabbildung: © Collage unter Verwendung von Motiven von shutterstock.com
Illustrationen im Innenteil von Shutterstock.com:
Ihor Biliavskyi/ (EKG), CRStocker (Stethoskop), surachet khamsuk (Glitzerfont) und Cosmic_Design (Emoji)
Satz: Adobe InDesign im Verlag
Druck und Bindung: CPI books GmbH, Leck
ISBN 978-3-426-52895-2

2 4 5 3 1

Für Natascha, die von Anfang an dabei war, mich unterstützt und gefeiert hat – und bei der ich nicht widerstehen konnte, ihr einen Auftritt in meinem Buch zu geben. Ich bin sicher, du wirst die großartigste Ärztin für deine zukünftigen Patienten.

Kapitel 1

Die Decke kam näher.

Je länger ich den Kopf leicht in den Nacken gelegt hatte und nach oben starrte, desto sicherer war ich mir. Die graue Raufasertapete wurde vor meinen Augen dunkler, klarer, ich konnte immer mehr Details sehen. Vielleicht lag es an dem Geruch der vielen Kerzen im Raum, der mir den Kopf vernebelte. Vielleicht lag es aber auch daran, dass die Kapelle im Sankt Alex eigentlich viel zu klein war für so viele Menschen und die anderen mir den Sauerstoff wegatmeten. Nur kurz ließ ich meinen Blick über die Menge schweifen, über die Krankenschwestern, die entweder gerade im Dienst waren oder diesen für heute bereits beendet hatten, über die Ärzte in ihren Kitteln, die Psychologen und dann … die Eltern. Sarahs Eltern. Sie standen ganz abseits, nicht wie die anderen um den kleinen runden Tisch versammelt, der in der Mitte der kleinen Kapelle stand. Ihr Vater hatte einen Arm um seine Frau gelegt und sie verschwand beinahe darin, weil sie so schmal und klein war. Noch schmaler als damals, als Sarah auf unsere Station gekommen war. Noch blasser. Noch verzweifelter.

Ich blickte wieder nach oben und fokussierte mit den Augen die Faserung der Decke. Mein Herz raste in meiner Brust, egal, wie viele von den Lampen ich zählte. Egal, wie sehr ich versuchte, mich nur auf meinen Atem zu konzentrieren. Mein Mund war staubtrocken, meine Handinnenflächen dafür umso feuchter. *Ich kann das hier nicht.*

»Du kriegst noch eine Nackensteife, Tessa«, raunte unsere Assistenzärztin Natascha neben mir. Sie hatte sich fester in ihren

Kittel gewickelt und die langen blonden Haare hinter die Ohren geschoben. Schon seit sie in den Raum gekommen war und sich neben mich gesetzt hatte, wirkte sie, als würde sie jeden Moment anfangen zu weinen.

Statt der Decke warf ich jetzt ihr einen Blick zu und verschränkte die Arme vor der Brust. »Das hier ist schrecklich«, flüsterte ich. Meine Stimme fühlte sich rau an und ich konnte den Kloß in meinem Hals nicht herunterschlucken. Jedes Mal, wenn ich durch den Raum blickte, sah ich dieses verdammte Krankenhausbett vor mir, sah die unzähligen Menschen in Kitteln um es stehen, hörte unsere Oberärztin Anweisungen brüllen und dann …

»Ja.« Natascha riss mich mit diesem Wort aus dem Gedankenstrudel. Ich richtete meinen Blick wieder nach vorn, wo Malik gerade die erste der sieben Kerzen auspustete. Sieben Kerzen. Sieben Kinder. Ich atmete tief durch und spürte, wie sich meine Fingernägel in meine Arme gruben, ohne dass ich es verhindern konnte.

Vielleicht können sie mich doch versetzen, ging es mir wieder durch den Kopf, sicher zum dritten Mal in dieser Woche. *Vielleicht verstehen sie es.*

Ich hatte mein Pflegemanagement-Studium am »Sankt Alexander-Krankenhaus für Onkologie und Palliativmedizin« erst vor ein paar Monaten begonnen, weil es der einzige Standort in Berlin und Umgebung war, der mich mit meiner geringen Arbeitserfahrung angenommen hatte. Himmel, wie sehr hatte ich mich damals über den Zulassungsbrief gefreut, was für Luftsprünge hatte ich gemacht. Immerhin strebte ich seit Beginn meiner Ausbildung zur Krankenschwester eine Karriere auf den höheren Hierarchieebenen an: Stationsleitung. Bereichsleitung. Und wenn es ging, noch weiter. Ich hatte beinahe das Gesicht von Martin vor mir, wie er mir mit diesem Lächeln, das ich früher für überheblich gehalten hatte, sagte: »Du bist zu Größerem berufen, Tessa.« Und mittlerweile hätte ich ihm zugestimmt.

Aber das hier, diese Momente – das konnte doch kein Mensch auf Dauer aushalten. Als Malik die zweite Kerze auspustete und eine Frau laut zu schluchzen begann, musste ich mich abwenden. Ich hatte die Patientin kaum gekannt und trotzdem konnte ich die Gänsehaut auf meinem ganzen Körper nicht wegreiben. Wieder kam der Augenblick in mein Gedächtnis, als ich neben ihrem Bett gestanden hatte und der Alarm losgeschrillt war. Die furchtbaren Millisekunden, in denen ich wie erstarrt gewesen war, und dann, wie ich wie mechanisch zur Herzdruckmassage übergegangen war. Wie die Ärzte dazugekommen waren, wie es im Zimmer immer hektischer geworden war. Rufe. Durchdringendes Piepen. Und dann die Stimme der Oberärztin, die sich nach einer gefühlten Ewigkeit über alle anderen erhoben hatte: »Zeitpunkt des Todes …« Den Kloß in meinem Hals konnte ich nicht hinunterschlucken. Ich war gerade einmal seit drei Wochen auf Station und hatte die meiste Zeit mit Malik in seinem Büro verbracht, hatte mich in die Dienstplanung einarbeiten lassen, die Aufgaben einer Stationsleitung gelernt und nur selten am Patienten gearbeitet. Ich war gut als Krankenschwester, in der Ausbildung war ich die Jahrgangsbeste gewesen. Auf der Intensivstation, auf der ich danach gelandet war, hatte ich kaum Probleme gehabt, mich einzufinden. Deshalb hatte ich schließlich nach so kurzer Zeit schon den Studienplatz bekommen.

Allerdings war meine persönliche Grenze definitiv erreicht. Die Kinder waren meine Grenze.

Malik wartete einen Moment in der Mitte der Kapelle, die Arme hinter dem Rücken verschränkt, sein Gesicht die Ruhe selbst. Es war unverkennbar, dass er im Gegensatz zu mir für diesen Job geschaffen war. Er wartete geduldig, bis das Schluchzen der Mutter neben ihm etwas abgeflacht war, bevor er ganz ruhig vortrat, seine Brille richtete und dann den nächsten Namen auf seiner Liste vorlas: »Hannah Krüger.« Die restlichen Kerzen flackerten leicht, als er die nächste ausblies.

Natascha seufzte neben mir und ich sah sie wieder an. »Ich habe sie ein paar Tage begleitet. Akute lymphatische Leukämie. Sie war erst acht«, erklärte sie mit belegter Stimme. Sie strich die Haare wieder nach hinten, obwohl sich keine Strähne verirrt hatte, und gab ein leises Stöhnen von sich. »Gott, das hier ist echt übel.«

Ich wusste genau, was sie meinte. Es *war* übel. Ursprünglich war ich Krankenschwester geworden, um Menschen zu helfen. Das schwere Gefühl, das sich in dieser Kapelle über mich legte, das sich so erdrückend und verzweifelnd anfühlte, bestätigte mich wieder einmal in meiner Entscheidung, der Pflege den Rücken zu kehren. Ich hätte niemals für möglich gehalten, dass ich mich in einem ganz normalen Büroalltag wünschen würde, mit Jobroutine und ohne böse Überraschungen.

Die letzte Kerze erlosch und einen Moment legte sich Stille über die gesamte Menschenmenge. Eine Minute nur, aber sie fühlte sich ewig und niederschmetternd an. Als sich allmählich alle von ihren Stühlen erhoben, spürten meine Fingerkuppen die Druckstellen, die meine Nägel auf meinen Oberarmen hinterlassen hatten. Die Anspannung wich nur langsam aus meinem Körper, als ich mit Natascha an dem Tisch vorbei den Ausgang der Kapelle ansteuerte.

Wir blieben in dem weiten Flur vor der Tür stehen, und ich blickte zurück zu meiner Stationsleitung Malik, der sich noch mit leiser Stimme mit der Mutter unterhielt, die während der Gedenkstunde so laut geschluchzt hatte. Ich lehnte mich an eine der Säulen im Flur, um auf ihn zu warten, und seufzte dabei laut. Der wolkenlose Himmel, der sich durch die große Fensterfront hinter uns zeigte, passte absolut nicht mehr zu meiner Stimmung.

Natascha, die gerade dabei war, sich wieder einen hohen Zopf zu machen, sah mich fragend von der Seite an. Ihre Augen waren rot, auch wenn sie nicht geweint hatte. »Was machst du eigentlich hier, wenn du das nicht magst? Die Gedenkstunde ist doch für euch optional.«

»Der Frühdienst ist schon weg und der Spätdienst musste auf Station bleiben. Malik meinte, dass wenigstens ein paar von uns da sein sollten – und wo er hingeht, gehe ich mit.« Ich zuckte mit den Schultern, als würde es mir nichts ausmachen, aber meine Arme fühlten sich seltsam steif und wund an. Sicher sollte ich für mein Studium, sooft es ging, Malik begleiten, aber solche Termine stellte er mir immer frei. Die Alternative wäre allerdings gewesen, auf Station zu bleiben und mit dem Spätdienst zu arbeiten. Und wir hatten aktuell einige Patienten, bei denen ich mir sicher war, dass sie nächsten Monat ebenfalls eine Kerze in dieser Kapelle bekommen würden. Allein beim Gedanken daran zog sich mein Magen unangenehm zusammen.

Die Assistenzärztin musterte mich einen Augenblick lang, dann nickte sie verstehend. »Klar. Ich war auch nur wegen Hannah hier und weil ich eh im Dienst war. Das nächste Mal schicke ich definitiv wieder Louis, der kommt mit so etwas eindeutig besser klar.«

»Du hast dich doch gut gehalten«, gab ich aufmunternd zurück, doch sie winkte ab. »Ich muss wieder zurück zu Doktor Fischer, sie wollte mit mir noch ein paar Untersuchungen durchgehen. Dir einen ruhigen Feierabend heute.«

»Danke.« Ich sah ihr gedankenversunken nach, wie sie mit wehendem Kittel über die Flure des Sankt Alex in Richtung Aufzüge verschwand. Für einen Moment streifte mich kurz der Gedanke, dass ich noch in meiner Ausbildung daran gedacht hatte, auch irgendwann Medizin zu studieren. Ärztin zu werden. Jetzt fühlte sich dieser Gedanke so weit weg an, beinahe als hätte ich ihn in einem völlig anderen Leben gehabt.

»Alles in Ordnung?«

Ich riss erschrocken den Kopf zu Malik herum, der in diesem Moment aus der Kapelle getreten war und sanft lächelte. Obwohl er den gleichen magentaroten Kasack trug wie ich, wirkte er darin irgendwie professioneller. Vielleicht lag es an seiner besonnenen Art. An seinem sanften Blick. Oder daran, dass er um einiges größer war als ich. »Entschuldige, ich wollte dich nicht erschrecken.«

»Alles gut, ich war nur in Gedanken.« Ich ließ die Hände in die großen Taschen meines Kasacks sinken und folgte ihm zum Zwischengang des Krankenhauses, der den Palliativtrakt mit dem der Onkologie verband. Im Licht der durch die Glasfronten scheinenden letzten Sonnenstrahlen des Tages sah er müde aus. Heute entsprach sein Gesicht tatsächlich mal seinem Alter. Ich erinnerte mich noch genau, als ich ihn das erste Mal getroffen und gedacht hatte, dass dieser Mann auf keinen Fall vierzig sein konnte. Oder Stationsleitung. Er hatte so jung und dynamisch gewirkt, sein Lächeln so verschmitzt und die Art zu reden so ungeheuer lustig und entspannt. So war Malik auch immer noch, aber heute wirkten seine dunklen Augen erschöpft und seine bronzefarbene Haut etwas grau.

»Es ist besonders schlimm, wenn man die Kinder und ihre Eltern schon seit Jahren begleitet«, erklärte er mit einem schwachen Lächeln, weil er meinen durchdringenden Blick wohl bemerkt hatte.

»Vielleicht brauchst du auch mal wieder Urlaub«, gab ich zurück und drückte den Knopf des Aufzugs. »Wann war der letzte? Vor vier Monaten? Fünf?« Normalerweise redete ich mit den Stationsleitungen nicht so salopp, aber ich wusste, dass man das mit Malik konnte. Dass er es sogar begrüßte. Sein breiter werdendes Lächeln bestätigte das. »Fünfeinhalb. Sei nicht so frech.« Er trat vor mir in den Aufzug und blickte mich von der Seite an, als die Türen sich vor uns schlossen.

»Wir schauen nur noch schnell, ob der Spätdienst uns noch braucht, dann kannst du gern gehen. Ich muss mich noch einmal an den Dienstplan setzen.«

»Ich kann dir dabei helfen.«

»Auf keinen Fall. Du bist diese Woche fast jeden Tag länger geblieben und hast Papierkram für mich erledigt, du gehst heute pünktlich nach Hause.«

Ich zuckte mit den Schultern. »Wenn du meinst.« Unbedingt unglücklich war ich nicht darüber, nach Hause zu kommen. Aber ich mochte Malik und wollte ihn gern unterstützen, bevor er sich noch irgendwann in ein Burn-out arbeitete. Auf der anderen Seite war er ein erwachsener Mann und wusste wahrscheinlich, was er tat.

Die Kinderonkologie lag im obersten Stockwerk. Als wir aus dem Aufzug traten und auf die große Milchglastür zuliefen, drehte sich Malik wieder zu mir um. »Morgen nehme ich dich endlich mit zur Leitungsrunde. Es wird Zeit, dein Einsatz bei uns läuft schließlich schon seit ein paar Wochen.« Er fuhr sich durch die schwarzen Haare und grinste jungenhaft.

»Ja, das wäre toll«, gab ich zurück, auch wenn sich bei seinen Worten ein schlechtes Gewissen in mir ausbreitete. Der Gedanke, der Kinderonkologie den Rücken zu kehren und mich woandershin versetzen zu lassen, war in meinem Kopf so präsent wie noch nie. Tatsächlich würde es mir aber leidtun, nicht mehr mit Malik zusammenzuarbeiten. In meiner Ausbildung hatte ich schon Stationsleitungen kennengelernt, die wesentlich weniger erträglich waren als er, und ich wusste schließlich nicht, wohin es mich verschlagen würde. Außerdem wusste ich, dass Malik sich tatsächlich eine stellvertretende Stationsleitung wünschte. Er hatte schon ein paar Mal scherzhaft durchblicken lassen, dass er mich vielleicht nach meinem Einsatz einfach nicht mehr gehen lassen würde.

Nicole kam uns schon entgegen, da waren wir kaum durch die Tür auf Station getreten. Ihr ganzes Gesicht wirkte genervt, was ein ungewohntes Bild war. Eigentlich war die Schwester mit den kurzen grün-schwarzen Haaren immer gut gelaunt, wenn sie

Spätdienst machen musste. Heute sprang ihr die miese Laune schon aus dem Gesicht, bevor sie den Mund aufmachte: »Luca Albrecht ist hier. Er sollte ja eigentlich ins Zimmer zwei, aber da das erste jetzt auch frei ist, würde ich ihm lieber das zuweisen. Das ist näher am Stationsstützpunkt. Wäre das okay für dich?«

Während Malik mit ihr das Für und Wider abwägte, glitt mein Blick den Flur entlang zu dem Jungen, der auf der niedrigen Bank vor der Glasfront saß. Er war dick in einen Anorak gewickelt und sein Blick sah noch düsterer aus als der von Nicole. So jung er auch wirkte, ich hätte mich nicht gewundert, wenn er jede Sekunde eine Prügelei angefangen hätte. Seine Hände waren auf seinem Schoß zu Fäusten geballt und seine ganze Haltung war auf Abwehr geschaltet. Auf »Lasst mich in Ruhe und keinem passiert etwas«.

Ich hatte schon von Luca Albrecht gehört. Das hatte wahrscheinlich jeder in diesem Krankenhaus. Er war auf dieser Station eine lebende Legende, und seit die anderen Schwestern wussten, dass er wiederkommen würde, wurde darüber gestritten, wer ihn übernehmen musste, was mich bereits ab der ersten Sekunde schrecklich wütend gemacht hatte. Ich wusste eigentlich nur, dass er seit frühester Kindheit im Heim lebte, und das war mir eigentlich schon Information genug. Ja, anscheinend war er immer mies gelaunt, anscheinend hatte er oft einen sehr respektlosen Umgangston mit den Pflegerinnen, anscheinend hatte er eine eher aggressive Grundstimmung. Aber ich kannte Kinder wie ihn. Kinder, die seit Jahren im System festhingen, die niemanden hatten und nur wussten, dass sie irgendwie auf sich selbst aufpassen mussten. Und seine Prognose war auch einfach niederschmetternd. Lungenkrebs. Zum dritten Mal im Rezidiv. Eine Heilung war mittlerweile eher unwahrscheinlich. Die Chemozyklen, die er vor sich hatte, würden schrecklich werden. Ob er wohl wusste, wie es um ihn stand?

Gerade hob er den Gameboy, den er in der Hand hielt, hoch

und zeigte das Display dem Rettungssanitäter, der neben ihm stand. Seine Miene änderte sich kaum, aber ich sah die Wolken in seinen Augen, die ich schon so oft an anderen gesehen hatte – und wie sie sich für eine Sekunde etwas lichteten.

»Gut«, sagte Nicole gerade seufzend. Sie winkte mir kurz, wünschte mir einen schönen Feierabend und ging dann zu Luca, der sofort den Blick hob und ihr düster entgegensah. Beinahe, als würde er ihr jeden Moment ins Gesicht springen. Die beiden unterhielten sich sehr knapp. Dann, ganz plötzlich, blickte er zu mir, runzelte die Stirn und deutete auf mich, als wäre ich ein ekliger Käfer, der auf seinem frisch geputzten Fenster saß. Nicole sah über ihre Schulter, bevor sie ihm mit einem verkniffenen Lächeln antwortete: »Das ist Tessa, sie macht ein Praktikum hier auf Station.« Ihr war selbst auf die Entfernung anzumerken, dass sie das Gespräch am liebsten so kurz wie möglich halten wollte, und ich spürte, wie sich mein gesamter Körper verkrampfte.

Luca starrte mich mit unverhohlenem Misstrauen an, als wäre er sich sicher, dass ich ihm Böses wollte. Aber ich sah immer noch nur die Wolken in seinen Augen. Die Augen, die schon so viel gesehen und erduldet hatten, dass mir ganz flau im Magen wurde. Ich bemühte mich um ein Lächeln und hob grüßend die Hand, und damit hatte Luca wohl nicht gerechnet. Seine Augen weiteten sich ein wenig und dann brach er den Blickkontakt schnell ab. Starrte auf seinen Gameboy und ignorierte mich. Diese Reaktion brachte auch den Rettungssanitäter dazu, überrascht aufzusehen. Einen Moment kreuzten sich unsere Blicke und mir fuhr durch den Kopf, dass ich ihn schon einmal gesehen hatte – ich konnte mich nur nicht daran erinnern, wann und wo. Als er mir ebenfalls zulächelte, war es, als würde in seinem Gesicht ein Licht angeknipst werden. Seine dunklen, fast schwarzen Augen, die kleinen Lachfältchen darum, seine Grübchen, alles an ihm schien zu leuchten. Zu strahlen. Ich hielt die Luft an, ohne es zu merken.

»Tessa?«

Ich fuhr etwas irritiert zu Malik herum, der ein süffisantes Lächeln aufgesetzt hatte. »Bist du geistig wieder anwesend?«

»Klar«, gab ich zurück, konnte mir einen weiteren Blick in Richtung der beiden Stationsbesucher aber nicht verkneifen. Der Rettungssanitäter hatte gerade Lucas Tasche aufgenommen und folgte dem Jungen und Nicole ins Zimmer. Aber auch er drehte sich noch einmal um, sah mich noch einmal kurz an, diesmal abwartend, abschätzend.

»Wie vorhin besprochen, kannst du gerne nach Hause gehen. Es ist relativ ruhig hier und der Spätdienst braucht gerade keine Unterstützung.« Malik verschränkte die Arme hinter dem Rücken, wie er es schon in der Kapelle getan hatte, und folgte meinem Blick. Glücklicherweise interpretierte er ihn falsch. »Du wirst Luca morgen näher kennenlernen. Ich bin gespannt, wie gut ihr miteinander klarkommen werdet.«

Ich grinste, auch ein wenig um die Irritation in mir abzuschütteln, die der kurze Blickkontakt zwischen dem Rettungsassistenten und mir gerade in mir ausgelöst hatte. »Aye, aye, Chef. Mach nicht mehr so lange«, gab ich zurück.

Malik lächelte erneut. »Mal sehen.«

Wir verabschiedeten uns und ich verließ die Station zu den Umkleiden der Mitarbeiter. Es fühlte sich herrlich an, endlich aus der Bereichskleidung zu schlüpfen, wieder zurück in mein eng anliegendes Kleid und den eleganten Wintermantel. Den Pferdeschwanz zu lösen, bis meine blonden Haare wieder auf die Schultern fielen. Wie ein Befreiungsschlag. Ich schnappte meine Tasche und spürte, wie sich meine Stimmung langsam hob, während ich die Umkleide verließ und zum Aufzug ging. Endlich raus aus dem Krankenhaus, an die frische, wenn auch schneidend kalte Winterluft.

Es war nicht viel los auf dem Platz vor dem Sankt Alex, nur ein paar Besucher tummelten sich am Eingang. Da der Leitungsdienst später anfing als der Frühdienst und länger ging, waren kaum noch Pfleger zu sehen, die ihren Feierabend einläuteten.

Ich kramte in der Tasche nach meinem Handy, während ich zum Parkplatz lief. Drei Nachrichten. Die erste war von meiner Mutter und bereits ein paar Tage alt – ich hatte sie noch nicht geöffnet und es auch jetzt nicht vor. Eine andere war von Nela, dass ihre Nachmittagsvorlesungen ausgefallen waren, und die letzte von Martin. Ich wusste bereits, was darin stehen würde, bevor ich sie überflog.

»Komme heute später nach Hause. Chef verlangt Überstunden.«

Ich antwortete gar nicht erst, sondern ließ das Handy wieder in meine Tasche gleiten. Es würde mittlerweile mehr Sinn ergeben, wenn er mir an Tagen schrieb, an denen er pünktlich nach Hause kam.

Meine gute Laune konnte mir das trotzdem nicht nehmen, als ich endlich mein Auto erreichte – in erster Reihe geparkt, weil ich Maliks Parkplatz benutzen durfte. Er kam im Winter lieber mit der Bahn, weil er nicht gern bei Schnee und Eis fuhr. Ich ließ mich auf den Fahrersitz fallen, warf die Tasche achtlos auf die Beifahrerseite und stellte das Radio an. Der Moderator kündigte ein nasskaltes Novemberende an, bevor ein Popsong startete. Ich summte leise mit, während ich ausparkte und endlich das Gelände des Sankt Alex verlassen konnte.

Weil Malik mich eher hatte gehen lassen, kam ich nicht in den Feierabendverkehr, der in Berlin wirklich die Hölle war, und schaffte es in unter fünfzehn Minuten nach Charlottenburg. Zwischen den hohen, wunderschönen Altbauten, die die Straße einrahmten, begann ich endlich, mich zu entspannen. Mein Antrag auf Stationswechsel war bereits ausgefüllt. Zwar hatte ich ihn Malik noch nicht auf den Schreibtisch gelegt und es würde mich einige Überwindung kosten, es zu tun – aber ich wusste, dass ich es jeden Moment tun konnte. Dass es mich nur ein wenig Überwindung kosten würde, meine Lage zu ändern. Und das würde ich bald in Angriff nehmen.

Ich schaffe das, ermutigte ich mich selbst, bevor ich endlich in die Straße unserer Wohnung einbog.

Kapitel 2

Schon als ich in den Hausflur mit den hohen, edel wirkenden Steinwänden trat, erfüllte mich ein angenehmes Kribbeln. Wie schon vorhin bei der Arbeit hob ich den Blick, doch jetzt sah ich statt einer Raufasertapete eine wunderschöne verstuckte Decke, die typisch für die hochwertigen Altbauwohnungen in Charlottenburg war. Ein Lächeln trat auf mein Gesicht und ich machte mich auf den Weg nach oben. Ein Nachteil daran, wenn man in einem so geschichtsträchtigen Gebäude wohnte: Sie hatten in der Regel keinen Aufzug. Auch unsere Wohnung nicht. Doch selbst jetzt, wo ich völlig erschöpft von der Arbeit kam und die Treppenstufen hochschnaubte, konnte ich nicht wirklich etwas Negatives daran finden. Dafür freute ich mich immer noch zu sehr darüber, hier wohnen zu können.

Martin und ich waren erst vor etwas über zwei Jahren hergezogen – ich aus dem Schwesternwohnheim, er aus der Wohnung seiner Familie. Als ich im ersten Stock an der Tür vorbeilief, hinter der seine Mutter wahrscheinlich gerade die Nase in ein altes Fotobuch steckte, entfuhr mir gegen meinen Willen ein Seufzen. Sehr weit war mein über alles geschätzter Freund nicht von ihr weggekommen. Aber bei der Wohnung, die wir hier bekommen hatten, würde ich sicher einen Teufel tun und mich darüber beschweren, dass meine Schwiegermutter, wie ich sie liebevoll trotz dem fehlenden Ring an meinem Finger nannte, nur ein Stockwerk von uns entfernt war. Zumal sie eigentlich herzensgut war, wenngleich auch manchmal ein wenig übergriffig. Aber wieder kein Grund für Beschwerden, wenn man das Gesamtbild betrachtete.

In der zweiten Etage steckte ich meinen Schlüssel in die Tür und in dem Moment, in dem sie aufschwang, entfuhr mir ein zutiefst zufriedenes Seufzen. Noch als ich die Schuhe ordentlich auf dem dafür vorgesehenen Abtreter abstellte und meinen Mantel an den Haken hängte, glitt mein Blick durch die Wohnung. War es normal, dass man auch nach zwei Jahren noch so verliebt war in einen Ort? In die hohen Wände, die bodentiefen Fenster und das offene Raumkonzept, das alles noch viel größer erscheinen ließ? Die hochwertigen Möbel, die teure Deko, die edlen Vorhänge? Die geschwungene Treppe, die in das halbe offene Obergeschoss führte, in dem nur ein gemütlicher Sessel und dahinter ein wandausfüllendes Bücherregal standen?

Vielleicht lag es daran, dass ich in meiner Jugend nie so viel Platz gehabt hatte. Nie so viele Dinge, die nur mir gehörten und auf die niemand sonst Anspruch erhob. Und vor allem nie das Geld für das alles. Aber ich konnte nicht anders, als mich mit einem breiten Grinsen in dem offenen Wohnzimmer zu drehen, die Arme ausgebreitet. Den sonnendurchfluteten Raum zu genießen, den Geruch nach Freiheit und Leder und … Tomatensoße?

Ich stoppte so abrupt in der Bewegung ab, dass ich beinahe auf dem hellen Parkett ausgerutscht wäre. Noch einmal reckte ich meine Nase ein wenig in die Luft, schnupperte, und dann sanken meine Schultern ein. Tomatensoße, ganz eindeutig. Und auch ganz eindeutig nach dem alten Rennig-Familienrezept, denn ich konnte die Paprika und den Zimt herausriechen. Niemand sonst kochte so etwas, außer …

»Marion?« Ich versuchte, meine Stimme nicht genervt klingen zu lassen, als ich das Wohnzimmer durchquerte und einen Blick in die Küche warf. Natürlich, sie war es. Stand mit einer Selbstverständlichkeit am Herd und rührte in einem dampfenden Topf, eine Hand in die Hüfte gestützt und einen Oldie summend. Sie trug sogar die lächerliche Kochschürze, die Martin mir mal aus Spaß geschenkt, die ich aber noch nie getragen hatte. Jetzt blickte sie überrascht über ihre Schulter und strahlte mich an, als hätte sie überhaupt nicht mit mir gerechnet, in meiner eigenen verdammten Wohnung. »Theresa, Liebes, wie schön, dass du zu Hause bist. Ich habe für euch gekocht!«

»Das sehe ich«, gab ich zurück und lehnte mich mit vor der Brust verschränkten Armen an den Türrahmen. »Hat Martin dich darum gebeten? Hat er schon keine Lust mehr auf meine Kochkünste?« Das wäre eigentlich gar nicht so abwegig. Ich konnte überhaupt nicht kochen, außer vielleicht die Klassiker wie Pfannkuchen oder Rührei.

Marion lachte und spritzte dabei etwas von der Familiensoße an die Wand hinter ihr. Ich spürte, wie ein Nerv in meiner Stirn zu zucken begann. »Nein, natürlich nicht. Ich habe mich unten in der Wohnung so einsam gefühlt, weil Nela heute so lange Uni hat. Und da dachte ich, dass ich euch ja eine kleine Freude bereiten und für euch kochen kann.«

So viel zum Thema Übergriffigkeit. Innerlich fluchte ich auf Martin, weil er ihr bereits zu unserem Einzug einen Wohnungsschlüssel gegeben hatte mit den Worten, dass sie natürlich immer willkommen war. Was war das nur mit Männern und ihren Müttern? So gern ich Marion hatte, aber solche Aktionen waren ein absolutes No-Go. Es gab Tage, da freute ich mich natürlich darüber, wenn sie kochte, aber es gab eben auch solche wie heute, wo ich einfach nur in Ruhe meine Füße hochlegen wollte. Der Tag war verdammt lang und anstrengend gewesen und ich wollte die Stille meiner eigenen vier Wände genießen.

»Das wäre doch nicht nötig gewesen«, versuchte ich es so sanft wie möglich.

»Ach, das macht doch keinen Umstand, Liebes.«

»Du musst trotzdem nicht ständig für uns kochen.« Obwohl ich einen energischen Unterton in meine Stimme legte, schien sie den Wink mit dem Zaunpfahl nicht zu verstehen. Sie lächelte mich nur wohlwollend an. »Du kannst ja schon mal den Tisch decken.«

Ich stöhnte innerlich und beschloss, mich meinem Schicksal einfach zu ergeben. So schnell wurde ich meine Schwiegermutter sowieso nicht mehr los. »Es sind nur wir beide zu Hause«, erklärte ich müde, als ich in den Schrank über der Spüle griff, um Teller rauszuholen.

Marion sah mich überrascht an. »Arbeitet Martin wieder länger?«

»Wie so ziemlich jeden Abend.«

Sie schüttelte etwas entrüstet den Kopf. »Ich hoffe wirklich, dass er auf einen großen Urlaub für euch beide spart, so wenig wie ihr euch in letzter Zeit seht.«

Ich wusste genau, dass sie eigentlich sich beide meinte, brummte aber trotzdem nur zustimmend. Das war noch eins der Themen, über die ich nicht reden wollte. Nicht mit ihr. Vor allem, weil es mich tatsächlich mehr störte, als ich vor Marion je zugegeben hätte. Nach kurzem Zögern nahm ich trotzdem drei Teller aus dem Schrank. Selbst wenn Martin nicht kam – und das konnte man in den letzten Wochen wirklich nie genau sagen –, würden Marion und ich sicher nicht allein bleiben.

Beim Decken des Tisches in unserem Essbereich gegenüber der Küche ließ ich mir besonders viel Zeit, um nicht noch einmal zurückzumüssen. Sie war viel zu gut gelaunt, viel zu redselig für meinen momentanen Gemütszustand. Obwohl ich Hunger hatte, wollte ich mich eigentlich nur auf meinem Lesesessel zusammenrollen, statt ein Familienabendessen mit Marion über mich ergehen zu lassen. Und wie sie die gleichen Fragen wie immer stellte: *Bist du immer noch in dem kleinen, süßen Krankenhaus? Wann gehst du zurück an die Charité? Wie laufen die Prüfungen? Weißt du schon, wo du als Stationsleitung arbeiten willst?* Ja, Marion. Hoffentlich bald, Marion. Ganz gut, Marion. Nein, Marion.

Ich stöhnte bei dem Gedanken an das Gespräch und meine

Schwiegermutter rief aus der Küche ein »Hast du was gesagt, Tessa?«.

»Nur, dass ich mich aufs Essen freue«, gab ich schnell zurück. Immerhin mein Magen würde das tun.

Zum Glück klingelte es in diesem Moment an der Tür. Erleichtert durchquerte ich das Wohnzimmer und schlitterte schon beinahe in den Flur. Als ich öffnete, stand, wie vermutet, Martins Schwester Nela vor der Tür. Ihre braunen Haare standen wild von ihrem Kopf ab, als hätte sie sich gerade erst eine Mütze vom Kopf gerissen, und die Wangen unter ihren dunklen Augen waren leicht gerötet von der Kälte draußen. »Ist meine Mutter hier?«, wisperte sie mit strengem Unterton.

Ich ließ mich gegen den Rahmen sinken. »Ich wollte nur Feierabend. In meinem Lesesessel. Meinen Stress in Rotwein ertränken.«

»Tut mir leid«, sagte Nela leise und holte eine Flasche hinter ihrem Rücken vor. »Für Letzteres kann ich zumindest sorgen. Und dafür, dass sie nicht allzu lange bleibt.«

»Du bist die Beste!« Grinsend nahm ich die Weinflasche entgegen und bat Nela nach drinnen. Sie kickte sofort die Schuhe von den Füßen und brüllte durch die Wohnung: »Ma, ist das dein Ernst, dass du schon wieder in die Wohnung von Martin und Tessa einbrichst, ohne sie vorher zu fragen?«

»Ich bin nicht eingebrochen!«, brüllte Marion zurück.

Nela verdrehte die Augen und ich musste kichern. Ja, danke dir Gott für die jüngere Schwester meines Freundes, für ihr loses Mundwerk und die Tatsache, dass sie manchmal die Einzige war, die mir in dieser verrückten Familie den Rücken stärkte.

»Wir bleiben höchstens eine Stunde!«, rief sie in diesem Moment. »Tessa muss sich irgendwann auch mal von der Arbeit erholen.«

Wer erzog hier eigentlich wen?

Nela nickte mir verschwörerisch zu und steuerte sofort die Vitrine mit den Weingläsern im Wohnzimmer an. Im Gegensatz zu Marion machte es mir gar nichts aus, dass Nela sich hier so gut auskannte und sich wie zu Hause fühlte. Tausendmal lieber sie, die wenigstens Wein mitbrachte und nicht bis in die Puppen blieb.

»Wie war die Uni?«, fragte ich, während ich mich auf einen der Stühle im Esszimmer fallen ließ.

Sie verdrehte die Augen und goss sich das Weinglas noch einen Tick voller als das, was sie mir über den Tisch schob. »Erinnerst du dich an diese Winnie, von der ich dir erzählt habe? Meine Mitstudentin mit den sechs Kindern, die immer ein bisschen seltsam riecht?«

Als ich nickte, ließ sie sich mir gegenüber auf den Stuhl fallen und stöhnte. »Sie hat anscheinend beschlossen, dass wir jetzt beide beste Freunde sind und immer nebeneinandersitzen und alle Gruppenarbeiten zusammen erledigen. Jetzt hat sie uns ein Projekt aufgebrummt, für das ich ihr die nächsten acht Wochen nicht mehr aus dem Weg gehen kann.« Mit den Lippen formte sie ein gequältes HILFE, bevor sie einen großen Schluck vom Wein nahm.

Ich stützte mich auf meine Hand und nippte ebenfalls an meinem Glas. »Du nimmst doch sonst kein Blatt vor den Mund – wieso sagst du ihr nicht einfach, dass du nicht mir ihr arbeiten willst?«

Nela winkte ab. »Weil auch niemand sonst mit ihr arbeiten wollen würde. Ich bin die Einzige, die sich überhaupt mit ihr unterhält, weil sie jedem immer gleich ihre sicher gut gemeinten, aber absolut nicht gefragten Ratschläge erteilt und jeden Lebensstil kritisiert. Aber wenn sie ganz allein ist, tut sie mir auch leid. Mann, meine verdammte soziale Ader.«

Ich lachte. »Und deshalb ist ein Studium in sozialer Arbeit ganz sicher genau das Richtige für dich. Oder eben genau das Falsche.«

»Amen, Schwester.« Sie nahm noch einen Schluck Wein, wie um auf diese Tatsache anzustoßen, dann sah sie mich mit gehobenen Augenbrauen an. »Und bei dir? Wie läuft's auf der Kinderkrebs?«

»Frag nicht. Wir hatten heute Andachtsstunde für die verstorbenen Patienten. Ich bräuchte die Flasche Wein eigentlich für mich allein.«

»Shit. Und du kannst echt nicht die Station wechseln?«

Ich schüttelte den Kopf, auch wenn ich das Formular dafür noch gar nicht eingereicht hatte. Die Kinderonkologie war viel, ja. Aber ich mochte Malik wirklich gern, und auch die anderen Schwestern auf Station waren unheimlich nett, wenn sie nicht gerade wieder viel zu gestresst waren. »Der Stationsleiter gibt sich wirklich viel Mühe, mir alles zu erklären und mich ordentlich einzuarbeiten, das hat man nicht auf jeder Station. Die paar Wochen werde ich schon noch durchhalten.«

»Ich könnte das ja nicht«, stellte Marion fest, die gerade mit dem dampfenden, nach Tomaten und Zimt riechenden Topf das Esszimmer betrat. Sie stellte ihn in der Mitte des Tisches ab und warf mir einen mitleidigen Blick zu. »So viele Kinder, die sterben, so viele schrecklich kranke Kinder. Nein, um Himmels willen, das wäre nichts für mich, da müsste ich immer an meine eigenen denken.«

Nela verdrehte wieder die Augen. Im Gegensatz zu mir hatte sie überhaupt keine Probleme damit, ihrer Mutter ihre Missbilligung zu zeigen. »Du bist im Gegensatz zu Tessa ja auch keine Krankenschwester. Und außerdem hat sie ja auch keine eigenen Kinder, an die sie bei so etwas denken müsste.«

Ich hätte mich beinahe an meinem Wein verschluckt und gab Nela ein schnelles, wahrscheinlich etwas aggressiv wirkendes Zeichen, das Thema sofort wieder fallen zu lassen. Doch Marion warf mir schon ein breites Lächeln zu. »Noch nicht. So lange wird das aber sicher nicht mehr dauern, nicht wahr, Liebes?«

Nela zuckte entschuldigend mit den Schultern, als ihre Mutter sich umdrehte, um die Nudeln aus der Küche zu holen. Ich knurrte und drohte ihr mit der Gabel, was Nela nur mit einem breiten Grinsen kommentierte.

Glücklicherweise kam das Thema bei Tisch nicht mehr auf. Vielleicht hatte Marion aufgrund des Kommentars ihrer Tochter tatsächlich ein schlechtes Gewissen, mich in meinem wohlverdienten Feierabend noch gestört zu haben. Sie konzentrierte sich vollkommen auf Nela, löcherte sie mit Fragen über die Uni und ließ mich in Ruhe essen. Den beiden einfach nur zuzuhören und dabei die wirklich leckere Familiensoße zu essen, beruhigte mein gereiztes Inneres ein wenig. Besonders als Nela noch mehr wirklich unterhaltsame Geschichten aus ihrem Unialltag auspackte und Marion weiter von mir ablenkte, setzte doch endlich die Entspannung ein.

Nach dem Essen stand sie auch sofort auf und scheuchte ihre Mutter aus der Wohnung. Auch wenn Marion noch versuchte, den Tisch abzuräumen und die Küche zu putzen, schob Nela sie gnadenlos nach draußen. »Den lass ich dir mal da«, sagte sie noch mit einem Zwinkern in Richtung Wein, bevor die Tür hinter den beiden zufiel.

Stille breitete sich in der Wohnung aus. Wunderbare, heilende Stille, die ich wie ein angenehmes Kribbeln auf meiner Haut spürte. Oh, es war so herrlich. Ich räumte schnell den Tisch ab, packte alles in die Spülmaschine und schrubbte noch ein wenig die mit Tomatensoße bekleckerten Fliesen, bevor ich endlich die geschwungenen Treppenstufen nach oben ging und mich in meinen Lesesessel fallen ließ.

Von hier oben konnte ich durch das große Fenster blicken. Es war bereits dunkel draußen und kleine Wassertröpfchen liefen an der Scheibe nach unten. Verdammter November. Es war kalt, aber nicht kalt genug für echten Schnee. Ich nahm mir das dicke, rot eingebundene Buch, das auf meinem kleinen Beistelltischchen lag und das ich mir erst einmal auf den Schoß hieven musste. Es war ein unglaublich schwerer Wälzer, den ich schon seit

Tagen für mein Studium durchblättern wollte. Endlich kam ich mal wieder ein bisschen dazu.

Während ich versuchte, mich aufs Lernen und Verstehen zu konzentrieren, glitt mein Blick immer wieder auf die schmale Uhr an meinem Handgelenk. Es wurde immer später, aber von Martin weiterhin keine Spur. Es war nicht ungewöhnlich, dass er länger im Büro blieb, vor allem in den letzten Wochen. Er hoffte schon länger auf eine Beförderung und wollte seinem Chef die volle Bereitschaft zeigen, ganz für die Firma da zu sein, wenn auch auf Kosten unserer gemeinsamen Zeit. Ich musste mir fest auf die Innenseite meiner Wange beißen, um die Enttäuschung in mir runterzuschlucken. *Du bist gerade auch viel bei der Arbeit oder lernst für dein Studium,* beschwichtigte mich meine innere Stimme. *Es ist ja nicht für immer. Es ist eine absolut absehbare Zeit, also hab dich nicht so.*

Es half ein wenig, sich das wieder ins Gedächtnis zu rufen. Ich konnte mich noch eine Weile auf mein Buch konzentrieren, bevor meine Augen zu müde wurden. Dann schlich ich in unser wunderschönes Badezimmer mit der Regendusche und der frei stehenden Wanne mit den kleinen Löwenfüßen. Ich entschied, dass ich etwas Gutes verdient hatte, ließ mir ein heißes, nach Lavendel duftendes Bad ein, trug mir danach eine Gesichtsmaske auf und cremte mich mit der teuersten Creme ein, die ich zwischen meinen Kosmetikartikeln finden konnte.

Anschließend ließ ich mich endlich in die frischen Laken unseres Himmelbettes fallen und seufzte zufrieden. Mein Blick blieb an dem feinen Stoff hängen, der sich über unser Bett spannte. Keine verdammte Raufasertapete. Nie wieder verdammte Raufasertapete.

Mit diesem Gedanken schloss ich die Augen und fiel in einen tiefen, traumlosen Schlaf.

Wann Martin nach Hause kam, bekam ich nicht mit, aber das war in dem Moment auch nicht mehr wichtig.

Kapitel 3

Der Wecker klingelte zu früh, wie jeden Morgen. Als ich mich knurrend umdrehte, um ihn auszustellen, spürte ich eine warme Hand an meinem Rücken. Ich strich mir mit den Fingern die Haare aus dem Gesicht und blickte zur rechten Bettseite. Martin schlief seelenruhig, als hätte er den Wecker überhaupt nicht wahrgenommen. Die Decke lag halb auf seiner wirklich ansehnlich trainierten Brust, ein Arm unter seinem Kopf, der andere ausgestreckt neben ihm. Er nahm mal wieder zwei Drittel des Bettes ein, obwohl es wirklich groß war, aber das störte mich im Moment auch nicht.

Ich rutschte näher an ihn heran, küsste sanft seinen dunkelblonden Haaransatz, seine Wange, seine gerade Nase, das hübsche Kinn. Bis er mit geschlossenen Augen die Stirn runzelte. »Was?«, murmelte er schlaftrunken und zog die Decke zu meinem Bedauern über seine Brust bis zum Hals hoch.

Er war offensichtlich sehr spät nach Hause gekommen und musste auch erst in ein oder zwei Stunden aufstehen. Eigentlich hatte Martin einen normalen 9-to-5-Job, aber er war letztes Jahr in die Chefetage der Aktienfirma gezogen, bei der er arbeitete. Nun war er seinem Traum, direkt unter dem Chef zu arbeiten und ihn irgendwann vielleicht sogar abzulösen, verdammt nah. Er hatte mir schon mehrfach erklärt, dass es wichtig war, Überstunden zu machen, um Präsenz zu zeigen und sich unverzichtbar zu machen. Ich verstand zwar nicht, wo er in seinem Berufsleben noch hinwollte, wenn er jetzt schon sicher dreimal so viel verdiente wie ich, aber so war Martin eben. Egal, wie viel Entbehrungen in anderen Bereichen das für ihn bedeutete. Vielleicht lag es daran, dass er ein paar Jahre älter war als ich. Vielleicht würde ich mit 28 auch so sein.

Trotzdem stupste ich ihn noch einmal sanft an, ließ den Finger über seine stoppeligen Wangenknochen gleiten. »Ich habe mich gefragt, ob du mit mir vielleicht einen Kaffee trinken möchtest, bevor ich zur Arbeit muss?«

Martin brummte. Erst dachte ich, dass er schon wieder eingeschlafen war, dann entfuhr ihm plötzlich ein tiefes Seufzen. »Nicht heute, Tess. Ich bin todmüde.« Seine Hand suchte kurz meine Wange, um sie zu tätscheln, dann drehte er sich von mir weg und vergrub sich wieder unter der Decke.

Ich presste die Lippen zusammen. Klar. Eigentlich hatte ich auch nicht damit gerechnet. Aber einen Versuch war es wert gewesen. Also schob ich mich allein aus den Laken, tapste barfuß ins Bad rüber und machte mich fertig. Während mein Cappuccino in den To-go-Becher lief, ging ich die Einträge in meinem Planer durch. Noch acht Tage bis zur nächsten Prüfung und zwei Lektionen dafür zu lernen. Ein paar letzte Termine für diese Woche. Unten auf der Seite stand: *Bald mit Weihnachtsgeschenken shoppen anfangen!* Ich seufzte tief, zum zweiten Mal an diesem Morgen. Das reichte für die kurze Zeit, die ich erst wach war, definitiv an negativen Gedanken.

Also schnappte ich mir meinen Cappuccino, ein Blick auf meine Armbanduhr sagte mir, dass ich eigentlich noch trödeln könnte. Egal, hier herumsitzen brachte mir auch nichts. Schnell zwei Spritzer Parfüm drauf, noch einmal die Haare im Flurspiegel richten und los. Ich war froh, dass mein Auto nicht allzu weit geparkt war, denn es war verdammt kalt draußen. Glücklicherweise hatte es nachts noch keinen Frost gegeben, also musste ich die Scheiben wenigstens nicht freikratzen.

Ich ließ mich auf den Sitz fallen, stellte den Becher auf die vorgesehene Ablage und drehte dann schnell die Heizung an, die meinen Hintern auf der Fahrt schön warm toasten würde. Im

Winter war sie mein bester Freund. Um den Rest schlechte Laune abzuschütteln, stellte ich die Radiomusik extra laut und fuhr los.

Dank der Leitungsdienste, die etwas später begannen als der Frühdienst, geriet ich oft schon in den normalen Berufsverkehr. Aber weil ich heute so zeitig dran war, kam ich ziemlich gut durch und war innerhalb von fünfzehn Minuten auf dem Parkplatz neben dem Sankt Alex. Ich stieg aus, eine Hand an dem noch schön warmen Cappuccino, die andere zog den Wintermantel enger. Als ich auf das bereits hell beleuchtete Glasgebäude zulief, das seinen topmodernen Ruf wirklich verdiente, kribbelte wieder ein wenig Aufregung in mir hoch. Vor der Arbeit, die mich heute erwartete. Vor den Patienten, die hoffentlich heute den Tag gut überstanden. Aber auch ein wenig vor der Leitungsrunde, zu der Malik mich heute mitnehmen wollte. Ich hatte keine Ahnung, warum, weil da in der Regel nur Neuigkeiten besprochen wurden und es ansonsten eher eine unspektakuläre Veranstaltung war, zu der alle Stationsleitungen des Alex kamen. Aber es war immerhin das erste Mal, dass ich mit hin durfte und das schien mich um eine Stufe nach oben zu heben. Tessa, die zukünftige Stationsleitung. Es rückte langsam in greifbare Nähe. Genau wie das, was danach kommen würde. Tessa, die Pflegedienstleitung in ihrem eigenen Büro. Tessa, Assistentin der Krankenhausleitung. Vielleicht sollte ich dann doch wieder anfangen, mich von allen Theresa nennen zu lassen. Auch wenn ich meinen Namen eigentlich nicht mochte, strahlte er doch noch ein wenig mehr Autorität aus.

Völlig in die Gedanken versunken, was meine nähere Zukunft bringen würde, zog ich mich um und marschierte auf Station. Das Erste, was ich bemerkte, war, dass Malik schon da war. Das war ungewöhnlich, normalerweise kam er immer etwa eine Minute vor Dienstbeginn auf Station geschneit, entschuldigte sich für die unmöglich fahrenden Bahnen und musste dann erst einmal seine Dienstkleidung zurechtzupfen, weil er sie so schnell hatte anziehen müssen. Heute stand er schon am Stationszimmer und redete mit Maria, die ihre rotblonden Locken zu einem hohen Zopf gebunden hatte, der schon wieder sehr locker saß. Als wäre sie bereits den halben Morgen im Affenzahn über die Station gerannt.

Als ich näher kam, blickte Malik über seine Schulter und lächelte mich an. Es war kein grüßendes Lächeln, das erkannte ich sofort. Es war ein entschuldigendes.

»Was ist denn nun schon wieder?«, brummte ich, was mir einen etwas entsetzten Blick von Maria einbrachte. Sie verschränkte die Arme vor der Brust und antwortete an Maliks Stelle: »Caro hat sich krankgemeldet. Anscheinend hat sie über Nacht Fieber bekommen.«

Ihrer Stimme war anzuhören, dass sie ihrer Kollegin nicht glaubte, und aus irgendeinem Grund machte mich das wirklich sauer. Ich konnte mich noch gut an meine Ausbildung erinnern und wie schuldig ich mich immer gefühlt hatte, wenn ich mich hatte krankmelden müssen. In der Charité war der Personalschlüssel noch um einiges schlechter als im Sankt Alex, deshalb fühlte jeder, der sich krankmeldete, sich immer irgendwie schuldig, weil er seine Kollegen im Stich ließ. Dabei war das absolut irrsinnig – wenn man krank war, war man krank. So einfach. Und solche bissigen Kommentare wie die von Maria halfen dann wirklich überhaupt nicht.

»Das wundert mich nicht«, sagte ich deshalb in kühlem Ton. »Sie war gestern schon da, obwohl sie völlig erschöpft war. Die Arme hat sich offensichtlich übernommen. Hoffentlich geht es ihr bald besser.« Keine Ahnung, ob Caro wirklich erschöpft gewesen war, ich hatte nicht mehr als zwei Sätze mit ihr am Vortag gewechselt. Aber ich hatte trotzdem das Gefühl, sie verteidigen zu müssen.

Es schien zu klappen, Maria war das schlechte Gewissen sofort ins Gesicht geschrieben. »Ja, hoffentlich«, setzte sie an, bevor sie sich wieder zu Malik umdrehte. »Aber dadurch sind wir jetzt leider ziemlich am Limit. Jaron ist noch da, er übernimmt die aufwendigere rechte Seite. Und Philipp ist zur Betreuung da, er spielt mit den Patienten, bei denen keine Eltern da sind. Aber er kann sich ja auch nicht vierteilen und ich habe auf meiner Seite ein paar wirklich betreuungsintensive Patienten, Luca zum Beispiel …«

»Das ist doch kein Problem«, sagte Malik mit einer Stimme, als könnte ihn nichts aus der Ruhe bringen. Die Stimme einer Stationsleitung. Ich kam nicht umhin, ihn wieder einmal dafür zu bewundern. Aber nur, bis er mir ein weiches Lächeln zuwarf. »Tessa wird sich um Luca kümmern, dann hast du den Rücken frei für die restlichen Patienten.«

Ich konnte mein Kinn gerade noch daran hindern, nach unten zu klappen. Maria schien absolut überrascht, aber kein bisschen unglücklich. »Denkst du wirklich …« Ihr Blick wanderte kurz zu mir, bevor sie verstummte. Ich presste die Lippen zusammen, weil ich eigentlich gar nicht hören wollte, was sie im Begriff war zu sagen – es insgeheim aber natürlich trotzdem wusste. *Denkst du, sie ist geeignet dafür? Die, die erst seit ein paar Wochen hier ist und kaum Onkologie-Erfahrung hat? Denkst du, sie kann mit solchen Patienten umgehen, wenn nicht einmal wir das können, die schon ewig hier sind?*

Obwohl die meisten anderen Schwestern nett zu mir waren, wusste ich doch, dass sie mir nicht allzu viel zutrauten. Für sie war ich ein Frischling, kaum aus der Ausbildung, die schon versuchte, Chefin zu spielen. Ich wusste, dass man sich Respekt erst verdienen musste, aber es ärgerte mich trotzdem.

»Was ist mit der Leitungsrunde?«, fragte ich und versuchte wirklich, nicht ungeduldig zu klingen.

»Ist nicht so wichtig wie der Stationsalltag«, gab Malik zurück. Er nickte Maria zu, die sich sofort verzog, bevor er mir eine Hand auf die Schulter legte. »Tut mir leid, ich weiß, dass du gern mitwolltest und ich es dir ja auch versprochen hatte.«

Ich spürte in meinem Inneren nach und fand zu meiner eigenen Überraschung keine Verärgerung darüber. Ich war ein wenig enttäuscht, aber das war alles. »Du musst dich nicht entschuldigen. Als Stationsleitung hast du die Aufgabe, dass hier alles läuft, und das tust du damit.« Ich verschränkte die Arme vor der Brust. »Und ich kann auch mehrere Patienten übernehmen. Ich habe die Ausbildung auch gemacht und über ein Jahr auf einer Intensivstation gearbeitet, falls du das vergessen hast. Nicole hat mich in den ersten Wochen schon bei den Chemotherapien eingearbeitet und ich prüfe alles immer tausendmal oder frage nach, wenn ich mir unsicher bin. Ich kann das.« Auch wenn es mir ein wenig davor graute. Die Intensivstation in der Charité war für Erwachsene gewesen und ich war verdammt gut in meinem Job. Damit kam ich irgendwie klar, aber momentan hatten wir hier eine Menge Kinder, die wirklich auf der Schwelle standen. Ich würde es tun, weil es mein Job war. Ich würde meinen Job gut machen, auch wenn mir bei dem Gedanken heiß und kalt wurde.

Malik wusste das. Er wusste, dass ich mir gewünscht hatte, auf eine andere Station zu wechseln, weil krebskranke Kinder wirklich außerhalb meiner Komfortzone lagen. Und ich wusste, dass er mich deshalb so aufmunternd musterte, und hasste es. Am liebsten hätte ich ihm mein Ausbildungszeugnis unter die Nase gerieben, mit jeder einzelnen Eins, und meine verdammt gute Bewertung von meiner letzten Station. Aber das wäre wahrscheinlich kindisch gewesen, also schob ich nur ein festes »Ich bin eine gute Krankenschwester« hinterher.

Der Stationsleiter riss sofort die Augen auf. »Wenn ich das nicht denken würde, wärst du nicht mehr hier, Tessa. Es ist auch nicht so, dass ich dir nicht zutrauen würde, mehr Patienten zu übernehmen. Himmel, ich würde dir vertrauen, die ganze Station in meiner Abwesenheit zu schmeißen.«

Mein Bauch begann augenblicklich zu kribbeln. Tat er das? Ich konnte nichts gegen das Zucken in meinen Mundwinkeln tun und versuchte, es mit verschränkten Armen vor der Brust zu entkräften. »Und wieso zum Teufel soll ich dann nur einen Patienten übernehmen?«

»Weil Luca ein wenig aufwendiger ist. Und damit meine ich nicht unbedingt medizinisch, sondern … betreuungstechnisch. Seine Pflegeeltern können nicht die ganze Zeit hier sein, und er ist noch sehr jung, auch wenn er nicht will, dass man es ihm anmerkt. Er braucht jemanden, der sich wirklich um ihn kümmert.« Maliks Augenbrauen zuckten nach oben. »Jemand, der etwas mehr für ihn da ist.«

Meine Gedanken hingen noch für eine Sekunde an dem Wort »Pflegeeltern«, dann sah ich Malik wieder an. Sein Blick wirkte bittend und ich konnte mir denken, was dahinterlag. Dass die ganze Station eigentlich keine Lust darauf hatte, Zeit mit Luca zu verbringen. Ich dachte an die Wolken in seinen Augen, die so vielen anderen Kindern ähnelten, die ich bereits getroffen hatte, und Mitgefühl stieg in mir auf. »In Ordnung. Ich soll mich also ein wenig mehr mit ihm beschäftigen?«

»Genau. Nimm dir die Zeit, die er braucht, bis der Betreuer dich ablöst.«

Ich nickte. Die meisten unserer Patienten waren so schwer krank, dass sie die ganze Zeit ihre Eltern bei sich haben durften. Einige schliefen sogar mit in den Zimmern, in speziellen Elternbetten. Ich fragte mich, warum Lucas Pflegeeltern das nicht auch taten, musste aber sofort an meine eigene Mutter denken und wie beschäftigt sie immerzu gewesen war. Und dann erinnerte ich mich an den düsteren Blick, den Luca mir am Vortag zugeworfen hatte, und an die Tatsache, dass kaum eine der Pflegerinnen auf Station in die Nähe seines Zimmers wollte. Der Junge würde wahrscheinlich ein verdammt harter Brocken werden. Aber mit denen kannte ich mich schließlich aus. Mehr als mit im Sterben liegenden Kindern auf jeden Fall.

Also straffte ich die Schultern. »Geht klar, Chef.« Ich hob drohend, aber nicht ohne ein Lächeln die Hand. »Aber nächste Woche nimmst du mich mit zur Leitungsrunde, okay?«

Er erwiderte das Lächeln, bevor er mich mit einem Wink davonscheuchte. Ich versuchte, tief durchzuatmen, als ich mir die Kurve von Luca holte und zu Maria lief, um mir eine Übergabe geben zu lassen. Es war nicht viel anders als am Vortag. Er war zwölf Jahre alt, hatte einen immer wiederkehrenden Lungenkrebs, und die Ärzte versuchten es jetzt mit einer aggressiveren Chemotherapie als die letzten Male. Er hatte bereits am Vorabend damit gestartet. Leichte Übelkeit, aber die Nacht über hatte er gut geschlafen. In zehn Minuten musste ich die nächste Chemo anschließen. Maria kaute auf ihrer Unterlippe, als sie mit der Übergabe fertig war. »Viel Freude mit ihm«, sagte sie dann mit ausdruckslosem Gesicht und machte sich aus dem Staub, um sich um ihre Patienten zu kümmern.

Himmel, ihr Unwillen war beinahe mit Händen zu greifen gewesen. Es wurde Zeit, dass ich mir mein eigenes Bild zu dem kleinen Stationsteufel machte.

Ich schnappte mir den Beutel mit der Chemotherapie und steuerte das Zimmer an, das dem Stationsstützpunkt am nächsten war. Als ich langsam die Tür öffnete und prüfend den Kopf reinsteckte, saß Luca aufrecht auf dem Bett und sah mir mit seinen großen blauen Augen entgegen. Seine blonden Löckchen waren durcheinander, wahrscheinlich vom vielen Liegen auf dem Kissen, und seine Haut war blass. Ohne den düsteren Ausdruck in seinen Augen hätte er wahrscheinlich ausgesehen wie ein Fleisch gewordener Engel. Ich hatte noch nicht einmal richtig den Raum betreten, als er mir schon ein »Was ist denn?« entgegenschleuderte.

Ich ließ die Tür zufallen und starrte ihn nur eine Sekunde lang überrascht an, in der ich mich ein wenig sammeln musste. Sein Gesicht war feindselig, aber mich konnte er damit nicht erschrecken. Ich war Schlimmeres gewohnt. »Charmant«, sagte ich deshalb nur trocken. »Ich freue mich auch schrecklich, dich kennenzulernen, Luca.«

Er klappte den Mund auf und wieder zu, als wäre er ein Fisch an Land. Offensichtlich hatte er nicht mit Sarkasmus als Antwort gerechnet. Das wunderte mich nicht – die Pfleger waren wahrscheinlich höflich zu ihm, egal, was er sagte. Weil sie das sein mussten, weil es von ihnen erwartet wurde. Weil er schwer krank war und keine Eltern hatte. Aber dieses Spielchen würde ich nicht mitspielen, weil ich es nicht gewinnen konnte gegen jemanden wie Luca.

Also hob ich nur den Beutel mit der Chemotherapie in die Höhe. »Mein Name ist Tessa und ich bin heute für dich zuständig. Wenn es dir also recht ist, würde ich dir gern das hier anhängen und deine Vitalwerte kontrollieren.«

Luca starrte mich an und presste die Lippen zusammen. Als er nicht antwortete, ging ich mit festem Schritt zum Infusionsständer und hängte die Chemotherapie um. Er schwieg weiter eisern, und als ich ihm wieder den Blick zuwandte, starrte er auf den Gameboy in seinen Händen, ohne das darauf blinkende Spiel weiter zu spielen. Offensichtlich hatte ich ihn aus dem Konzept gebracht. Sein Gesichtsausdruck war ernst und immer noch düster und ich wunderte mich darüber, dass er wirklich erst zwölf Jahre alt war. Er wirkte viel reifer. Aber nach dem, was ich von ihm wusste, war das eigentlich auch nicht sonderlich überraschend.

Ich ließ die Infusion noch hängen, ohne sie anzustecken, und drehte mich wieder zu ihm, eine Hand ausgestreckt. Er wusste sofort, was ich von ihm wollte, und reichte mir seinen Arm. Während das Gerät seinen Blutdruck maß, sah ich ihn weiter unverhohlen an, suchte sein Gesicht nach Emotionen ab, die er mir aber nicht zeigen wollte. Er wich meinem Blick aus. Also nickte ich in Richtung seines Gameboys. »Was spielst du?«

Luca sah auf, die Augenbrauen zusammengezogen. »Das geht Sie nichts an«, erklärte er schroff. Wahrscheinlich wollte er mich damit zum Schweigen bringen, aber ich ging gar nicht darauf ein. Stattdessen ließ ich die Mundwinkel nach oben wandern und neckte: »Was denn, ist es dir etwa peinlich? Ist schon in Ordnung. Ich bin sicher, viele Jungs in deinem Alter finden Barbie-Spiele cool, die meisten wollen das nur nicht zugeben.«

Jetzt riss er entsetzt die Augen auf. »Ich spiele keine Barbie-Spiele.«

»Ach so, na gut«, gab ich unschuldig zurück. Er ließ sich also wirklich aus der Reserve locken, das war ein gutes Zeichen. Eines, das bewies, dass es noch möglich war, an ihn heranzukommen. Noch keine komplette Mauer. Ich las die Vitalwerte vom Gerät ab, und als ich Luca wieder ansah, starrte er immer noch in meine Richtung. Es wirkte ein wenig, als versuchte er, sich einen Reim auf mich zu machen. Nach kurzem Schweigen sagte er noch einmal energisch: »Ich spiele keine Barbie-Spiele.«

»Ich glaube dir doch«, versicherte ich grinsend.

»Das ist ein Spiel von *Aquaman*.« Er hielt mir den Gameboy hin und ich war sicher, dass er genervt klingen wollte. So, als würde ihn das alles eigentlich gar nicht interessieren. Funktionierte nur leider nicht, denn seine Augen funkelten dabei mit viel zu viel Leidenschaft.

Ich tat ihm den Gefallen und betrachtete das Display. »Ah, ja, *Aquaman*. Cool. Du bist also DC-Fan?« Ich kannte mich nicht wirklich damit aus, aber momentan nahm ich gern jedes Thema, das er mir bot.

»Nee«, gab Luca zurück, ließ den Gameboy sinken und begann wieder, weiterzuspielen. »Nur Aquaman.«

»Verstehe.« Ich verschränkte die Arme vor der Brust. »Wie

sieht's aus? Ich könnte mit der Infusion erst einmal warten, dann könntest du vorher duschen gehen. Ich helfe dir dabei.«

Lucas Blick zuckte zu der Infusion und einen Moment lang konnte ich so etwas wie Angst durch den Schleier in seinen Augen erkennen. Furcht vor dem, was die Chemo mit ihm machen würde. Symptome, die er schon kannte, und welche, die vielleicht neu dazukommen würden. Eine Sekunde musste ich gegen den Impuls ankämpfen, nach seiner Hand zu greifen, denn das hätte er wahrscheinlich nicht zugelassen. Stattdessen ließ ich ein Lächeln auf meine Lippen wandern. »Ich weiß. Ist scheiße mit der Chemo.«

»Als hätten Sie eine Ahnung davon«, sagte er bitter und starrte dann wieder auf den Gameboy. Seine Finger bewegten sich langsamer als zuvor und sein Kiefer war angespannt.

Ich schüttelte den Kopf. »Ich würde mir nie anmaßen, dass ich das verstehen kann. Aber ich kann es ein wenig nachvollziehen, glaub mir.«

Er brummte nur statt einer Antwort, also hakte ich noch einmal nach: »Duschen?«

»Kein Bock.«

Da hatte jemand die Pubertät ein wenig zu früh erreicht. »In Ordnung. Kommst du selbst auf uns zu, wenn es nötig wird, oder soll ich dir einen dezenten Hinweis geben, wenn du anfängst zu müffeln?«

Ganz langsam hob er den Kopf wieder und starrte mich erneut mit diesem »Wer zur Hölle sind Sie eigentlich«-Blick an. Als ich grinste, schnaubte er. »Arbeiten Sie hier wirklich als Krankenschwester?«

»Was hat mich verraten? Der Kasack oder die Tatsache, dass ich dir deine Medikamente gebracht habe?«

Wieder ein Schnauben. »Sie reden wie eine dieser Sozialarbeiterinnen.«

Ich musste an Nela denken und das Gespräch, das wir gestern

geführt hatten. Lachend winkte ich ab. »Dafür wäre ich nicht geeignet, glaube ich.«

»Aber als Krankenschwester schon?«

Er wollte mich offensichtlich provozieren. Mich so weit bringen, dass ich bei ihm ebenfalls das Handtuch warf und ihn in Ruhe ließ. Und plötzlich kam mir der Gedanke, dass es mir wahrscheinlich viel Freude bereiten würde, ihm das Gegenteil zu beweisen. »Du bist ganz schön frech. Denk nur nicht, dass ich dir das die ganze Zeit durchgehen lasse.« Lächelnd wandte ich mich dem Infusionsständer zu. »Wenn du nicht duschen willst, hänge ich deine Chemo direkt an.«

Das Funkeln verschwand aus seinen Augen und die Wolken waren wieder da. Er wandte sich ab und presste die Lippen zusammen, als wollte er den Beutel unter keinen Umständen ansehen. »Von mir aus«, sagte er mit einer Stimme, die eigentlich ein *Nein* schreien wollte. Das spürte ich genau. Ich schloss die Chemo trotzdem an, weil es nötig war, und wandte mich ihm dann wieder zu. »Kann ich dir vielleicht irgendetwas Gutes tun, das es dir leichter macht?«

»Sie könnten mich in Ruhe spielen lassen.«

»Vielleicht etwas Leckeres zu essen? Ich habe gehört, dass du dein Frühstück heute nicht wolltest.«

»Ignorieren Sie einfach, was ich sage?«

»Vielleicht einen Smoothie?«

Luca stöhnte und ließ den Gameboy wieder sinken. Sein düsterer Blick traf mich, aber er funkelte wieder. Na endlich. »Wenn Sie so fragen: Ich habe keinen Bock auf dieses widerliche Krankenhausessen. Wenn Sie allerdings zu viel Zeit haben, was offensichtlich der Fall ist, sonst hätten Sie mich schon längst in Frieden gelassen, können Sie gern für mich zu McDonald's laufen. Ein Cheeseburger-Menü, bitte. Und einen Schokomilchshake.«

»Da war ja sogar ein ›bitte‹ dabei, Luca. Wunderbar«, sagte ich mit meiner bestgelaunten Stimme. »Leider absolut ungeeignetes

Essen für einen Patienten mit Chemotherapie. Aber ich glaube, wir haben noch Fruchtriegel da. Mit Schokolade, das ist doch fast genauso gut. Ich hole dir einen, in Ordnung?«

Luca starrte mich an, als hätte ich den Verstand verloren. Und vielleicht hatte ich das, denn ich begann langsam wirklich, mich zu amüsieren. Ohne eine Antwort von ihm abzuwarten, die wahrscheinlich negativ ausgefallen wäre, machte ich auf dem Absatz kehrt und verließ das Zimmer, um die Fruchtriegel aus der Küche zu holen.

Als ich wieder über den Flur zu seinem Zimmer ging, öffnete sich gerade ein anderes Patientenzimmer. Ein dunkles Lachen ertönte, gefolgt von einem »Ich schau in ein paar Stunden noch mal nach dir, Lisa«. Ich blickte neugierig über meine Schulter und der Typ, der auf den Flur trat, hob in derselben Sekunde den Blick. Sofort erkannte ich die kaffeebraunen Augen, die dunklen Locken, das aufflammende Lächeln mit den Grübchen darüber.

Der Rettungssanitäter von gestern. Heute allerdings trug er keine leuchtend orangefarbene Jacke, sondern Alltagsklamotten. Eine schwarze Jeans und ein T-Shirt mit Nasa-Aufdruck. An seiner rechten Brust hing ein grünes Schild, das bei uns im Haus alle ehrenamtlichen Betreuer trugen. Die, die auf allen Stationen schwer kranke Kinder bespaßten, wenn ihre Eltern nicht da sein konnten. Hatte der Typ etwa zwei Jobs hier im Krankenhaus?

Ich merkte erst, dass ich wie hypnotisiert stehen geblieben war, als er leicht den Kopf schief legte. Sein Lächeln war so einnehmend, auch wenn ich es mir nicht erklären konnte. Irgendetwas daran war – besonders charmant. Vielleicht war es die Tatsache, dass sein kantiges Gesicht mit den leichten Bartstoppeln auch hart und cool hätte wirken können. Sexy und mysteriös, wenn er gewollt hätte. Aber dieses Lächeln, diese Grübchen gaben ihm etwas so Warmes, dass ich es noch in meinem Magen spüren konnte. Das war es gewesen, was mich gestern ins Stocken gebracht hatte, als sich unsere Blicke getroffen hatten.

»Hey«, sagte er nach einer kurzen Pause.

»Hey«, gab ich zurück und zwang mich, mich abzuwenden. Ich hatte keine Zeit für so etwas.

Zurück in Lucas Zimmer, warf ich ihm die Fruchtriegel aufs Bett. Der Junge stöhnte auf. »So was esse ich nicht.«

»Hast du sie schon probiert?«

»Nee.«

»Dann ist doch jetzt die beste Gelegenheit dafür, oder?« Grinsend und mit verschränkten Armen stellte ich mich an sein Bett. Luca wartete nur ein paar Sekunden, bevor er genervt aufblickte. »Sie gehen jetzt nicht weg, bevor ich nicht so ein Ding gegessen habe, oder?«

»Das wird deinem Magen sicher guttun während der Chemo«, antwortete ich strahlend.

Luca kniff die blauen Augen zusammen. Wartete ab. Und griff schließlich erneut genervt stöhnend nach den Riegeln. Ich sah ihm dabei zu, wie er den ersten etwas ungeschickt öffnete und hineinbiss. Seine Augen zuckten wieder zu mir hoch. »Zufrieden?«, fragte er mit vollem Mund.

Ich grinste breit und wollte gerade einen Kommentar dazu abgeben, dass Luca aussah, als würde es ihm tatsächlich sogar ein bisschen schmecken – da schrillte über meinem Kopf plötzlich der Alarm los.

Mein Körper reagierte schneller als mein Gehirn, und ich war schon auf den Flur gerannt, bevor mir klar wurde, was das war. Der Reanimationsalarm. Jemand musste reanimiert werden. Ich hatte gar keine Zeit, mir Sorgen zu machen, weil die Intensivschwester in mir das Kommando übernahm und meine Bewegungen steuerte. Ich riss die Tür zu dem Zimmer auf, über dem das rote Lämpchen blinkte, und sah den Rettungsassistenten auf dem Bett knien. Er war offensichtlich der, der den Reaknopf gedrückt hatte, und er war außerdem schon mitten bei der Reanimation des Kindes. An seinem Shirt klebte Blut, von dem ich gar nicht wusste, wo es herkam. Als er über seine Schulter blickte, war sein Blick fokussiert, ernst, aber auch erstaunlich ruhig.

»Das Brett«, rief er mir zu und wieder reagierten meine Hände vor meinem Kopf. Ich riss das Reanimationsbrett von der Wand und raste zu ihm, um es dem Kind unter den Rücken zu schieben. Nur eine Sekunde später wurde der Raum auch schon vom alarmierten Reanimationsteam gestürmt. Ich spürte, wie mein Herz raste, als ich ihnen aus dem Weg trat. Wie mein Blick zu dem leblos wirkenden Kind wanderte, beinahe schon in Zeitlupe. Und wie meine Gedanken zu seinen Eltern wanderten, zu dem Moment, an dem ich es ihnen sagen musste. Dass sie ihr Kind verloren hatten.

Mich flutete eine so starke Welle an Emotionen, dass selbst die Intensivschwester in mir ins Wanken kam. Und weil das Reateam und der Rettungssanitäter sich um das Kind kümmerten, konnte ich meinem inneren Fluchtinstinkt nachgeben und aus dem Zimmer stürzen.

Kapitel 4

Mein Herz raste noch, als das Reateam schon längst wieder mit seinen Koffern und sonstigem Gepäck die Station am Stützpunkt vorbei verlassen hatte. Ich hatte nur kurz aufgeblickt, in ihre müden Gesichter, ihre sich bewegenden Münder. Hinter ihnen war die Trage gekommen, auf der das Mädchen gelegen hatte. Matilda. Angeschlossen an ein Überwachungsgerät und an Sauerstoff. Eine Sekunde, ein Blick hatte gereicht, um die Vitalzeichen auf den Geräten zu sehen. Die sich sanft hebende und senkende Brust.

Dann hatte ich wieder auf den Computer gesehen, um den Bericht zu schreiben. *Plötzlicher Kreislaufstillstand. Reanimation erfolgreich. Verlegung auf die Intensivstation zur Überwachung.* Mein Herz galoppierte immer noch, obwohl die Situation überstanden war, und ich biss mir so fest auf die Unterlippe, dass ich schon Blut schmeckte. Wieso war ich so durchgedreht? Ich wusste, was in solchen Situationen zu tun war. Ich hatte sie schon tausendmal in meiner Ausbildung und auf der Intensivstation erlebt. Ich funktionierte gut unter Druck, verdammt gut sogar, warum versagten mir jetzt plötzlich ständig die Nerven?

Eigentlich kannte ich die Antwort auf diese Frage: Das erste Mal in meinem Leben ging es um Kinder. Schwer kranke Kinder. Ich hatte mir immer eingeredet, dass es egal war, wer meine Patienten waren, und dass ich auf jeder Station die Beste sein konnte. Und plötzlich holte mich das Leben auf so eine niederschmetternde Art auf den Boden der Tatsachen zurück, dass ich wieder an mir selbst zweifelte. Und dabei hatte ich mir geschworen, dass das nie wieder passieren würde.

Ich muss die Station wechseln, hämmerten die Gedanken in meinem Kopf, während ich die letzten Worte im Bericht mit steigender Intensität in den Computer hackte. *Ich kann das hier nicht. Ich muss die Station wechseln, ich muss wechseln, ich muss wechs...*

»Alles in Ordnung?«

Erschrocken zuckte ich beim dunklen Klang der Stimme neben mir zusammen und fuhr herum. In der Tür zum Stationszimmer stand der Typ von eben. Der Betreuer, der mit der Reanimation des Kindes angefangen hatte. Der Rettungssanitäter von gestern. Er hatte immer noch Blut am Shirt, von einer herausgerutschten Infusion, wie ich im Nachhinein von Maria erfahren hatte. Obwohl er der Erste am Ort des Geschehens gewesen war und die ganze Sache angeleitet hatte, wirkte er vollkommen ruhig. Als ich mich dabei ertappte, wie ich auf seine Brust starrte, auf den sich auf den Muskeln spannenden Nasa-Aufdruck, um seine Atemfrequenz zu erfassen, ließ ich meinen Blick schnell wieder nach oben schießen. In seine fast schwarzen Augen. »Wollen Sie mir einen Herzinfarkt verpassen?«

»Oh, das ist sicher das Letzte, was ich will. Eine Reanimation am Tag reicht. Entschuldige. Und bitte kein *Sie,* das klingt viel zu förmlich.« Er lächelte breit und da waren wieder seine Grübchen, die verflucht niedlich waren. »Beck reicht. Vor allem, weil wir uns wahrscheinlich öfter sehen hier auf Station.«

Ich starrte ihn einen Moment etwas überrumpelt an, weil ich nicht wusste, was ich sagen sollte. Noch dazu lenkten mich seine Grübchen wahnsinnig ab.

Beck schien mein Schweigen anders zu deuten. Sein Lächeln erstarb etwas. »Außer, *Sie* bestehen auf die förmliche Anrede? Ich habe gehört, dass Sie Stationsleitung werden wollen.«

Ich spürte, wie meine Schultern sich etwas entspannten, als ich mich wieder dem Computer zuwandte. »Aber nicht hier. *Du* ist also völlig in Ordnung. Und danke, ja, mir geht es gut.« Eigentlich wollte ich mich wieder auf den Computer konzentrieren, aber die Buchstaben vor meinem Gesicht verschwammen ein wenig. Was war denn jetzt los? War es die langsam abfallende Anspannung, die mich die ganze Zeit festgehalten hatte? Bekam ich jetzt eine Panikattacke, nachdem der eigentliche Stress schon längst wieder abgeflacht war?

Kurz flog mein Blick nach oben durch das Fenster hinaus auf den Flur. Ich saß hier mitten auf Station, mein Arbeitsplatz war von allen Seiten durch die Fensterscheiben einsehbar. Eigentlich, damit man auch von hier drinnen alles im Blick hatte. Aber in diesem Moment fühlte ich mich plötzlich, als würde ich auf dem Präsentierteller sitzen. Als wären die Augen meiner Kollegen auf mich gerichtet, als würde man nur darauf warten, dass ich vor allen zusammenbrach. Schwäche zeigte.

»Muss anstrengend sein, immer die Starke spielen zu müssen, wenn man der Boss ist. Oder wird. Vor allem, wenn einen alle durch diese riesigen Glasfenster beobachten. Deshalb ein Vorschlag.« Ich hörte, wie Beck die Tür des Stationszimmers schloss, und blickte wieder zu ihm auf. Konnte der Kerl Gedanken lesen? Oder war ich einfach zu durchschaubar? Die Gedanken verflüchtigten sich sofort wieder, als ich bemerkte, wie er mich plötzlich ansah. Seine ganze Mimik hatte sich verändert, er wirkte jetzt erschöpft. Traurig. Beinahe, als wäre *er* derjenige, der jeden Moment zusammenbrechen würde.

Beck ließ sich auf den Drehstuhl neben mich fallen und seine Schultern sanken zusammen. Seine normal klingende Stimme passte aber überhaupt nicht zu dem Ausdruck in seinem Gesicht. »Wir tun einfach so, als wäre ich derjenige, der sich ausheulen muss. Du schaust einfach weiter so cool wie gerade, während ich dich noch einmal frage, okay?«

Ich wusste überhaupt nicht, was ich erwidern sollte, so überrumpelt war ich von seinem plötzlichen Mimikwechsel und von seinen Worten.

Kurz zuckten seine Mundwinkel, dann hatte er wieder diese perfekte traurige Maske aufgesetzt. »Also, ist alles in Ordnung, Tessa?«

Keine Ahnung, warum er meinen Namen kannte. Aber er hatte ja schließlich auch gewusst, dass ich Stationsleitung wurde. Nur einen Moment gab ich mich dem Erstaunen hin, was seine sanfte Stimme in mir auslöste: nämlich, dass ich ihm plötzlich wirklich von allem erzählen wollte, was in mir los war. Wie überfordert ich mich in diesem Moment fühlte und wie kurz davor ich eigentlich war, einfach aufzugeben. Dann war der Moment vorbei und ich hatte mich wieder gefangen. Ich schnalzte leise mit der Zunge und sah wieder zum Computer. »Vielleicht bist wirklich eher du derjenige, der über das reden muss, was passiert ist, und projizierst das jetzt auf mich.«

»Ich bin einiges gewohnt, ich bin Rettungssanitäter«, gab er ruhig zurück. In seiner Stimme lag ein Lächeln, das auf seinem Gesicht nicht zu erkennen war. »Es ist natürlich immer wieder erschreckend, leicht wird es nie. Aber glaub mir, ich habe nicht das geringste Problem damit, schwach zu wirken.«

Kurz ließ ich den Blick zu ihm schweifen. Das war offensichtlich. Ihm schien es überhaupt nichts auszumachen, dass die vorbeilaufenden Schwestern ihn neugierig musterten, stehen blieben oder mit Absicht noch einmal am Stationszimmer vorbeiliefen. Sensationsgeile Kollegen. Ich presste die Lippen zusammen, weil ich plötzlich das irrationale Gefühl hatte, mich verteidigen zu müssen. »Ich bin auch einiges gewohnt. Ich war vorher auf der Intensivstation, da gab es ständig Reanimationen, die sehr heftig waren. Und viele, die nicht gut ausgegangen sind.«

»Kinder oder Erwachsene?«

»Erwachsene.«

»Dann ist es etwas anderes.«

Mein Blick gewann wohl etwas an Schärfe, denn er hob entschuldigend die Hände. »Nicht dass ich deine Kompetenzen deshalb weniger schätze oder denke, dass du das hier nicht kannst. Aber ich persönlich finde, dass da ein riesiger Unterschied ist. Emotional. Das hier – ist heftig.« Er machte eine Geste, als ob er auf die ganze Station deuten wollte, und aus irgendeinem Grund rutschte mir dabei das Herz zwischen die Rippen hindurch irgendwohin in meinen Schoß. Beinahe hätte meine Unterlippe gezuckt. Aber auch nur beinahe. Dafür hatte ich mich noch zu gut im Griff.

Zu meiner Verärgerung schien Beck es trotzdem gemerkt zu haben. Sein Blick wurde mit einem Mal unglaublich weich. »Soll ich dir ein Geheimnis verraten, Tessa? Ich mache dieses Betreuerding hier schon seit drei Jahren. Aber jedes Mal, wenn ich hier hochkomme, auf die Kinderonkologie, habe ich einen riesigen Stein im Magen.«

»Wirklich?«, fragte ich überrascht, obwohl ich eigentlich gar keine Emotionen zeigen wollte. Ich wollte die knallharte, coole Stationsleitung sein, die andere in mir sehen sollten. Dieser Kerl hier machte alles nur mit ein paar netten Grübchen und seiner sanften Stimme zunichte.

Beck nickte. »Klar. Wie oft es schon vorgekommen ist, dass ich an einem Tag mit einem Kind stundenlang Brettspiele gespielt habe und am nächsten Tag war es plötzlich nicht mehr da. Über Nacht kritisch geworden und auf die Intensivstation verlegt. Oder gestorben. Es spielt keine Rolle, wie häufig das passiert, es ist jedes Mal wie ein Schlag in die Magengrube. Da sind die Einsätze bei meinem anderen Job meistens um einiges einfacher, egal wie heftig der Tag da war.«

Mein Hals fühlte sich erschreckend trocken an. Ich räusperte mich, auch um diesen verdammten Kloß loszuwerden, der sich gerade bilden wollte. »Warum machst du dann beides?«

Beck zuckte mit den Schultern und begann, sich auf dem Stuhl neben mir hin und her zu drehen. »Der eine ist der Ausgleich zum anderen, würde ich sagen. Manchmal brauche ich etwas mehr Action, weil ich dann nicht viel nachdenken muss. Manchmal bin ich lieber hier und bringe Kinder zum Lachen, die sonst nicht viel zu lachen haben.« Seine Mundwinkel wanderten wieder nach oben. »Oder ich habe ein offenes Ohr für meine Kolleginnen.«

Irgendetwas in meiner Brust drohte zu schmelzen. Ich konnte schon das Knacken von meiner professionellen Maske hören und das wollte ich gerade wirklich überhaupt nicht zulassen. Besonders, weil Maria in der Zeit, in der Beck hier drin war, schon zweimal mit erhobenen Augenbrauen an der großen Scheibe vorbeigelaufen war. Ich holte tief Luft. »Ich muss weiterarbeiten. Malik will sicher den Bericht fertig haben, wenn er wieder hier ist. Und ich hab auch sonst noch jede Menge Computerkram zu erledigen.« Alles, was nur weit genug weg war von den Patienten. Für heute war mein Herz genug strapaziert worden.

»Klar. Entschuldige.« Beck stand in einer beinahe schon fließenden Bewegung vom Stuhl auf, blieb aber mit den Händen in den Hosentaschen stehen. Als ich zu ihm rübersah, wirkte er ein wenig besorgt. Statt sich aber noch einmal zu erkundigen, ob alles in Ordnung war, sagte er: »Ich werde schnell mein Shirt wechseln und dann mit Luca runtergehen.«

»Runter?« Die Alarmglocken in meinem Kopf schrillten sofort auf. »Er ist aktuell mitten in der Chemo und zu krank, um nach draußen zu gehen.«

»Ich weiß.« Sein Lächeln zauberte wieder die Grübchen auf seine Wangen. »Wir drehen eine kleine Runde durchs Krankenhaus, mit Masken und allem Drum und Dran. Keine unnötigen Risiken natürlich. Er soll nur ein bisschen rauskommen, darüber freut er sich immer.«

Meine Anspannung löste sich wieder ein wenig. Ich konnte mir wirklich nicht vorstellen, wie Luca aussah, wenn er sich über etwas freute. Zögerlich nickte ich. »Aber wenn etwas ist, kommt ihr sofort wieder hoch.«

»Na klar, Boss.« Er zwinkerte und drehte sich zur Tür um. Und wahrscheinlich hätte mich diese lockere Geste aufgeregt, vor allem, weil er sich einfach meinen Patienten schnappen wollte. Ein kleiner Junge, für den heute *ich* zuständig war. Aber in dieser Sekunde spürte ich plötzlich, dass ich mir überhaupt keine Sorgen machte. Ich hatte gesehen, was Beck draufhatte. Dass er wahrscheinlich souveräner auf Notfälle reagieren würde als ich, auch wenn ich das nur ungern zugab.

»Beck?«

Fragend drehte er sich zu mir um und ich sagte mit ernster Miene: »Du hast da bei Matilda wirklich verdammt gute Arbeit geleistet. Ehrlich. Wenn du nicht so beherzt eingeschritten wärst, wäre sie jetzt wahrscheinlich tot. Danke.«

Eine Sekunde nur wirkte er verdutzt, dann hellte sich seine Miene wieder auf. Die Grübchen, die charmanten Fältchen um die Augen. Er fuhr sich durch die dunklen Locken und wirkte dabei schon fast ein wenig verlegen. »Ist doch mein Job.«

Mein Blick folgte ihm noch durch die Glastür, über den Gang bis hin zu den Mitarbeiterumkleiden, wo er wahrscheinlich sein Shirt wechselte. Was war das eigentlich für ein Typ? Innerhalb weniger Minuten hatte er meine Schale geknackt, nur mit ein paar sanften Worten und einer unendlichen Geduld in seiner Stimme. Ich konnte nicht umhin, ihn irgendwie ein wenig dafür zu bewundern, auch wenn er mir meine eigenen Schwächen nur allzu deutlich vor Augen geführt hatte. Vielleicht konnte ich von ihm noch etwas lernen, während ich hier war. Auch wenn das nicht mehr sonderlich lange sein würde, wenn es nach mir ging.

Ich setzte mich wieder an den Bericht, doch die Konzentration fiel mir um einiges schwerer als vorhin noch. Becks Worte hatten diesen Teil in mir geweckt, der sich viel zu viele Gedanken um alles machte. Nichts, was eine Stationsleitung sich leisten konnte. Oder jemand in einer anderen Führungsposition. Ich musste gelassen bleiben, den Überblick behalten, egal, wie schwierig die Situation zu sein schien. Und ein wenig wollte ich wütend auf ihn sein, weil er diese verletzliche Seite getriggert hatte. Aber ich konnte es nicht. Vielleicht wegen der Dinge, die er gesagt hatte. Vielleicht, weil ich mich plötzlich etwas verstandener fühlte als noch vor ein paar Minuten. *Es ist etwas anderes. Emotional.* Wie zum Teufel hatte er das angestellt?

Als Malik von der Leitungsrunde zurückkam, erzählte ich ihm, was passiert war. Er machte große Augen, betonte aber auch, was für ein Glück wir hatten, dass Beck da gewesen war. Und dass das Reateam so schnell gekommen war wie immer. Dass Matilda noch lebte.

Er warf einen Blick auf meinen Bericht, die Augenbrauen tief zusammengezogen. Dann nickte er langsam. »Das ist gut so. Du kannst ihn an die Pflegedienstleitung schicken.« Ganz kurz zuckten seine Mundwinkel nach oben. »Und dann solltest du vielleicht eine Pause machen. Du hast dich um alles gekümmert und Luca ist gerade versorgt.« Es wirkte, als würde er noch etwas sagen wollen. Wahrscheinlich, dass die Rea sicher ein Schreck für mich gewesen war und dass ich mir kurz Zeit für mich nehmen sollte.

Aber ich wollte nicht, dass er mich für jemanden hielt, der mit dem Druck nicht klarkam. Deshalb winkte ich nur müde ab. »Ich brauche keine Pause, danke. Eigentlich wollte ich mich gerade an die Dienstpläne setzen, wenn der Bericht abgeschickt ist.«

Malik zuckte mit den Schultern. »Meinetwegen. Du weißt selbst am besten, was gut für dich ist. Aber wenn du willst, kannst du für die Dienstpläne in mein Büro gehen, da hast du deine Ruhe. Ich kann mich hier an den Computer setzen.«

Und ich wurde nicht mehr von allen Seiten beobachtet. Himmlisch.

Ich versuchte, meine Begeisterung nicht zu sehr zu zeigen. »Klingt vernünftig, das Angebot nehme ich gerne an.«

»In Ordnung.« Er nickte, zögerte einen Moment, dann klopfte

er mir etwas unbeholfen auf die Schulter. »Gute Arbeit, Tessa. Wenn du nachher Pause machen willst, kannst du dich einfach bei jemandem kurz abmelden und selbstständig gehen und kommen.«

An seinen Worten war nicht wirklich zu erkennen, ob er mir nur einen Gefallen tun wollte oder ob er mir wirklich so weit vertraute, dass ich selbstständig schon alles geregelt bekam. Ich beschloss, dass es mir für den Moment egal war, und sammelte alle Sachen im Stationszimmer zusammen, die ich brauchte.

Kaum fiel die Tür des Leitungsbüros hinter mir ins Schloss, seufzte ich erleichtert auf. Ich ließ mich auf Maliks Drehstuhl fallen, legte die Arme auf den Schreibtisch und meinen Kopf darauf. Nur für eine Sekunde ließ ich das zittrige Aufatmen zu, ließ zu, dass ich den Kloß in meinem Hals richtig spürte und dass die Erinnerungen an mein Eintreten in das Patientenzimmer mich durchfluteten wie eine gewaltige Welle. Das leblose Kind, das gerade reanimiert wurde. Das Blut an Becks Shirt und wie er mir mit dieser ruhigen Stimme zurief, dass ich das Brett bringen sollte. Meine Augen brannten, aber als ich mich wieder gerade aufsetzte und ein letztes Mal ganz tief einatmete, kehrte langsam wieder Ruhe in meinen Körper zurück.

Als es eine halbe Stunde später an die Tür klopfte, hatte ich mich schon wieder gut im Griff und mit den Dienstplänen für die nächsten Monate angefangen. »Ja?«, brummte ich, den Blick noch auf den Desktop gerichtet und auf einem Kuli kauend, den ich wahrscheinlich nachher unauffällig verschwinden lassen musste. Malik würde sich eher nicht über Bissspuren in seinen Schreibutensilien freuen.

Zu meiner Überraschung war es eine weibliche Stimme, die sagte: »Dienstpläne? Ist das nicht die undankbarste Arbeit der Welt?«

Ich drehte mich um und Natascha schlüpfte grinsend in den Raum. Sie hatte die Ärmel ihres Arztkittels hochgekrempelt und die langen blonden Haare zu einem hohen Zopf gebunden. Unter ihren Augen lagen dunkle Schatten, aber ihre Laune schien ausgezeichnet.

»Ist es«, gab ich zurück. »Du kannst es niemals allen recht machen, egal, wie sehr du es versuchst. Und glaub mir, ich versuche es wirklich.«

»Natürlich tust du das.«

»Was machst du hier?« Ich steckte den angekauten Kuli in die Brusttasche meines Oberteils und lehnte mich im Drehstuhl zurück. »Hast du Pause?«

Natascha nickte, während ihr Blick über mich wanderte. »Ich habe von der Rea gehört, die vorhin hier war, und wollte sehen, ob du vielleicht mit mir zusammen Pause machen und mir alles erzählen willst.« Ihre Stimme klang neugierig und ich musste lächeln. Sofort hob die Assistenzärztin entschuldigend die Hände. »Natürlich nur, wenn es okay ist. Ich habe gehört, dass das Mädchen überlebt hat, sonst hätte ich nicht so frech gefragt. Aber es wird erzählt, dass du mit in der Erstversorgung warst, und ich will einfach alles wissen.«

Etwas schwerfällig erhob ich mich vom Schreibtisch und griff nach meiner Strickjacke, die ich über den Stuhl geworfen hatte. »Wir können uns einen dieser tollen Kaffees aus der Cafeteria holen und ich erzähl dir, was ich weiß. Aber sei nicht allzu enttäuscht, ich habe eigentlich kaum etwas gemacht. Der Betreuer, Beck, war zuerst da und hat begonnen, sie zu reanimieren. Ich bin nur dazugekommen und war etwa zwei Sekunden im Raum, bevor das Rea-Team eingetroffen ist.«

Natascha formte ein »Oh« mit dem Mund, dann nickte sie. »Ja, Beck, ich kenne ihn.«

»Tatsächlich?« Ich blickte sie fragend an, als wir aus dem Büro traten. Malik saß noch im Stationszimmer und ich gab ihm ein Zeichen, dass wir Pause machten. Er nickte nur lächelnd und wandte sich dann wieder Maria zu, die ihm anscheinend von irgendetwas berichtete. Vielleicht beschwerte sie sich wieder über irgendetwas.

Natascha nickte, als wir schon einige Schritte gegangen waren. »Ich kenne ihn als Rettungssanitäter aus der Notaufnahme. Toller Typ. Behält immer die Ruhe, egal, wie stressig die Situation ist. Ich glaube, er macht das auch schon seit Ewigkeiten. Ein paar der Ärzte könnten sich eine Scheibe von ihm abschneiden.«

»Er wirkt noch gar nicht so alt.« Ich zog die Stationstür auf und ließ meine Kollegin zuerst nach draußen in den Flur gehen. »Wie lang macht er das schon?«

»Ich glaube, er hat direkt mit achtzehn angefangen, als Rettungssani zu arbeiten.« Natascha hob den Kopf und ein wissendes Lächeln trat auf ihre Lippen. »Wenn man vom Teufel spricht.«

Ich folgte ihrem Blick zu den Aufzügen, aus denen gerade Beck mit dem im Rollstuhl sitzenden Luca kam. Der Junge hatte eine Maske auf, genau wie sein Betreuer, aber darüber leuchteten seine sonst so mürrischen Augen tatsächlich ein wenig auf. Anscheinend hatte der kleine Ausflug mit Beck ihm tatsächlich gutgetan.

Beck sagte gerade etwas, lachte dabei und schob Luca in Richtung Station. Dann sah er plötzlich auf und unsere Blicke kreuzten sich. Mein Herz machte einen Satz und ich hielt erschrocken die Luft an. Was war das denn jetzt? Reichten ein paar Grübchen und eine sanfte Stimme jetzt, dass ich vergaß, dass ich in einer Beziehung war?

Ich nickte ihm etwas verhalten zu und hakte mich dann bei Natascha unter. »Komm, lass uns die Treppe nehmen. Ich saß den halben Vormittag am Schreibtisch und brauche etwas Bewegung.«

Die Assistenzärztin stöhnte zwar auf, ließ sich aber trotz ihrer wahrscheinlich laufintensiven Schicht von mir ins Treppenhaus ziehen. »Was denn, willst du nicht, dass deine Kollegen dich bei einer wohlverdienten Pause sehen?«, fragte sie, halb gequält, halb lachend.

Ich entschied, nicht darauf zu antworten. Nicht, dass mein laut klopfendes Herz mich noch verriet und mir die Stimme versagte.

Kapitel 5

»Tessa, wenn du nicht gleich kommst, verpasst du das Intro!«, brüllte Nela mir aus dem Wohnzimmer zu.

Ich stand noch in der Küche und überlegte, was ich uns in die schönen geschwungenen Gläser füllen sollte, die uns Marion damals zum Einzug geschenkt hatte. Die für die besonderen Anlässe. Wein? Prosecco? Oder heute doch mal einen Gin Tonic? »Bin gleich da«, rief ich zurück. »Was willst du denn trinken?«

»Überrasch mich!«

Das half mir gerade auch nicht weiter. Ich lehnte mich auf die Küchentheke und ging mit den Augen die Reihe an Flaschen entlang. Zuerst wollte ich nach dem Wein greifen, aber den hatten wir am Vortag schon getrunken und heute war schließlich ein besonderer Abend. Also entschied ich mich für den teuren Prosecco und füllte unsere Gläser.

Als ich sie nach drüben balancierte, hatte Nela sich auf der Couch schon in die dicke Wolldecke gekuschelt und blickte daraus hervor wie ein Welpe.

»Du siehst ja niedlich aus so eingemummelt«, sagte ich lachend und reichte ihr eins der Gläser. Nela grinste mich breit an und nahm dann einen großen Schluck von dem Prosecco. »Ein edler Tropfen. Angemessen für einen solch großen Tag.« Sie deutete mit dem Kinn zum Fernseher. »Höchstens noch ein oder zwei Werbungen, dann ist Staffelfinaleee!«

Das letzte Wort flötete sie wie einen Lobgesang und ich kicherte. Tatsächlich hatte ich noch etwas Zeit, mich ebenfalls in eine Decke zu kuscheln, bevor die Titelmusik unserer Lieblingsserie »Melodie der Liebe« über den Fernseher flimmerte. Nela sang sofort mit einer wahnsinnig schrägen und lauten Stimme das Lied mit, während ich nur lächelnd den Kopf schüttelte und an meinem Glas nippte. Der Prosecco war wirklich unglaublich gut. Ich konnte mich gar nicht mehr daran erinnern, woher wir den hatten, vermutete aber, dass es ein Geschenk von Martins Firma gewesen war. Zu Weihnachten oder Ostern oder was auch immer. Sein Chef ließ sich das immer ganz schön was kosten. Schade nur, dass mein wunderbarer Freund kaum noch da war, um die Geschenke mit mir zusammen zu genießen.

Ich spülte den Anflug von Bitterkeit mit dem nächsten Schluck Prosecco hinunter und drehte mich dann zu Nela um, die wie gebannt auf den Fernseher blickte. »Denkst du, dass Jan Susann heute endlich einen Antrag machen wird?«

»Nicht, wenn seine böse Mutter da noch ein Wörtchen mitzureden hat. Und hat sie das nicht immer?«, fragte Nela mit echter Verachtung in der Stimme. Ich grinste wegen ihres Gesichtsausdrucks und wandte mich dann selbst dem Fernseher zu. Genau in dem Moment, in dem besagte böse Mutter die Szene betrat, wie immer mit einem Pelzmantel gekleidet. Der Lippenstift saß perfekt, genau wie der spöttische Zug um ihre Mundwinkel. Ich konnte immer noch nicht glauben, dass DAS die Mutter meiner Freundin Sami war. Von der lieben, hart arbeitenden Sami, die eigentlich nie an sich selbst dachte. Nach dem, was sie erzählt hatte, hatten ihre Mutter und ihre Serienfigur mehr gemeinsam, als die Schauspielerin es die Welt glauben machen wollte.

Nur eine Minute, dann war ich wieder mitten in der Story um die junge Musikerin Susann, die neu bei einem Plattenlabel angefangen hatte und sich gegen intrigante Kollegen und Widersacher durchsetzen musste, um eine Karriere aufzubauen und ihr Glück zu finden. Am liebsten mit Jan, dem Sohn der giftigen Plattenfirmabesitzerin.

Es war unglaublich, wie sehr ich diese Serie mittlerweile mochte. Dabei konnte ich mich noch gut daran erinnern, wie

Nela mich das erste Mal dazu überredet hatte, MdL mit ihr zusammen zu schauen. Die ganzen Figuren hatten mich total verwirrt, abgesehen davon, dass die Storyline absolut übertrieben und klischeehaft war. Aber wie es Seifenopern oft schafften, hatte es nur ein paar Erklärungen und noch ein, zwei Folgen gebraucht, um völlig von der Serie eingenommen zu werden. Und jetzt erwischte ich mich dabei, wie ich fast jeden Abend einschaltete und die Geschehnisse verfolgte. Das Staffelfinale sah ich mir natürlich weiterhin nur mit Nela an und mittlerweile gab ich mir auch keine Mühe mehr, meine Begeisterung für diesen Schund zu verbergen. Vor ihr musste ich nicht die Coole spielen. Der Zug war längst abgefahren.

»Kommt Martin heute mal pünktlich aus der Arbeit zurück?«, fragte Nela plötzlich.

Ich warf ihr einen Seitenblick zu, mein Glas an den Lippen, und versuchte, die Emotionen in ihrem Gesicht zu lesen. Aber sie schien immer noch gebannt auf die Serie zu starren. Nur jemand, der sie wirklich gut kannte, konnte die Traurigkeit in ihrem Blick wahrscheinlich sehen. Jemand wie ich. »Hoffentlich. Momentan sieht ihn sein Chef um einiges häufiger als ich«, sagte ich und nahm noch einen extragroßen Schluck von dem Prosecco.

»Und sicher dreimal so häufig wie ich«, fügte Nela an und prostete mir zu.

Obwohl sie so tat, als würde ihr das kein großes Kopfzerbrechen bereiten, konnte ich hinter ihre Fassade blicken. Nela tat gern so, als würde sie alles wahnsinnig locker sehen, aber ich wusste, dass sie Martin vermisste. Vielleicht mehr als ich, immerhin hatte ich noch das Glück, mit ihm in einem Bett zu schlafen, ab und zu ein paar Kuscheleinheiten zu bekommen und am Wochenende war er in der Regel auch zu Hause. Selbst wenn er sich dann oft in sein Arbeitszimmer zurückzog oder auf der Couch während der Sportschau einschlief.

Aber Nela hatte sich noch nicht daran gewöhnt, dass ihr Bruder ausgezogen war. Auch nach zwei Jahren noch nicht. Weil die beiden ganze acht Jahre trennten, war Martin für sie immer der Bilderbuch-Bruder gewesen, der große Beschützer, mit dem sie unter der Decke gelesen und der sie vor Mobbing in der Schule beschützt hatte. Sie hatten ziemlich viel Zeit miteinander verbracht, bevor ich gekommen war und mich dazwischengedrängt hatte. Wahrscheinlich konnte ich froh sein, dass Nela mich nicht als Konkurrenz gesehen und abgestempelt, sondern wie eine Schwester in der Familie aufgenommen hatte. Sie war nie sauer gewesen, weil ich ihr Martin ein wenig weggenommen hatte, und sie würde wahrscheinlich auch nicht zugeben, wie sehr sie ihn vermisste und die gemeinsame Zeit der beiden. Ich wüsste auch nicht, was ich tun würde, wenn Nela über die Jahre nicht zu meiner besten Freundin geworden wäre. Vor allem jetzt, in dieser Zeit, in der ich Martin kaum noch zu Gesicht bekam, wäre ich ohne sie wahrscheinlich schon längst durchgedreht.

Also lehnte ich meine Schulter gegen ihre, und als sie von ihrem Getränk aufblickte, sagte ich mit so viel Zucker in der Stimme, wie ich aufbringen konnte: »Dann bleiben wir uns wohl nur noch gegenseitig, Darling.«

Nela starrte mich eine Sekunde lang völlig ungläubig an, dann lachte sie so laut auf, dass sie beinahe ihren Prosecco verschüttet hätte. Ich grinste sie von der Seite an, bis sie sich einigermaßen beruhigt hatte, und war froh, dass ich sie ein wenig aufmuntern konnte.

Aber auch das durchaus spannende Staffelfinale unserer Lieblingsserie und der teure Alkohol, von dem ich ein Glas nach dem anderen leerte, täuschten nicht über das hinweg, was ich seit unserer kurzen Anmerkung zu Martin verspürte. Immer wieder tanzten meine Gedanken zu ihm und zu der Tatsache, dass er und ich eigentlich schon lange kein tiefer gehendes Gespräch mehr geführt hatten. Es ging nur noch um Kaffee morgens, Small

Talk über die Arbeit und die Diskussionen, die wir nachts führten, wenn einer von uns zu laut zum Pinkeln aufgestanden war. Gott, wir hatten seit Wochen keinen Sex mehr gehabt, weil immer einer von uns zu fertig von der Arbeit gewesen war. Meistens er. Es war eigentlich kein Wunder, dass diese verdammten Grübchen bei der Arbeit mich so ablenkten.

Ich blubberte etwas überrascht in meinen Prosecco. Warum in aller Welt dachte ich in einem solchen Moment der heiteren Angetrunkenheit ausgerechnet an Beck?

Nela neben mir nickte nur, weil sie meine Überraschung anscheinend anders gedeutet hatte. »Oder? Unglaublich, dass sie ihr das Abführmittel nur verabreicht, damit sie beim Heiratsantrag Durchfall bekommt! Diese Frau ist wirklich das pure Böse!«

Weil ich nicht wusste, was ich sagen sollte, nickte ich nur und murmelte ein halbherziges »absolut«. Dann trank ich das Glas leer und lehnte mich wieder in die Ledercouch. Ich wollte mich entspannen. Mich auf die Serie und den schönen Mädelsabend mit Nela konzentrieren, aber plötzlich ging das nicht mehr. Immer wenn ich den Love Interest der Serie sah, verschwamm sein Bild vor meinen Augen zu einem unwiderstehlichen Lächeln, Grübchen und dunklen, fast schwarzen Augen. Ich stöhnte und diesmal drehte sich Nela doch zu mir. »Was ist?«

»Jan«, ich deutete auf den Love Interest und merkte, wie das Bild wieder verschwamm. Diesmal allerdings aufgrund der Alkoholmenge, die ich schon intus hatte. Ich spürte, dass sich meine Mundwinkel nach oben schoben. »Ist eigentlich gar nicht so gut aussehend, oder?«

»Spinnst du? Er ist der heißeste Typ auf diesem Planeten!«, empörte sie sich sofort, als hätte ich den Dalai-Lama beleidigt.

Ich zuckte nur mit den Schultern. »Ich stehe nicht auf dunkle Augen. Oder dunkle Locken. Oder Grübchen.«

Nela zog die Augenbrauen nach oben. Starrte erst mich an, dann Jan, der auf dem Bildschirm gerade vor seiner Geliebten auf die Knie ging, und dann wieder mich. »Tessa, Jan hat quasi nichts davon. Er ist blond und hat blaue Augen. Und ich bin sicher, dass er so viel Botox im Gesicht hat, dass er nicht mal ansatzweise in der Lage ist, Grübchen zu entwickeln.«

Für einen Moment flutete Panik durch meinen Körper. Verdammte Scheiße. Verdammte Scheiße! Aber dann entspannten sich Nelas Gesichtszüge und sie lachte. »Gut, dass die Proseccoflasche leer ist. Du hattest definitiv genug.« Sie kicherte noch, als sie die Arme um meinen Hals schlang. »Und ich definitiv auch. Alles dreht sich. Denkst du, Susann sagt gleich Ja oder wird sie jeden Moment Durchfall bekommen?«

»Durchfall. Definitiv.«

Ich sollte recht behalten. Die Angebetete rannte während des überaus romantischen Heiratsantrags einfach aus dem Raum, um die Toilette aufzusuchen. Und Jan, dieser überromantische, wunderschöne, aber absolut kommunikationsunfähige Idiot dachte natürlich, dass sie seinen Antrag ablehnte, und zog mit gebrochenem Herzen von dannen. Und anstatt dass sich die beiden aussprachen, setzte er sich, natürlich, in das nächste Flugzeug nach Dubai, um sein gebrochenes Herz in der Ferne zu heilen. Himmel!

Als der Abspann über den Fernseher flimmerte, brüllte Nela direkt neben meinem Ohr auf. Es klang wie ein angeschossenes Tier. »Das können sie nicht machen! So können sie auf keinen Fall aufhören!«

»Oh, doch, können sie. Du weißt das. Es ist bei jedem Staffelfinale so.« Ich zuckte mit den Schultern. Normalerweise hätte ich mich wahrscheinlich auch darüber aufgeregt, aber mittlerweile hatte auch der restliche Alkohol mein Gehirn erreicht und auf wunderbare Art und Weise benebelt. Ich fühlte mich leicht und warm und wohl in meiner Couchdecke.

Nela sprang vom Sofa und begann, wie ein Tiger über unseren dicken Teppich zu laufen. »Warum können Leute in solchen Serien eigentlich nie miteinander reden? Wieso muss die Kommunikation immer das einzige Problem sein? Das ist SO UNREALISTISCH!«

Ich pflichtete ihr mit einem heftigen Nicken bei und ließ sogar ein lautes »Du sagst es, Schwester!« vernehmen, das sie erst recht anzufeuern schien. Wir redeten uns sicher noch eine halbe Stunde in Rage, schimpften auf die Storyline und dieses elende Staffelfinale, bevor wir nachschauten, wie lange wir auf die nächste Staffel warten mussten. Wie immer bei »Melodie der Liebe« dauerte es nicht lange, zwei Wochen nur, bis wir weiterschauen konnten. Das beruhigte unsere erhitzten Gemüter wieder.

Schließlich verabschiedete sich Nela mit einer überschwänglichen Umarmung, um wieder nach unten zu gehen. Sie hatte am nächsten Tag Vorlesung um acht, und auch wenn sie damit zwei Stunden später aufstehen musste als ich, war das für Nela eine absolut unliebsame Vorstellung.

Eigentlich hatte ich vorgehabt, ebenfalls ins Bett zu gehen, aber die sich ausbreitende Stille in der Wohnung nach ihrem Abschied sorgte dafür, dass mein Gedankenkarussell wieder von vorn losging. Der Prosecco in meinen Blutbahnen tat sicher sein Übriges dazu, also blieb ich auf der Couch sitzen, in meine Decke gewickelt, und starrte den Fernseher an, ohne auf das Programm zu achten. Hatte ich das Gefühl, dass Martin und ich uns voneinander entfernten? Dass mir ein anderer Mann im Kopf herumspukte, war wahrscheinlich ein Zeichen dafür. Und es erschreckte mich mehr, als ich zugeben wollte. Sicher war das auch nur ein harmloser Schwarm. Ein harmloser Arbeitsflirt. So was kam in den besten Beziehungen vor. Aber vielleicht war es auch ein erstes Anzeichen für eine ernsthafte Krise.

Ich beschloss, dass ich keine Risiken eingehen wollte. Also räumte ich das Wohnzimmer auf, putzte mir die Zähne und legte ein wenig Parfüm auf, bevor ich mich wieder auf die Couch setzte und darauf wartete, dass Martin nach Hause kam. Gegen die Müdigkeit, die sich nach und nach über meinen Körper legte, musste ich glücklicherweise nicht allzu lang ankämpfen, denn schon kurz nach zehn hörte ich die Wohnungstür. Er bemerkte, dass im Wohnzimmer noch Licht brannte, denn er rief sofort: »Tessa? Bist du etwa noch wach?«

Ich richtete mich ein wenig auf. »Ich wollte auf dich warten.«

»Das musst du doch nicht.« Seine Stimme klang rau und erschöpft, wie eigentlich jeden Abend, wenn ich ihn noch wach erwischte. Aber ich war mir auch sicher, Freude darin zu hören. Als er ins Wohnzimmer trat, lächelte er mich an. Mein Blick wanderte an ihm hinab, an dem geöffneten Jackett seines Anzuges, der locker sitzenden Krawatte und dem Hemd, von dem er die obersten Knöpfe geöffnet hatte. Sein herbes Parfüm wehte zu mir herüber und vernebelte meinen angetrunkenen Kopf noch ein wenig mehr. Grinsend stand ich auf. »Ich weiß, dass ich das nicht muss. Ich wollte dich aber sehen.«

Als ich die Arme um ihn schlang, um ihn zu küssen, griff er sofort nach meiner Hüfte und hielt mich fest. Seine Lippen schmeckten nach Kaffee und ich konnte ein wenig Rauch an ihm riechen. Das Naserümpfen sparte ich mir. Wenn er gestresst war, rauchte Martin ab und zu, und er wusste, dass ich das nicht mochte. Aber gerade war ich zu froh, ihn endlich mal wieder im Arm zu haben. Er ließ den Kuss fordernder werden und ich beantwortete es mit einem Stöhnen. Seine Hände pressten mich an seinen harten Oberkörper und ich ließ meine Hand über seine Brust wandern, griff nach seiner Krawatte. Mein ganzer Körper war plötzlich warm, mir war schwindlig, und ich löste mich nach einigen Sekunden von ihm. »Wie war dein Tag?«

Martin drückte ein paar leichte Küsse auf meinen Hals. »Anstrengend«, war das Einzige, was er mir zuraunte, während er mich weiter küsste. Ich nahm schmunzelnd sein Gesicht zwischen meine Hände, damit er mich ansehen musste. »Wie du das so sagst, habe ich das Gefühl, ich wäre dabei gewesen. Willst du von mir auch einen Bericht?«

Er knurrte, dann drückte er mir einen Kuss auf den Mund. »Es tut mir leid, aber ich bin völlig fertig. Ich muss wirklich ins Bett. Lass uns doch morgen ausführlich reden, okay?«

Er küsste mich wieder lächelnd. Mehrere kleine Küsse auf meinen Mund, meine Wange, meinen Hals. Dann löste er sich von mir. Es war wirklich schwer, meine Enttäuschung nicht zu zeigen. Wahrscheinlich gelang es mir auch nicht ganz, denn er blieb stehen, meine Hand in seiner, und blickte mich entschuldigend an. »Wie wär's«, fragte er nach einer Sekunde versöhnlich, »wenn wir am Wochenende in ein schickes Restaurant gehen? Das haben wir ewig nicht gemacht. Der ganze Abend nur für uns, gutes Essen, guter Wein und jede Menge Nachtisch, alles natürlich auf meine Rechnung.«

»Klingt großartig«, gab ich zurück und bemühte mich um ein Lächeln. Das hatte ich mir definitiv mal wieder gewünscht. Aber gerade gab es etwas anderes, was ich mir von ihm erhofft hatte. Mit ihm sprechen. Über meinen Tag auf Station, meine Zweifel mit der Kinderonkologie, meine Ängste und Sorgen. Und Martin mal wieder nahe sein, in seinem Arm liegen, ihn spüren, von ihm gesehen werden.

Ich verdrängte die Gedanken, weil ich wusste, dass sein Tag um einiges länger gewesen war als meiner. »Geh ruhig schon ins Bett, ich muss dringend noch duschen. Ich komme gleich nach.«

»Okay«, gab Martin zurück. Seine Stimme war vorsichtig, als wäre er auf der Hut. Und auch seine Augen suchten mein Gesicht nach einer Spur von Enttäuschung, die ihm morgen noch um die Ohren fliegen würde. Ich lachte und küsste ihn sanft. »Bis gleich«, sagte ich noch, bevor ich ins Bad lief. Dort riss ich mir frustriert die Klamotten vom Körper und stellte mich eine Ewigkeit unter die heiße Dusche. Ich sollte es einfach dabei belassen, sollte hinnehmen, dass er müde war, und es nicht auf mich beziehen. Aber ich konnte es nicht. Und unter dem Dampf der Dusche und dem heißen Wasser, das auf mich prasselte, kamen die Zweifel zurück, die in den letzten Wochen immer mal wieder da gewesen waren, aber noch nie so laut wie heute. War es vielleicht möglich, dass er immer so erschöpft nach Hause kam, weil es jemand anderen gab?

Allein der Gedanke kam mir eigentlich so lächerlich vor, dass ich ihn sofort wieder verwerfen wollte. Martin war nicht der Typ dafür. Er war hart arbeitend, ehrlich, freundlich und sicher kein fremdgehender Lügner. Nicht mein Martin. Nicht der Mann, in den ich mich verliebt hatte, als er mich auf tausend kleine Dates eingeladen und mit Blumen überhäuft hatte.

Aber was ist mit dem Mann, der er heute ist?, fragte eine kleine, leise Stimme in meinem Kopf, die ich sofort unter einem Strahl heißen Wassers ertränkte.

Als ich aus der Dusche kam, war aus dem Schlafzimmer schon das leise Schnarchen von Martin zu hören. Ich trat aus dem Bad und huschte über den Flur. Er lag, nur in seinen Boxershorts, auf der Bettdecke, das Gesicht in das Kissen gepresst und selig schlafend. Offensichtlich war er wirklich fertig gewesen, er war nicht mal in seine Schlafshorts geschlüpft. Ich strich sanft über seinen nackten Rücken und befreite dann mühevoll die Decke unter ihm, um ihn zuzudecken. Wieder ein Abend, an dem ich einsam einschlafen würde. Wenn auch nicht allein. Als ich mich aufsetzte, sah ich das Handy auf seinem Nachttischchen aufblinken.

Wahrscheinlich wieder sein Boss, sagte eine Stimme in meinem Kopf, die offensichtlich vernünftiger war als die, die sich danach meldete: *Oder seine Affäre, von der er gerade gekommen war.*

Nur eine Sekunde musste ich gegen die Versuchung ankämpfen, sein Handy hochzunehmen und die Nachricht zu lesen. Dann kroch ich auf meiner Seite unter die Decke und löschte das Licht. Martin hatte mir nie einen Grund gegeben, ihm zu misstrauen, und ich würde jetzt auch nicht damit anfangen.

Und doch dauerte es an diesem Abend ewig, bis ich endlich einschlafen konnte.

Kapitel 6

Es fiel mir schwer, mich am nächsten Tag zur Arbeit zu schleppen. Ich war müde von den tausend Gedanken, die ich mir in der Nacht gemacht hatte, und war am Morgen kaum aus dem Bett gekommen. Außerdem fehlte die kranke Kollegin immer noch und Malik hatte bisher keinen Ersatz für sie auftreiben können. Auf Station war also jede Menge zu tun und kaum Zeit für Pausen. Und ich musste wieder ganz normal in der Pflege mitarbeiten.

Kaum hatte ich mich allerdings in die morgendliche Routine eingefunden, merkte ich, wie gut mir das tat. Infusionen richten, Tabletten stellen, Essen zu den Patienten bringen, kurze Gespräche mit besorgten Eltern führen – es war so viel zu tun, dass ich keine Minute über irgendetwas nachgrübeln konnte. Und gleichzeitig konnte ich feststellen, wie viel ich schaffte. Wie ich immer wieder Dinge von der To-do-Liste in meinem Kopf abhakte und wie sehr mich das erfüllte. So langsam erinnerte ich mich wieder daran, warum ich damals die Ausbildung gemacht hatte, auch wenn das gleichzeitig keine guten Erinnerungen an meine Mutter aufwirbelte.

Ich schüttelte sie fort und machte mich daran, den Essenswagen für das Mittagessen auszuräumen. Der Vormittag war so schnell vergangen, dass ich mich beinahe wunderte, wo die Zeit hin war – wenn da nicht die angespannten Muskeln in meinen Armen und die müden Füße gewesen wären, die mich an die Arbeit erinnerten, die ich an diesem Tag schon geleistet hatte. Mir lag ein fast schon stolzes Lächeln auf den Lippen, als ich mit der Hüfte die Tür zu Lucas Zimmer aufstieß und das Essenstablett in den Raum balancierte. »Mittagszeit!«

Luca saß auf seinem Bett, die Decke ordentlich über seinen Beinen gefaltet, und las in einem Buch mit gelbem Einband. Als ich das Wort ausrief, hob er sehr langsam den Kopf und starrte mich mit seinen blauen Augen an. Eigentlich hatte ich gedacht, bei unserer letzten Begegnung schon ein paar Fortschritte mit ihm gemacht zu haben, aber bei seinem kühlen Blick musste ich mir eingestehen, dass das wohl nur Wunschdenken gewesen war.

Wenigstens konnte ich sehen, dass er schon um einiges besser aussah als am Vortag. Er war nicht mehr so blass, seine Wangen hatten eine rosige Färbung, und seine Augen blickten mich auch um einiges wacher an. Obwohl ich zugeben musste, dass Luca schon zum Zeitpunkt meiner Pause gestern Mittag besser ausgesehen hatte – als er mit Beck aus dem Fahrstuhl gekommen war.

Ich stellte das Tablett auf seinem Betttisch ab und schob ihm erst einmal das kleine Plastikschälchen mit seinen Tabletten hin. »Zuerst die.«

Luca schwieg weiterhin eisern, aber er schluckte sie brav, während ich ihm die Vitalzeichen abnahm. Temperatur gut, Blutdruck gut, Puls gut – und das sah man ihm an. Der Blick, den er auf sein Mittagessen warf, als ich den Deckel hob, wirkte hungrig. Appetit. Gott sei Dank hatte er den wieder.

»Spaghetti bolognese.« Anhand dessen, wie er es sagte, konnte ich überhaupt nicht erkennen, ob er das mochte oder nicht.

»Ich liebe Spaghetti bolognese«, gab ich lächelnd zurück, vielleicht um eine Reaktion von ihm zu bekommen. Um ihn ein wenig besser zu verstehen. Viel gab er mir allerdings nicht. Er zuckte nur mit den Schultern und beachtete mich nicht weiter.

Luca nahm ein paar Bissen und es schien ihm zu schmecken, denn er stopfte sich die Backen ganz schön voll. Es war wohltuend zu sehen, dass er mit einem solchen Appetit aß, zumal er sonst so beherrscht war. Ich beobachtete ihn ein paar Sekunden, bis er plötzlich den Kopf hob und mich mit seinen großen Augen misstrauisch musterte. »Haben Sie schon wieder nichts zu tun?«

Frecher Kerl. Ich spürte, wie mir trotzdem wieder ein Grinsen auf die Lippen wanderte. Vielleicht lag es daran, dass ich mit so etwas um einiges besser umgehen konnte als mit den anderen Patienten hier. Besser Sarkasmus und freche Sprüche als diese Angst in den Augen, diese Hilflosigkeit, gegen die ich nichts tun konnte.

»Du kannst mich duzen, Luca, wie alle anderen Patienten hier. Und nein, im Augenblick nicht«, antwortete ich also lächelnd, die Hände in die Hüften gestemmt. »Du warst der letzte Patient, der von mir sein Essen bekommen hat, jetzt ist erst einmal so etwas wie Mittagspause.«

Ich verschwieg, dass er auch der einzige Patient war, der allein in seinem Zimmer saß. In den anderen Räumen, für die ich heute eingeteilt war, saßen überall die Patienten mit ihren Eltern oder anderen Angehörigen zusammen. Manche Eltern blieben den ganzen Tag und ließen sich am Abend kaum von der Station scheuchen, obwohl sie am nächsten Morgen um sieben Uhr wieder auf der Matte standen. Lucas Pflegeeltern hatte ich hier jedoch noch nicht gesehen. Aus den Übergaben wusste ich, dass sie ihn nachmittags immer ein bis zwei Stunden besuchten. Manchmal der Vater, manchmal die Mutter, manchmal beide. Sie waren wohl höflich und hielten sich immer an die Stationsregeln, aber es kam mir trotzdem merkwürdig vor, dass sie nie so lange da waren wie die anderen Eltern.

Luca wirkte ein wenig nachdenklich, also hob ich schnell winkend die Hand. »Ich lasse dich trotzdem mal ganz in Ruhe essen.« Immerhin wollte ich nicht seinen zurückgekehrten Appetit unterbrechen.

Doch bevor ich mich auch nur zur Tür umdrehen konnte, rief er schon: »Warte!«

Als ich ihn fragend ansah, hatte er die Augen weit aufgerissen. Es war schwer zu lesen, was gerade in ihm vorging, welche Gefühle da gerade in seinem Gesicht tanzten. Nach ein paar geschwiegenen Sekunden zuckte er schließlich mit den Schultern. »Es ist stinklangweilig hier, in einem Zimmer ohne Fernseher.«

Er starrte auf seinen Teller und wirkte dabei seltsam verärgert.

»Und?« Ich spürte, wie meine Mundwinkel wieder zuckten. »Du wünschst dir eine Essensunterhaltung?«

Ich konnte beinahe sehen, wie sich seine Nackenhaare aufstellten vor lauter Unbehagen. »Das wollte ich damit sicher nicht sagen. Ich brauche keinen Clown.«

Da war sie wieder, diese Schroffheit, wegen der er hier auf Station so gefürchtet war. Aber es war auch offensichtlich, dass er gerade nicht wollte, dass ich ging. Vielleicht war er wirklich sehr einsam. Oder er hatte aus unserem letzten Gespräch tatsächlich etwas gezogen – und ich konnte mir lebhaft vorstellen, was das war. Die meisten Pfleger hier behandelten die wirklich schwer kranken Patienten, wie auch Luca einer war, wie rohe Eier. Und dass er das nicht ausstehen konnte, war mir von der ersten Sekunde in seinem Zimmer klar gewesen. Vielleicht brauchte er einfach jemanden, der ihm ab und zu Paroli bot. Der in ihm nicht nur das todkranke Kind sah.

Luca starrte weiterhin auf sein Essen und kaute etwas intensiver, als das für ein paar viel zu weich gekochte Spaghetti vermutlich nötig war. Es war ihm offensichtlich peinlich, was da gerade über seine Lippen gerutscht war. Aber, und das verwunderte mich fast noch mehr, er nahm es auch nicht zurück.

Mein Herz zog sich ein wenig zusammen. Luca musste sich die meiste Zeit hier wirklich einsam fühlen. Bis auf Beck ging ihm eigentlich jeder ein wenig aus dem Weg, weil die wenigsten mit seiner kühlen Art klarkamen. Jetzt, in diesem Moment, konnte ich auch gar nicht mehr glauben, dass er das genoss. Dass er gern allein war. Vielleicht hatte er einfach nur Angst, das zuzugeben. Schwäche zu zeigen. Mein Gott, er war noch so jung und hatte sich schon solche Schutzmechanismen zurechtgelegt. Ich schluckte.

»Ich wollte hier eh eigentlich seit Ewigkeiten mal aufräumen. Die ganzen Infusionen, das Verbandsmaterial, alles liegt kreuz und quer«, behauptete ich betont beiläufig. Luca nickte, während er weiter in seinen Nudeln stocherte. Also begann ich, sein Zimmer aufzuräumen. Seinen Nachtschrank, den Infusionsständer, ich wischte sogar die ganzen Oberflächen in dem schmalen Kleiderschrank ab, obwohl das eigentlich immer das Reinigungspersonal erledigte. Luca wusste das wahrscheinlich, aber er kommentierte es nicht, und jedes Mal, wenn ich über meine Schulter zu ihm blickte, wirkte er ein wenig entspannter. Auch wenn die kleinen Falten auf seiner Stirn tiefer wurden, als würde er angestrengt über etwas nachdenken.

Wir schwiegen, weil ich ehrlicherweise keine Ahnung hatte, worüber ich mit ihm sprechen sollte. Das letzte Mal hatte er mich in Sachen Small Talk etwas auflaufen lassen und für tiefere Themen wusste ich zu wenig über ihn – beziehungsweise das, was ich über ihn wusste, waren wahrscheinlich auch zu sensible Themen. Als ich nichts mehr fand, was ich putzen konnte, begann ich sehr langsam, die Verbandsmaterialien einzusammeln, um sie mit nach draußen zu nehmen. In diesem Moment platzte es aus Luca plötzlich heraus: »Heute findet doch der Weihnachtsbasar für die Kinderstationen statt, richtig?«

Überrascht, dass er tatsächlich ein Gespräch anfing, blickte ich auf und nickte. »Woher weißt du das?«

»Ich habe das Plakat gestern im Aufzug gesehen, als ich mit Beck unten war.«

Wieder kein Blickkontakt. Stattdessen schien plötzlich die Gabel von seinem Mittagessen so unglaublich interessant, dass er sie von allen Seiten betrachten musste.

Wollte er etwa zum Weihnachtsbasar? Mir war klar, dass er mich niemals gezielt danach fragen würde, aber ich wusste auch, dass er das Thema sicherlich nicht ohne Grund angesprochen hatte. Lucas Eltern, die irgendwann am Nachmittag kommen würden, gingen eigentlich nie mit ihm nach unten. Sie hatten zu große Angst, dass etwas passieren würde, wenn sie mit ihm allein waren. Ich konnte ihre Furcht ein wenig nachvollziehen, fand es aber trotzdem schade für Luca. Auch wenn er ein kleiner Eisblock sein konnte.

»Wenn du willst, können wir uns das mal anschauen.«

Jetzt hob er doch den Blick und musterte mich argwöhnisch. »Und du bist sicher, dass du hier arbeitest?«

Du kleine Kröte. Ich konnte nicht anders, als zu grinsen. »Ab und zu arbeite ich auch. Für heute habe ich das meiste bereits erledigt und habe jetzt langsam mal eine Mittagspause verdient.«

Jetzt schossen auch noch seine Augenbrauen nach oben. »Ist es eine Pause, wenn du einen Patienten im Schlepptau hast?«

Ich zuckte mit den Schultern. »Wenn der Patient sich benimmt.«

Luca schien noch mit sich zu ringen, also verschränkte ich die Arme vor der Brust. »Hör mal, ab und zu ein bisschen Sauerstoff könnte dir auch mal guttun. Wir nehmen eine Maske mit und drehen nur eine winzige Runde.« Und auch wenn das vielleicht ein bisschen zu übertrieben war, fügte ich noch hinzu: »Keine Widerrede.«

Eine Sekunde noch starrte er mich an, dann verdrehte er ein wenig die Augen. »Na gut, wenn es sein muss.«

Klar versuchte er, den Unnahbaren zu spielen. Als würde es ihn nicht interessieren, ob wir wirklich nach unten gingen. Ob ich wirklich blieb. Aber dieses Funkeln, das plötzlich in seinen Augen war, konnte er nicht verbergen. Er freute sich darüber. Und das verursachte tatsächlich ein kleines Kribbeln in meinem Magen. »Super. Ich geh dir deinen Rollstuhl holen. Zieh dir schon mal deine Jogginghose an, damit du dir nicht die Beine abfrierst.«

Er murmelte etwas Unverständliches, das nach leisem Protest

klang, schwang sich aber trotzdem aus dem Bett. Ich schnappte mir sein Essenstablett und verließ den Raum.

»Warum grinst du denn so?«, wollte Malik wissen, als ich ins Stationszimmer kam. Ich zuckte nur mit den Schultern. »Nur so. Schöner Tag. Wenn es passt, würde ich jetzt meine Mittagspause machen.«

»Na klar, kein Problem.«

»Und ich würde Luca mit runternehmen und eine Runde mit ihm drehen.«

»Was?« Malik wirkte, als würden ihm gleich die Augen aus dem Kopf fallen.

Ich nickte nur. »Ja. Keine Sorge, ich passe auf, dass er niemandem zu nahe kommt, und ich packe ihn auch ordentlich ein. Alle Vorsichtsmaßnahmen. Und wir bleiben nicht lange draußen.«

Maliks Blick zuckte nach links durch das Glasfenster und zu Lucas Tür. Dann wieder zurück zu mir. »Weiß Luca von deinem Plan?«

»Nein, ich hatte eigentlich vor, ihn gegen seinen Willen an den Rollstuhl zu ketten und zu entführen. Hast du irgendetwas, das ich als Knebel benutzen könnte, damit er nicht die ganze Zeit rumschreit?« Ich grinste. »Natürlich weiß er davon. Er zieht sich gerade an.«

Einen Moment wirkte es, als würde Malik etwas dazu sagen oder Skepsis äußern wollen. Stattdessen zog er die Mundwinkel zu einem warmen Lächeln nach oben. »Na dann viel Spaß euch beiden. Das gilt auch nicht als Mittagspause, ist schließlich Arbeit.«

»Fühlt sich aber nicht so an.« Grinsend machte ich mich daran, meine Jacke anzuziehen, und holte dann den Rollstuhl aus dem Lager. Als ich wieder in Lucas Zimmer kam, hatte er ebenfalls schon seine Klamotten an und rutschte langsam von der Bettkante. »Ich brauche keine Decke«, sagte er tonlos, als ich das monströse Wollding von der Sitzfläche nahm, damit er sich hineinsetzen konnte.

Ich warf sie ihm trotzdem über die Beine. Statt eines weiteren Protests verdrehte er nur wieder die Augen und ließ sich die Maske geben. Ich versuchte, mein inneres Grinsen nicht nach außen zu kehren, damit er sich nicht veralbert vorkam. Aber ich konnte auch nicht leugnen, wie fröhlich es mich stimmte, dass ich ihn etwas aufgetaut bekam. »Dann mal los.« Ich befestigte die einzige Infusion, die er gerade noch angeschlossen hatte, am Rollstuhl, und fuhr ihn dann nach draußen.

Wir schwiegen auf dem Weg zum Fahrstuhl, aber ich konnte sehen, wie er immer wieder neugierig den Blick in alle Richtungen warf, sich genau umsah, die anderen Patienten und das Personal beobachtete, als wäre das hier eine spannende Serie, auf dessen Fortsetzung er seit Jahren wartete. Es versetzte mir einen kleinen Stich, dass er das nicht immer haben konnte, verdrängte diesen Gedanken aber sogleich wieder.

Draußen schlug uns eiskalte Novemberluft entgegen, die sich aber wirklich herrlich auf meinem Gesicht anfühlte. Als hätte ich seit Stunden nicht richtig ausgeatmet. Luca holte auch tief Luft und ich stupste ihn an der Schulter an. »Wenn dir kalt ist oder du müde wirst, gibst du sofort Bescheid, dann gehen wir wieder nach oben.«

Statt einer Antwort winkte er nur schwach ab. Na gut.

Die Kinderpalliativ hatte dieses Jahr wirklich ganze Arbeit mit dem Weihnachtsbasar geleistet. An den kleinen Ständen, die sie im Hof des Sankt Alex aufgestellt hatten, leuchteten sicher dreißig oder vierzig Lichterketten. Manche bunt, manche nur golden, aber es sah in dem düsteren Grau des Tages einfach wunderschön aus. Bereits in einigen Metern Entfernung konnte ich den frisch gebackenen Kuchen riechen und die heiße Schokolade. Es war das erste Mal in diesem Jahr, dass mich tatsächlich ein wenig Weihnachtsfeeling packte. Die letzten Wochen waren zu viel von schweren Themen geprägt gewesen, als dass ich mich darauf hätte konzentrieren können. Aber jetzt, mit diesem himmlischen Duft nach Punsch, Zimt und Gebäck in der Nase, stieg das angenehme Kribbeln in mir auf.

Und das steigerte sich noch, als Luca plötzlich sagte: »Da vorne ist Beck!«

Ich blickte auf und sah ihn hinter einem der Stände stehen. Er unterhielt sich gerade, strahlend lächelnd wie immer, mit einer älteren Frau, die offensichtlich etwas kaufen wollte. Diese verdammten Grübchen. *Verdammt.*

»Wir sollten mal Hallo sagen. Sonst meckert er später«, meinte Luca betont lässig. Dabei war mir völlig klar, wie gern er Beck hatte, dass er vielleicht sogar wegen ihm hier unten war. Noch eine Sache, die mich unheimlich neugierig machte auf diesen Rettungssanitäter mit den Grübchen. Ein weiterer Punkt auf der Liste der Eigenschaften, die ich zugegebenermaßen ein wenig an ihm bewunderte. Ich schmunzelte, was Luca zum Glück nicht sehen konnte. »Klar. Aus Höflichkeit. Lass uns das tun.«

Er brummte, als ich ihn mühevoll über den Kiesweg zu den Ständen schob.

Beck hatte gerade die Dame abkassiert und eine der selbst getöpferten Tassen eingepackt, die in allen möglichen Farben und Formen vor ihm auf dem Tisch standen. Ich versuchte, nicht auf das Leuchten in seinem Gesicht zu achten oder das sanfte Kribbeln in meinem Bauch, weil meine Gedanken direkt zurück zu unserem Gespräch gestern wanderten. Zurück zu dem Gefühl, das er mir vermittelt hatte. Dass er mich verstand. Dass er ähnlich empfand, wenn es um die Station ging. Ich hatte mich gefühlt, als wäre es vollkommen in Ordnung, unsicher zu sein und Schwäche zu zeigen, wenn auch nur für einen Moment. Ich wollte jetzt nicht darüber nachdenken.

Mit einem Schmunzeln fragte ich: »Na, hast du jetzt auch

noch einen dritten Job, weil dir mit den anderen beiden noch zu langweilig ist?«

Er blickte überrascht von der Kasse auf und innerhalb einer Millisekunde erstrahlte wieder dieses 1000-Watt-Lächeln auf seinem Gesicht. »Hey –« Er stockte, sein Blick wanderte nach unten zu Luca, der sich offensichtlich cool gab. »Und hey! Wow, wie schön euch beide hier zu sehen!«

Luca zuckte mit den Schultern, aber seine Augen funkelten.

»Geht es dir besser als gestern?«, wollte Beck von ihm wissen und er nickte. »Viel besser.«

»Er hat heute sogar mit richtig viel Appetit sein Mittagessen verputzt«, fügte ich an, was mir einen etwas genervten Blick von Luca einbrachte.

Beck schien sich allerdings, wie vermutet, sehr darüber zu freuen. »Das ist toll.« Er warf mir ein Lächeln zu, das so weich war, dass ich es in meiner Magengegend spüren konnte. *Oh, oh, Abbruch. ABBRUCH.*

Aber bevor ich etwas sagen oder Luca weiterschieben konnte, kam Sami von einem der hinteren Stände auf uns zu – meine ehemalige Ausbildungskollegin und Freundin. »Tessa, schön, dass du da bist!«, rief sie mir entgegen. Wie immer wirkte sie unheimlich müde und hatte tiefe Augenringe, die sie offensichtlich mit Make-up versucht hatte zu vertuschen. Trotzdem strahlte ihr Gesicht unheimlich glücklich, was sicher an dem gut aussehenden Assistenzarzt lag, der ihr bis zu uns folgte und mit lässig in den Kitteltaschen verschwundenen Händen neben dem Stand stehen blieb. Louis, ihr Freund. Er nickte mir grüßend zu und grinste dann Beck an. »War ja klar, dass du hier faulenzt und flirtest, während WIR da hinten hart arbeiten!«

Beck winkte völlig unbeeindruckt ab. »Ihr seid selbst schuld. Ich habe euch gesagt, dass die Kuchenstände immer am besten laufen, und euch angeboten, das zu übernehmen. Aber ihr wolltet ja unbedingt nah beim Kuchen sein.«

»Das ist ja auch der beste Platz hier«, gab Louis grinsend zurück.

Samira verdrehte die Augen, schien aber nicht wirklich genervt von ihrem Freund zu sein.

Luca hingegen wurde in seinem Rollstuhl direkt ein wenig unruhig. »Kuchen?«

Sofort wandten sich alle Blicke ihm zu, was dem Jungen sichtlich unangenehm zu sein schien. »Was denn?«, brummte er kühl.

»Willst du was von dem Kuchen?«, fragte Beck. »Ich schreib's auf meine Rechnung.«

»Nee«, gab Luca sofort abwehrend zurück und sank ein wenig in seinem Rollstuhl zusammen. Sein Blick flog trotzdem zu dem Stand, von dem Louis und Sami gerade gekommen waren. Ich war ziemlich sicher, dass er unter der Maske gerade ein wenig rot anlief.

»Du solltest dir die Kuchen mal ansehen, dann änderst du deine Meinung sicher«, bemerkte Louis sofort. »Ein paar davon habe sogar ich gebacken.«

Ich sah, wie Luca die Augenbrauen nach oben zog.

»Spricht das für oder gegen den Kuchen?«

Dieser Junge kannte wirklich keine Gnade. Und die irritierten Blicke um uns herum sprachen Bände. Genau wie das Zucken, das ich um meine Mundwinkel verspürte. Ich musste mich zusammenreißen, nicht lauthals loszulachen.

»Benimm dich, Luca«, sagten Beck und ich jedoch wie auf Kommando, und sofort kreuzten sich unsere Blicke erneut. Obwohl er versuchte, streng zu gucken, sah ich das Funkeln in Becks Augen. Die kindliche Freude an dem frechen Jungen, die ich auch verspürte. Luca hingegen knurrte. »Was seid ihr, die nervige Version meiner Eltern?«

Louis winkte nur lachend ab. »Schon gut, die Frage ist ja berechtigt.«

Sami legte eine Hand auf Becks Schulter und lächelte dabei

freundlich. »Wie wäre es, wenn du ihn kurz mitnimmst und ihr euch die Kuchen anschaut? Ich pass solange auf die Tassen auf. Louis begleitet euch und verrät euch, welche er gebacken hat. Dann könnt ihr die vermeiden.«

»Hey«, protestierte Louis sofort, aber es schwang ein Lachen in seiner Stimme mit. Die beiden grinsten sich an, dann drückte der Assistenzarzt ihr einen kleinen Kuss auf die Lippen. »Also los«, gab er den Ton an. Beck kam hinter dem Stand hervor, blickte mich aber fragend an. »Wäre das okay für dich?«

»Natürlich«, gab ich sofort zurück. »Bring ihn mir nur heil wieder.«

»Was soll denn auf den zehn Metern passieren?«, fragte Luca knurrig, aber Beck nahm kopfschüttelnd seinen Rollstuhl und begann, ihn über den Kieselsteinweg hinweg zum Kuchenstand zu schieben.

Ich sah den beiden nach und bekam noch die letzten Gesprächsfetzen mit. Luca grummelte irgendetwas davon, dass Beck bloß keine Fotos von ihm für seinen Social-Media-Channel machen sollte, und Beck lachte. Die beiden wirkten so gelöst miteinander, sogar Luca für seine Verhältnisse. Es war ein irritierend berührendes Gefühl. Und dann zuckte mein Blick zu Louis, der mich über seine Schulter hinweg angrinste und dabei merkwürdig mit den Augenbrauen wippte, bevor er sich den beiden anschloss.

»Was war das denn?« Ich drehte mich fragend zu Sami um, die sich mit dem Po an dem Verkaufsstand angelehnt hatte. Ihr Grinsen sprach Bände. »Vielleicht hat Louis auch gesehen, wie du Beck angeglüht hast.«

»Wie bitte?!«

Samis Grinsen wurde noch eine Spur breiter. »Hey, ist doch okay. Ich finde Beck auch toll.«

»Ich bin in einer glücklichen Beziehung, Samira.« Meine Antwort war eine Spur zu heftig, das merkte ich selbst. Vielleicht, weil ich mich für einen Moment etwas ertappt fühlte. Und schuldig. Weil ich Beck wirklich irgendwie anziehend fand, wenn auch nicht unbedingt aus den Gründen, die Sami wahrscheinlich vermutete. Er war gut in seinem Job, er hatte ein unheimliches Verständnis für Menschen und er hatte Luca geknackt. Ich bewunderte ihn. Und ja, zugegeben, er sah auch wirklich gut aus. Da war nichts dabei. Normalerweise. Klar, die Beziehung mit Martin lief gerade etwas holprig und ich wollte nicht, dass jemand an uns zweifelte. Aber ich war mir sicher, dass wir uns wieder zusammenraufen würden. Dass wir diese aktuell etwas schwierige Phase überwinden und wieder verliebter ineinander sein konnten. Es war nur momentan viel los. Bei uns beiden. Und ich hatte eigentlich keine Ahnung, warum ich das in meinem Kopf gerade alles rechtfertigte.

Sami zog ein wenig den Kopf ein. »Ich weiß. Sorry. War nicht so gemeint.«

Ich winkte ab und lächelte. »Schon gut.« Denn das war es wirklich. Ich war ihr nicht böse für den Kommentar, er hatte nur einen seltsamen, momentan etwas frei liegenden Nerv getroffen.

»Es wäre auch nicht so wild«, schob sie hinterher. »Du dürftest ja auch mal jemanden gut finden, obwohl du in einer Beziehung bist. Das ist kein Verbrechen.«

»Ist das ein Geständnis? Gibt es außer Louis noch jemanden für dich?«

»Auf keinen Fall. Einer von der Sorte reicht mir völlig.« Sie schüttelte lachend den Kopf, wie um sich selbst zur Ordnung zu rufen, dann strahlte sie mich an. »Ich wollte dich eigentlich fragen, ob du zu meiner Geburtstagsparty übernächste Woche kommen möchtest?«

Diese Frage aus ihrem Mund überraschte mich mehr als ihr vorhergehender Kommentar. Seit der Ausbildung hatten wir nicht mehr so viel miteinander zu tun wie vorher. Nicht, weil wir uns weniger gernhatten, sondern weil wir mittlerweile in völlig unterschiedlichen Bereichen arbeiteten und uns einfach seltener über den Weg liefen. Dabei musste ich zugeben, dass ich unsere Freundschaft wirklich vermisste. Die vielen durchtanzten Nächte, die Lerngruppe, bei der wir mehr gelästert als gepaukt hatten, und die vielen Abende, an denen wir neue Restaurants in ganz Berlin ausprobiert hatten. Ich vermisste das alles. Und ich spürte in diesem Moment, wie sehr ich mich über ihre Einladung freute.

»Es wäre übernächsten Freitag.« Ihr Blick flog kurz in Richtung des Kuchenstandes, bevor sie sich wieder auf mich konzentrierte. Ein kleiner Schalk lag in ihren Augen. »Ich feiere mit Louis zusammen, deshalb kommt Beck auch.«

Ich kniff die Lippen zusammen. Um ehrlich zu sein, wusste ich wirklich nicht, ob Beck ein gutes Argument dafür oder dagegen war. Außerdem waren Freitage und Samstage meistens die einzigen Tage, an denen ich Quality Time mit Martin verbringen konnte. Freitags war er zwar müde von der Arbeit, aber dann war er wenigstens ab und zu in Kuschelstimmung und bereit, länger aufzubleiben. An Sonntagen bereitete er sich schon wieder auf Meetings und Vorträge in der nächsten Woche vor. Deshalb seufzte ich nur leise. »Kann ich dir später Bescheid sagen? Ich muss erst mal schauen, ob ich da kann.«

»Na klar, kein Thema.« Sami lächelte. Ich hatte den Eindruck, sie wollte noch etwas sagen, da kehrte jedoch schon Beck zurück. Er schob Lucas Rollstuhl neben mich. »Es ist ein Zitronenkuchen geworden«, erklärte er.

»Sie haben mich überredet«, brummte Luca. Allerdings war der Kuchen in seiner Hand schon zur Hälfte gegessen, und obwohl er nicht lächelte, war da wieder dieses Funkeln in seinen Augen, das man schon fast als vergnügt bezeichnen konnte.

Ich sah Beck an. »Danke.«

Er nickte, blickte zu Luca und dann wieder zu mir. Kleine Lachfältchen wurden um seine Augen sichtbar. »Danke dir.«

Obwohl er nicht genauer ausführte, was er damit meinte, wusste ich es trotzdem. *Danke, dass du dich um Luca kümmerst, obwohl das eigentlich keiner möchte. Danke, dass du ihn dazu gebracht hast, mit hierherzukommen.*

Ich lächelte, nickte ebenfalls und wandte mich dann wieder an Luca. »Wir müssen langsam wieder hoch, deine nächste Infusion steht an.«

Er brummte zustimmend, voll und ganz mit seinem Kuchen beschäftigt.

»Wir sehen uns morgen auf Station«, sagte Beck zu Luca. Dann blickte er mich noch einmal mit diesem verflucht niedlichen Lächeln an. »Und wir uns hoffentlich auch.«

»Sicher. Bestimmt. Ich arbeite schließlich da«, gab ich etwas stammelnd zurück. Dann wandte ich mich an meine Freundin, die immer noch an den Stand gelehnt war und offensichtlich Mühe hatte, ein Grinsen zu unterdrücken. »Mach's gut, Sami. Ich melde mich bei dir.«

»Alles klar.« Sie blinzelte mir zu, die Hände hinter dem Rücken verschränkt, und ich war froh, dass sie nicht noch irgendeinen unpassenden Kommentar von sich gab. Ich griff nach Lucas Rollstuhl und schob ihn zurück auf den Kiesweg.

Nur schnell weg, bevor ich noch einmal diese verdammten Grübchen anstarren konnte.

Kapitel 7

Es war erst kurz nach vier, aber die Sonne über den Baumwipfeln war dank des Winters schon dabei, unterzugehen. Ich blickte nach oben und unterdrückte ein Seufzen. Dass es so früh dunkel wurde, war eins der Dinge, die ich am Winter überhaupt nicht leiden konnte. Es war irgendwie deprimierend.

»Was ziehst du denn schon wieder für eine Miene?«, fragte Nela neben mir und grinste aus ihrem unglaublich dicken Schal und der bunten Bommelmütze hervor. Von ihrem Gesicht war hinter all der Wolle kaum noch etwas zu sehen, außer ihre vergnügten blauen Augen. »Denkst du gerade an die Arbeit?«

Könnte man so sagen. Ich biss mir auf die Unterlippe und zuckte mit den Schultern.

Nela beobachtete mich eine Weile nachdenklich von der Seite, bevor sie wieder nach vorn blickte und rief: »Hektor! Brutus! Zurück mit euch!«

Die beiden Mopsherren ihrer Freundin, die sie manchmal für etwas Geld sittete, blieben auf dem eingefrorenen Weg stehen und blickten hechelnd zurück. Wenigstens hören konnten sie, wenn schon alles andere an ihnen etwas merkwürdig war. Die dicken Hälse zum Beispiel, die über ihren Halsbändern kleine Rollen warfen. Oder die Tatsache, dass sie wie große, alte Männer schnarchten, wenn sie auf der Couch einschliefen. Oder die Namen, bei denen man an dynamische Schäferhunde dachte und nicht an zwei übergewichtige Möpse.

»Braaaav«, lobte Nela die beiden mit hoher Stimme, bevor sie sich wieder mir zuwandte. Sie hatte noch Puderzucker von den Donuts an der Nase, die wir uns an dem Café vor dem Tiergarten geholt hatten. Ihre heiße Schokolade war auch schon alle, während ich meinen Tee noch von einer Hand in die andere balancierte, um die andere jeweils wieder für ein paar Sekunden in die Jackentasche stecken zu können. Ich hätte echt Handschuhe anziehen sollen, aber so schlau war ich vorhin nicht gewesen, als meine liebste Fast-Schwägerin mich mit den beiden keuchenden Furzmaschinen an der Wohnung abgeholt hatte, um mich zu einem Spaziergang zu entführen.

»Du brauchst wahrscheinlich Urlaub«, murmelte Nela in ihren Schal. »Wenn du selbst auf unserem wahnsinnig entspannenden Spaziergang nur an die Arbeit denken kannst, ist dir wahrscheinlich anders nicht mehr zu helfen.«

Ich schnaubte in meinen Tee und hätte dabei beinahe etwas verschüttet. »Es ist arschkalt und ich hasse Spaziergänge sowieso schon«, brummte ich trocken. »Vielleicht versuche ich einfach, mich gedanklich an einen schöneren Ort zu beamen.«

»Hey! Du gemeines Biest!« Nela lachte laut auf und ich konnte nicht anders, als ein Lächeln auf meine Lippen treten zu lassen. Sie hatte diese Wirkung auf mich, die mich immer wieder aus meinen dunklen Gedanken holte, egal wie schlecht es mir vorher gegangen war.

»Das nächste Mal können wir ja etwas Schöneres unternehmen.« Nela grinste breit. »An der Warschauer Straße gibt es doch diesen Karaoke-Laden, in den ich unbedingt mal wollte. Der mit dem Drag-Queen-Dienstagen.«

»Hast du nicht gerade noch von was *Schönerem* gesprochen?«, stöhnte ich und sie beantwortete es wieder nur mit einem Lachen. Sie wusste, dass es kaum etwas Schlimmeres für mich gab, als vor anderen zu singen. »Dann gehe ich eben mit meinen Kommilitonen hin, du Spielverderber!«

Vor uns setzten sich Brutus und Hektor wieder in Bewegung, weil wir anscheinend nah genug an sie herangekommen waren. Sie waren eigentlich eh nicht schnell, sondern wankten langsam vor uns nach links und rechts, beschnupperten manchmal einen Baum oder einen Busch, waren aber meistens zu faul, das Beinchen zu heben, und wankten einfach weiter. Ich fragte mich, wie alt die beiden waren, und tippte innerlich auf mindestens hundert Hundejahre. Einer der beiden, Brutus oder Hektor, ich konnte sie nicht auseinanderhalten, hatte schon ein wenig graue Haare auf seinem Rücken.

»Bist du noch da? Geistig?«

Erschrocken fuhr ich zu Nela herum, die zwar grinste, aber auch die Augenbraue gehoben hatte. »Hab ich dich vorhin aus der Arbeit herausgerissen? Du hättest auch einfach Nein sagen können, wenn du keine Lust auf einen Spaziergang hast. Das wäre völlig okay gewesen.«

»Nein, nein, das ist schon in Ordnung. Wirklich. Es ist gut, dass du mich vor die Tür gescheucht hast.« Ich seufzte tief. »Es tut mir leid, dass ich so abwesend bin. Mir gehen gerade viele Dinge durch den Kopf.«

»Kann ich verstehen. Du musst dich nicht entschuldigen. Willst du vielleicht darüber reden?«

Ich brummte nur zur Antwort und starrte in meinen Tee. Klar wollte ich reden. Eigentlich vor allem mit ihr, weil ich fast alles mit Nela besprechen konnte. Trotz des Altersunterschieds zwischen uns war sie in den letzten vier Jahren meine beste Freundin geworden. Aber jetzt war es das erste Mal, dass ich Dinge nicht so offen mit ihr besprechen konnte – weil es ihren Bruder betraf und unsere Beziehung.

»Es ist gerade viel los bei der Arbeit«, wich ich aus und nahm noch einen Schluck von meinem Tee. Er tat gut gegen die eisige Kälte. »Und dann das Studium. Die anstehenden Prüfungen. Und dann …« Ich seufzte, versuchte, meine Worte abzuwägen, aber auf die richtige Wortwahl kam ich trotzdem nicht. Vielleicht sollte ich es einfach lassen. Vielleicht war das eben einfach eine Sache, über die ich nicht mit ihr sprechen konnte.

Nela betrachtete mich von der Seite. Das konnte ich aus dem Augenwinkel erkennen. Nach einer ganzen Weile fragte sie schließlich: »Habt du und Martin Streit?«

Es klang beinahe ein wenig ängstlich, wie sie das fragte. Als hätte sie selbst schon darüber nachgedacht und eigentlich Angst, es anzusprechen. Ich wandte mich ihr zu und sie blickte mich mit ihren großen Augen traurig an.

»Nein, Quatsch«, sagte ich schnell. »Wie kommst du darauf?«

Sie zuckte mit den Schultern. »Keine Ahnung. Ich habe mitbekommen, dass ihr beide euch gerade nur wenig seht. Du sprichst kaum noch über ihn. Und ich weiß, dass er viel arbeitet und dir wahrscheinlich momentan nicht gerecht wird.« Sie griff nach meinem Arm und drückte ihn, beinahe schon eine Spur verzweifelt. »Aber ihr trennt euch nicht, oder? Ihr wart doch immer so glücklich.«

Ich gab ein kurzes Lachen von mir. »Wir sind auch immer noch glücklich. Zurzeit sehen wir uns wenig, aber das hat nichts zu bedeuten. Es kommen auch wieder andere Phasen, in denen es besser wird«, sagte ich beruhigend. Aber schon als ich die Worte aussprach, spürte ich einen kleinen Stich in meinem Herzen. Als würde ich sie anlügen. Dabei glaubte ich wirklich daran, dass alles wieder besser werden würde, wenn nur etwas Zeit verging. Martin und ich waren seit vier Jahren zusammen, so schnell gab man so etwas nicht auf. Ich zumindest hatte es nicht vor. Aber vielleicht musste ich auch noch ein bisschen mehr dafür tun. Mich mehr anstrengen, ihm entgegenkommen.

»Gut.« Innerhalb eines Augenblickes hellte sich Nelas Gesicht wieder auf. Sie schien mit meiner Antwort also zufrieden zu sein und das war einen kleinen Stich im Herzen schon wert. Und auch das kurze Aufflackern von dunklen Augen und niedlichen Grübchen in meinem Kopf, bei denen ich gar nicht wusste, warum sie immer wieder auftauchten. Es war auch unwichtig. Martin war wichtig. Unsere Beziehung. Und auch das hier.

Ich lächelte Nela an und sie erwiderte es, bevor sie schimpfend den beiden Möpsen hinterherhechtete, die gerade dabei waren, einen viel zu großen Ast aus dem Gebüsch zu ziehen. Ich beobachtete, wie sie zwischen ihnen herumsprang und versuchte, den Ast aus ihren Mäulern zu ziehen, und da war plötzlich wieder dieser Stich. Das hier war noch ein Grund. Dass wirklich wieder alles gut werden musste zwischen Martin und mir. Ich konnte mir nicht vorstellen, was sein würde, wenn ich Nela nicht mehr sehen konnte, wenn ich die Sache mit Martin nicht wieder hinkriegte oder es komisch werden würde zwischen uns. Was für eine absurde Vorstellung! Martin und ich werden uns sicherlich wieder annähern, kein Grund, den Teufel an die Wand zu malen. Dennoch war es eine Tatsache, dass ich wegen meiner Arbeitszeiten und meines Studiums viele Kontakte zu anderen Menschen verloren hatte, auch zu Sami und Maya größtenteils, mit denen ich während der Ausbildung jede freie Minute verbracht hatte. Nun lagen meine Prioritäten anders. Mein Leben war anders. Und ich liebte dieses Leben, diese Familie und natürlich Martin. Die Gedanken wärmten mich von innen und gaben mir Zuversicht. Und sie verdrängten auch endlich Becks Gesicht aus meinem Kopf.

Nela und ich spazierten noch eine ganze Weile durch den Tiergarten. Erst als unsere Nasen rot und unsere Hände taub waren, gingen wir zurück vom Parkplatz am Zoologischen Garten, wo ich mein Auto abgestellt hatte. Die letzten hundert Meter mussten wir Hektor und Brutus allerdings tragen, weil sie bereits ächzten wie zwei Achtzigjährige. Am Auto war mir von Hektors Gewicht wieder so warm, dass ich, nachdem ich ihn auf den Rücksitz gehievt hatte, erst mal meine Jacke ausziehen musste.

Wir fuhren durch die Innenstadt zurück nach Charlottenburg. Es waren viele Leute auf der Straße, weil es schon kurz nach sechs war und die meisten wohl gerade auf dem Nachhauseweg waren. Wir kamen nur langsam voran, aber der Anblick war es wert. In den umstehenden Wohnhäusern waren viele Fenster schon weihnachtlich geschmückt und Nela entdeckte immer schönere Dekorationen, immer ausgefallenere Lichterketten, die sie sich unbedingt kaufen wollte. Und auch die beiden Möpse waren von der Fahrt irgendwann so müde, dass sie hinter uns auf der Rückbank einschliefen und laut schnarchten. Es war irgendwie idyllisch.

»Ich freue mich auf Weihnachten«, seufzte Nela verträumt, einen Arm an das Fenster zu ihrer Seite gestützt.

»Ich mich auch«, gab ich zurück, auch wenn der Gedanke allein mir schon wieder ein wenig Kopfschmerzen bereitete. Ich wusste, dass wir die meiste Zeit wieder mit Martins Familie verbringen würden, die von überall aus Deutschland nach Berlin kam und durchaus ein wenig anstrengend sein konnte. Und ich wusste auch, dass meine Mutter wieder schreiben würde, ob ich sie dieses Jahr besuchen würde. Die letzten zwei Jahre hatte ich immer wieder gute Ausreden dafür gehabt, aber langsam nagte das schlechte Gewissen an mir. Meine Mutter war nicht der einfachste Mensch, wir hatten ziemlich unterschiedliche Lebensvorstellungen und waren gerade bei unseren letzten schon länger zurückliegenden Treffen immer wieder aneinandergeraten. Sie verstand mich nicht und andersherum war es ebenso. Aber sie war meine Mutter und manchmal vermisste ich sie trotz ihrer verschrobenen Art. Vielleicht sollte ich zusagen. Mal wieder dort hinfahren, außerhalb von Berlin in das Haus meiner Kindheit. Trotz der unschönen Erinnerungen, die daran geknüpft waren. Vielleicht konnte ich sie für einen Nachmittag ausblenden. Vielleicht würden sie nach zwei Jahren auch gar nicht mehr so schlimm für mich sein.

Wir lieferten die beiden Möpse wieder bei Nelas Nachbarin ab, bevor wir nach oben in die Wohnung von Martin und mir stiegen. Schon als ich durch die Tür in den Flur trat, kam mir ein herzhafter Geruch entgegen. Nela stöhnte hinter mir. »Nicht schon wieder.«

Meine Anspannung legte sich etwas, als ich ins Wohnzimmer trat und eine volle Schüssel mit dem speziellen indischen Curry von Martins Mutter auf den Tisch stehen sah, neben dem eine kleine Nachricht lag. Marion war nicht hier, sie hatte nur mal wieder ihren Schlüssel benutzt, um uns etwas vorbeizubringen. Etwas, das sie wahrscheinlich als eine Kleinigkeit bezeichnet hätte, auch wenn sie höchstwahrscheinlich mindestens drei Stunden dafür in der Küche gestanden hatte.

Als ich die kurze Nachricht überflog, seufzte Nela hinter mir. »Tut mir leid. Ich werde noch einmal mit ihr reden, dass sie nicht immer einfach hier reinplatzen kann. Das ist echt eine seltsame Angewohnheit von ihr geworden. Eine Zumutung.«

»Schon gut.« Ich drehte mich lächelnd zu ihr um und hob die kleine Karte hoch. »Anscheinend hat sie geklingelt und wollte mir eigentlich nur das Curry hinstellen, als Nervennahrung fürs Lernen. Das ist lieb von ihr.«

Tatsächlich waren ihre angemeldeten Besuche etwas weniger geworden. Als Martin und ich zusammengezogen waren, hatte sie beinahe jeden Tag unangekündigt vor der Tür gestanden, mittlerweile kam es noch zwei- bis dreimal im Monat vor. Marion meinte es nicht böse, sie wollte sich einfach um ihre Familie kümmern. Für sie gehörte ich dazu und das war eigentlich ziemlich rührend, wenn man genau darüber nachdachte.

»Dann tu ich uns mal davon auf. Für die Nerven und so. Und du setzt dich wieder an dein Lernzeug«, sagte Nela aufmunternd und verschwand in der Küche. Ich folgte ihrer Anweisung und ließ mich wieder auf die Couch fallen, auf der ich meine Ordner und Bücher ausgebreitet hatte. Allerdings hatte ich überhaupt keine Lust mehr zu lernen. Die hatte ich den ganzen Tag schon nicht gehabt, deswegen hatte ich mich ja sogar auf einen Spaziergang in der klirrenden Kälte eingelassen, statt hier weiter zu sitzen und Lernstoff in mich einzuprügeln. Mittlerweile war ich an einem Punkt, dass ich es einfach drauf ankommen lassen wollte.

Entweder bestand ich diese dämliche Prüfung oder ich wiederholte sie einfach irgendwann.

Statt nach dem Buch über die Aufgaben und Pflichten als Stationsleitung zu greifen, nahm ich lieber mein Handy zur Hand. Ich hatte wie immer ein paar Nachrichten in der Ausbildungsgruppe, die in den letzten Jahren von anfangs dreißig auf mittlerweile nur noch zehn Personen geschrumpft war. Ich überflog den Chat, aber es war nichts Wichtiges dabei, also öffnete ich die Nachricht, die Sami mir geschickt hatte. Es war nur eine kurze Erinnerung an ihre Party übernächsten Freitag, wo ich wann sein sollte, wenn ich mich entschloss zu kommen. Und der Hinweis, dass ich es auch gern spontan entscheiden konnte.

Ich wollte den Chat schon schließen, als mir auffiel, dass sie ein neues Profilbild hatte. Ich öffnete es und sah sie grinsend und mit roten Wangen an einem der Stände auf dem gestrigen Weihnachtsbasar stehen. Louis stand neben ihr und drückte ihr gerade einen Kuss auf die Stirn. Die beiden sahen wirklich glücklich aus und ich spürte, wie sehr ich mich für sie freute. Und wie wehmütig mich das stimmte. Und dann bemerkte ich Beck hinter den beiden und wie er das Foto sprengte. Er hatte die Arme in die Luft gerissen und grinste so breit, als gäbe es für ihn nichts Schöneres, als nette Pärchenbilder zu versauen.

Was für ein liebenswerter Idiot. Ich musste lächeln. Und dann kam mir wieder in den Sinn, was Luca am Vortag zu Beck gesagt hatte. Etwas über Bilder auf einem Social-Media-Kanal. Beck kam mir nicht wie ein Typ vor, der sich viel mit Instagram auseinandersetzte, aber das machte mich nur noch neugieriger darauf, was er darauf postete. Nach kurzem Zögern öffnete ich die App und suchte ihn. Erst mit seinem Namen, aber da gab es viel zu viele Treffer. Dann fiel mir ein, dass er und Louis offensichtlich befreundet waren, und fand Beck schließlich über Sami.

Das Erste, was mir auffiel, war, dass es kaum Fotos von ihm gab. Und wenn, dann nur von hinten oder von der Seite, wo man seine Grübchen und sein verschmitztes Lächeln nur erahnen konnte. Die Bilder, die ich auf seinem Profil fand, waren fast ausschließlich Fotografien von Orten in Berlin. Wahrzeichen wie der Fernsehturm, aber auch kleine, urige Gassen, die ich noch nie gesehen hatte. Läden mit niedlichen Fassaden. Und Winkel des Sankt Alex, die ich noch nie näher betrachtet hatte. Beck hatte ein erstaunlich gutes Auge für die Schönheit alltäglicher Dinge. Das passte irgendwie zu ihm.

»Vielleicht einen Kaffee zum Curry?«, fragte Nela hinter mir und ich zuckte so zusammen, dass mir beinahe das Handy aus der Hand gefallen wäre. »Was? Äh ja, gern. Ich habe die teure Hafermilch gekauft.«

»Ich weiß, deswegen bin ich auf die Idee gekommen.« Nela stand mit erhobenen Augenbrauen in der Tür zur Küche und präsentierte mir den Pappkarton. »Siehst du dir unanständige Sachen auf deinem Handy an?«

»Quatsch.« Ich lachte und hoffte inständig, dass es sich nicht so nervös anhörte, wie es sich in meiner Brust anfühlte. »Ich war nur so vertieft in die Nachrichten, die ich bekommen habe. Also ja, Kaffee. Unbedingt. Und Nudelsalat. Schnell, ich brauche Nervenfutter.«

»Schon gut, schon gut.« Nela zuckte mit den Schultern und verschwand wieder in die Küche.

Ich atmete tief durch, bevor ich das Handy so weit unter die Sofakissen schob, dass ich es nicht mehr sehen konnte. Und die nächste Stunde verbrachte ich immer wieder mit der Frage in meinem Hinterkopf, warum ich mich so schuldig fühlte.

Kapitel 8

Langsam, schon beinahe andächtig drehte ich die Infusion auf und sah gedankenverloren dabei zu, wie die ersten Tropfen der Chemotherapie aus dem Beutel in den Übergang zum Schlauch liefen. Es wirkte so merkwürdig friedlich und ruhig, als wäre es nur eine harmlose Flüssigkeit, nichts Ernstzunehmendes. Aber als ich alles überprüft hatte und mich zum Bett umwandte, sah ich die weniger friedliche Wirkung des Mittels. Luca saß beinahe aufrecht an das dicke Kissen in seinem Rücken gelehnt. Seine Haut war so blass, dass man die dunklen Adern an seinen Armen darunter sehen konnte und die violetten Ringe unter seinen Augen. Er hatte schon den ganzen Vormittag kein Wort gesagt, nur leer in den Raum gestarrt und ab und zu die Lippen gekräuselt, wenn ich reingekommen war. Nahrung bekam er seit der Chemo des Vorabends schon nicht mehr hinunter, wie ich von der Übergabe des Nachtdienstes mitbekommen hatte. Und an Schlaf war wohl auch nicht zu denken.

Ich biss mir auf die Unterlippe, weil ich keine Ahnung hatte, wie ich ihm helfen konnte. Normalerweise gaben wir den Patienten zu den Chemotherapien ein Mittel gegen Übelkeit, aber Luca hatte es beim letzten Mal wohl nicht gut vertragen und bisher hatten die Ärzte keines gefunden, das ihm im gleichen Maße helfen konnte. Die schwächere Variante, die er die ersten Tage bekommen hatte, schien mittlerweile auch nicht mehr zu wirken. Und so musste er einfach im Bett liegen, halb aufrecht, weil sonst die Gefahr bestand, dass er sich verschluckte, wenn er erbrach.

Als ich die Plastikreste der Infusion in den Müll warf, fühlte Luca sich wohl einen Moment unbeobachtet. Aus dem Augenwinkel konnte ich sehen, wie sein Blick langsam zu der Infusion wanderte, die gerade in seinen Port unterhalb des Schlüsselbeins tropfte. Ich sah über meine Schulter hinweg und konnte noch kurz die Emotionen in seinen Augen erkennen, die irgendwo zwischen Wut, Verzweiflung und Angst flackerten, dann starrte er wieder stumpf vor sich hin. Ohne mit der Wimper zu zucken, ohne eine Gefühlsregung. Als wäre er aus Stein.

Aber ich hatte dieses Aufflackern gesehen. Und wenn nicht vorher schon sein apathisches, blasses Gesicht, dann hatte er spätestens jetzt ein großes Loch in die Wand um mein Herz gerissen.

»So.« Ich tat, als würde ich mich jetzt erst umdrehen und klatschte aufmunternd in die Hände. »Was hältst du davon, wenn wir jetzt etwas spielen, um dich abzulenken?«

Sein Blick wanderte zu mir. Wie in Zeitlupe. Er starrte mich ein paar Sekunden lang an, dann zog er seine Augenbrauen zusammen.

»Was?« Ich zuckte mit den Schultern. »Die Mittagsrunde ist vorbei, der größte Stress des Vormittags erledigt – ich hätte Zeit für dich.«

Luca atmete tief durch, dann drehte er sich zu seinem Nachttisch um und hob die Hand. Ich realisierte sofort, was er vorhatte, und trat schnell zum Bett, um ihm seine Tasse mit Wasser zu reichen. Er trank ein paar Schlucke, bevor er sie mir zurückgab. Seine Hand zitterte leicht, aber sein abschätziger Blick blieb der gleiche. »Und du hast schon wieder nichts Besseres zu tun, als hier abzuhängen?«, krächzte er.

Und für den Satz hatte er jetzt echt extra einen Schluck Wasser getrunken?

Ich legte die Stirn in Falten. »Ob du es glaubst oder nicht, aber die Betreuung der Patienten gehört durchaus zu unseren Aufgaben.«

»Wenn die Patienten keine Eltern haben, die sie besuchen.« Seine Mundwinkel zuckten. »Oder wenn sie nicht *ich* sind.«

Ich wusste, was er damit meinte, und spürte ein unangenehmes Kribbeln in meinem Nacken. Natürlich hatte er mitbekommen, dass die anderen Pfleger ihm gern aus dem Weg gingen, weil er so motzig und unnahbar war. Auch wenn ich wusste, dass meine Kollegen wahrscheinlich versuchten, ihm nicht dieses Gefühl zu vermitteln. Doch Luca war nicht dumm, er wusste genau, was um ihn herum geschah.

Seufzend zog ich mir den Stuhl, der eigentlich für Besucher war, heran und setzte mich neben sein Bett. »Vielleicht würdest du öfter mal um eine Spielerunde gebeten werden, wenn du nicht jeden, der hier durch die Tür kommt, anknurrst wie ein wütender Hund. Außer Beck, meine ich.«

Wieder zuckten seine Mundwinkel, beinahe, als würde er lächeln wollen. Seine Augen funkelten wieder. »Oder dich.«

Etwas überrascht presste ich die Lippen zusammen. Nach kurzem Überlegen nickte ich aber. »Du bist schon netter zu mir geworden. Wie kommt das eigentlich?«

Er zuckte mit den Schultern und schien das direkt zu bereuen. Die Haut um seine Nase wurde etwas blasser und er musste ein paar Mal tief durchatmen.

»Wasser?« Ich griff schon nach der Tasse, aber er winkte ab. Als die Übelkeit in ihm anscheinend wieder abgeflaut war, blickte er mich wieder an. »Du bist nicht so empfindlich.«

»Man braucht also selbst eine harte Schale, um deine zu knacken.«

Daraufhin zog er nur die Augenbrauen nach oben, was ich als »ja« deutete. Ich wusste nicht genau, warum, aber es freute mich in diesem Moment, dass er mich irgendwie mochte. Vielleicht, weil es im Zusammenhang mit ihm etwas Besonderes war. Vielleicht auch, weil ich ihn im Gegensatz zu meinen Kollegen tatsächlich auch mochte. Die anderen Pfleger tauschten ihn gern weg, weil sie nicht mit ihm klarkamen. Ich hingegen würde mich mittlerweile wahrscheinlich sogar sträuben, wenn jemand anderes ihn übernehmen wollte. Luca und ich, wir waren Buddies.

Ich schmunzelte. »Also. Mau-Mau?«

Er sah mich wieder skeptisch an, zu meiner Überraschung entfuhr ihm aber ein Seufzen. »Von mir aus. Beck hat die Karten in die oberste Schublade gesteckt.«

Ich öffnete den Nachtschrank und holte sie hervor. Luca beobachtete mich dabei, wie ich sie ungeschickt mischte, und da war wieder das Zucken an seinen Mundwinkeln. Mit zusammengezogenen Augenbrauen musterte ich ihn. »Wer sich über meine Mischkünste beschwert, muss selber mischen.«

Er schnaubte, und das war schon fast ein Lachen.

Zufrieden teilte ich die Karten aus und wir spielten ein paar Runden. Luca blieb tapfer, auch wenn seine Finger immer noch ein bisschen zitterten, wenn er eine neue Karte ziehen musste. Aber immerhin bekam sein Gesicht wieder etwas Farbe. Ganz besonders, als er bereits die dritte Runde gegen mich gewann, während ich noch gut über zehn Karten in der Hand hielt. Seine Augen blitzten vergnügt, als er die letzte Karte ablegte und ich aufstöhnte.

»Du bist wirklich nicht gut in dem Spiel. Wenn du willst, kann ich dich mal eine Runde gewinnen lassen.«

»Was, aus Mitleid?« Diesmal war ich es, die schnaubte. »So weit kommt es noch. Ich wiege dich nur in Sicherheit, damit ich bei der nächsten Runde zuschlagen kann.«

»Klar.«

Als ich nach dem Stapel griff, begann aber plötzlich mein Bauch sehr laut zu knurren. Wir runzelten beide gleichzeitig die Stirn und ich lachte. »Oje. Das Frühstück ist schon eine Weile her.« Ich hatte kaum gemerkt, wie schnell die Zeit vergangen war. Weil uns immer noch Leute fehlten, war ich den ganzen Vormittag über die Station gehuscht und hatte nur einmal von dem Sandwich abgebissen, das ich mir auf dem Weg zur Arbeit beim Bäcker geholt hatte. Normalerweise wäre ich auch schon längst auf dem Weg in die Cafeteria gewesen, für meine Mittagspause, aber heute hatte ich unbedingt noch die Infusion für Luca anhängen wollen, um nach ihm zu sehen, weil mir sein Zustand bereits seit der Übergabe solche Sorgen bereitet hatte. Und hier war ich dann hängen geblieben.

»Du solltest vielleicht was essen gehen«, meinte Luca trocken und schob mir die restlichen Karten über die Bettdecke zu.

Ich winkte ab. »Das war nicht so schlimm, wie es sich angehört hat. Ein paar Runden können wir noch spielen.«

»Ich habe keine Lust mehr.« Luca wich meinem Blick aus und lehnte sich wieder in sein dickes Kissen. »Geh was essen.«

Obwohl ich nichts dafür konnte, dass mein Magen so laut geknurrt hatte, hatte ich seltsamerweise trotzdem ein schlechtes Gewissen. Es war ziemlich deutlich, dass er nur nicht weiterspielen wollte, weil er mich in meine Mittagspause schicken wollte. Was für seine Verhältnisse wirklich aufmerksam war. Und gleichzeitig hatte er jetzt wieder den kühlen, ausdruckslosen Gesichtsausdruck, als könnte ihn nichts verletzen, als würde ihn nichts interessieren. Diese verdammte Maske, die er vor ein paar Minuten noch abgelegt hatte.

Sein Blick zuckte zu mir und er stöhnte auf. »Jetzt geh schon. Ich will eine Runde schlafen, bevor die Infusion mich wieder stundenlang kotzen lässt. Dabei störst du nur.«

Zögerlich erhob ich mich von meinem Stuhl, um ihn wieder an den Tisch zu schieben. Am Bettende blieb ich noch einmal stehen. »Vor meinem Schichtende schau ich noch mal nach dir.«

Er verdrehte die Augen. »Von mir aus.«

Ich konnte mir nicht erklären, warum mein Herz sich so schwer anfühlte, als ich mich zur Tür wandte. Warum ich plötzlich einen Kloß im Hals hatte, den ich nicht runterschlucken konnte. Dieser Junge machte irgendetwas mit mir.

Als ich gedankenversunken die Tür aufriss, wäre ich beinahe in Beck reingestolpert.

»Wow, wow, wow«, machte der und streckte die Arme aus, wie um mich aufzufangen, zog sie dann aber blitzschnell wieder zurück. Aus dem überraschten Ausdruck auf seinem Gesicht wurde ein warmes Lächeln. »Ach, hallo, Tessa.« Er blickte über meine Schulter. »Wie sieht's aus bei dir, Luca?«

»Du kannst gleich wieder gehen, Beck.«

»Was bist du denn jetzt schon wieder so ätzend? Eines der Kinder, die ich betreue, wurde entlassen, deshalb habe ich aus der Reihe Zeit für dich. Freu dich lieber darüber.«

In meinem Rücken lachte Luca kurz auf. Er lachte tatsächlich. Das Geräusch war so überraschend, dass ich mich erstaunt zu ihm umdrehen musste, und er verschluckte sich ein wenig daran. Offensichtlich bemühte sich Luca um eine neutrale Miene, aber es wollte ihm nicht so recht gelingen. Er winkte ab. »Meine Pflegeeltern kommen eh gleich. Tessa hat mich heute bespaßt, ich brauche dich also nicht auch noch.«

Beck griff sich an die Brust. »Autsch, das tat weh.«

Als ich zu ihm aufblickte, funkelten seine dunklen Augen aber vergnügt. Mir wurde erst jetzt bewusst, wie nahe ich noch immer vor ihm stand, und machte etwas eilig einen Schritt zurück. Er roch großartig. Ein Deo oder Parfüm, das herb und gleichzeitig frisch war. Vielleicht ein bisschen zitronig. Becks Blick zuckte zu mir und ich wandte mich etwas verlegen ab. »Tut mir leid. Ich hatte gerade ein wenig Zeit, deshalb …«

»Wenn du dich langweilst, kannst du doch mit Schwester Tessa etwas essen gehen. Ihr Magen hat schon superlaut geknurrt und ich glaube, wenn sie niemand beaufsichtigt, geht sie nicht essen. Dann kommt sie nur wieder her und nervt mich.«

»Wa…« Ich sah Luca ungläubig an und schon wieder war da dieses Funkeln in seinen Augen, das man beinahe mit einem Lächeln verwechseln könnte. »Ich brauche keine Aufsicht beim Essen, danke.«

Er zuckte mit den Schultern.

»Schon gut.« Beck lachte und lehnte sich in den Türrahmen. Er hatte die Hände lässig in seine Hosentaschen gesteckt und schmunzelte zu mir hinunter. Blöderweise begann unter seinem Blick wieder mein Magen zu brodeln, und das Geräusch konnte man wahrscheinlich noch am Ende des Ganges hören.

»Siehst du.« Lucas Stimme hinter mir klang triumphierend. Ich konnte nicht fassen, dass dieses kleine Aas mich in eine so peinliche Situation brachte. Vielleicht sollte ich mir doch die Zeit zurückwünschen, in der er gar nicht mit mir geredet hatte.

Ich verschränkte die Arme vor der Brust und nickte in Richtung Gang, weil Beck mir immer noch im Weg stand. »Der kleine Giftzwerg hat recht, ich sollte in meine Pause gehen. Würdest du …«

Beck riss die Augen ein wenig auf und machte schon fast einen kleinen Satz zur Seite. Sein Blick zuckte ins Zimmer, zu Luca und dann wieder zu mir. Seine Mundwinkel bogen sich ein wenig nach oben und ich konzentrierte mich auf seine Augen, damit ich nicht wieder auf seine niedlichen Grübchen starrte. Allerdings war das auch keine besonders gute Alternative – seine Augen waren ebenso elektrisierend. Dunkelbraun, beinahe schwarz, und darin konnte man ziemlich gut versinken, wenn man wollte. Und dann diese Wärme darin … *Himmel.* Räuspernd drückte ich mich an ihm vorbei, da sagte er beinahe direkt an meinem Ohr: »Also, wenn Luca mich wirklich nicht braucht, würde ich mich tatsächlich anschließen. Ich hatte heute noch gar keine Pause und muss dringend mal ein bisschen von der Station.«

»Ich hab doch schon gesagt, dass du wieder gehen kannst«, krächzte Luca im Hintergrund. »Außer, du willst dich unbedingt zwischen meine Pflegeeltern setzen. Nur zu, das wird bestimmt lustig. Also für mich.«

Beck lachte wieder auf. »Dabei will ich wirklich nicht stören.« Er sah mich lächelnd an. »Also?«

Irgendwo in mir regte sich Widerstand. Vielleicht war das wirklich keine gute Idee. Auf der anderen Seite ging es hier nur um eine gemeinsame Pause in der Cafeteria, zwischen Kollegen. Nichts, was irgendwie seltsam war. Oder unangebracht. Und deshalb hatte ich eigentlich auch keinen richtigen Grund, abzulehnen. Mir blieb also nichts anderes übrig, als ebenfalls ein Lächeln aufzusetzen. »Klar, wenn du willst.«

Er nickte und wandte sich dann ein letztes Mal Luca zu. »Bis morgen dann, Kumpel.«

»Jetzt hau endlich ab.«

Beck schloss die Tür zum Zimmer und strahlte mich dann an, was mich dazu brachte, den Kopf zu schütteln. »So solltest du vielleicht nicht unbedingt mit dir reden lassen.«

»Normalerweise nicht, nein. Aber bei Luca ist das was anderes.«

Ich lief kurz zum Stationszimmer, meldete mich bei Malik ab und deutete dann zum Ausgang. Ich folgte Beck nach draußen und fragte, an seinen Rücken gewandt: »Und wieso ist es okay, wenn er so mit dir spricht?«

»Weil er nicht anders kann.« Er drückte den Knopf des Aufzugs und lehnte sich dann mit in den Hosentaschen verschwundenen Händen an die Wand daneben. Sein Lächeln war wieder warm, verständnisvoll. »Ich weiß nicht, wie viel du von seinem Background weißt, weil für euch ja vor allem die somatische Seite wichtig ist. Aber der Kleine hatte bisher nicht gerade ein einfaches Leben.«

Nachdenklich ließ ich den Blick über den leuchtenden Aufzugknopf wandern und verschränkte die Arme vor der Brust. »Ich weiß, dass er eine Pflegefamilie hat.«

»Seine vierte«, fügte Beck an. Als ich überrascht aufblickte, wirkten seine Augen traurig. »Bei der ersten, die ihn aufgenommen hat, gab es einen familiären Notfall und sie mussten ihn wieder zurück ins Heim geben. Das hat bei ihm für einen ganz schönen Knick in seiner Vertrauensbasis gesorgt. Als er bei der zweiten war, ist er krank geworden – und die Pflegefamilie ist damit nicht klargekommen. Die dritte wusste von seiner Krankheit, aber da war Luca schon viel zu verletzt, um sich noch irgendwie auf jemand Neuen einzulassen. Er war kühl und abweisend und hat angefangen, Probleme zu machen. Wie man es nun einmal macht, wenn man nicht mehr vertrauen kann: Man vermeidet alles, was einem wichtig werden könnte, um sich nicht angreifbar zu machen.«

Ich spürte ein heftiges Ziehen in meiner Herzgegend. Das hatte ich tatsächlich nicht gewusst. Und es machte seine Verhaltensweise um einiges verständlicher. Vielleicht hätte ich vorhin nicht so mit ihm reden sollen? Aber es hatte gewirkt, als hätte es ihm nichts ausgemacht.

»Wenn ich ehrlich sein darf …« Beck stockte, weil die Aufzugtüren gerade aufgingen. Er wartete ab, bis sie sich hinter uns wieder geschlossen hatten, bevor er sich mir mit etwas abschätzigem Blick zuwandte. »Seine neuen Pflegeeltern sind furchtbar.«

Ich spürte, wie meine Augen sich weiteten, und er schmunzelte über meinen Gesichtsausdruck. »Ich weiß, das sollte man nicht sagen. Es ist schön, dass sie ihn aufgenommen haben. Wenn er zwischen den Chemotherapien wieder zurück ins Heim müsste, wäre das nicht gut für ihn. Das Ganze nimmt ihn zu sehr mit, er braucht ein Zuhause, in dem er sich erholen kann. Aber die beiden … nun ja.« Er zuckte mit den Schultern. »Ich habe sie kennengelernt und ehrlich gesagt nicht das Gefühl, dass sie mit ihm klarkommen. Oder er mit ihnen. Keine Ahnung.« Das Lächeln verschwand aus seinem Gesicht und sein nachdenklicher Blick wanderte an den Wänden des Aufzugs entlang. Leise, als wäre es gar nicht unbedingt für mich bestimmt, fügte er an: »Er hat etwas Besseres verdient.«

Wieder zog etwas an meinem Herzen. Ich legte eine Hand an meine Brust und ermahnte mich, tief durchzuatmen. Im Erdgeschoss des Onkologie-Flügels stiegen wir aus dem Aufzug und steuerten das Mittelgebäude an. Ich hatte die Arme um meinen Oberkörper geschlungen, weil ich fröstelte, auch wenn das nicht mal unbedingt an den Temperaturen lag. Beck hingegen schien kein Problem zu haben. Er trug wieder nur ein T-Shirt, also war er nicht so empfindlich wie ich. Sein Blick wirkte aber immer noch nachdenklich, und als wir im Glasgebäude hinter dem Eingang angekommen waren, sagte ich: »Dann kann er ja froh sein, dass er Leute wie dich hat, die sich wirklich um ihn sorgen, oder?«

Beck schien bei meinen Worten aus seinen Gedanken zu erwachen. Er blickte mich für einen Moment an, als würde er mich das allererste Mal sehen, und das ließ mich ein wenig erschaudern. Wieso zum Teufel löste er so was mit nur einem einzigen Blick aus? Seine Mundwinkel kräuselten sich wieder, als er die Treppe zur Cafeteria erklomm. »Du scheinst dich ja auch gut mit ihm zu verstehen.«

»Er ist eigentlich echt in Ordnung. Noch mehr, wenn man seine Geschichte kennt«, gab ich zu.

Beck nickte. »Eigentlich ist er ein Herz von einem Kind. Versteckt unter einer verdammt dicken Mauer, aber es ist da. Wenn man sich die Zeit nimmt, nach ihm zu graben.« Bei der nächsten Kurve lächelte er mich über das Geländer an. »Ich kenne Luca seit fast drei Jahren und ich habe am Anfang deutlich länger gebraucht, um ihn zu knacken. Also machst du wohl was richtig.«

Das zu hören, machte mich tatsächlich glücklicher, als ich zugegeben hätte. Ich grinste Beck an. »Oder du hast ihn die letzten Jahre einfach schon ein bisschen aufgeweicht.«

Er ließ es unkommentiert, schmunzelte aber.

Die Cafeteria war nicht mehr so voll, weil wir die unmittelbare Mittagszeit verpasst hatten. Als wir uns in die Reihe hinter der Kasse stellten, ließ ich den Blick schweifen und sah, dass mein Lieblingsplatz noch frei war: der direkt an der riesigen Glasfront, die auf die breiten Wiesen hinter dem Klinikum zeigte. Die Cafeteria hatte ich bereits in meiner ersten Mittagspause mit Malik hier oben geliebt. Sie war modern eingerichtet, wie der Rest des Krankenhauses, aber der helle Holzboden und der falsche Efeu, der die Fenster von oben verzierte, verliehen ihr trotzdem eine sehr gemütliche Atmosphäre. Unter den Rändern der marmornen Theke leuchtete ein warmes Licht, darüber hingen altmodische schwarze Lampen. Es war wie ein ständiges Spiel aus neu und alt, das ich irgendwie merkwürdig beruhigend fand.

»Die vegetarische Bolognese für mich«, bestellte Beck gerade, dann blickte er über seine Schulter. »Und was auch immer meine Kollegin haben möchte.«

Mit großen Augen sah ich ihn an. »Du musst mich nicht einladen!«

»Würde ich aber gern. Wenn das okay ist?«

Er lächelte und ich konnte nicht anders, als es zu erwidern. »Wenn du meinst.« Ich wandte mich der rothaarigen Bedienung zu, die mich breit angrinste. »Dasselbe wie er.«

»Kommt sofort.« Sie kassierte ab und fragte dann: »Na, hast du aktuell nur Krankenhausschichten, Philipp? Haben sie dich beim Rettungsdienst rausgeschmissen?«

»Nächste Woche wieder«, gab Beck schmunzelnd zurück. »Sei nicht so frech, Babs.«

Sie lachte, dann zwinkerte sie mir zu und winkte uns weiter, damit wir unser Essen entgegennehmen konnten. Ich konnte mein Erstaunen nicht verbergen. »Zwei Fragen.«

»Immer raus damit«, sagte er schmunzelnd, während er sich sein Tablett schnappte. Ich nickte in die Richtung meines Lieblingstisches und wir setzten uns an das Fenster. Mit angehaltenem Atem warf ich einen Blick nach unten, über die blätterlosen

Bäume und die spazierenden Patienten, bevor ich mich wieder meinem Gegenüber zuwandte.

Beck war bereits dabei, seine Nudeln auf die Gabel zu drehen, aber sein Blick lag immer noch fragend auf mir.

Ich hob eine Augenbraue. »Philipp?«

»Mein Name.« Er grinste in seine Nudeln. »Becker, mit Nachnamen. Eigentlich nennen mich alle Beck, das passt irgendwie besser zu mir.«

»Verstehe ich. Ich mag es auch nicht, wenn man mich Theresa nennt.«

Sein Blick zuckte zu mir hoch, als ich ebenfalls nach meiner Gabel griff und zu essen begann. »Das klingt sehr streng, stimmt. Tessa passt besser.«

Ich zuckte mit den Schultern, weil ich es wirklich nicht wusste. Eigentlich mochte ich es, wenn die Leute mich ernst nahmen und vielleicht sogar als streng ansahen. Das war es, was einem Respekt verschaffte, vor allem als Stationsleitung. Oder Pflegedienstleitung. Oder wohin auch immer mein Weg mich nach dem Studium führen würde. Aber vielleicht war das nicht unbedingt der einzige Weg. Malik wurde schließlich auch respektiert und er war überhaupt nicht streng. Ich musste ihn dringend danach fragen.

Es vergingen ein paar Sekunden, in denen wir schweigend aßen und ich meinen Gedanken nachhing, bis Beck sich räusperte. »Was ist die zweite Frage?«

»Mh?« Ich blickte ihn an und er grinste, wahrscheinlich weil ich gerade den Mund voll hatte und ein ziemlich witziges Bild abgab. Schnell wischte ich mir über den Mund, um eventuelle Soßenreste verschwinden zu lassen.

»Du hast gesagt, dass du zwei Fragen hast.«

»Oh, ja. Ich wollte fragen, ob du mit dem ganzen Krankenhaus befreundet bist.« Ohne dass ich es wollte, schossen meine Augenbrauen wieder nach oben. »Du bist mit Louis und Sami befreundet, jeder auf Station scheint sich gut mit dir zu verstehen, Natascha kennt dich und jetzt auch noch die Bedienung hier?«

Beck gab ein amüsiertes Brummen von sich. »Ich bin öfter mal hier. Und es ist meistens von Vorteil, sich mit so vielen Menschen wie möglich gut zu stellen, denkst du nicht? Es macht das Arbeitsklima um einiges besser.«

Da hatte er wahrscheinlich recht. Ich drehte die Spaghetti auf meine Gabel und Beck stützte sein Gesicht auf eine Faust. »Woher kennst du Sami und Louis?«

»Louis kenne ich nur flüchtig von den Schichten hier im Krankenhaus«, gab ich nachdenklich zurück. »Sami und ich haben zusammen unsere Ausbildung gemacht. Wir waren sehr gut befreundet damals, mittlerweile sehen wir uns etwas seltener. Was eigentlich schade ist.« In dem Moment, in dem ich es aussprach, wurde mir wieder bewusst, wie sehr ich das tatsächlich vermisste. Als mir ein Seufzen entfuhr, lächelte Beck wieder. »Es ist nicht zu spät, das wieder zu ändern. Ihr arbeitet schließlich im gleichen Krankenhaus und lebt in der gleichen Stadt. Sie wäre bestimmt gern wieder enger mit dir befreundet, wenn du es versuchst. Sami ist toll.«

Keine Ahnung, warum sein Satz ein Brummen in mir auslöste. »Und sehr glücklich vergeben, wie es aussieht.«

Becks Augenbrauen schnellten nach oben. Er presste die Lippen zusammen und es sah aus, als würde er dringend versuchen, ein Lachen zu unterdrücken. »Ich weiß.« Sein Lächeln wurde wieder etwas wärmer. Etwas verlegen vielleicht sogar. »Ich bin auch nicht an ihr interessiert.«

Sein Blick löste schon wieder etwas in mir aus. Ein seltsames Blubbern in meinem Magen, ein Kribbeln auf meiner Haut, ein Stolpern meines Herzens. Und bevor ich mich zurückhalten konnte, hatte mein Mund auch schon gesagt: »Ich übrigens auch.«

Beck, der gerade die letzte Gabel mit Nudeln in seinen Mund gesteckt hatte, fror ein bisschen in seiner Bewegung ein. »Waff?«

»Ich bin auch glücklich vergeben. Sehr glücklich.« *Oh, mein Gott, warum sagte ich das jetzt? Das war so unglaublich merkwürdig. Er hatte überhaupt nicht danach gefragt!* Trotzdem konnte ich den Sprudel nicht mehr aufhalten, der aus meinem Mund kam: »Sein Name ist Martin. Wir sind seit vier Jahren zusammen. Er ist toll.« *Halt die Klappe, Tessa. Halt bitte die Klappe.* Ich presste die Lippen zusammen und starrte Beck an. Fast schon peinlich lange.

Er schien kurz die Information zu verarbeiten, die ich ihm gerade auf den Tisch zwischen uns geknallt hatte. Er schluckte runter, sagte kurz: »Oh«, dann nahm er einen Schluck von seinem Wasser, bevor er mich wieder ansah. »Das … wusste ich nicht. Tut mir leid.«

Ich lachte, weil ich in dem Moment kein anderes Ventil fand, um die unglaubliche Peinlichkeit des Moments rauszulassen. »Wieso entschuldigst du dich?«

Beck räusperte sich und legte die Gabel auf seinen leeren Teller. Er lächelte noch immer, aber es wirkte nun gequält. »Hätte ich es gewusst, dann hätte ich nicht … keine Ahnung.« Wieder ein Räuspern. »Dann hätte ich nicht mit dir geflirtet. Das tut mir leid. So bin ich nicht.«

Ich spürte, wie Hitze in meinen Kopf schoss. »Hast du das?«

Jetzt geriet er ein bisschen ins Stammeln. »Also. Ja. Ich denke schon. Anscheinend nicht richtig, wenn das nicht ankam.« Er hustete verlegen, dann lachte er. Und irgendwie löste das Geräusch einen Knoten in meiner Brust. »Das muss ich dann wohl noch üben. Oder nicht. Zumindest nicht an dir. Tut mir leid«, entschuldigte er sich noch mal und lachte dann wieder in seine Faust. »Ich sollte vielleicht gehen. Mein nächster Termin auf der Kinderpalliativ ist gleich. Wir sehen uns morgen auf Station.«

»Äh ja. Klar. Bis dann.« Ich blickte ihm etwas überrumpelt

hinterher und versuchte, wieder zu Atem zu kommen. Mein Herz raste und mein Kopf fühlte sich seltsam fiebrig an. Ich konnte meinen Blick nicht von ihm lösen, nicht als er das Tablett abstellte, die Bedienung noch einmal grüßte und sich auf dem Weg nach draußen noch einmal zu mir umdrehte. Er lächelte und winkte, dann war er weg.

Ich atmete tief durch. Mehrmals. Aber die Hitze wollte nicht aus meinem Kopf verschwinden.

Das hier … das war verdammt gefährlich gewesen.

Und zu allem Übel raste mein Herz noch immer, als ich vom Tisch aufstand und mir schwor, Beck ab jetzt, so gut es ging, aus dem Weg zu gehen.

Kapitel 9

Die erste Leitungsrunde, an der ich teilnahm, war eine außerplanmäßige an diesem Nachmittag. Ich war nach meiner sehr aufwühlenden Mittagspause an Maliks Büro vorbeigelaufen und er hatte mich zurückgerufen und mir mit in Falten gelegter Stirn mitgeteilt, dass ich ihn dort vertreten sollte. Eine wichtige E-Mail von der Klinikleitung war gerade erst hereingeflattert und Malik hatte noch ein paar Dinge zu erledigen, die nicht warten konnten. Außerdem hatte er so gewirkt, als würde es ihm nicht gut gehen. Immer wieder hatte er an seine Stirn gefasst und das Gesicht verzogen, als hätte er höllische Kopfschmerzen. Wahrscheinlich lag es daran, dass er an diesem Tag kaum sein Büro verlassen hatte. Die momentan überwältigende Zahl an Krankschreibungen unter dem Personal brachte den Dienstplan so durcheinander, dass er alle Hände voll zu tun hatte, wenigstens einigermaßen die Versorgung auf Station aufrechtzuerhalten.

»Du musst eigentlich nicht viel machen.« Er hatte den Kopf ein wenig in seine Hand gestützt und mich angelächelt. »Nur zuhören und die wichtigsten Dinge mitschreiben, die sich auf Station für uns ändern. Falls sie irgendwelche Fragen haben, sollen sie mich einfach persönlich hier oben anrufen. Sie haben ja meine Nummer.«

»Kein Thema«, hatte ich zurückgegeben und bereits dieses aufgeregte Kribbeln in mir aufsteigen gespürt. Ich vertrat die Stationsleitung bei einer Leitungskonferenz. Das fühlte sich schon fast ein bisschen wichtig an.

Malik hatte sich mehrfach bedankt und schließlich wieder dem Computer zugewandt, als ich am Aufbrechen war.

Die Leitungsrunden fanden fast immer im riesigen Büro unseres Chefarztes Doktor Markus Lessing statt, das im mittleren Hauptgebäude, in der Etage unter der Cafeteria, lag. Auf dem Weg dorthin ordnete ich im Aufzug vor dem Spiegel meine Haare und strich meine Kleidung so glatt wie möglich. Wenigstens hatte mich heute kein Kind vollgekotzt und auch sonst hatte ich zur Abwechslung mal keine Flecken auf dem Kasack. Nicht dass es da oben jemanden interessieren würde, schließlich kamen die meisten Stationsleitungen auch direkt aus dem Dienst und wussten, wie es bei uns aussah. Ich war trotzdem froh, weil die meisten dort mich nicht kannten und ich gern einen guten ersten Eindruck hinterlassen wollte.

Die Tür zu Doktor Lessings Büro stand offen, und als ich den Aufzug verließ, konnte ich bereits das Stimmengewirr hören. Wir waren nur ein kleines Krankenhaus mit zehn Stationen, aber offensichtlich waren alle Stationsleitungen anwesend und noch ein paar Leute mehr – ich tippte auf Ärzte und Therapeuten. Fast alle Stühle, die in dem großen Raum in einem Halbkreis um den Schreibtisch unseres Chefarztes gereiht waren, waren besetzt. Ich blieb kurz auf der Türschwelle stehen und sah den Mann an, der das Sagen hatte über das Sankt Alex. Ich kannte sowohl sein ausladendes Büro, in dem normalerweise nur ein Schreibtisch, ein großer Benjamini-Baum in einem Keramiktopf und ein ausladendes Bücherregal voller Fachliteratur über Onkologie und Palliativmedizin standen – als auch ihn. An dem Tag, an dem ich im Sankt Alex angefangen hatte, war ich hier hochgekommen und dem Chefarzt vorgestellt worden. Er war Ende fünfzig, auch wenn er absolut nicht danach aussah. Seine grauen Haare modisch geschnitten, der Bart war ordentlich gestutzt, und er trug eigentlich immer Hemden, die er an den Ärmeln aufkrempelte und in deren Kragen er seine schwarze Brille gesteckt hatte. Eigentlich hatte ich noch nie gesehen, dass er sie auf der Nase trug.

Jetzt hob er den Kopf und lächelte mich wissend an. »Frau

Kling. Haben Sie die Leitung auf der Kinderonkologie schon übernommen? Soll Frau Messinger Ihren Arbeitsvertrag ändern?«

Ich lächelte. »Noch nicht, aber ich arbeite daran. Ich vertrete heute Herrn Bari, da er leider verhindert ist.«

»Natürlich.« Doktor Lessing wies auf die Stuhlreihen und endlich ließ ich auch einen Blick über sie schweifen. Ich kannte bisher eigentlich kaum jemanden. Nur Ezra Turan, die Stationsleitung der Kinderpalliativstation, die mit vor der Brust verschränkten Armen in der ersten Reihe saß, war mir bekannt. Mit ihrer Station hatten wir tatsächlich einen regen Austausch, weil oft Patienten zwischen uns wechselten. Alle anderen Stationsleitungen waren bereits älter, bis auf … ich spürte, wie meine Augenbrauen nach oben wanderten, als ich ganz hinten am Rand Maya sah, die mir ein breites Grinsen zuwarf und auf den leeren Stuhl neben sich klopfte. Sie hatte ihre langen braunen Haare in einem hohen Zopf gebunden und sah wie immer unheimlich frisch und gut gelaunt aus.

Leise Entschuldigungen murmelnd, quetschte ich mich an den anderen Stationsleitungen vorbei und ließ mich neben sie fallen. »Was machst du denn hier?«, flüsterte ich ihr zu. Sie wollte gerade den Mund aufmachen, da klatschte Doktor Lessing in die Hände. »Ich denke, es sind so weit alle da, denen es möglich war. Wie Sie meiner E-Mail vielleicht schon entnehmen konnten, liegt der Fokus der heutigen Runde auf der aktuellen Grippewelle, die bereits Teile der Klinik lahmgelegt hat. Zum Infektionsschutz werden ein paar neue Regeln in Kraft treten, die ich mit Ihnen besprechen möchte. Im Anschluss daran können wir gerne noch andere Anliegen thematisieren.«

Er schien auf seinem Computer eine Liste aufzurufen und begann, die neuen Regeln zu verlesen. Ich beeilte mich, alles haarklein auf meinen mitgebrachten Zettel zu schreiben. Die neuen Einschränkungen betrafen vor allem die Besucher, die wir auf Station lassen durften. Außerdem wurden wir dazu verpflichtet, chirurgische Masken zu tragen, wenn wir leichte Symptome hatten, ganz besonders im engen Kontakt mit Patienten.

Nach dem Verlesen der Regeln brach eine kleine Diskussion über die Notaufnahme aus, die mich nicht interessierte, deshalb wandte ich mich wieder Maya zu. Sie zuckte mit den Schultern. »Unsere Stationsleitung ist krank und ich habe beim Auslosen verloren, deshalb musste ich kommen.«

»Die Grippe?«

»Nee, das Alter. Unsere Stationsleitung geht dieses Jahr wahrscheinlich in Rente, und wenn du mich fragst, wird das wirklich höchste Eisenbahn. Sie ist über sechzig und arbeitet auch schon fast so lange bei uns auf Station. Eigentlich hat jeder zweite Satz, der aus ihrem Mund kommt, mit Rücken- und Knieschmerzen zu tun.«

Ich wusste, dass Maya nach der Ausbildung auf der Palliativstation für Erwachsene angefangen hatte. Zwar war die Patientenzahl dort in der Regel überschaubar, aber die Arbeit konnte körperlich ziemlich anstrengend sein, wenn die dort liegenden Herrschaften zum Beispiel kaum noch bewegungsfähig waren und gelagert werden mussten. Eigentlich war es ein Unding, dass Krankenschwestern nicht schon früher in Rente gehen konnten, bei der körperlichen Arbeit, die wir leisteten. Umso größer war mein Ansporn, in den nächsten Jahren irgendwo ein hübsches Büro zu ergattern. Am besten mit einer ähnlich hübschen Aussicht über den Park wie dieses hier.

»Als du reinkamst, dachte ich auch erst, dass du einfach den Rest deines Studiums übersprungen hast und jetzt schon Stationsleitung bist.« Maya lachte leise. »Zuzutrauen wäre es dir auf jeden Fall.«

»Ich nehme das jetzt einfach mal als Kompliment«, schmunzelte ich.

»Das solltest du auch.« Maya lehnte sich zurück und lauschte der Diskussion, die immer noch in vollem Gange war. »Ich hätte gern nur ein kleines bisschen von deinem Ehrgeiz.«

»Wieso, willst du Stationsleitung werden?«, fragte ich verwundert nach. Dafür war Maya eigentlich nicht der Typ. Sie war eher jemand, der sich im Hintergrund hielt und Konflikte jeglicher Art scheute. Nicht dass ich das verurteilte, ich hatte ihre entspannte Art immer sehr geschätzt. In unserer Freundesgruppe war sie immer diejenige gewesen, die unseren Stress mit Partys oder spontanen Wochenendausflügen ans Meer durchbrochen hatte. Sie war ein Genussmensch und das hatte mir immer gutgetan, weil sie so einen Kontrast zu mir bildete.

»Eigentlich auf keinen Fall«, brummte sie, wie ich erwartet hatte. »Aber wenn wir nächstes Jahr eine neue Stationsleitung bekommen, will ich nicht, dass die harmonische Zusammenarbeit gestört wird, die in unserem Team vorherrscht.«

Ja, das klang schon eher nach ihr. Ich grinste in mich hinein. Vielleicht sollte ich endlich mal wieder etwas mit ihr und Sami unternehmen. Der Ausgleich zu meinem etwas zu monotonen Alltag fehlte mir und wahrscheinlich konnten die beiden das wieder ändern, wenn ich sie ließ. Aber vermutlich hatte ich im Grunde keine Zeit dafür bei meinem aktuellen Arbeits- und Lernpensum.

»Und du? Ich hab gehört, du stehst auf Beck?«

Beinahe hätte ich mich an meiner eigenen Spucke verschluckt. Ich drehte mich ihr mit aufgerissenen Augen zu. »Wie bitte?! Hat Sami das gesagt?«

Sie nickte grinsend. »Nicht ganz so, aber sie meinte, ihr habt euch sehr gut verstanden. Und du siehst gerade sehr ertappt aus. Seid du und Martin nicht mehr zusammen?«

»Natürlich sind wir noch zusammen. Das mit Beck ist ein Hirngespinst von Sami«, gab ich, vielleicht eine Spur zu heftig, zurück.

Mayas Augenbrauen wanderten nach oben, aber sie ließ nur ein »ach so, okay« vernehmen, das irgendwie viel mehr nach einem »wie schade« klang. Ich warf ihr einen scharfen Blick zu. Sie war anfangs kein großer Fan von Martin gewesen, dabei war eigentlich sie diejenige gewesen, die schuld an unserem Zusammentreffen war. Sie hatte mich und Sami schließlich in diesen Schickimicki-Klub geschleppt, in dem die Musik furchtbar und die Cocktails absolut überteuert gewesen waren. Dass Martin, gut gekleidet und mit diesem mysteriösen Lächeln auf den Lippen, an der Bar auf mich gewartet und mich eingeladen hatte, war mir daher gerade recht gekommen. Und auch die Tatsache, dass er nicht wie die Typen in anderen Klubs versucht hatte, mich abzuschleppen, sondern am Ende des Abends mein Taxi bezahlt und mir seine Nummer gegeben hatte, hatte mir imponiert. Und der Rest war Geschichte.

»Wir sind immer noch sehr glücklich«, schob ich hinterher und wusste wirklich nicht, warum ich das heute bereits zum zweiten Mal so sehr betonte. Als müsste ich mich rechtfertigen.

»Weiß ich doch.« Maya lächelte entschuldigend, als wäre ihr erst in diesem Moment aufgefallen, dass ihr Kommentar etwas abfällig geklungen hatte. »Ihr zwei passt wirklich gut zusammen.«

Das taten wir. Martin und ich waren ein verdammt tolles Paar. Wenn wir uns mal sahen.

»Das mit Beck hätte mich auch sehr gewundert, selbst wenn das mit Martin nicht mehr aktuell wäre.«

Moment, was? Ich sah sie mit zusammengezogenen Augenbrauen an. »Wieso das?«

»Er ist irgendwie das Gegenteil von dir. Ein Sonnenschein, ständig am Lächeln, ständig am Helfen, ständig am Herumtänzeln.«

»Und was bin ich? Eine graue Regenwolke?«

Mayas Lächeln wich einem erschrockenen Ausdruck. »Was? Nein, um Himmels willen, Tessa. Aber ich denke, dass dir einfach ganz andere Dinge wichtig sind als ihm. Du bist so ehrgeizig und zielstrebig. Du weißt genau, was du willst, und tust alles dafür, um es zu erreichen, ohne dich dabei in den Mittelpunkt zu drängeln. Du leuchtest trotzdem, aber eher unauffälliger. Wie, wie … der Mond, vielleicht. Einer, der auch tagsüber präsent ist. Ein Tagmond.« Sie zuckte mit den Schultern und lächelte. »Ihr seid einfach sehr unterschiedlich, das ist alles, was ich sagen will. Aber ich meine –« Eine kurze Weile betrachtete sie mein Gesicht, als wollte sie darin etwas lesen. Dann beendete sie ihren Satz mit einem leichten Lächeln: »Gegensätze können sich ja auch anziehen, nicht wahr?«

»Tun sie nicht.« Ich verschränkte die Arme vor der Brust und wandte mich wieder den Diskussionen zu, die vor uns stattfanden. Auch wenn das leichte Prickeln, das ich vorhin auf meinen Armen gespürt hatte, als Beck mir gesagt hatte, dass er mit mir flirtete, sofort wieder präsent war. Aber Maya hatte recht: Wir waren sehr unterschiedlich. Im Gegensatz zu Martin und mir. Wir blickten in dieselbe Richtung, hatten dieselben Pläne. Wir passten zueinander, wie zwei Puzzlestücke.

Die Leitungsrunde wurde nur wenige Minuten später beendet und ich erhob mich etwas schwerfällig von meinem Platz. Maya lief neben mir her zum Ausgang, und als wir an den Aufzugtüren standen, drehte sie sich zu mir. »Habe ich dich verärgert?«

Überrascht blickte ich sie an. »Nein, wie kommst du darauf?«

»Du wirkst so nachdenklich, seit ich das mit Beck gesagt habe.«

»Nein, Unsinn. Mir geht nur wirklich viel im Kopf herum.«

»Okay.« Sie wirkte nicht unbedingt überzeugt, winkte aber trotzdem ab. Das strahlende Lächeln trat wieder auf ihr Gesicht und aus irgendeinem Grund musste ich daran denken, dass jemand wie Beck wohl eher zu ihr passen würde. Er würde sie sicher mögen. Und das versetzte mir einen seltsamen Stich, sodass ich tief durchatmen musste.

»Ich muss los.« Sie nickte zur Treppe. »Aber hoffentlich sehen wir uns bald wieder. Vielleicht auf Samis Party?«

»Ja, vielleicht. Ich versuche zu kommen.«

»Schön.« Ein letztes Winken noch, dann verschwand sie im Treppenhaus und ich blieb mit diesem eigenartigen Gefühl in meinem Magen allein.

Als ich zurück auf Station kam, sah ich Beck bereits von Weitem. Er stand auf der Schwelle zu einem der Patientenzimmer, den Arm gegen die Wand gelehnt. Sein Shirt war an den Armen ein bisschen nach oben gerutscht und entblößte nun die definierten Muskeln an seinem Oberarm. Ich spürte, dass mein Hals trocken wurde, und wandte mich so schnell ab, dass ich beinahe die Frau umgerannt hätte, die am Stationszimmer stand. Sie warf mir einen etwas pikierten Blick zu, bevor sie mit quälend quietschiger Stimme sagte: »Entschuldigen Sie, arbeiten Sie hier?«

War das angesichts meiner Bereichsklamotten nicht offenkundig? Ich presste die Lippen zusammen und ermahnte mich zu einem Lächeln. »Ja, wie kann ich Ihnen helfen?«

»Ich bin die Pflegemutter von Luca.«

Ich musste mich zurückhalten, um nicht die Augenbrauen in die Höhe schnellen zu lassen. DAS war sie? Die Frau, die auf Luca aufpassen sollte? Mein Blick wanderte kurz an ihr hinab, an ihrem bodenlangen, gemusterten Kleid und den Lederstiefeln, die sie darunter trug, und dann wieder nach oben, an dem geblümten Schal vorbei zu den locker zu einem Knoten gebundenen grauen Haaren. Ihr Stil hatte was von einem Hippie, aber der verkniffene Gesichtsausdruck und die schmalen Augen, die mich wie ein Stück Beute betrachteten, passten irgendwie nicht dazu.

»Luca hat mir erzählt, dass irgendeine von den Schwestern mit ihm bei diesem Weihnachtsbasar gewesen ist.«

Das wäre dann wohl ich. »Ja?« Etwas unsicher lehnte ich mich gegen die Tür des Stationszimmers.

Der Mundwinkel der Frau zuckte, aber eher, als würde sie gleich ihr ganzes Gesicht rümpfen wollen. »Ich habe aus ihm herausgequetscht, dass er Kuchen gegessen hatte. Er wollte es erst gar nicht zugeben.«

Wieso klang das aus ihrem Mund, als hätte man Luca vergiften wollen? Ich wollte schon den Mund öffnen, um mich zu erklären, da fauchte seine Pflegemutter schon weiter: »Ich möchte Sie darauf hinweisen, dass wir versuchen, Luca zuckerfrei zu erziehen. Zucker ist Gift für seinen Körper, ganz besonders in dem Zustand, in dem er sich gerade befindet. Jeglicher Zucker, sämtliche Konservierungsstoffe, die in diesem Kuchen wahrscheinlich auch zuhauf drin waren, alles das ist ihm verboten. Ich möchte, dass Sie Ihre Kolleginnen bitte darauf hinweisen, haben wir uns verstanden?«

Sie sah mich an, als würde sie jeden Moment Feuer spucken, und ich spürte, wie in meinem Bauch ebenfalls Hitze aufwallte. Luca schaffte es kaum noch, etwas zu essen. Er hatte sich diesen verdammten Kuchen gewünscht und mit so viel Appetit gegessen und das sollte ich ihm jetzt verwehren? Das, was ihm noch schmeckte?

Seine Pflegemutter seufzte. »Wir haben ihm selbst gemachte Kekse mitgebracht. Da sind nur unbedenkliche Zutaten verarbeitet worden, die ihn bei seiner Heilung unterstützen. Wenn er das nächste Mal etwas Süßes will, geben Sie ihm die.« Sie drückte mir eine Papiertüte in die Hand, die nach sehr seltsamen Kräutern roch. Ich warf einen Blick hinein, um die unförmigen, seltsam grau aussehenden Kekse zu inspizieren, da machte seine Pflegemutter schon auf dem Absatz kehrt und verschwand schnurstracks in Lucas Zimmer.

Als ich den Kopf wieder hob, kreuzten sich meine Blicke mit denen von Beck. Er zuckte grinsend mit den Schultern, wie um mir zu sagen: »Hab ich doch gesagt.« Mein Blick wanderte von seinen Grübchen zurück zu seinen angespannten Armmuskeln, die er immer noch an der Wand neben sich präsentierte. Ohne auch nur im Geringsten auf sein Lächeln zu reagieren, fuhr ich herum und ergriff die Flucht.

Kapitel 10

Ich war früher zu Hause als gewöhnlich. Deswegen wunderte es mich umso mehr, dass ich bereits Geräusche in der Wohnung hörte, als ich den Flur betrat. Ich hängte meinen Schal auf und spähte ins offene Wohnzimmer. Sie kamen nicht aus der Küche, sodass ich seine Mutter ausschließen konnte. Und Nela saß auch nicht auf der Couch vor dem laufenden Fernseher. Nein, die Geräusche kamen aus Martins Arbeitszimmer.

Mein Magen zog sich etwas zusammen. Wieso hatte ich plötzlich ein schlechtes Gewissen? Wieso verspürte ich Unbehagen darüber, dass er jetzt hier war? Kurz erschien Beck vor meinem geistigen Auge. Wie er da am Türrahmen gestanden hatte, die Armmuskeln angespannt, diese verdammten Grübchen im Gesicht. Verdammt, wieso dachte ich jetzt an ihn? Aber an sich war das harmlos. Kein Grund für ein schlechtes Gewissen. Ich war mit Martin zusammen, aber das hieß nicht, dass ich nicht auch mal andere Männer sexy finden durfte.

Alles war in Ordnung.

Ich legte meine restlichen Sachen ab und tappte auf Socken rüber ins Arbeitszimmer, um meinen Kopf reinzustecken. Tatsächlich stand Martin an seinem Schreibtisch, die Krawatte gelockert, und blätterte fahrig in einem der unzähligen Ordner, die sonst auf dem Regal über dem Tisch standen.

Normalerweise kam ich nicht oft in diesen Raum. Als wir eingezogen waren, war er relativ lange leer gestanden, weil wir uns nicht hatten entscheiden können, was wir daraus machten. Irgendwo in meinem Hinterkopf hatte sich der Gedanke festgesetzt, dass von uns wahrscheinlich erwartet wurde, dass ein Kinderzimmer daraus wurde. Seine Mutter erwartete es ziemlich sicher. Ein kühles Kribbeln wanderte über meinen Rücken und ich versuchte zum Glück erfolgreich, es abzuschütteln. »Hey, du bist aber früh zu Hause«, begrüßte ich Martin lächelnd und war froh, dass meine Stimme normal klang. Nicht, als hätte ich gerade über Kinder nachgedacht. Oder über Becks muskulöse Arme.

Martin sah nur kurz auf, bevor er sich wieder seinen Ordnern zuwandte. »Wir haben mal wieder Probleme mit dem Server. Ich muss ein paar der Unterlagen, die ich ausgedruckt und zu Hause bearbeitet habe, holen und manuell einfügen.«

Er würde also gleich wieder gehen. Ich kämpfte gegen die Enttäuschung an, die sich in mir ausbreiten wollte. Eigentlich hatte ich überhaupt nicht damit gerechnet, dass er hier sein würde, die Enttäuschung ergab also keinen Sinn. Aber aus irgendeinem Grund regte sich plötzlich meine rebellische Seite in mir. Die, die sich nicht so leicht von ihm abspeisen lassen würde, so wie an dem Abend, als er müde von der Arbeit gekommen war. Wahrscheinlich würde es heute wieder spät werden. Wahrscheinlich würde er dann wieder abgekämpft sein und keine Energie mehr für mich haben.

Das hier war meine Chance. Und ich wollte wenigstens versuchen, sie zu nutzen. Das Kribbeln, das schon seit vorhin unerklärlicherweise in meinem Bauch herrschte, breitete sich noch etwas mehr aus.

»Wann rechnen deine Kollegen wieder mit dir?«, fragte ich, betont beiläufig, als ich in das Zimmer trat und mich auf die Kante seines Schreibtisches setzte.

Er blickte kurz auf, die Augenbrauen zusammengezogen, und blätterte dann weiter seine Papiere durch. »Wahrscheinlich hoffen sie, dass ich mich beeile.«

Diesen Korb wollte ich nicht akzeptieren. Nicht schon wieder. Wir würden nicht dazu kommen, zu reden. Ich würde nicht dazu kommen, ihn von allem zu berichten, was mich gerade belastete, ich würde auch keinen Bericht von ihm bekommen. Aber es gab immerhin eine Sache, bei der ich wusste, dass sie funktionierte. Also griff ich nach seinen Schultern, was Martin endlich dazu brachte, mich wieder anzusehen. Er sah ein wenig gestresst aus, ich arbeitete mich nach oben und begann, mit dem Daumen seinen Nacken zu massieren. »Vielleicht kann ich dich ein wenig entspannen?« Ich ließ meine Hand noch höher wandern, fuhr mit den Fingern über seine Wange. »Dann kannst du danach gleich viel besser arbeiten.«

»Tessa …«, knurrte Martin, aber ich ließ ihn nicht ausreden. Stattdessen zog ich ihn zu mir, um ihn zu küssen. Seine Muskeln blieben angespannt. Er küsste mich nur kurz, bevor er sich wieder zurückzog. »Ich muss mich wirklich beeilen.«

»Das kannst du doch.« Ich hasste es, dass meine Stimme beinahe ein bisschen flehend klang. Ein bisschen frustriert, weil er mich schon wieder abblitzen und keine Nähe zuließ. Ich hielt ihn fest, doch er wollte sich seufzend abwenden, da platzte es aus mir heraus: »Haben wir irgendein Problem?«

»Was?« Seine Augenbrauen schossen nach oben.

»Gibt es irgendein Problem zwischen uns?«, wiederholte ich. Ein seltsames Gefühl breitete sich in meinem Bauch aus, das nicht plötzlich auftauchte. Mehr fühlte es sich an, als hätte es dort schon eine ganze Weile vor sich hin gegrummelt. Aber ich hatte es bisher einfach ignoriert.

»Unsinn.« Er klang ein wenig unwirsch und tatsächlich ließ er seine Papiere sinken, nach denen seine Hand schon wieder getastet hatte. Das Seufzen, das er danach ausstieß, klang, als würde er aufgeben. Es machte mich ein wenig sauer. Aber wenigstens wandte er sich mir jetzt richtig zu. Seine Hände griffen nach meinen Hüften, fest und herrisch beinahe, und er zog mich zu seiner Seite des Schreibtisches rüber.

»Ich will dich zu nichts zwingen«, murmelte ich, während Martin schon seinen Kopf in meiner Halsbeuge versenkte und mich dort küsste. »Ich nehme mir doch schon Zeit für dich, oder nicht?«, gab er zurück.

Seine Hände wanderten hart meinen Körper hinauf, griffen nach meinen Brüsten, und weil ich das seit einer gefühlten Ewigkeit nicht mehr gespürt hatte, beschloss ich, den Ärger runterzuschlucken. Zu genießen, dass er mich mal wieder berührte, mich mal wieder wollte und seine Arbeit für einen Moment ruhen ließ. Auch wenn wir wieder einmal nicht redeten.

Seine Hände wanderten unter meine Bluse und binnen kurzer Zeit wirkte er wirklich nicht mehr so, als hätte ich ihn zu irgendetwas überredet. Er war bei der Sache und das trieb mir ein genugtuendes Lächeln auf die Lippen. Ich spürte seine Lust durch seine und meine Hose.

Seine Hände massierten meine Brüste und waren dabei wenig sanft, aber es trieb das Kribbeln in meinem Bauch weiter nach unten, zwischen meine Beine. Innerhalb weniger Sekunden war mein Ärger vollkommen vergessen und machte dem Verlangen Platz, dem ich endlich wieder nachgeben konnte.

Martin platzierte harte Küsse auf meinem Hals, meinem Schlüsselbein und seine Hand streichelte weiter über meine nackte Haut unter der Bluse, schob den BH beiseite. Die andere nestelte schon an seiner Hose herum. Ich drängte mich an ihn, schlang einen Arm um seinen Hals und brachte ihn dazu, seinen Kopf zu heben, damit ich ihn küssen konnte. Er erwiderte den Kuss sofort, und während seine Zunge auf meine traf, half ich ihm, seine Hose zu öffnen, und griff nach der Härte in seiner Unterhose.

Er stöhnte auf, was ich mit einem Lächeln beantwortete, und griff dann nach meiner Hose. Offensichtlich wollte er keine Zeit verlieren und ich hoffte wirklich, dass es das Verlangen war, das ihn überwältigte – und nicht der Gedanke, dass er bald wieder zurück ins Büro musste. Seine Augen waren dunkel und deuteten auf Ersteres hin, was mich beruhigte. Und das Kribbeln in mir verstärkte. Endlich.

Martin griff nach dem Ordner neben mir und schob ihn um einiges sanfter zur Seite, als er mich danach etwas weiter nach hinten drängte. Er hatte den Knopf meiner Jeans noch nicht ganz gelöst, zog aber trotzdem an der Hose und bekam sie tatsächlich über meinen Po. Ich spürte, wie sie mir bis zu den Waden rutschte, und mein Höschen folgte kurz danach.

Er zog mich tiefer in seine Arme und ich schlang wieder die Arme um seinen Hals, presste mich an ihn und begann, mich in rhythmischen Bewegungen gegen ihn zu reiben. Ich wollte den Moment genießen, wollte mehr von seiner Nähe und Wärme, aber er ließ mir kaum Zeit, das Kribbeln durch meine Glieder wandern zu lassen. Als ich mich das nächste Mal gegen ihn bewegte, spürte ich nicht einmal mehr den Stoff seiner Unterhose. Sofort zuckte ich ein wenig zurück. »Hast du ein Kondom?«

Etwas verwirrt blickte Martin mich an. Anscheinend war er mit den Gedanken schon ein wenig weiter gewesen, denn er brauchte einen Moment und musste blinzeln, bis er geistig wieder anwesend zu sein schien. Dann nickte er knapp. »Ja. Klar.«

Er beugte sich zur Seite und begann, in seinen Schubfächern zu wühlen, die unter seinem Schreibtisch angebracht waren. Ich hielt einen Arm weiterhin um seinen Hals geschlungen, während ich mit der anderen Hand langsam zu seinem Hemdkragen wanderte, um seine Krawatte zu lösen und die Knöpfe zu öffnen. Ich kam noch nicht einmal zum zweiten, da hatte sich seine Hand schon um mein Gelenk geschlossen und davon abgehalten. Statt einer Erklärung zog er mich sofort wieder hart an sich, küsste mich stürmisch und drängte sich gegen mich.

Das Knistern unter uns verriet, dass er ein Kondom gefunden hatte. Ich schlang wieder beide Arme um seinen Hals, versuchte, mich in diesem leidenschaftlichen Kuss fallen zu lassen, aber ganz plötzlich tauchte etwas in meinen Gedanken auf, das meine Bewegungen langsam werden ließ. Ein paar muskulöse Arme unter hochgekrempelten Shirtärmeln. Ein paar Grübchen, gepaart mit einem sexy Lächeln.

Ich schnappte nach Luft und gleichzeitig bewegte sich Martins Hüfte wieder an meine und dann drang er in mich ein und ich warf den Kopf in den Nacken. Einen Moment lang fühlte es sich so gut an, ihn in mir zu spüren, seine rhythmischen Bewegungen, sein lautes Atmen direkt an meinem Ohr. Die Tatsache, dass wir uns endlich wieder so nah waren, dass er die Arbeit für mich hatte liegen lassen.

Aber ich konnte es nicht ausgiebig genießen. Denn sowie ich mich keuchend gegen Martin lehnte, mich seinen Bewegungen anpasste, die Augen schloss, tauchte immer wieder Becks Gesicht wie eine Traumsequenz vor mir auf. Auch als ich mit Martin in einem keuchenden Kuss versank, auch als sein Rhythmus schneller wurde, härter, und mein ganzer Körper in Flammen aufging. Ich gab mich dem trotzdem hin, ließ das Kribbeln durch mich schießen und akzeptierte das Bild für einen Moment, während Martin weiter in mich stieß.

Und dann kam er, drängte ein letztes Mal in mich und stöhnte, seine Stirn gegen mich gepresst. Seine Bewegungen wurden wieder langsamer, während das Kribbeln in mir noch pochte, noch am Anschwellen war. Am liebsten hätte ich aufgeschrien, um Gnade gebettelt, weil ich noch mehr von ihm wollte. Ich schlang die Beine um seine Hüfte, wollte ihn wieder an mich pressen, in mich, aber Martin lehnte schon den Kopf zurück. Er ließ ihn kurz in seinen Nacken fallen, bevor er leise lachte. Seine Bewegungen kamen zum Erliegen. Und das ungestillte Pochen in mir wollte nicht versiegen.

»Du hattest recht«, keuchte er. »Das hat mich wirklich entspannt.«

Ein wenig fassungslos sah ich dabei zu, wie er sich zurückzog. Das Kondom entsorgte und seine Hose zuknöpfte. Sein Grinsen war breit und seine Augen leuchteten, auch wenn er direkt einen

Blick auf seine Uhr warf. So hatte ich ihn schon eine Weile nicht mehr gesehen und ein wenig gab mir das tatsächlich Genugtuung.

Er drückte mir einen Kuss auf die Lippen, aber statt mich noch eine Weile in den Arm zu nehmen, griff er nach seinen Papieren. »Ich muss wirklich dringend los. Wir sehen uns heute Abend. Danke für diesen Moment.«

»Martin«, sagte ich leise, aber er schenkte mir nur noch ein kurzes Lächeln, bevor er einfach so den Raum verließ. Ich hörte, wie er in seine Sachen schlüpfte im Flur. »Ich habe übrigens für Freitagabend einen Tisch im Lorenz Adlon reserviert. Ich freu mich drauf.«

Tatsächlich schaffte ich es, bis zum Zuschlagen der Haustür ein frustriertes Stöhnen zu unterdrücken, das dann umso lauter aus mir herausbrach. Ich sollte wahrscheinlich froh sein, dass er mir dieses Mal keinen Korb mehr gegeben hatte. Dass er uns endlich mal wieder Zeit eingeräumt hatte trotz seines Termindrucks in der Arbeit. Wir waren uns endlich körperlich wieder nahegekommen und das Leuchten in seinen Augen danach hatte mir bewiesen, dass er es genossen hatte. Dass es ihm gefallen hatte.

Dennoch war ich frustriert, weil ich nicht auf meine Kosten gekommen war. Nicht so, wie ich es mir gewünscht hätte. Ich rutschte vom Schreibtisch, um meine Hose wieder nach oben zu ziehen. Doch als sie auf Höhe meiner Oberschenkel war, hielt ich plötzlich inne. Weil da plötzlich wieder dieses Bild von Beck in meinem Kopf war. Wie er in der Tür gestanden hatte. Dieses verdammte Lächeln. Diese verdammten schönen Arme.

Ich lehnte mich wieder gegen den Schreibtisch. Das Pochen in mir war noch immer vorhanden und jetzt wurde es wieder stärker. Vielleicht war es die Tatsache, dass Martin mich so abgefertigt hatte, aber da war jetzt ein wenig grimmige Entschlossenheit in mir. Der Gedanke, dass ich mir nichts vorzuwerfen hatte. Jemanden sexy zu finden war kein Verbrechen, auch nicht in einer Beziehung. Es hatte nichts zu bedeuten.

Meine Hand wanderte vom Bund meiner Hose aus nach unten. Über die Haut meiner Oberschenkel mit einer prickelnden Spur, die sie dort hinterließen. Meine Fantasie entführte mich in andere Welten, ohne dass ich mich dagegen wehren konnte: Ich stellte mir vor, wie Beck über die Schwelle von Martins Bürotür trat. Wie er mich hier sitzen sah und wie sich seine dunklen Augen bei meinem Anblick weiteten. Ich stellte mir vor, wie er auf mich zukam, wie er sanft nach meiner Hüfte griff, und in diesem Moment berührten meine Fingerkuppen meine empfindlichste Stelle.

Ich warf den Kopf in den Nacken, während in meinem geheimen Drehbuch Beck sich zwischen meine Beine drängte und mich sanft küsste. Meine Wange, meinen Kiefer, meinen Hals. Wie seine Finger zärtlich über meine Haut strichen.

Meine Bewegungen wurden wieder rhythmisch, mein Verlangen wurde stärker, meine Atmung schneller. Ich spürte, wie meine Brustwarzen sich unter meinem BH aufstellten – dazu hatten sie eben kaum Gelegenheit gehabt.

Meine Hand kreiste um meinen empfindlichen Punkt, ich wurde schneller, während Beck in meiner Fantasie plötzlich oberkörperfrei war. Seine Haut berührte meine, als er mich viel langsamer küsste, viel leidenschaftlicher berührte, als Martin es getan hatte.

Ich rieb mich sanft, langsam und dann wieder leidenschaftlich, schnell, atemlos. Bis ich endlich kam, bis die warme Lust durch meinen Körper wallte und ich aufstöhnte, immer noch das Bild von Beck vor mir, der mich festhielt und küsste, während ich vor Erregung zuckte.

Es dauerte eine Weile, bis mein Körper sich wieder beruhigte. Dann ließ ich mich langsam mit dem Rücken auf den Schreibtisch sinken und blickte an die Decke, an den schönen Stuck über mir, und versuchte, auch meine Atmung wieder zu verlangsamen.

Ich wollte nicht darüber nachdenken, was ich gerade getan hatte. Vor allem nicht wegen der Dinge, die dabei in meinem Kopf abgegangen waren.

Hilfe, ich hatte an Beck gedacht.

Ein wenig wartete ich darauf, dass erneut das schlechte Gewissen wieder Besitz von mir ergriff. Dass ich mich vielleicht sogar ein wenig schämte. Aber zu meiner eigenen Überraschung tat ich es nicht. Ich fühlte mich einfach unglaublich gut, während mein Höhepunkt langsam abebbte und ich wieder völlig zu mir kam. Danach ließ ich mich vom Schreibtisch gleiten, schloss meine Hose und fuhr mir etwas durcheinander durch die Haare.

Okay, das war gut gewesen. Und ich war mir immer noch sicher, dass es absolut nichts zu bedeuten hatte. Es war nur für mich gewesen. Es hatte nichts mit Beck an sich zu tun.

Als ich meine Bluse richtete und in Richtung Küche lief, um mir einen Kaffee zu machen, konnte ich nichts dagegen tun, dass meine Mundwinkel sich unweigerlich nach oben hoben.

Kapitel 11

Das kann nicht dein Ernst sein.«

Ich spürte, wie mein Magen sich zusammenzog, als Susi, eine der Schwestern aus dem Nachtdienst, die Arme vor der Brust verschränkte und den Kopf schüttelte. Sie hatte sich fest in ihren grob gestrickten Cardigan gewickelt, weil man in der Nacht hier auf Station schnell fröstelte, und ihrem Gesichtsausdruck nach zu urteilen, war sie unheimlich froh, dass der Frühdienst endlich da war, um sie abzulösen.

»Malik meinte, dass er dir das auf jeden Fall zutraut.« Susi lächelte müde und wärmte die Hände an ihrer Teetasse. »Du bist ja auch schon eine ganze Weile hier und kennst die Strukturen auf Station. Ehrlich gesagt habe ich auch keine Zweifel, dass du das schaffen wirst. Es ist ja auch erst mal nur für diese Woche.«

Ich starrte sie an und knabberte an meiner Unterlippe. In meinem Inneren stritt die Stimme, die auf Malik fluchen wollte, mit der, die ihm unheimlich dankbar für sein Vertrauen war. Natürlich freute ich mich nicht darüber, dass er diese verdammte Klinikumsgrippe bekommen hatte und nun flachlag. Er hatte am Vortag schon erschöpft ausgesehen, aber dass es ihn über Nacht so erwischen würde und er sich krankmelden musste, hätte ich nicht gedacht. Und ehrlich gesagt auch nicht, dass er mir für diese Woche tatsächlich die Leitung der Station, seine ganzen Aufgaben und Pflichten, übertragen würde. Mir allein.

Susi tätschelte mir wohlwollend den Arm. »Es gibt ja jede Menge alteingesessene Kollegen hier, die dir deine Fragen beantworten können, wenn du welche hast.«

»Ich denke nicht, dass ich das brauchen werde, aber danke.«

Ich lächelte und versuchte, mir meine Unsicherheit nicht anmerken zu lassen. Wenn ich wollte, dass meine Kollegen mir vertrauten und meine Führungsqualitäten ernst nahmen, durfte ich nicht ängstlich wirken, egal, wie sehr ich es war. Das hier war eine Herausforderung, klar, aber es war auch eine Riesenchance. Eine, mich zu beweisen, auch vor mir selbst. Dass ich diesen ganzen Kram mit der Leitung konnte. Dass das wirklich mein Weg war, selbst wenn ich mir dessen eigentlich sicher war.

Susi nickte nur verständnisvoll. Vielleicht, weil sie ahnte, was mir gerade wirklich durch den Kopf ging. Sie war schon lange hier auf Station, hatte noch die Leitung vor Malik mitbekommen, und ich war mir sicher, dass sie mich ziemlich gut durchschaute. Ich war ihr trotzdem dankbar, dass sie nichts weiter dazu sagte als: »Malik meinte auch, dass er für dich auf jeden Fall auf dem Handy erreichbar ist, jederzeit. Auch wenn du das wahrscheinlich nicht brauchen wirst, aber manchmal sind ja Netz und doppelter Boden gar nicht so übel.«

Ich lächelte freundlich, und auch wenn ich es wahrscheinlich nicht zugeben würde, würde ich DIESE Art von Hilfe ganz sicher annehmen, wenn es darauf ankam. Vor Malik Schwäche zu zeigen, bereitete mir keine Probleme. Und ihn als Joker im Hintergrund zu wissen, half mir wirklich.

»Wie viele Kollegen kommen heute?«, fragte ich und griff schon nach dem Dienstplan, der in einem der Karteiordner hing. Die Liste, die ich überflog, war nicht sonderlich lang. Die, die übrig blieben, waren sogar noch weniger.

»Zwei«, antwortete Susi und es klang, als würde ihr jemand eine Pistole an den Kopf halten. Natürlich sagte sie das nicht gern, sie wollte mich nicht überfordern. Nicht an meinem ersten Tag als Übergangsleitung. Aber es half nichts, die Realität zu verschleiern.

»Okay. Maria und Jaron.« Ich blickte Susi über den Dienstplan hinweg ernst an. »Das reicht auf keinen Fall. Nicht, wenn wir allen Patienten gerecht werden wollen. Ich werde bei den anderen Stationen anrufen, ob irgendwer vielleicht jemanden entbehren kann, der den beiden zuarbeitet. Du machst mit ihnen Übergabe und sie sollen alles gut aufschreiben, damit ich es nachher kurz überfliegen kann. Sobald ich die nächsten Tage durchgeplant und Unterstützung organisiert habe, werde ich Maria und Jaron helfen. Sag ihnen, sie sollen gern jederzeit klopfen, wenn etwas ist. Ich werde auf sie zukommen.«

Ich erhob mich vom Tisch und sah von Weitem schon Maria die Station betreten, nichts ahnend, dass das wahrscheinlich ein noch stressigerer Dienst werden würde als die letzten. Aber da mussten wir jetzt alle durch. Ich war schon auf dem Weg nach draußen, um in Maliks Büro zu huschen, da rief Susi mir noch hinterher: »Wird gemacht. Weißt du, wie du gerade klingst?«

Eine Hand schon auf der Klinke, blickte ich sie fragend über meine Schulter an. Susi grinste breit, immer noch den dampfenden Tee zwischen den Händen. »Wie eine echte Stationsleitung.«

Ich lächelte und das drückte nicht einmal im Geringsten das Glücksgefühl aus, das sich bei ihren Worten in meinem Inneren ausbreitete. Wie eine echte Stationsleitung. So weit war das gar nicht mehr weg. »Danke, Susi. Hab einen schönen Feierabend.«

Sie nickte und ich beeilte mich, in Maliks Büro zu kommen. Es war seltsam, sich in seinen weichen Drehstuhl fallen zu lassen und seinen Computer zu starten. Nicht dass ich nicht schon ein paar Mal hier gewesen war, aber es war doch etwas anderes, wenn das Büro mir gehörte – zumindest für die nächsten Tage.

Statt mich weiter mit diesem erhebenden Gefühl aufzuhalten, rief ich das Telefonverzeichnis in einem von Maliks Ordnern auf und nahm das Telefon zur Hand. Zuerst versuchte ich es auf unserer Intensivstation, weil deren Arbeit unserer am ähnlichsten war. Doch da waren ebenfalls ein paar Kollegen erkrankt und die Schicht auch nur notdürftig besetzt. Also versuchte ich es auf der Kinderpalliativstation. Esra Turan brummte eine ganze Weile, sagte dann aber, dass sie mir für ein paar Stunden jemanden schicken könnte. Ich bedankte mich tausendfach, legte auf und wählte die Nummer des Dienstarztes. Wie gehofft, war es Natascha, die ranging: »Ich spreche für Doktor Katharina Fischer, hallo?«

»Hey, Natascha, ich bin's.«

Sie gab ein überraschtes Schnauben von sich. »Rufst du aus dem Chefsessel an? Das ist doch die Nummer der Stationsleitung!«

»Das bin für heute ich. Und auch für die nächsten paar Tage, weil Malik krank ist.«

»Cool.« Natascha war anzuhören, dass sie grinste. Und ich konnte nichts dagegen tun, dass meine Mundwinkel auch nach oben wanderten. »Und wie kann ich dir helfen, Chefin?«

»Ich versuche gerade alles, um meine Kollegen ein wenig zu entlasten. Es müssen ein paar Wundversorgungen gemacht werden und ich weiß ja, dass du da noch ein wenig üben wolltest, also …«

»Bin in einer halben Stunde bei euch oben.«

»Du rettest mir den Hintern.«

»Immer gern.«

Erleichtert legte ich auf. Damit wäre zumindest für heute einigermaßen Ruhe reingebracht. Da es die nächsten Tage aber nicht viel besser aussah und es nicht die ganze Zeit so provisorisch ablaufen sollte, öffnete ich direkt den Dienstplan und begann, mir eine Liste mit Leuten zu erstellen, die ich anrufen und aus ihren freien Tagen holen konnte – geordnet nach Überstundenzahl.

Mitten in meiner Arbeit klopfte es an die Tür und Maria steckte ihren Kopf herein. Sie wedelte mit einem Zettel und ich bedeutete ihr einzutreten. »Die Übergabe«, sagte sie seltsam leise für ihre Verhältnisse.

»Danke«, gab ich lächelnd zurück und nahm den Zettel. »Ich

habe dafür gesorgt, dass jemand von der Kinderpalliativ für ein paar Stunden kommt. Sie heißt Lilly und einer von euch kann sie mitnehmen, damit sie euch zuarbeitet. Esra hat gemeint, dass sie sehr gut ist und schnell lernt. Außerdem kommt Natascha und übernimmt die ganzen Sachen, die ärztlich erledigt werden können. Es wird sowieso viel zu viel auf uns delegiert.«

Es bereitete mir eine große Portion Genugtuung, dass Maria ihre Bewunderung nicht mal besonders gut verstecken konnte. »Das ist ja super.« Ihre Stimme klang anerkennend. Sie reichte mir den Zettel, auf dem sie fein säuberlich die Übergabe aufgeschrieben hatte, dann fügte sie an: »Wir fangen jetzt an. Ich nehme Lilly mit zu den etwas aufwendigeren Kindern. Und Natascha kennt sich ja aus.«

»Genau. Wenn ihr was braucht, gebt Bescheid.« Ich wandte mich wieder dem Desktop zu und versuchte mühsam, das innere Jauchzen zu unterdrücken, das mir über die Lippen kommen wollte. Ich fühlte mich auf einmal so mächtig und gut in meinem Job, dass ich am liebsten einen kleinen Tanz aufgeführt hätte. Stattdessen sagte ich in so ruhiger Stimme wie möglich: »Ich werde mich jetzt noch um die Dienste der nächsten Tage kümmern und dann komme ich und helfe euch, in Ordnung?«

»Alles klar.« Maria lächelte und verließ das Büro. So nett und beinahe schon unterwürfig hatte ich sie mir gegenüber noch nie gesehen. Was dieser weiche Chefsessel so alles ausmachte. Als die Tür hinter ihr zugefallen war, erlaubte ich mir einen ganz kurzen Siegestanz im Sitzen, bevor ich mich wieder dem Dienstplan zuwandte.

Es dauerte eine ganze Weile, meine Liste abzutelefonieren. Aber mit Engelszungen und einigen Versprechungen von freien Tagen und getauschten Diensten schaffte ich es tatsächlich, für die nächsten Tage einigermaßen ausreichend Personal zu organisieren. Es war anstrengend, so in die Verhandlungen zu gehen und alles genauestens durchzuplanen, aber ich merkte auch, dass es mir riesigen Spaß machte. Das hier war tatsächlich eine Arbeit für mich.

Als alles geklärt war, schaltete ich den Computer in den Energiesparmodus und verließ das Büro. Wie es aussah, lief alles am Schnürchen. Ein paar Eltern waren da und ich musste zwei von ihnen auf die neue Maskenpflicht hinweisen, wenn sie ihre Kinder auf den Zimmern besuchten. Natascha wirbelte gerade über den Flur in einen anderen Raum und winkte mir dabei zu. Maria konnte ich beobachten, wie sie einer jungen blonden Frau ein paar Infusionen erklärte. Sie wirkte nicht abgehetzt oder genervt, also hatte bisher anscheinend tatsächlich alles einigermaßen geklappt.

Als ich am Stationszimmer stand, kam Jaron auf mich zugerannt. Sein Blick wirkte besorgt und seine Stimme klang angespannt: »Matilda geht es wieder schlechter. Wir sollten wahrscheinlich Doktor Fischer mal zu ihr reinschicken, sie sollte sie sehen.«

Ich nickte und hob schon das Telefon, das ich noch in der Hand hatte. »Ich rufe sie an.«

»Und Luca will seine Medikamente nicht nehmen.«

»Wie bitte?« Mit großen Augen starrte ich Jaron an, der sofort mit den Schultern zuckte. Sein Blick wirkte müde. »Das hat er manchmal, kenne ich noch von den früheren Aufenthalten. Er sagt einfach Nein, dreht sich weg und redet kein Wort mehr. Nichts aus ihm rauszukriegen. Oder in ihn rein.«

Sorge breitete sich in mir aus und ich nickte nur knapp. »Ich rufe Doktor Fischer an und dann versuche ich mal mein Glück bei Luca.«

»Danke.« Jaron war anzusehen, dass er froh war, Luca loszuwerden. Er hatte wahrscheinlich viel zu tun und musste schon wieder zum nächsten Patienten hetzen, aber trotzdem spürte ich einen kleinen Stich in meiner Brust. Mein armer, unverstandener Luca.

Ich rief unsere Oberärztin an und setzte sie kurz in Kenntnis über Matildas Zustand, dann steckte ich das Telefon weg und ging zu Lucas Zimmer rüber. Als ich die Tür öffnete, sah ich schon, dass er sich in seinem Bett zusammengerollt und den Kopf unter der Decke versteckt hatte. Ich trat vorsichtig an sein Bett heran und lehnte die Arme auf das Ende. »Imitierst du einen Donut?«

Keine Antwort, nur eine leichte Bewegung unter der Decke.

Ich schnalzte mit der Zunge. »Das ist aber nicht gut, Luca. Du darfst doch keinen Zucker haben. Deine Mutter bringt mich um.«

Wieder kam leichte Bewegung in ihn. Dann riss er plötzlich die Decke von seinem Kopf und funkelte mich an. »Sie ist nicht meine Mutter.«

»Pflegemutter«, verbesserte ich mich schnell. »Entschuldige. Aber trotzdem Donut-Verbot, wenn sie das sagt.«

Luca stöhnte genervt, verdrehte die Augen und zog die Decke wieder über den Kopf.

Seufzend ließ ich mich auf den Stuhl neben ihm fallen. »Okay, was ist los?«

Er antwortete nicht, also klopfte ich sanft gegen seine Decke. »Wenn du nicht mit mir redest, bleibe ich einfach hier sitzen und nerve dich. Du weißt, dass ich ziemlich ausdauernd sein kann, was das angeht.«

Wieder ein Brummen unter der Decke.

»Warum willst du deine Medikamente nicht nehmen?«

»Die bringen doch eh nichts«, fauchte er gedämpft. Ah, da hatten wir es also. Er hatte einen dieser Momente, die ich bei chronischen Langzeitpatienten schon kannte: Er resignierte. Das war eigentlich kein Wunder, wenn man bedachte, dass es ihm die letzten Tage wirklich schlecht gegangen war. Ich konnte ihn verstehen. Und mein Magen zog sich wieder zusammen.

Ich betrachtete den Medikamentenblister auf seinem Nachtschrank. Soweit ich wusste, waren das nur ein paar Elektrolyte und etwas gegen die Übelkeit. Dinge, die ihm auf die Beine helfen sollten. Wenigstens stellte er sich nicht bei den Chemotherapien quer. Auf der anderen Seite würde es ihm wahrscheinlich auch nicht besser gehen, wenn er sie nicht nahm.

»Weißt du, wie du die Tabletten am besten runterkriegst?«, versuchte ich es dennoch.

»Ich will sie nicht.«

»Mit einem Schoko-Sahne-Pudding.«

Kurzes Schweigen. Dann ein genervt-gedehntes: »Gibt es heute nicht.«

»Ich könnte dir einen besorgen.«

»Du bestichst mich mit Zucker, obwohl du gerade noch meintest, dass ich keinen haben soll«, stellte er mit trockener Stimme fest.

Auch wenn er mich nicht sehen konnte, zuckte ich mit den Schultern. »Manchmal muss man eben zu besonderen Maßnahmen greifen. Also?« Er reagierte wieder nicht, also rutschte ich mit dem Stuhl etwas näher an sein Bett. »Ich hoffe, dir ist klar, dass *Nein* nicht als Antwort zählt. Du musst die Tabletten nehmen. Ich weiß, dass es dir gerade nicht gut geht, aber sie nicht zu nehmen, macht es nicht besser.«

Luca schwieg und ich beschloss, es anders zu versuchen. Vorsichtig legte ich eine Hand auf die Stelle seiner Decke, unter der ich seinen Arm vermutete. Er zuckte kurz, zog den Arm aber nicht weg. Das nahm ich als gutes Zeichen. »Ich mache mir Sorgen um dich, Luca. Und ich würde mir um einiges weniger Sorgen machen, wenn du die Tabletten nimmst.«

»Machst du nicht«, knurrte er. Ich zog die Augenbrauen nach oben. »Natürlich mache ich mir Sorgen. Denkst du, ich würde sonst ständig hier sitzen? Ich bin heute Vertretung für unsere Stationsleitung, ich habe unheimlich viel zu tun, aber ich sitze trotzdem hier. Weil ich möchte, dass es dir gut geht«, sagte ich mit so viel Inbrunst, dass mir erst in diesem Moment bewusst wurde, dass es wirklich so war. Ich bemühte mich um all meine Patienten, natürlich, aber das mit Luca war etwas Besonderes. Jede Pause der Welt hätte ich an seinem Bett verbracht, wenn das die Dinge für ihn besser machen würde.

Es dauerte einen Moment, bevor er sich zu mir umdrehte und durch eine Lücke aus seiner Decke schaute. Seine Augen funkelten noch, aber da war keine Verärgerung mehr drin. Beinahe etwas Rührung sogar. Ungläubigkeit und ein wenig Rührung. »Du schmeißt heute die Station?«, fragte er.

Ich nickte.

»Cool«, war sein Kommentar. Ich sah, dass sein Gesicht etwas weicher geworden war. Er erwiderte meinen Blickkontakt nicht, als er hinterherschob: »Aber ich will den Pudding.«

»Bekommst du.« Ich stemmte mich wieder auf die Beine und jetzt fühlte ich mich wirklich unbesiegbar. Erst meine großartige Planung und jetzt bekam ich Luca noch dazu, seine Tabletten zu schlucken – nach einem kurzen Gespräch nur.

Er brummte, als er mein breites Grinsen sah. Aber einen abschätzigen Kommentar ließ er tatsächlich diesmal stecken. Diesmal war ich es, die gerührt war – eigentlich wollte dieser Junge nur jemanden haben, der sich um ihn sorgte. Ich presste die Lippen zusammen. »Ich bring dir deinen Pudding persönlich und schau dabei zu, wie du die Tabletten nimmst.«

»Ich dachte, du hast so viel zu tun?«

»Dann solltest du dich lieber beeilen, was?«

Seine Mundwinkel zuckten. Und auch wenn er nicht wirklich lächelte, war das heute wahrscheinlich mein größter Sieg.

Wir bekamen den Dienst sehr gut rum und ich war am Ende meiner Schicht so mit Glückshormonen angefüllt, dass ich bereits im Foyer unten die Nummer von Martin wählte, um ihm alles zu erzählen. Eigentlich war es nicht überraschend, dass er nicht ranging, auch wenn ich ein wenig darauf gehofft hatte. Aber vielleicht war seine Pause heute schon aufgebraucht oder er war gerade in einem Meeting. Ich scrollte mich durch meine Kontaktliste, um vielleicht Nela oder Sami anzurufen, weil ich irgendjemandem von meinem großartigen Tag erzählen wollte. Die Glastüren vor mir stoben auf und in der nächsten Sekunde konnte ich eine dunkle Stimme hören: »Na, du siehst ja gut gelaunt aus.«

Ich riss den Kopf hoch und blieb stehen. Neben dem Eingang stand ein Rettungswagen mit geöffneten Hintertüren. Auf dem Deck saß Beck, die Beine aus dem Wagen baumelnd. Er trug die Hose seiner Uniform und ein weißes T-Shirt darüber, die leuchtend orange Jacke lag neben ihm. Unheimlich, dass er bei diesen Temperaturen nicht fror.

Irgendwo in meinem Hinterkopf kratzte das Versprechen, das ich mir selbst gegeben hatte: ihm aus dem Weg zu gehen. Aber ich war gerade so gut drauf und übersprudelnd, dass ich nicht anders konnte: »Ich BIN gut gelaunt!« Meine Stimme klang wie ein Wasserfall, als ich einfach lossprudelte: »Ich hatte heute meinen ersten Dienst als Stationsleitung, weil Malik krank war, und es war großartig! Ich habe es total gerockt!«

»Das ist ja der Hammer!« Becks ganzes Gesicht leuchtete auf und das brachte mein aufgeregtes Herz noch mehr zum Rasen. Endlich jemand, der sich mit mir freute!

»Ja«, gab ich, immer noch absolut begeistert, zurück. »Und es hat solchen Spaß gemacht!«

»Das glaube ich dir. Aber ich habe irgendwie auch nicht gedacht, dass du dem nicht gewachsen wärst. Du wirkst auf mich wie jemand, der die Leitung im Blut hat.« Er zwinkerte und ich freute mich wirklich über sein Kompliment. Es klang ernst gemeint.

»Und du?« Ich ließ den Blick über den Rettungswagen, in dem er saß, schweifen. »Pause?«

»Feierabend. Konnte mich nur noch nicht aufraffen zu gehen.«

Ich sah wieder ihn an und jetzt, wo langsam die Aufregung etwas abebbte, merkte ich erst, wie fertig Beck aussah. Er wirkte hundemüde und in seinem Blick lag etwas, das ich vorhin schon bei Luca gesehen hatte. Resignation?

»Ist alles in Ordnung?«

Er beobachtete mich aufmerksam, immer noch dieses leichte Lächeln auf dem Gesicht. »Wieso fragst du?«

»Weil du scheiße aussiehst«, gab ich ehrlich zurück.

Das brachte ihn zum Lachen. »Danke.«

Ich zögerte einen Moment, dann drückte ich die Tasche etwas fester an mich und ließ mich neben ihn auf den Rand des Rettungswagens sinken. »Anstrengende Schicht?«

Beck atmete laut aus, dann nickte er. »Vom Arbeitsgrad nicht anstrengender als sonst. Aber heute waren …« Er stockte. Es war das erste Mal, dass ich ihn so verletzlich sah, und das machte etwas mit mir. Ich verspürte plötzlich den Impuls, ihn in den Arm zu nehmen, konnte mich zum Glück jedoch zurückhalten. Stattdessen stupste ich ihn mit dem Arm an. »Soll ich dich vielleicht nach Hause fahren?«

Überrascht blickte er mich an. »Nein, das musst du nicht!«

»Komm schon. Du hast dir mein Tagesgequatsche angehört und jetzt kann ich das Gleiche für dich tun. Wo wohnst du?«

Zögernd legte er den Kopf schief. »Hier in Tegel. Ist nicht weit.«

»Na siehst du, dann ist es für mich auch kein Umweg.« Ich sprang zurück auf meine Füße und blieb vor ihm stehen, die Arme vor der Brust verschränkt. »Na komm.«

Beck betrachtete mich einen langen Moment, dann schlich sich wieder dieses Lächeln auf sein Gesicht, das seine Grübchen zum Vorschein brachte. »Wenn du darauf bestehst.«

»Tue ich«, gab ich grinsend zurück. Und damit gab er sich

endlich geschlagen, griff nach seiner Jacke und sprang ebenfalls aus dem Rettungswagen. Er übergab die Schlüssel einem Kollegen, der gerade aus der Klinik kam, und trottete mir hinterher zum Parkplatz.

Bis zu meinem Auto herrschte Stille zwischen uns, aber sie fühlte sich nicht merkwürdig an. Eher, als würden wir beide einen Moment durchatmen. Er gab mir seine Adresse und mein Navi kündigte mir einen Weg von nicht einmal zehn Minuten an. Als ich ausparkte, fragte ich: »Also, warum war dein Tag heute nicht so berauschend?«

Beck starrte aus dem Fenster an seiner Seite. Als ich ihm einen Blick zuwarf, sah ich, dass die Muskeln an seinem Hals angespannt waren. »Es gibt so Tage …«, begann er leise. »… da weiß man nicht mehr so richtig, warum man es tut.«

»Den Job?«

Er nickte, dann wandte er sich mir mit einem traurigen Lächeln zu. »Diese Tage, an denen man alles tut, was man kann, aber nichts erreicht. Weil man niemanden retten kann.«

Also hatte er heute ein paar Patienten verloren. Ich spürte, wie ein schwerer Stein in meinen Magen plumpste, und wusste im ersten Moment nicht, was ich sagen sollte.

»Es ist hart«, sagte er nachdenklich.

Ich bog in die Straße und sagte dann: »Das verstehe ich. Glaub mir. Auf der Intensivstation, auf der ich vorher war, hatte ich auch oft solche Phasen. Patienten, die man schon lang betreut, sterben trotzdem. Man fühlt sich absolut hilflos. Und unnütz.« Ich drehte mich kurz zu ihm und schenkte ihm das wärmste Lächeln, das ich in petto hatte. »Aber man macht es auch nicht für die Tage, oder? Man macht es für die Tage, an denen man einen Patienten nach Wochen endlich entlassen kann. An denen endlich wieder jemand aus dem Koma erwacht und seine Familie in die Arme schließen kann. Oder in deinem Fall: für die Tage, an denen man rechtzeitig zur Stelle ist und

Menschen retten kann. Wie du es wahrscheinlich ständig tust – Matilda zum Beispiel.«

Er starrte mich an und jetzt wirkte er, als würde er nicht wissen, was er sagen sollte. Er schluckte und atmete tief durch und ich konzentrierte mich wieder auf die Straße. Sein intensiver Blick bescherte mir ein Magenkribbeln, das sich in meinem ganzen Körper auszubreiten schien. »Es ist okay, sich so zu fühlen«, sagte ich nach einem verlegenen Räuspern. »Es kommen wieder andere Zeiten. Ganz sicher.«

»Danke.« Seine Stimme klang ein wenig belegt und er räusperte sich ebenfalls. Dann lachte er leise und das Geräusch jagte mir eine Gänsehaut über die Arme. Verdammt, Beck, was machst du nur mit mir?

»Jetzt habe ich deine gute Stimmung ruiniert«, sagte er bedauernd und ich winkte sofort ab. »Das ist überhaupt nicht möglich. Ich werde noch wochenlang ein paar Zentimeter über dem Boden schweben.«

Ein erneutes Lachen, dann schwiegen wir wieder. Ich wusste nicht, was in seinem Kopf gerade vor sich ging, aber ich versuchte, nicht daran zu denken, wie nah er mir war. Und wie viel er mit wenigen Worten oder einem Lachen in mir auslöste. Es war zu viel. Und irgendwie war es trotzdem nicht genug. Ich presste die Lippen zusammen.

Es dauerte eine Weile, bevor er plötzlich wieder den Mund aufmachte: »Sagst du mir, wie du das machst?«

»Was genau meinst du?«, wollte ich überrascht wissen.

Beck schmunzelte mich von der Seite an. »Das mit Luca. Dass du ihn so schnell geködert hast. Ich bin sicher, dass mir dieses Wissen mit kommenden Patienten helfen wird, also bitte teile es mit mir.«

Ich konnte nicht verhindern, dass meine Mundwinkel wieder nach oben wanderten. Eigentlich wollte ich es einfach auf meine natürliche Begabung schieben oder darauf, dass ich so gut in meinem Job war. Stattdessen kam mir etwas über die Lippen, von dem ich nicht gedacht hätte, dass ich es einem anderen Menschen gegenüber so schnell zugeben würde: »Ich bin mit Pflegekindern aufgewachsen. Da lernt man das ein oder andere.«

Beck riss die Augen auf, das konnte ich im Augenwinkel sehen. »Bist du …?«

»Nein.« Ich lachte, während ich in die Straße bog, in der seine Adresse lag. »Aber meine Mutter war jahrelang Pflegemutter für andere Kinder. Wir haben in einem kleinen Haus in Falkensee gewohnt und da war immer sehr viel los. Notfallkinder, manchmal für ein paar Wochen. Pflegekinder, die länger blieben. Manche sogar für Jahre. Teilzeitgeschwister für mich, könnte man sagen.«

»Das klingt … bunt. Und sehr schön.«

»Tatsächlich?« Ich warf ihm einen überraschten Blick von der Seite zu. »Es war vor allem chaotisch. Unser Haus war zu klein. Ich bin so anders aufgewachsen als meine Freunde und ich habe sie oft beneidet, weil ich eigentlich nie Platz für mich hatte. Oder Sachen, die nur mir gehörten. Ich musste alles immer teilen und ehrlich gesagt, habe ich es die meiste Zeit gehasst.«

»Ich bin als Einzelkind aufgewachsen und glaub mir, ich hätte sofort mit dir getauscht«, lachte Beck auf dem Beifahrersitz. Als ich am Bordstein bremste, sah er mich wieder mit diesen funkelnden Augen an, die gleichzeitig Vergnügen und so etwas wie Bewunderung ausdrückten. »Und es hat dir ja offensichtlich jede Menge für dein heutiges Leben gebracht, nicht wahr?«

So hatte ich das noch nicht betrachtet. Tatsächlich gaben mir die Erfahrungen von damals jetzt die Möglichkeit, zu Kindern wie Luca einen Zugang zu bekommen. Auch wenn es wirklich nicht immer leicht gewesen war. Seufzend ließ ich das Lenkrad los und lehnte mich zurück. »Wenn du das so sagst, klingt es gar nicht so schlimm.« Vielleicht sollte ich mich mal wieder auf die guten Momente von damals besinnen. Auf die schönen Erinnerungen. Statt auf den Frust, immer alles mit allen teilen zu müssen. Oder darauf, dass meine Mutter mich dazu gedrängt hatte, etwas Soziales zu machen, aus dem ich jetzt wieder ausbrechen wollte. Der Groll brachte mir nichts mehr.

Beck blickte aus dem Fenster an dem gräulichen Neubau hoch, in dem er lebte und hinter dem gerade schon die Sonne unterging. »Ein schönes Motiv«, murmelte er leise, wie zu sich selbst, aber ich hörte es trotzdem.

Mein Blick folgte seinem und nach einer Sekunde musste ich ihm zustimmen. Ich wusste nicht genau, was es war, aber je länger ich den Kontrast zwischen dem grauen Hochhaus und dem bunten Himmel betrachtete, desto schöner kam er mir vor. Lächelnd wandte ich mich wieder ihm zu. »Ich habe die Fotos auf deinem Onlineprofil gesehen.«

Überrascht sah er mich an. »Tatsächlich?«

»Luca hat es mir gezeigt.« Das war nur die halbe Wahrheit, aber um einiges weniger peinlich als *Ich habe dich gestalkt.* »Du hast ein gutes Auge für so etwas. Deine Bilder sind wirklich schön.«

»Danke.« Becks Gesicht hellte sich etwas auf, aber er versuchte sofort, es mit einem Winken abzutun. »Eigentlich sind sie nichts Besonderes. Ich mache das mit dem Fotografieren nur als Ausgleich für meine zwei lauten, aufreibenden Jobs. Es tut gut, ab und zu ohne ein Ziel durch Berlin zu laufen und Momente einzufangen. Irgendwie ist das … beruhigend.«

»Verstehe.« Ich nickte gedankenversunken. »Aber sie sind etwas Besonderes, Beck. Stell dein Licht nicht so unter den Scheffel.«

Beck sah mich lange an. Lächelnd, mit diesen wundervollen Grübchen, aber auch, als würde er in meinem Blick irgendetwas suchen. Ich wusste nicht, ob er es fand, aber schließlich sagte er: »Danke fürs Nachhausefahren, Tessa, und fürs Zuhören.«

»Keine Ursache, Beck. Dito«, antwortete ich, noch ein wenig

in Gedanken. Das Gespräch hatte lange verdrängte Dinge in mir aufgewühlt.

Wir lächelten uns an, vielleicht eine Sekunde zu lang, dann räusperte er sich wieder und griff nach der Tür. Er hatte sie schon einen Spalt geöffnet, als er sich noch einmal zu mir umdrehte. »Wie lange seid du und dein Freund schon zusammen?«

Etwas überrumpelt erwiderte ich seinen Blick. »Ähm. Vier Jahre.«

»Vier Jahre.« Er lächelte wieder, diesmal eine Spur traurig. »Mann, Tessa. Ich wünschte echt, ich hätte dich vor vier Jahren schon getroffen.«

Mein Herz machte einen so gewaltigen Hüpfer, dass ich es beinahe in meinem Hals spüren konnte. Ich öffnete den Mund, brachte aber keinen Ton heraus. Was sollte ich auch dazu sagen? *Verdammt, ich auch, Beck?*

»Entschuldige.« Er wich meinem Blick unsicher lächelnd aus. »Wir sehen uns.«

»Ja«, gab ich mit krächzender Stimme zurück.

Als er ausgestiegen war, lehnte ich mich in meinem Sitz zurück und atmete tief durch. Dann erst fuhr ich los, mit rasendem Herzen und lauten, sehr lauten Gedanken.

Kapitel 12

Ich konnte das Kribbeln nicht abschütteln. Nicht, als ich nach Hause kam und meine Sachen für die Uni zusammensammelte. Nicht, als ich mich durch den furchtbaren Verkehr in der Berliner Innenstadt quälte. Und auch nicht, als ich endlich einen guten Platz in dem kleinen Hörsaal der Uni ergattern konnte. Eigentlich mochte ich die psychologischen Vorlesungen sehr gern. Mir gefiel es, in der Uni zu sitzen und neue Dinge zu lernen, die mich auf Station auch wirklich weiterbrachten. Und ich mochte den Dozenten, Doktor Jäger, der etwas einschüchternd wirkte, dennoch jede Menge interessantes Hintergrundwissen zu erzählen hatte.

Heute konnte ich mich jedoch auf nichts davon konzentrieren. Immer wieder kam mir dieser Moment ins Gedächtnis, wie Beck mich angesehen und was er gesagt hatte, bevor er aus meinem Auto ausgestiegen war. Zeitweise ärgerte ich mich so darüber, dass mir beinahe der Bleistift in der Hand zerbrach, so fest drückte ich ihn zusammen. Warum bringt er mich so in Verlegenheit? Einfach so, aus dem Nichts? Obwohl er wusste, dass ich in einer Beziehung war?

In den Momenten, in denen ich ihm nichts an den Kopf werfen wollte, klopfte mein Herz wieder so heftig, als würde er immer noch neben mir sitzen. Als würde er mich immer noch anlächeln mit diesen verdammten Grübchen und den schokobraunen Augen. Ich stöhnte innerlich und versuchte, wieder dem Geschehen vor mir und der an die Wand projizierten Folie zu folgen. Aber keine Chance, die Worte verschwammen vor meinen Augen und wieder war da nur Beck. Beck. *Beck.*

Verdammte Scheiße. Ich konnte nicht mehr ignorieren, was dieser Typ mit meinen Gefühlen anstellte – und mit meinem Körper. Mein Magen grummelte schon vor sich hin, wenn ich nur an ihn dachte. Die Frage war nun, was ich deshalb zu unternehmen gedachte. Dem Ganzen nachzugeben, stand dabei ganz sicher nicht auf meiner Agenda. Ich war mit Martin zusammen und das wollte ich auch bleiben. Vor seinen ganzen Überstunden waren wir glücklich miteinander gewesen, und wenn ich mich mal gerade nicht über ihn ärgerte, war ich das eigentlich auch immer noch. Beck war nur das Symptom der Unzufriedenheit, die ich aktuell verspürte, dessen war ich mir sicher. Trotzdem kam mir die Situation nicht fair vor. Wahrscheinlich blieb mir keine andere Wahl, als mit Martin darüber zu reden, was mich gerade störte. Zwar hatte ich das schon mehrfach versucht, aber irgendwann musste er mir ja zuhören. Er hatte keine Wahl, wenn ich ihm die Pistole auf die Brust setzte. Und ehrlich gesagt konnte ich mir auch nicht vorstellen, dass ihm so wenig an unserer Beziehung lag, dass er nicht daran arbeiten würde. Vielleicht war das, was hier passierte, sogar etwas Gutes und wir gingen als Paar gestärkter aus dieser Sache heraus.

Trotz meiner positiven Einstellung, wie Martin und ich uns wieder auf Spur bekämen und Beck sich nicht mehr in meine Gedanken schleichen konnte, hatte ich am Ende meiner Vorlesung ziemliche Kopfschmerzen. Es tat gut, das Gebäude zu verlassen und an die frische Luft zu gehen. Meine Kommilitonen verabschiedeten sich von mir und zogen noch ein wenig zusammen weiter. Mittlerweile hatten sie es sich abgewöhnt, mich zu fragen, ob ich sie begleitete, weil ich ohnehin immer ablehnte. Es passte nicht in meinen Plan. Eigentlich nie.

Als ich auf dem Weg zu meinem Auto in meiner Tasche nach dem Schlüssel kramte, fiel mir mein Handy in die Hand und ich zuckte erschrocken zusammen, als ich darauf fünf verpasste Anrufe entdeckte. Erst dachte ich, dass irgendetwas passiert war –

und ein wenig hatte ich die Hoffnung, dass Martin versucht hatte, mich zurückzurufen. Aber es war Samiras Name, der auf dem Display auftauchte. Ich verlagerte die Handtasche, damit ich das Handy an mein Ohr halten konnte, und rief Samiras Nummer auf.

Sie ging direkt nach dem ersten Klingeln ran, ihre Stimme klang erfreut, als sie sagte: »Mann, du bist ja schwer zu erreichen!«

Ich blickte nach rechts und links, bevor ich die Straße überquerte, und antwortete: »Ich war bis eben in der Uni. Was gibt's denn, dass du so oft angerufen hast?«

»Entschuldige, ich wollte dir keinen Schreck einjagen. Maya und ich waren gerade für die Geburtstagsparty einkaufen und haben für jeden, der kommt, eine schicke Partykrone gekauft.« Maya kicherte im Hintergrund und ich spürte, wie sich auf meiner Stirn eine steile Falte bildete. »Partykrone?!«

»Die sind großartig«, rief Maya aus dem Off und tatsächlich konnte ich nicht anders, als meine Mundwinkel ein wenig nach oben wandern zu lassen. Ich schüttelte den Kopf und konnte mir vorstellen, dass Sami gerade das Gleiche tat. Sie klang, als würde sie schmunzeln, als sie anfügte: »Frag nicht. Auf jeden Fall ist mir aufgefallen, dass du noch gar nicht zu- oder abgesagt hast, deshalb wollte ich schnell anrufen, ob du vielleicht auch eine Krone brauchst. Aber jetzt sind wir schon wieder aus dem Laden und haben dir zur Sicherheit eine mitgebracht.«

»Na Gott sei Dank«, antwortete ich grinsend. Mit der freien Hand kramte ich in meiner Tasche, weil ich mein Auto erreicht hatte, stockte aber in der Bewegung. Mein zerknirschter Gesichtsausdruck spiegelte sich in meiner dunklen Scheibe. »Ich … kann aber leider nicht kommen.«

»Oh, wirklich?« Sami klang enttäuscht, aber auch so, als würde sie es sich nicht anmerken lassen wollen. »Musst du arbeiten?«

Ich ließ mich auf den Autositz fallen, die Unisachen neben mich auf den Beifahrersitz, und seufzte tief. »Nein. Martin hat einen Tisch in einem wirklich exklusiven Restaurant für uns reserviert. Wir haben uns schon echt eine Weile nicht mehr gesehen, weil wir beide so beschäftigt sind und ich … ich kann das nicht absagen.« In meinem Kopf klang meine Wortsalve alles andere als angemessen. Sie war meine Freundin und ich wollte, dass wir uns wieder mehr sahen. Ich wollte wirklich zu ihrem Geburtstag. Und ein Essen ohne besonderen Anlass mit meinem Freund, mit dem ich zusammenwohnte, war eigentlich wirklich nichts, wofür man die Party einer Freundin sausen ließ. Aber ich wusste auch, dass es wichtig war, dass Martin und ich diesen Abend hatten. Dass wir miteinander redeten und uns aussprachen. Dass wir wieder einmal Zeit zusammen verbrachten, nur wir zwei. Vielleicht war es sogar überlebenswichtig für unsere Beziehung.

»Das verstehe ich«, sagte Sami und es klang nicht wie ein dahingesagter Spruch. »Mach dir keine Sorgen, ich bin nicht böse. Geburtstag ist ja schließlich jedes Jahr, du kommst einfach nächstes Mal.«

»Tut mir echt leid«, gab ich zerknirscht zurück.

Maya sagte etwas im Hintergrund, ich konnte ihre Stimme kurz hören, aber ihre Worte verstand ich nicht. Sami lachte, dann sagte sie ins Telefon: »Sag mal, bist du schon auf dem Weg nach Hause?«

»Ich wollte gerade losfahren.«

»Maya und ich sind gerade in der Nähe vom Zoologischen Garten in einem kleinen Laden namens *Tarteluna*. Hast du vielleicht Lust herzukommen? Kaffee, Tartelettes, ein wenig Mädchenzeit?«

Ich runzelte die Stirn. Von dem Laden hatte ich tatsächlich schon gehört. Oder hatte ich einen Post auf Instagram gesehen? Ich konnte mich nicht mehr so richtig daran erinnern. Normalerweise würde ich jetzt nach Hause fahren und noch etwas für die Uni lernen, bevor ich ins Bett ging. Das war mein gewohnter Ablauf, von dem ich in den letzten Wochen kaum abgewichen war. Wie ich aber hier im Auto saß, Mayas Lachen im Ohr, merkte ich, dass ich überhaupt keine Lust auf zu Hause hatte.

»Ich bin in fünfzehn Minuten da«, erwiderte ich daher und konnte hören, wie Sami am anderen Ende aufjubelte, Mayas Stimme setzte nur eine Sekunde später ein.

»Wir bestellen dir schon mal was mit. Bis gleich!«

Ich legte auf und parkte aus der Lücke. Erst nach ein paar gefahrenen Metern bemerkte ich, dass ich immer noch lächelte.

Das *Tarteluna* zu finden war tatsächlich schwieriger, als ich gedacht hatte. Mein Navi lenkte mich zweimal in die falsche Seitenstraße und wollte mich dann wenden lassen, wo ich gar keine Möglichkeit hatte. Deswegen waren auch schon gut zwanzig Minuten vergangen, als ich endlich über den Gehweg hastete, an einer dampfenden Pommesbude vorbei und die Glastür zu der kleinen Konditorei aufstieß.

Der Laden war klein, aber unheimlich stilvoll eingerichtet. Die Wände waren in einem unaufgeregten Rosa gestrichen und die Sitzecken in Weiß, mit pinken Akzenten gehalten. Der Duft nach Kuchen war unglaublich, aber nicht so überwältigend wie das Aussehen der kleinen Törtchen, die hinter einer Glasscheibe ausgestellt waren. Das waren richtige Kunstwerke aus Obst, Schokolade, Nüssen und anderen Dekorationen – ich konnte mich gar nicht daran sattsehen.

»Tessa, wir sind hier!«, hörte ich Mayas Stimme von links und sah sie mit Sami an einem kleinen runden Tisch direkt neben dem großen Schaufenster sitzen. Beide lächelten mir so warm entgegen, dass ich tatsächlich froh darüber war, meine Pläne für den Abend über den Haufen geworfen zu haben. Ich zog meine Winterjacke aus, als ich auf sie zuging.

Maya sprang sofort auf und schloss mich in die Arme, während Sami kurz meine Hand griff und sie liebevoll drückte, um mich danach auf den Stuhl neben sich zu ziehen. »Schön, dass du noch gekommen bist.«

»Ja, wir haben fast nicht damit gerechnet, dass du zusagst«, sagte Maya, biss sich auf die Lippe und fügte an: »Sorry, nicht böse gemeint. Wir wissen nur, dass du gerade echt viel zu tun hast, mit der Uni und der Arbeit und allem.«

Sami nickte, dann schob sie mir den rosafarbenen Teller hin, der in der Mitte zwischen den beiden gestanden hatte. Die *Tartelettes* darauf waren unglaublich hübsch, ganz besonders die mit den gefächerten Kiwistreifen. Ich zog die Augenbrauen nach oben, während ich die Reihen an Leckereien überflog. »Das kann ich unmöglich essen, die sind viel zu hübsch.«

»Hab ich beim ersten Mal auch gesagt.« Maya stützte ihren Kopf auf eine Hand und grinste breit. »Wenn du deinen ersten gegessen hast, überlegst du dir das schnell anders. Die sehen nämlich nicht nur großartig aus.«

Ich zuckte ergeben mit den Schultern und suchte mir ein dunkles mit Nuss aus. Es schmolz richtig auf meiner Zunge und ich riss die Augen auf. »Wow«, sagte ich genüsslich. »Das ist wirklich großartig.«

Sami machte einen Gesichtsausdruck, der wohl so etwas wie »habe ich ja gesagt« ausdrücken sollte, dann richtete sie ihren Blick auf etwas hinter mir und ihre Mundwinkel wanderten noch ein Stück weiter nach oben. »Danke, Luna, du bist wirklich eine Backkünstlerin.«

»Vielen Dank.« Die junge blonde Frau, die eben noch hinter der Kasse gestanden hatte, als ich eingetreten war, trat an unseren Tisch. Sie strahlte über das ganze Gesicht, als wäre heute der beste Tag in ihrem Leben, und stellte ein großes Glas direkt vor mich, bevor sie wieder hinter die Kasse verschwand. »Das ist die Zwillingsschwester von Louis«, erklärte Sami, während sie sich über ihren Kaffee beugte und genüsslich am Strohhalm zog. »Ihr gehört das Tarteluna und das verschafft mir einen unglaublich guten Familienrabatt hier.«

»Du Glückliche.« Ich blickte auf die grüne Flüssigkeit und den festen Schaum und spürte, wie meine Mundwinkel zuckten. »Matcha Latte?«, fragte ich nach, obwohl das eigentlich überflüssig war. Ich roch den grünen Tee schon und er zauberte mein Lächeln direkt noch eine Spur breiter.

»Mit Hafermilch«, fügte Sami an. »Ich hoffe, den trinkst du noch? Früher warst du ja nicht so ein großer Fan von Kaffee.«

Dankbar lächelnd sah ich meine Freundinnen an. »Ich hatte ewig keinen mehr.« Als ich an dem Glasstrohhalm saugte, fragte ich mich, warum eigentlich nicht. Er schmeckte genauso großartig, wie ich ihn in Erinnerung hatte – süß und gleichzeitig herb. Früher hatte ich beinahe jeden Tag einen getrunken und ich konnte mich nicht erinnern, wann ich damit aufgehört hatte. Irgendwann zwischen dem Ende der Ausbildung und dem Zusammenziehen mit Martin. Über meinen Magen legte sich ein Gefühl, das ich nicht ganz greifen konnte.

»Um zum Thema zurückzukommen«, wandte Maya sich wieder an Sami, einen gequälten Ausdruck auf dem Gesicht. »Du hättest mir kaum einen größeren Gefallen tun können, als dieses Wochenende mit Louis euren Geburtstag nachzufeiern. Ich halte es langsam wirklich nicht mehr aus mit Carla.«

Nachdenklich blickte ich sie an. »Deine Mitbewohnerin?« Ich konnte mich vage daran erinnern, dass der Name schon einmal in unserem Gruppenchat gefallen war.

Maya nickte brummend. »Sie hat dieses Wochenende wieder ihre seltsamen Freunde zu Besuch, die immer die ganze Bude zusammenschreien. Ich kann es überhaupt nicht erwarten, dass sie im Januar endlich auszieht und ich die Wohnung wieder für mich habe.« Sie schüttelte den Kopf, stützte das Gesicht in ihre Hände und zog ebenfalls an ihrem Strohhalm. In dem großen

Glas, das vor ihr stand, vermutete ich einen Erdbeershake. »Und, du hast dieses Wochenende also ein großes Essen mit Martin geplant? Gibt es einen Anlass?«

Ich riss meinen Blick von den roten Herzen, die auf ihrer Sahne schwammen, und blickte erst sie und dann Sami entschuldigend an. »Wir gehen einfach essen. Tut mir leid, dass ich dafür deinen Geburtstag verpasse.«

Sami winkte ab. »Wie gesagt: alles gut. Ich habe auch spät gefragt.« Sie legte den Kopf ein wenig schief und betrachtete mich mit durchdringendem Blick. Die Frage, die zwischen uns schwebte, stellte Maya: »Ihr geht also einfach so in einem teuren Restaurant essen? Völlig ohne Anlass? Oder gibt es vielleicht doch etwas zu feiern?«

Ich merkte, dass ihr Blick für eine Sekunde zu meinem Bauch zuckte, und verschluckte mich beinahe an meinem Matcha Latte. »Nein, um Himmels willen, gibt es nicht.« Ich lachte, weil der Gedanke so absurd war, dann fügte ich an: »Es ist nur so … momentan arbeitet Martin sehr viel. Er macht eigentlich fast jeden Tag Überstunden, weil sein Chef ihn wohl für einen höheren Posten in Betracht zieht und er seine Bereitschaft zeigen will, für die Firma alles zu geben. Und ich selbst bin ja vollkommen in meinem Studium versunken. Bald stehen Prüfungen an. Die Arbeit auf der Kinderonkologie ist auch alles andere als einfach, und sich in dieses ganze Leitungsding reinzufuchsen – eigentlich sehen wir uns kaum noch, außer wenn einer von uns nachts mal auf die Toilette muss und über die Füße des anderen stolpert. Deshalb ist das wichtig für uns, dieser Abend. Damit wir uns wieder näherkommen.«

Die beiden nickten verständnisvoll, aber mir entging der Blick nicht, den sie austauschten. Ich zog die Augenbrauen hoch. »Was?«

Sami presste die Lippen zusammen. »Ich will dir nicht zu nahe treten, aber kann es vielleicht sein, dass da noch etwas anderes ist?«

Ich wusste genau, worauf sie hinauswollte, und spürte, wie mir Hitze in die Wangen schoss. Trotzdem versuchte ich, ruhig zu bleiben, und fragte beinahe teilnahmslos: »Und was soll das sein?«

Sie lächelte ein wenig. »Beck.«

»Was ist mit ihm?«

»Ich habe beobachtet, wir ihr euch angesehen habt auf dem Weihnachtsbasar. Und Louis war ganz aus dem Häuschen, weil er der Meinung war, dass Beck sonst niemanden so anschaut.« Sie verdrehte die Augen, aber mit einem warmen Lächeln auf den Lippen. »Du kannst mich natürlich eines Besseren belehren, vielleicht ist das nur meine jugendliche Fantasie, die mit mir durchgeht, oder Louis will da etwas hineininterpretieren und hat mir den Floh ins Ohr gesetzt, dennoch … läuft da vielleicht was zwischen dir und Beck?«

Eigentlich wollte ich ihnen heftig widersprechen. Wollte beteuern, dass da absolut nichts war und sie sich irrten. Dass Beck und ich nur ein kollegiales Verhältnis hatten und ich überglücklich mit Martin war. Aber plötzlich wollten mir diese Worte nicht mehr über die Lippen kommen. Beck zeigte sich vor meinem geistigen Auge, der mir gut zusprach, der mich für meine Erfolge feierte, der vor mir auch schwach wirken konnte. Becks Lächeln und seine Grübchen. Plötzlich wollte ich nichts mehr leugnen, so wie ich es immer vor Nela tun musste, weil Sami und Maya mich mit so warmen, verständnisvollen Blicken ansahen, dass ich sicher war, dass sie mich nicht verurteilen würden.

Also platzte ich einfach heraus: »Keine Ahnung.« Stöhnend legte ich mein Gesicht in meine Hände und atmete tief aus. »Ich weiß es nicht. Ich liebe Martin, wir haben nur gerade eine kleine Krise. Das ist doch normal, oder? Aber irgendetwas … irgendetwas macht Beck mit mir. Etwas, das ich mir absolut nicht erklären kann.« Ich fuhr mir mit den Händen übers Gesicht und sah die beiden mit großen Augen an. »Es ist nichts Ernstes. Aber er bringt mich völlig durcheinander. Vielleicht ist es nur, weil ich Martin momentan kaum sehe und mich danach sehne, wieder jemandem nah zu sein. ABER ES MACHT MICH IRRE!« Keine Ahnung, warum, aber ich musste tatsächlich über mich selbst lachen.

Maya schmunzelte. »Ist ja nachvollziehbar nach einer so langen Beziehung, dass man auch mal einen Crush auf jemanden anders hat.«

»Ja, oder?« Ich spürte selbst, wie erleichtert ich mich bei ihren Worten fühlte, und räusperte mich verlegen. »Es ist nur eine kleine Schwärmerei. Nichts Ernstes.«

Sami beobachtete mich immer noch mit einem durchdringenden Blick. Griff nach ihrem Eiskaffeeglas, bevor sie fragte: »Woher weißt du das?«

»Was meinst du?«

»Dass es nichts Ernstes ist mit Beck. Woher weißt du das?«

Überrascht blickte ich sie an. »Na ja. Ich gehe davon aus. Es ist so anders als die ganze Sache mit Martin.«

»Wie anders?«, hakte Maya nach.

Ich zuckte mit den Schultern und rührte in meinem Glas. »Das mit Martin hat sich langsam entwickelt. Wir haben uns oft getroffen, er hat mich zum Essen eingeladen und wir haben ewig miteinander geredet. Ich habe mich bei ihm immer sicher und wohlgefühlt. Als könnte gar nichts schiefgehen, wenn wir zusammen sind. Als wüsste er genau, was ich brauche, und als könnte er mir das alles geben. Und das hat er.« Ich sah auf, in die ernsten Gesichter meiner Freundinnen. »Wir leben zusammen. In einer wunderschönen Wohnung, führen beide unser Traumleben, auf dem Weg zu unseren Traumjobs. Ich fühle mich immer noch sicher mit ihm. Immer noch wohl und geborgen. Er ist meine Familie.« Ich konnte nicht erklären, warum sich ein seltsamer Schleier der Traurigkeit über mich legte, aber ich wusste, dass meine Worte ehrlich waren. Martin und ich waren eine Einheit, wir gehörten zusammen.

Die beiden schwiegen einen Moment, bevor Sami tiefer bohrte: »Und bei Beck?«

Allein als sie ihren Namen erwähnte, schwappte wieder etwas in mir über. Eine seltsame Wärme, die sich von meinem Magen aus in alle Richtungen meines Körpers ausbreitete, bis sie meine Zehen und meine Fingerspitzen erreichte. Ich öffnete den Mund, brauchte aber einen Moment, bevor die Worte kamen: »Es ist seltsam. Ich kann es gar nicht genau erklären. Wenn ich ihn sehe, mit ihm spreche, dann bin ich richtig nervös. Ein bisschen wie bei unserer praktischen Prüfung vor zwei Jahren.«

Sami und Maya gaben beinahe gleichzeitig ein Stöhnen von sich, über das wir alle drei lachen mussten. »Das klingt nicht sehr angenehm«, meinte Maya grinsend.

»Nein, aber ist es irgendwie trotzdem, seltsamerweise. Angenehm und gleichzeitig beängstigend.« Ich schnaubte noch einmal, bevor ich wieder an meinem Matcha Latte nippte. »Ich sage ja, ich kann es nicht so richtig erklären.«

»Klingt, als wärst du verknallt in Beck«, meinte Sami mit einem Schulterzucken.

Maya nickte. »Sogar ziemlich eindeutig.«

Ich presste die Lippen zusammen. Das tat es tatsächlich, oder? Ich konnte mich nicht daran erinnern, diese Verknalltheit je bei Martin gefühlt zu haben. In seiner Nähe war ich nie nervös gewesen und eigentlich hatte ich das immer gemocht. Jetzt allerdings, wo diese Schmetterlinge in meinem Bauch tanzten, fühlte ich mich plötzlich etwas beraubt. Als hätte ich Anspruch auf die gleichen Schmetterlinge bei Martin gehabt, die Lieferung war aber bei der falschen Adresse abgegeben worden.

»Er hat zu mir gesagt, dass er mich gern vor Martin kennengelernt hätte«, gab ich nach kurzem Zögern zu. Meinen Freundinnen fielen fast augenblicklich die Unterkiefer runter.

»Ernsthaft?« Maya gab ein Quietschen von sich, während Sami breit grinste. Ich spürte das sanfte Kribbeln in meinem Nacken und rieb es schnell weg. Es war nicht fair, das zu fühlen.

Seufzend lehnte ich mich auf meinem Stuhl zurück. »Es ist eigentlich auch egal, ob ich verknallt in ihn bin oder dass er solche Dinge sagt. Ich bin mit Martin zusammen. Er ist der Mann, den ich liebe und mit dem ich zusammen sein will. Am liebsten für immer. Das mit Beck wird sich sicher legen.«

Die beiden murmelten zustimmend, auch wenn das nicht gerade überzeugend klang. In ihren Augen waren Zweifel, vielleicht auch wegen der Sache, die Beck zu mir gesagt hatte. Aber ich wollte ihre Zweifel nicht hören. Nicht jetzt. Lachend knallte ich mit der Hand auf den Tisch. »Genug jetzt davon.«

»Okay, okay«, gab Samira grinsend zurück. Maya stützte wieder das Gesicht in die Hände und sah mit einem Mal beinahe schon etwas verträumt aus. »Dieser Beck klingt eigentlich ganz gut. Wieso habe ich den noch nie getroffen?«

»Weil ihr auf der Erwachsenenpalliativstation keine Kinder habt, die er betreuen könnte.«

»Das ist nicht fair. Wenn Tessa ihn nicht will, könnte ich ihn mir vielleicht mal anschauen.« Sie zwinkerte mir zu, wie um mich zu beruhigen, dass sie es nicht ernst meinte.

Ich zuckte mit den Schultern, auch wenn sich die Bewegung plötzlich seltsam mechanisch anfühlte. »Ich habe Martin, du kannst Beck also haben.«

Sami seufzte laut. »Ich stell ihn dir auf meiner Geburtstagsparty vor. Und jetzt lasst uns noch eine Runde Tartelettes bestellen, ich bin definitiv noch nicht zufriedengestellt!«

Die beiden brachen in eine Diskussion aus, welche von den kleinen Törtchen man unbedingt noch probieren müsste, während ich in Ruhe meinen Matcha Latte ausschlürfte – und dabei versuchte, mir einzureden, dass mir das mit Beck nichts ausmachte.

Sollte Maya ihn doch haben.

Dann wäre mein Kopf wenigstens endlich frei von ihm.

Und zwischen dem Kuchen, einem weiteren Matcha Latte und dem Gelächter meiner Freundinnen fing ich sogar ein bisschen an, es zu glauben.

Kapitel 13

Als ich am nächsten Morgen erwachte, war das Erste, was ich bemerkte, der Geruch nach frischem Kaffee, der in der Luft lag. Ich schnupperte ein paar Sekunden, bevor ich die Augen aufschlug. Der Platz neben mir im Bett war leer, die Decke zerwühlt. War Martin schon aufgestanden?

Ich setzte mich auf und lauschte, während ich mir die Haare aus dem Gesicht strich. Die Wohnung war vollkommen ruhig und ich konnte auch ein Licht aus der Küche erkennen. Ich griff nach meinem Handy. Der Wecker wäre in wenigen Minuten losgegangen, also schaltete ich ihn aus und stand auf.

Martin hatte den Frühstückstisch für mich gedeckt. Der Kaffee in der Maschine dampfte bereits vor sich hin und das Obst war auch geschnitten – Äpfel, Bananen und ein paar Himbeeren lagen in der Schüssel, die ich jeden Morgen für mein Müsli benutzte.

Martin war bereits im Flur zu hören, anscheinend zog er sich gerade für seinen Arbeitsweg an. Ich schielte um die Ecke. »Guten Morgen.«

Überrascht drehte er sich zu mir um, während er in seine Schuhe rutschte. »Guten Morgen«, gab er zurück und lächelte. »Schön, dass wir uns noch sehen. Ich kann leider nicht zum Frühstück bleiben, der Chef hat schon drei E-Mails geschickt.«

Ich nickte und lehnte mich an die Wand, die Arme vor der Brust verschränkt. »Das kommt in letzter Zeit ja häufiger vor.«

»Tja, wenn man Wert darauf legt, dass die Karriere vorankommt«, gab er amüsiert zu.

Kurz zögerte ich, weil ich das Gespräch eigentlich nicht zwischen Tür und Angel führen wollte, aber ich konnte es mir jetzt auch nicht mehr verkneifen: »Ich wünschte, es wäre anders.«

»Du wusstest doch, worauf du dich einlässt«, lachte Martin. Offensichtlich hatte ich noch nicht genug Ernsthaftigkeit in meine Stimme gelegt.

Ich überwand die wenigen Schritte zwischen uns und griff nach seinem Arm, damit er mich ansah. »Ich meine es ernst, Martin.«

»Wo kommt das denn auf einmal her?« Er wirkte erstaunt, also hatte er sich anscheinend selbst noch keine Gedanken darüber gemacht. Für ihn schien alles gut zu laufen.

Einen Moment überlegte ich, wie ich mich ausdrücken konnte, ohne ihm zu sehr auf den Schlips zu treten. »Wir sehen uns aktuell sehr wenig. Findest du nicht, dass wir uns ein wenig voneinander entfernen?«

»So ein Unsinn.« Er lachte wieder. »Du machst dir nur wieder viel zu viele Gedanken, Tessa. Wie immer. Bei anderen Paaren ist das um einiges schlimmer. Hey, ich habe dir immerhin Frühstück gemacht, das kriegen die wenigsten nach Jahren immer noch von ihrem Freund, oder?« Sanft befreite er sich aus meinem Griff, um seinen Mantel anzuziehen. Das Amüsement war ihm immer noch ins Gesicht geschrieben. Und das ärgerte mich wahnsinnig.

Er nahm mich gar nicht ernst. Vielleicht wollte er sich auch nur nicht mit meinen Zweifeln auseinandersetzen, aber das lief aufs Gleiche hinaus.

Bevor ich noch etwas sagen konnte, war Martin auch schon an der Tür und schmunzelte mir über seine Schulter zu. »Ich muss los. Und du hörst jetzt auf, dir über so einen Quatsch Gedanken zu machen, klar?«

Mit diesen Worten war er auf dem Flur und die Tür hinter ihm zugefallen. Vollkommen entsetzt starrte ich das dunkle Holz an und hätte in der nächsten Sekunde am liebsten vor Frust geschrien. War das sein verdammter Ernst?

Oder war ich diejenige, die übertrieb?

Gestern Abend war Martin tatsächlich schon zu Hause gewesen, als ich von meinem Nachmittag mit Maya und Sami zurückgekommen war. Wir hatten zusammen auf der Couch Abendbrot gegessen und nebenher eine Serie angemacht – etwas, das wir schon seit Wochen nicht mehr getan hatten. Leider war der Teller von Martin ziemlich schnell leer gewesen und er war bereits nach der ersten Folge an die Couch gelehnt eingeschlafen. Früher hätte ich die Serie gestoppt, damit wir sie zusammen weiterschauen konnten. Gestern hatte ich einfach bis zur dritten Folge weitergeschaut und immer wieder zu ihm rübergeschielt. Ich konnte ihm nicht böse sein, das wusste ich. Das wäre nicht fair gewesen. Er war ehrgeizig, wie ich, und in seinem Job aufzusteigen war ihm schon immer wichtig gewesen. Das hatte ich von Anfang an gewusst. Und ihm jetzt daraus einen Strick zu drehen, wäre blödsinnig.

Trotzdem war ich enttäuscht gewesen.

Nach ein paar Stunden hatte ich ihn schließlich geweckt und wir waren wortlos ins Schlafzimmer marschiert. Er hatte mich beim Einschlafen in seinen Arm gezogen und fest umschlossen, aber sobald er weggetreten war, hatte ich mich wieder aus seiner Umarmung befreit. Ich mochte es nicht, beim Schlafen so eng zu liegen. Und außerdem hatte ich immer noch ein schlechtes Gewissen, weil Beck mir wie ein nerviger Werbejingle die ganze Zeit im Kopf herumtanzte. Ich musste dringend mit Martin sprechen. Morgen Abend, wenn er hoffentlich nicht so ausgelaugt und fertig war. Er musste doch auch bemerken, dass sich irgendetwas zwischen uns verändert hat. Machte es ihm denn so gar nichts aus?

Ich matschte mir aus Hafermilch und ein wenig Jogurt mein Müsli mit dem Obst zusammen und aß es lustlos, bevor ich meinen Kaffee hinunterkippte und mich für die Arbeit fertig machte.

Zum Glück hatte ich mich schon am Vortag darum gekümmert, dass die Station gut besetzt war. Als ich in meiner Bereichskleidung auftauchte, schien der Stationsalltag seinen Gang zu gehen und die Pflegerinnen, die an mir vorbeihuschten, sahen nicht übermäßig gestresst aus. Nicht mehr als an normalen Tagen zumindest. Das wertete ich als gutes Zeichen.

Ich brachte meine Tasche ins Schwesternzimmer und trat dann in die Tür, um die nächstbeste Pflegekraft nach dem Stand der Dinge zu befragen. Maria wollte gerade an mir vorbeirauschen und sah mich erstaunt an. »Guten Morgen, Tessa. Fängt der Leitungsdienst nicht erst in fünfzehn Minuten an?«

»Ich habe heute schnell einen Parkplatz bekommen«, gab ich schulterzuckend zurück. Dann warf ich einen Blick auf die geschäftig summende Station. Wie ein Bienenstock. »Läuft alles gut?«

Maria nickte, ein winziges Lächeln in den Mundwinkeln. »Ja, tatsächlich. Wie du es geplant hattest, ist heute Karla zusätzlich gekommen. Wir haben uns schon aufgeteilt und bisher funktioniert alles sehr gut nach Plan.«

Hörte ich da wirklich so etwas wie Anerkennung in ihren Worten? Das pushte mein Selbstvertrauen tatsächlich noch einmal ziemlich und ich spürte die Freude in meinem Magen aufsteigen. Ich konnte das hier doch. Locker. »Braucht ihr meine Unterstützung?«

»Nicht unbedingt, wir haben die Patienten, wie gesagt, gut untereinander aufgeteilt. Matilda ist heute Nacht leider auf Intensivstation verlegt worden, sie hatte wieder einen Kreislaufkollaps.« Marias Blick wurde ernst und mein Hochgefühl von eben verflüchtigte sich ein wenig. Mein Magen grummelte noch mehr, als Maria hinzufügte: »Luca Albrecht geht es auch nicht gut. Die Ärztin schaut gleich noch mal nach ihm.«

Ich spürte, wie sich ein unangenehmes Kribbeln auf meinem Nacken ausbreitete. »Was hat er?«

»Ein wenig Fieber.« Sie tätschelte mir leicht die Schulter. »Ich weiß, du magst ihn gern. Wenn du willst, kannst du ihn wieder übernehmen. Ihr versteht euch ja gut, vielleicht möchte er ein wenig mit dir plaudern, wenn er wieder wach ist.«

»Ja, ich versuche mein Bestes. Ich schau mir nur noch mal die Dienstpläne an, dann geh ich zu ihm. Danke, Maria.« Ich nickte ihr zu und lief in Maliks Büro. Auf einmal war das gesamte erhebende Gefühl, das ich gerade noch in mir gespürt hatte, wie weggeblasen. Was nutzte es, wenn ich meinen Job gut machte, wenn ich am Ende des Tages doch nichts ändern konnte? Wenn es Matilda schlechter ging und jetzt auch noch Luca … *nein,* ich musste damit aufhören! Ich konnte nur weiterhin mein Bestes geben und meinen Beitrag leisten, mehr war nicht drin. Es brachte nichts, wenn ich mir irgendwelche Vorwürfe machte.

Trotzdem konnte ich mich kaum auf die Arbeit konzentrieren, nachdem der Computer endlich hochgefahren war. Ich kaute wie verrückt auf meiner Unterlippe herum, bis sie so wund war, dass ich es stöhnend aufgab und vom Schreibtisch aufstand. Die anderen Pfleger waren gerade offensichtlich in den Zimmern unterwegs, auf dem Flur war niemand mehr zu sehen. Ich huschte schnell rüber zu Lucas Zimmer und schob die Tür so leise wie möglich auf.

Er schlief offensichtlich, aber selbst in diesem Zustand wirkte er über alle Maßen erschöpft. Die Decke war von seinem Körper gestrampelt und seine Wangen schienen zu glühen. Als ich näher ans Bett trat, sah ich die dunklen Ringe unter seinen Augen, seine Haut war auch wieder blasser geworden. Ich griff nach seiner Decke und zog sie ihm bis zu den Schultern hoch. Dann kontrollierte ich seine Infusionen und hängte die nächste dran, die Maria schon vorbereitet und auf seinem Nachttisch platziert hatte. Mittel gegen Übelkeit, gegen Schmerzen und Fieber, alles lief über die Schläuche in ihn hinein, laut seiner Kurve schon seit gestern Abend, aber es schien ihm nur unmerklich zu helfen. Ich widerstand dem Drang, ihm die verschwitzten Haare aus dem Gesicht zu wischen, und drehte stattdessen die nächste Infusion auf.

Danach ging ich wieder nach draußen und schloss mich der Visite von Doktor Katharina Fischer an, die gerade auf Station gekommen war, um zu hören, wie es mit meinem Sorgenpatienten weiterging. Tatsächlich waren seine Werte ein kleines bisschen besser geworden, aber nicht signifikant. Laut Doktor Fischer wirkte es, als würde die Chemotherapie nicht anschlagen, und das war beinahe wie ein Schlag in die Magengrube. Irgendwie bestätigte das die ganzen negativen Gedanken, die Luca am Anfang vor mir geäußert und die ich noch zu entkräften versucht hatte.

»Wie es aussieht, kommen wir nicht darum herum, noch einmal eine andere Therapie auszuprobieren. Eine neue Chemotherapie und Bestrahlung zusätzlich«, erklärte Doktor Fischer gerade mit einem Seufzen. »Wir sollten ihn einigermaßen stabilisieren, den Chemozyklus beenden und ihn dann zur Erholung ein wenig nach Hause schicken, bevor wir mit dem Neuen anfangen.«

Ich versuchte, in ihrem Gesicht zu lesen, wie gut die Zeichen dafür standen, konnte aber nur Sorge darin erkennen. Hatte sie ihn schon aufgegeben? Mein Magen begann wieder, vor sich hin zu blubbern. So sollte es wahrscheinlich nicht sein. Er war einer von vielen Patienten auf dieser Station, für die ich unter anderem verantwortlich war. Und trotzdem wusste ich, dass wir eine besondere Verbindung hatten und dass ich ihn nicht enttäuschen wollte. Dass es mich wahrscheinlich mehr als sonst treffen würde, wenn er es nicht schaffte. Gott, er musste es schaffen.

Etwas entmutigt von der Visite kehrte ich zurück zu meiner Arbeit, konnte mich aber nicht sonderlich lange damit ablenken. Ich wartete eigentlich nur wie auf heißen Kohlen darauf, dass Lucas nächste Infusion dran war, damit ich wieder nach ihm sehen konnte.

Als ich am Vormittag das nächste Mal in sein Zimmer kam, hatte sich sein Gesichtsausdruck im Schlaf ein wenig entspannt. Beim Nachmessen merkte ich, dass auch sein Fieber ein wenig gesunken war, und verspürte Erleichterung darüber. Ich deckte ihn erneut zu und wechselte die Infusion gegen die Nährstofflösung, die er zur Unterstützung wegen seiner Appetitlosigkeit bekam.

»Du siehst aus, als hättest du Verstopfung.«

Erschrocken fuhr ich bei diesen Worten herum. Luca hatte die Augen halb geöffnet und sah mich mit hochgezogenen Augenbrauen an. Noch bevor ich den Mund aufmachen konnte, fragte er: »Alles in Ordnung?«

Ich stockte. Spürte, wie ein Kloß in meinen Hals wanderte. Weil ich anhand seiner Stimme und seines Blickes wusste, dass er nicht für sich fragte. Nicht fragte, was die Visite ergeben hatte und wie seine Therapie anschlug. Er fragte, weil er wissen wollte, wie es mir ging. Ob mit MIR alles in Ordnung war. Obwohl er derjenige war, der gerade eine Chemotherapie durchstehen und mit Fieber kämpfen musste. Himmel.

Bemüht darum, meine Rührung nicht allzu sehr zu zeigen, setzte ich mich auf den Stuhl neben seinem Bett. Er taxierte mich die ganze Zeit mit prüfendem Blick. »Eigentlich sollte ich dich das eher fragen, oder?«, fragte ich mit einem Schmunzeln, das hoffentlich echter aussah, als es sich anfühlte.

Luca zuckte mit den Schultern. »Mir geht es blendend. Sieht man doch, oder?«

»Ja, du bist das blühende Leben«, gab ich skeptisch zurück, dann schüttelte ich den Kopf. »Aber wie wäre es mit einer ehrlichen Antwort?«

Er sah mich einen langen Moment lang an, dann nickte er. »Okay. Klar. Wenn ich auch eine von dir kriege.«

Oh, Mist, erpresste mich die kleine Kröte etwa? Ich kniff die Lippen zusammen, weil ich ihm unmöglich sagen konnte, was mir gerade durch den Kopf ging. Was für Sorgen ich mir um ihn machte, weil ich ihm seine Hoffnung nicht nehmen wollte. »Okay«, erwiderte ich trotzdem und dann fügte ich an, ohne groß weiter darüber nachzudenken: »Momentan geht es mir nicht so gut. Viel los in meinem Leben. Viel Stress auf allen möglichen Ebenen. Aber nichts, was sich nicht irgendwie beheben lässt.« Ich lächelte, und diesmal fühlte es sich schon weniger aufgesetzt an. »Und bei dir?«

Lucas Mundwinkel zuckten. Irgendwann würde ich schon ein echtes Lächeln aus ihm rauskriegen. »Mir geht's beschissen. Aber schon besser als heute Morgen. Und auf jeden Fall viel besser als gestern Abend.«

»Dann hast du vielleicht Lust, etwas zu essen?«

Er verzog den Mund und das war wirklich Antwort genug.

»In Ordnung.« Ich zögerte. »Dann vielleicht etwas Ablenkung? Wir könnten eine Kleinigkeit spielen.«

»Hast du schon wieder nichts anderes zu tun?«, fragte er wie immer mit diesem herausfordernden Funkeln in seinen Augen, das mir so gefiel. Weil es nicht hoffnungslos und traurig aussah.

Ich verschränkte grinsend die Arme vor der Brust. »Bitte, du weißt doch, dass ich jetzt hier Chefin bin. Da arbeite ich doch nicht mehr selbst, ich LASSE für mich arbeiten.«

»Klar.« Da war es schon fast – das Lächeln. Trotzdem, oder vielleicht genau deshalb, wandte Luca sich ab. Ich konnte sehen, wie es in seinem Kopf arbeitete, aber er war zu erschöpft. Zu müde. »Vielleicht ein anderes Mal. Ich will lieber ein bisschen schlafen.«

»Das verstehe ich.« Ich wollte mich schon erheben, aber dann schoss mir ein Gedanke durch den Kopf. Nur ein kleines Gefühl, das ich nicht richtig begründen konnte, aber ich beschloss, dem nachzugehen. Deshalb fragte ich sanft: »Willst du, dass ich noch ein bisschen bleibe, bis du eingeschlafen bist?«

Er zögerte. Seinem Gesicht war anzusehen, dass er ganz

schön mit sich rang, und ich bezweifelte, dass das daran lag, dass er es nicht wollte. »Dann kann ich die Infusion noch ein bisschen im Auge behalten. Nicht dass sie falsch läuft«, schob ich deshalb hinterher, weil mir im Moment nichts Besseres einfiel.

Doch für ihn reichte es anscheinend als Ausrede, um nicht sein Gesicht zu verlieren. Er zuckte wieder mit den Schultern, aber er wirkte direkt um einiges entspannter. »Ja klar, wenn du willst«, brummte er und drehte sich auf die Seite, damit er mit dem Rücken zu mir lag.

Ich wartete am Bett neben ihm, bis seine Atmung gleichmäßig geworden war. Es dauerte nur ein paar Minuten, bis er tief eingeschlafen war. Ich stand kurz auf, um ihn wieder zuzudecken, dann setzte ich mich zurück auf den Stuhl und kaute auf meiner Unterlippe herum, während ich seinen sich sanft hebenden Rücken betrachtete. Hoffentlich hatte er bei seinen Pflegeeltern ein gutes Zuhause. Hoffentlich gelang es ihnen, ihn ein wenig aufzupäppeln, damit er für die anstehende Therapie fit wurde. Er musste das durchstehen. Er musste.

Das Öffnen der Zimmertür riss mich aus meinen Gedanken. Es war Beck, der im Rahmen auftauchte, erst den schlafenden Luca betrachtend und dann wanderte sein Blick zu mir. Er deutete in Richtung des Flurs und ich erhob mich etwas überrumpelt von meinem Stuhl.

»Maria meinte, dass es ihm nicht gut geht«, sagte Beck leise, nachdem er sanft die Tür hinter uns geschlossen hatte.

Mit verschränkten Armen schüttelte ich den Kopf. »Nein, er hat seit gestern Fieber, deshalb schläft er viel. Aber es ist seit heute Morgen ein wenig gesunken.«

Beck nickte langsam und dieselbe Sorge, die ich verspürte, spiegelte sich auf seinem Gesicht wider. Natürlich, er kannte Luca bereits seit Jahren. Er war der Einzige in diesem Krankenhaus, der ein gutes Verhältnis zu Luca hatte, und das schon seit einer verdammten Weile. Wenn ich mir schon solche Sorgen machte, wie musste es dann Beck gehen?

Ohne darüber nachzudenken, griff ich nach Becks Hand und drückte sie sanft. »Er wird schon. Ganz sicher. Ich meine, du kennst ihn, er ist unheimlich tough. Wenn es einer schafft, dann wohl Luca. Der beißt sich da mit Verachtung und Sarkasmus durch.«

Becks Blick wanderte kurz zu meiner Hand, die seine schon wieder losgelassen hatte, dann hoch zu meinem Gesicht. Er lächelte, aber es sah müde aus. »Ja, das stimmt wohl. Aber auch die besonders harten Leute haben irgendwann einen Breaking Point.«

Seine Worte ließen mich hart schlucken, weil ich sie aus irgendeinem Grund wie eine Schablone auf mein Leben legte, auch wenn er sicher nicht mich damit gemeint hatte. Er konnte nicht wissen, wie es mir ging und wie zerrissen ich mich fühlte. Das konnte er unmöglich.

Beck seufzte, dann ließ er ein kurzes Lachen hören. »So düster bin ich normalerweise nicht. Entschuldige, lass mich das neu formulieren: Ich bin sicher, dass Luca das schafft. Und wenn nur aus Trotz, es allen zu zeigen.«

»Ja, die kleine Kröte überlebt uns alle, nur um es uns reinzuwürgen«, gab ich lachend zurück, erleichtert darüber, dass er die Situation wieder ein wenig aufgelockert hatte. Keine Ahnung, wie er das immer schaffte, dass sich so schwere Lasten von meiner Brust hoben, als würden sie gar nichts mehr wiegen, wenn er in der Nähe war.

Lächelnd steckte Beck die Hände in die Hosentaschen. Die Geste wirkte, als würde ihn plötzlich eine Unsicherheit überfallen, die ich nicht ganz verstand. Er blickte sich auf dem Flur um und merkte wohl, dass wir allein waren, denn er sah mich wieder an. Seine Augen haben einen unbestimmten Ausdruck angenommen. »Tessa, ich wollte mich bei dir entschuldigen. Das, was ich gestern im Auto zu dir gesagt habe, war nicht in Ordnung, ich hätte das für mich behalten sollen. Ich wollte dich damit nicht in eine komische Situation bringen, es ist mir einfach rausgerutscht …« Er schüttelte den Kopf. »Das ist keine Entschuldigung dafür, ich wollte es nur erklären. Es tut mir leid.«

Ich sah ihm einen Moment in die warmen braunen Augen, dann zuckten meine Mundwinkel zu einem Lächeln nach oben. »Schon in Ordnung.« Er wirkte unsicher, deshalb fügte ich an: »Wirklich. Ich nehme es dir nicht übel.« Vielleicht, weil mich dieser Gedanke auch für einen winzigen Moment gestreift hatte. Dass vielleicht alles ganz anders gewesen wäre, wenn ich Beck viel früher getroffen hätte, bevor Martin der Mann an meiner Seite wurde. Aber so war es nun einmal nicht und wir beide mussten realistisch bleiben.

»Ich habe etwas für dich«, sagte Beck plötzlich. »Als Entschuldigung und als kleines Dankeschön, dass du mich gestern nach Hause gefahren hast nach meinem beschissenen Dienst.«

»Du musst mir nichts geben dafür«, gab ich sofort erstaunt zurück.

Beck winkte schmunzelnd ab, dann ging er an mir vorbei zum Schwesternzimmer. Ich folgte ihm langsam, blieb aber überrascht auf dem Flur stehen, als er wieder nach draußen kam und mir sein Geschenk entgegenhielt.

Es war ein winziger Kaktus in einem noch winzigeren weißen Keramiktopf. Er war sattgrün und erinnerte mich an eine kleine Wollkugel. Er sah unheimlich niedlich aus.

»Ich liebe Pflanzen«, erklärte Beck mit einem verlegenen Lächeln. »Aber ich bringe alles um, was lebt. Deshalb bin ich vor ein paar Jahren dazu übergegangen, Kakteen zu züchten. Die halten echt einiges aus. Das hier ist ein Ableger von einem meiner Lieblingskakteen. Der wird irgendwann richtig hübsch und mit etwas Glück bekommt er eine schöne, pinke Blüte. Aber selbst wenn nicht, wird er sicher ein Hingucker in deiner Wohnung.«

Ich starrte den kleinen Kaktus an. Dann wieder Beck und spürte, wie sich ein Lächeln auf meine Lippen legte. »Das ist … sehr nett, Beck. Danke.«

Er nickte, offensichtlich zufrieden, dass ich mich freute, und drückte mir den kleinen Topf in die Hand. »Wie gesagt: Der ist wirklich schwer kleinzukriegen. Wie Luca.«

»Dann taufe ich ihn wohl auch so«, sagte ich lachend und Beck stimmte mit ein. »Dann ist er definitiv sogar noch robuster, wenn er diesen Namen trägt.«

Einen Moment blickten wir beide die Tür des Patienten an und schwiegen, dann seufzte er. »Ich muss wieder weiter. Hab noch ein paar Patienten, die meine Aufmerksamkeit brauchen.« Ein kurzes Zögern, dann fragte er vorsichtig: »Sehen wir uns morgen auf Samis Party?«

Ich spürte echtes Bedauern in mir aufsteigen. »Nein, leider nicht. Ich … habe schon etwas anderes vor.« Keine Ahnung, warum mir nicht über die Lippen kam, was ich vorhatte. Obwohl – doch, eigentlich wusste ich es schon.

»Schade«, gab Beck zurück. »Falls du es dir doch anders überlegst, würde ich mich freuen. Ansonsten sehen wir uns nächste Woche auf Station.« Er lächelte. »Bis dann, Tessa.«

»Ja, bis dann, Beck.«

Ich sah ihm nach, wie er zum nächsten Patientenzimmer ging und mit einem breiten Lächeln und einem »hey, lange nicht gesehen« eintrat. Die Tür fiel hinter ihm zu und ich starrte ihm trotzdem noch eine Weile nach. Und wünschte mir nichts mehr, als morgen auf die Party gehen zu können.

Kapitel 14

Zum fünften Mal an diesem Freitagabend aktualisierte ich die Seite der Uni, nur um wieder die enttäuschende Fehlermeldung aufzurufen. *Seite momentan nicht erreichbar.* Ich stöhnte genervt und schob das Tablet auf der Waschmaschine ein Stück nach hinten, damit ich es nicht umwarf, während ich mich weiterschminkte.

Eigentlich sollten am Vorabend bereits die Ergebnisse unserer ersten Prüfungen online gestellt werden, aber die Homepage der Uni war schon am Nachmittag davor abgeschmiert und seitdem nicht erreichbar. Ein kurzer Anruf im Sekretariat hatte mir das Versprechen gebracht, dass sich darum gekümmert wurde. Dass bereits am Abend wieder alles laufen sollte – aber jetzt war es beinahe acht Uhr und immer noch reagierte die Seite nicht.

Seufzend warf ich einen Blick in den Spiegel und korrigierte den roten Lippenstift, den ich aufgelegt hatte. Eigentlich hatte ich erst vorgehabt, ihn aufzutragen, wenn Martin und ich losgingen, damit er nicht verschmierte, bis wir im Restaurant waren. Aber die Zeit, in der ich auf Martin und mein Prüfungsergebnis gewartet hatte, hatte ich mir mit dem Auflegen von Make-up vertrieben. Das hatte jetzt zur Folge, dass mein Spiegelbild aussah, als hätte ich jeden Moment einen Auftritt auf dem roten Teppich – verführerisch geschminkte Augen, perfekte Augenbrauen, die vollen Lippen betont und ein leichter Schimmer auf den Wangen. Das Ergebnis hatte sich definitiv gelohnt. Ich sah aus wie eine Million Dollar – oder wie auch immer man das hier in Deutschland nennen würde.

Ich pustete mir eine Strähne meiner blonden Haare aus dem

Gesicht, die ich mit dem Glätteisen zu leichten Wellen gedreht hatte, und blickte mich dann noch einmal im Spiegel an. Wenn Martin heute nicht die Augen aus dem Kopf fallen würden, würde ich einen Besen fressen. So aufgestylt hatte ich mich seit der Ausbildung nicht mehr, wenn ich mit Sami und Maya in einen dieser Schickimicki-Klubs gegangen war. Mit einem Grinsen nahm ich mein Handy und machte ein Selfie, extra mit Kusslippen, und schickte es an die beiden. Die Reaktionen kamen schnell: Smileys, denen der Kopf explodierte, und Herzaugen. *Du siehst aus wie eine Bombe, die jede Sekunde hochgeht!*, schrieb Maya und ich war mir ziemlich sicher, dass das ein Kompliment war. Verdammt, ja, ich war eine Bombe. Zufrieden warf ich meinem Spiegelbild einen letzten Blick zu, bevor ich das Tablet von der Waschmaschine nahm und barfuß rüber ins Wohnzimmer ging. An der Garderobe hing das kurze schwarze Kleid, das ich extra für heute Abend gekauft hatte, das ich aber noch nicht angezogen hatte, um es nicht zu zerknittern.

Ein Blick auf die Uhr verriet mir, dass es bereits zwanzig nach sieben war. Wo zum Teufel steckte Martin? Um acht Uhr hatten wir unsere Reservierung in dem teuren Restaurant, das er mir versprochen hatte. Und wenn er nicht in den nächsten fünf Minuten hier eintrudelte, würde er keine Zeit mehr haben, sich umzuziehen.

Ich wollte gerade meine Kontaktliste aufrufen, als die Seite von der Uni plötzlich lud. Innerhalb einer Sekunde war die Fehlermeldung weg und die Übersichtsseite meines Studienprofils öffnete sich. Mir blieb beinahe das Herz stehen, als ich die Zeile las, auf die ich seit dem Vorabend gewartet hatte: *Benotung der Klausur Management.*

Eine Hand an den Gürtel meines Bademantels gelegt, ließ ich mich auf die Couch fallen und starrte den Link an. Vor mir auf dem Couchtisch stand mein halb volles Sektglas, mit dem ich mich vorhin schon hatte beruhigen wollen, und ich dachte ernsthaft darüber nach, es leer zu trinken, bevor ich meine Notenliste anklickte. Aber ich hatte für diese Klausur wirklich viel gelernt und eigentlich musste ich mir keine Sorgen machen – eigentlich würde ich das hier ganz locker durchstehen, auch ohne Sekt. Also atmete ich ein letztes Mal tief durch, bevor ich den Link öffnete. Es dauerte ein paar Sekunden, bevor die Seite endlich geladen war und meine Note auf dem Display erschien.

Ich starrte sie an, blinzelte, starrte wieder. Dann lud ich die Seite neu, nur um sicherzugehen, dass da auch wirklich kein Fehler vorlag. Aber an der Note änderte sich nichts, auch als die Seite frisch aufgerufen war – da stand sie immer noch. Eine glatte 1,0. Eine Note, von der mein Dozent selbst gesagt hatte, dass er sie so gut wie nie vergab. So gut wie *nie.* Aber ich hatte sie bekommen. Ich hatte eine glatte Eins!

Mir entfuhr ein so lautes Jubeln, dass es wahrscheinlich noch die Nachbarn über und unter mir hörten. Aber das war mir egal. Ich hatte die beste Note, die man kriegen konnte, in einer der wichtigsten Klausuren der ersten Semester. Das Tablet landete auf der Couch, als ich aufstand und durch das Wohnzimmer sprang wie ein kleines Mädchen an seinem Geburtstag. Ich war so glücklich, dass die ganze Arbeit sich ausgezahlt hatte, dass mir für den Moment selbst meine Frisur und das aufwendige Make-up egal waren, das ich vielleicht mit meiner kleinen One-Woman-Show zerstörte. Es war nicht wichtig.

Nach ein paar Minuten Victory-Dance war ich vollkommen aus der Puste, aber konnte auch nicht aufhören zu grinsen. Ich ließ mich wieder auf die Couch fallen, schnappte das Tablet und wählte den Kontakt von Martin an. Aber als er ranging und das Video aufploppte, war ein Stück meiner Euphorie direkt wie weggeblasen.

Er sah etwas abgehetzt aus, die Krawatte war gelockert und im Hintergrund konnte ich ein paar krakelig beschriftete Ordner stehen sehen.

Ich öffnete den Mund ein paar Mal, bevor ich fassungslos fragte: »Bist du etwa immer noch im Büro?«

Jemand rief im Hintergrund etwas und Martins Blick flog kurz genervt über den Bildschirm seines Handys, bevor er wieder in meine Augen sah. Er wirkte geknickt. »Ich wollte dich gerade anrufen, Schatz. Du siehst wunderschön aus, übrigens.«

Die ganze freudige Anspannung in meinem Körper wich davon. »Was ist los?«, wollte ich wissen und bemühte mich um einen ruhigen Tonfall, auch wenn ich innerlich schon wieder dieses Feuer der Wut und Enttäuschung spürte.

Martin presste kurz die Lippen zusammen und ließ den Blick schweifen, bevor er mich wieder ansah. »Ich habe dir doch letztens davon erzählt, dass bei uns die kompletten Server zusammengebrochen sind. Es ist schon wieder passiert – und die IT steht vor einem absoluten Chaos, sie kommen nicht weiter.«

»Das ist doch gut«, sagte ich und diesmal hörte ich das Kratzen in meiner Stimme selbst. Den Frust, den ich immer erfolgreich zurückgehalten hatte, der sich aber jetzt einen Weg nach draußen bahnte. »Dann kannst du ja nicht weiterarbeiten und endlich nach Hause kommen. Wenn du jetzt kommst, schaffen wir es noch rechtzeitig zum Lokal. Du musst wahrscheinlich in deinem Arbeitsanzug hinkommen, aber darin siehst du ja auch gut aus.«

Schon während ich diese Worte sagte, wusste ich im Grunde, was seine Antwort sein würde. Und wenn es nicht die Worte gewesen wären, dann sein Blick, die Art, wie seine Mundwinkel nach unten fielen und er die Augenbrauen nach oben zog. »Es tut mir so leid, Tessa. Wirklich. Ich kann hier nicht weg, wir müssen Schadensbegrenzung betreiben. Der Chef lässt keinen gehen.«

»Er kann dich ja wohl kaum im Büro festhalten«, sagte ich, jetzt wirklich wütend.

»Nein. Technisch nicht. Aber …« Martin seufzte und ich hasste, wie es klang. Als wäre ich ein kleines Kind, das die Situation nicht ganz erfassen könnte. »Das hier ist wirklich wichtig. Wirklich. Es geht um die Beförderung, das weißt du doch. Einer von uns kriegt den Posten in der Chefetage. Und wenn ich nicht hier bin, wenn alles drunter und drüber geht, dann sinkt meine Chance wahrscheinlich. Du weißt das doch. Wir haben so oft darüber geredet.«

Ich presste die Lippen zusammen und er wagte sich an ein leichtes Lächeln. »Wahrscheinlich wird es nicht länger dauern als noch eine Stunde. Höchstens anderthalb. Dann kann ich nach Hause kommen und glaub mir, ich werde mich mehr als beeilen.«

»Dann ist es zu spät für das Restaurant. Die vergeben unseren Platz, bis wir da sind. Du weißt doch, wie beliebt das an einem Abend am Wochenende ist.«

»Ja, ich weiß. Und es tut mir leid. Aber wir machen uns trotzdem einen schönen Abend, das verspreche ich dir.«

In einer Sekunde flammte wieder der Frust auf, die Enttäuschung, und außerdem bemerkte ich das Brennen von Tränen in meinen Augen. Dann wurde in mir auf einmal alles ganz ruhig. Ich spürte, wie meine Atmung und mein Herzschlag sich beruhigten und wie ich innerlich erstarrte. »Ich wünsche dir ganz viel Spaß bei diesem *gemütlichen* Abend, den du dir machst. Ich werde dann ganz sicher nicht zu Hause sein.«

»Was?« Erstaunen trat auf Martins Gesicht. »Was meinst du? Tessa, bleib vernünftig …«

»Bis morgen.« Ich legte auf und warf das Tablet weg. Wenn da irgendwo noch Wut in mir war, dann spürte ich diese nicht mehr. In mir war alles taub. Ich griff nach dem Sektglas und leerte es in einem Zug, bevor ich aufstand und mich aus dem Bademantel schälte, um das eng anliegende, schwarze Kleid anzuziehen. Das Handy auf Lautsprecher, fädelte ich meine Ohrringe ein, während ich mir ein Taxi bestellte. Dann schnappte ich meine Handtasche, schlüpfte in die Schuhe, meinen Mantel und warf die Tür hinter mir zu. Ich war schon fast unten im Erdgeschoss, als über mir die Wohnungstür von Martins Familie aufging.

»Tessa?«, hörte ich Nelas Stimme. Wahrscheinlich hatte er sie informiert, weil ich seit fünf Minuten seine Anrufe wegdrückte. Ich ignorierte ihr Rufen, durchquerte den marmornen Eingangsbereich und trat auf die Straße hinaus. Die kühle Außentemperatur erweckte mich wieder zum Leben. Ich fröstelte, dann spürte ich das Kribbeln der Wut und der Enttäuschung wieder in meinem Magen. Dabei hatte ein kleiner Teil in mir im Grunde damit gerechnet, dass der Abend mit Martin ins Wasser fallen würde. Ich hatte mich zu sehr darauf gefreut, hatte mir zu viel davon versprochen und wurde wieder enttäuscht.

Zum Glück rollte das Taxi vor, bevor Nela mir folgen konnte. Ich sprang in das Auto und gab dem Fahrer die Adresse, die Sami mir geschickt hatte. Dann lehnte ich mich zurück und atmete mehrfach tief durch.

In den zwanzig Minuten, die der Taxifahrer zu der Wohnung von Louis brauchte, konnte ich mich tatsächlich einigermaßen sammeln. Ich wusste, dass dem Ganzen eine Auseinandersetzung folgen würde, aber darüber wollte ich im Moment nicht nachdenken. Und auch nicht darüber, dass ich mir langsam wirklich Gedanken machen musste, ob das alles noch eine Zukunft hatte. Ob Martin die Arbeit wirklich wichtiger war als ich und ob ich so weitermachen wollte. Nicht heute Abend. Ich hatte eine verdammte 1,0 in meiner Klausur und ich wollte feiern! Wollte mich feiern und den Abend genießen, egal, was mein Freund trieb. Ich wollte mir die wunderschöne Stimmung von eben nicht ruinieren lassen.

An der Adresse stieg ich aus dem Taxi und klingelte bei dem Namen Reichert – zum Glück wusste ich, wie Louis mit Nachnamen hieß. Die Gegensprechanlage ging an, aber es war nur kurz ein Stimmengewirr zu vernehmen und bevor ich etwas sagen konnte, summte schon die Tür. Ich drückte sie auf und betrat den

Flur. Über mir ging eine Tür auf, ich konnte die Musik und Gelächter hören. Aber als ich die Treppe nach oben gehastet war, stand ein Typ da, den ich nicht kannte.

Er war offensichtlich noch ein Teenager – höchstens achtzehn, wenn ich mich nicht komplett verschätzte. Er hatte braune Locken, auf denen eine der Geburtstagskronen aus glänzend goldenem Plastik saß, und lehnte mit coolem Blick im Türrahmen. Als ich näher kam, scannte er mich mit hochgezogenen Augenbrauen von oben nach unten, dann trat ein freches Schmunzeln auf sein Gesicht. »Tut mir leid, aber ich glaube, du hast dich in der Tür geirrt. Das Berghain ist ein paar Straßen weiter. Aber ich kann dir auch fünf Euro Eintritt abnehmen und ein bisschen Techno auflegen.«

»Witzig«, brummte ich, beinahe zeitgleich mit Samis aus der Wohnung gerufenem: »Fynn, lass den Mist!«

Sie trat an ihm vorbei, erkannte mich und riss die Augen auf. »Tessa!«

»Überraschung.« Ich hob die Hände, weil ich nicht wusste, wie ich mich sonst artikulieren sollte. »Ich bin doch hier. Happy Birthday!«

Eigentlich hatte ich fest damit gerechnet, dass sie etwas sagen würde. Nachhaken würde, was geschehen war. Aber ich hätte Sami besser kennen müssen. Sie verkniff sich die Fragen und ein wissendes, etwas bedauerndes Lächeln trat in ihr Gesicht. »Schön, dass du es doch geschafft hast. Wir freuen uns, dass du hier bist.«

Jetzt trat doch ein Kloß in meinen Hals. Ich schluckte ihn tapfer hinunter, während ich nickte. Aber nur, bis Maya, die sich den Weg zur Tür gebahnt hatte, Fynn vollkommen aus dem Weg schob, und mich mit großen Augen musterte. Und dann, ohne etwas zu sagen, in den Flur trat und mich in den Arm nahm. Ich sah über ihre Schulter Sami an, die sich der Umarmung einfach anschloss. Und da stiegen mir dann doch ein paar Tränen in die

Augen. Nicht nur, weil ich so enttäuscht wegen Martin, sondern weil ich auch so dankbar für meine Freundinnen war. Dass wir wieder vereint waren.

»Du siehst zum Anbeißen aus«, raunte mir Maya ins Ohr und ich musste so sehr lachen, dass mir ein paar weitere Tränen über die Wange liefen. Sie wischte sie mit einem Grinsen weg, dann lachte auch Sami. »Komm rein, sonst holst du dir in dem heißen Teil noch eine Erkältung.«

Sie schoben mich gemeinsam in den Flur der Wohnung und ich sah mich erst mal um. Es standen nicht viele Sachen rum, es handelte sich, wie schon vermutet, um eine typische Junggesellenwohnung. Aus dem Wohnzimmer drangen Lachen und Gespräche und aus der Küche kam gerade wieder Fynn, ein großes Glas mit einem durchsichtigen Getränk in der Hand. Er reichte es mir mit den Worten: »Gin Tonic. Sahst aus, als könntest du einen vertragen.«

Etwas überrumpelt griff ich nach dem Glas, während Sami Fynn einen Schubs gab, um ihn aus dem Flur zu befördern. »Bitte ignorier meinen Bruder einfach«, sagte sie, entschuldigend lächelnd. »Willst du reden?«

Ich blickte Fynn hinterher, der in Richtung Wohnzimmer davongeschlurft war. Die Musik, die von dort ertönte, war ein schneller Pop, der mir direkt in die Beine fuhr. Wahnsinn, wie lange war ich nicht mehr aus gewesen? Ich konnte mich kaum an das letzte Mal erinnern, vermutete aber, dass es zur Feier unseres Staatsexamens gewesen war. Das war verdammt lange her, seitdem hatte ich mich nur um meinen Job und mein Studium gekümmert. Und um meine verkorkste Beziehung.

»Ich will tanzen!«, verkündete ich deshalb und bewegte mich schon in Richtung der Musik.

»Das wollte ich hören, Schwester!«, rief Maya hinter mir. Ich spürte, dass die beiden mir folgten, hatte aber schon ab dem Türrahmen kein Auge mehr für sie. Das große Wohnzimmer profitierte an diesem Abend offensichtlich davon, dass hier kaum Möbel standen – denn der Raum war voller Menschen. Die meisten waren in unserem Alter, nur Fynn und der Junge, zu dem er sich gerade auf die Couch gesetzt hatte, waren etwas jünger. An der linken Seite stand ein Tisch, von dem ich ausging, dass ihn jemand an die Wand geschoben hatte, um in der Mitte Platz zum Tanzen zu machen. Darauf standen Flaschen mit Sekt, Bier und ein paar härtere Sachen in der Ecke, die meisten der Gäste hatten anscheinend irgendwann zum Tanzen ihre Kronen darauf abgelegt. Außerdem gab es Snacks wie Salzbrezeln und Chips und Pizza. Der Raum war ein wenig abgedunkelt und tatsächlich bewegten sich die meisten der Menschen rhythmisch zu der über die Box klingende Musik. Ich bekam direkt Lust, mich ihnen anzuschließen.

Doch auf dem Weg zur Tanzfläche entdeckte ich Beck an der anderen Seite des Raumes, der neben der offenen Balkontür stand und sich gerade lachend mit Louis unterhielt. Er hatte als einer der wenigen noch seine Krone auf und schien völlig vertieft. Dieses Lachen, diese verdammten Grübchen reichten, um mein ganzes System zu einem Stopp zu zwingen. Ich starrte ihn einfach an, bis Louis sich zu mir umdrehte, große Augen bekam und laut rief: »Tessa, du bist ein bisschen zu gut angezogen für diese Party!«

In derselben Sekunde wandte sich auch Beck zu mir um und es sah ein wenig aus, als ob sein System den gleichen Stopp einlegte wie meins kurz zuvor. Er fror in seiner Bewegung ein, seine Augenbrauen schossen ein Stück nach oben und ich war mir sicher, dass sein Mund etwas aufklappte. Das brachte mich zum Glück dazu, meinen Körper wieder in Bewegung zu setzen. Er gehorchte mir nicht mehr, also ließ ich zu, dass er mich quer durch den Raum zu Beck führte.

»Hey.« Ich lächelte erst ihn an und dann umarmte ich Louis. »Alles Gute zum Geburtstag. Ich habe leider nicht an ein Geschenk gedacht, mein Auftauchen hier ist sehr … spontan.«

»Danke, Tessa. Alles gut, dein Besuch ist Geschenk genug.« Louis grinste breit, ließ seinen Blick zwischen Beck und mir hin- und herwandern und deutete dann in Richtung Küche. »Ich werde mal checken, ob Sami meine Hilfe braucht …« Damit zog er grinsend ab. Maya war irgendwo am Anfang des Wohnzimmers hängen geblieben, wo sie sich mit jemandem unterhielt, den ich nicht kannte. Ich war also allein mit Beck.

Langsam wandte ich mich zu ihm um. Er lächelte anerkennend. »Du siehst toll aus, Tessa.«

»Danke. Du auch.«

Er blickte an sich herab und ließ ein kurzes Lachen hören. Ich wusste, warum: Er trug eigentlich nur eine schwarze Jeans und sein Nasa-Shirt, das trotz der kurzen Ärmel noch ein wenig an seinen muskulösen Armen aufgerollt war. Ich musste mich bemühen, nicht dort hinzustarren, und blickte ihm stattdessen ins Gesicht. In diese wunderschönen schokobraunen Augen. »Du brauchst dafür kein besonderes Outfit.«

Ein Funkeln trat in seine Augen und ich war mir sicher, dass seine Grübchen noch ein bisschen tiefer wurden. Er lachte leise. »Ich kann nicht gut mit Komplimenten umgehen. Außer zu sagen: Das kann ich nur zurückgeben. Was tatsächlich so ist.«

Ich nahm einen großen Schluck von dem wirklich toll gemixten Gin Tonic, dann nickte ich in Richtung Tanzfläche. »Willst du … vielleicht tanzen?«

»Tut man das auf Partys immer noch?« Er wirkte ein wenig besorgt, als er meinem Blick folgte. »Ich kann das nicht wirklich gut.«

»Sagt man das immer noch, ja?« Ich zwinkerte ihm zu. »Du kannst dich sicher ein bisschen hin und her bewegen. Ich will nämlich unbedingt tanzen und ich fände es schön, wenn du mitkommst.« Ich griff spontan nach seiner Hand und mich durchfuhr eine unglaubliche Wärme von der Stelle, an der unsere Haut sich berührte. Es schoss durch mich wie eine unbezwingbare Welle und raubte mir für eine Sekunde den Atem.

Ich wollte nur tanzen. Einen ausgelassenen Abend verbringen. Das hier hatte nichts mit meiner Beziehung mit Martin zu tun oder mit Beck. Ich wollte mich amüsieren. Und für eine Sekunde das betörende Gefühl genießen, das zwischen uns in der Luft knisterte, ohne mich ganz darauf einzulassen.

Beck betrachtete mich einen Moment lang, dann schlossen sich seine Finger um meine Hand, was direkt noch einmal Gänsehaut über meine Arme jagte. »Okay«, sagte er so leise, dass sicher nur ich es hören konnte.

Als ich ihn zwischen die Tanzenden zog, fühlte ich mich, als würde ich auf Wolken gehen. Wir bewegten uns mit der Musik, und obwohl Beck tatsächlich nicht der beste Tänzer war, hatte er zumindest genug Rhythmusgefühl, um im Takt zu bleiben. Ich lachte über seinen etwas gequälten Ausdruck und er lachte im Gegenzug darüber, dass ich einen Schluck meines Gin Tonics verschüttete. Ich trank noch etwas ab, bevor ich das Glas beiseitestellte, um freier tanzen zu können. Es fühlte sich gut an, endlich mal wieder zu feiern, mit dem Flow zu gehen, nicht nachzudenken. Ich hüpfte zwischen den unbekannten Partygästen und meinen Freunden umher, drehte mich, wackelte mit Hüften und Armen, während auch Beck sich neben mir ein wenig auflockerte. Nachdem ich noch einmal nach meinem Glas gegriffen und es geleert hatte, nahm er unvermittelt meine Hand und wirbelte mich herum. Ich musste so sehr über das schwindelige Gefühl lachen, dass ich Schluckauf bekam. Irgendwann tanzten auch Sami und Maya neben mir, und ich konnte endlich richtig loslassen. Die Augen schließen und nur der Musik lauschen, ihrem Takt folgen und die Stimmung um mich herum genießen. Vergessen war der Streit mit Martin. Dass er mich schon wieder enttäuscht und versetzt hatte. Und … ich riss die Augen auf und sah Beck an, der immer noch mir gegenüber tanzte. Ich griff wieder nach seiner Hand und seine Bewegungen wurden langsamer. Er betrachtete mich so aufmerksam, als würde er nur mich sehen. Als gäbe es niemand sonst im Raum. »Ich habe eine 1,0 in meiner ersten Klausur!«, rief ich ihm über die Musik hinweg zu.

»Wow, Glückwunsch!«, antwortete er mit einem breiten Lächeln, das wirklich aussah, als würde er sich unglaublich für mich freuen. Ich konnte nicht anders, als es mindestens genauso breit zu erwidern. Unsere Finger verhakten sich ineinander und irgendwo hinter meiner Stirn begann das schlechte Gewissen sich zu melden. Ich entzog ihm meine Hand mit einem verlegenen Blick und er sah nicht weniger peinlich berührt aus. »Entschuldige«, sagte er ernst. Ich winkte ab, weil ich gerade nicht darüber nachdenken wollte, und begann, wieder mit der Musik zu wippen.

Wir tanzten und es fühlte sich an, als würden wir es stundenlang tun und als würde die Zeit gleichzeitig stehen bleiben. Ich war wie berauscht. Befreit, irgendwie. Ich wollte das wieder haben, wollte es wieder öfter fühlen, so wie damals im Studium. Bevor ich Martin kennengelernt hatte.

Irgendwann war ich so durchgeschwitzt und k.o., dass ich kaum noch zu richtigem Tanzen in der Lage war, sondern nur noch hin und her wippte. Die Tanzfläche mitten in Louis' Wohnzimmer wurde langsam lichter und auch Becks Bewegungen ein wenig träge. Irgendwann sah er mich mit diesem entschuldigenden Lächeln an. »Ich glaube, ich brauche dringend eine Pause.«

»Und ich dachte, Rettungssanitäter sind besonders fit«, gab ich grinsend zurück und kreiste ein letztes Mal die Hüfte, während das Lied ausklang. Dann nickte ich etwas atemlos. »Ich brauche aber auch dringend frische Luft. Balkon?«

Er nickte schmunzelnd und wir bahnten uns den Weg durch die wenigen kleinen Menschentrauben. Als wir den Buffettisch passierten, schnappte ich zwei Flaschen Bier und folgte Beck dann über die kleine Stufe nach draußen. Der Balkon war klein, bot aber genug Platz für zwei Stühle, die Louis direkt am Geländer platziert hatte. Zum Glück war niemand hier draußen, wahrscheinlich weil es eigentlich zu kalt war. Da wir aber so überhitzt vom Tanzen waren, fühlte es sich gut an, sich auf die Stühle fallen zu lassen.

Beck nahm dankend das Bier entgegen, bevor er mir einen fragenden Blick zuwarf. »Wie kommt es, dass du jetzt doch hier bist?«

Ich ließ mir mit der Antwort etwas Zeit, nippte an meiner Flasche und überlegte, wie ich es formulieren sollte. Nach einer Sekunde entschied ich mich für die offene Variante: »Ich war eigentlich mit meinem Freund verabredet. Wir wollten schick essen gehen. Aber er hat mich versetzt – wie so oft in letzter Zeit.«

Es wäre wohl ein Leichtes für Beck gewesen, jetzt über Martin herzuziehen, das Gehörte gegen ihn zu verwenden. Aber er setzte nur ein bedauerndes Gesicht auf. »Das tut mir leid, Tessa.«

»Mir auch«, gab ich seufzend zurück.

Wir schwiegen einen Moment, in dem ich über das Balkongeländer starrte, bis hin zur Spree, die uns zu Füßen lag. Dann sagte ich leise: »Ich wollte dich gern sehen, Beck.«

Aus dem Augenwinkel sah ich, dass er mich anblickte. »Wirklich?«

Ich nickte, nicht ohne mich ein wenig über mich selbst zu wundern. »Das macht mich zu einem ziemlich miesen Menschen, oder?« Mein Blick flog zu ihm, beinahe schon ein wenig ängstlich über seine Reaktion. »Dass ich ab und zu an dich denke. Einfach so. Und dass ich dich dann sehen will, obwohl ich einen Freund habe.«

In mir kämpften Schuldgefühle und Erleichterung, dass ich es laut ausgesprochen hatte. Ich wusste nicht, was ich tun sollte. Ich war so durcheinander. Und der Blick, mit dem Beck mich bedachte, machte es irgendwie nicht besser. So nachdenklich, aber auch sanft. So unendlich warm und verständnisvoll.

»Ich kann dazu nichts sagen, Tessa. Alles, was mir zu diesem Thema über die Lippen kommen würde, wäre wahrscheinlich nicht fair«, sagte er leise. Ich verfluchte und bewunderte ihn zugleich dafür, was für ein ehrlicher Typ er war. Aber dann war da doch dieses leichte Lächeln. »Aber ich denke auch an dich. Nicht nur ab und zu, sondern ziemlich oft.«

Ich spürte, wie mein Herzschlag sich beschleunigte. Und ich wusste – wenn Martin nicht gewesen wäre, ich hätte mich in diesem Moment zu ihm hinübergebeugt. Wäre mit der Hand vorsichtig in sein dunkles Haar gefahren und hätte ihn dann eher weniger sanft geküsst. Und Himmel, wie sehr ich das wollte in diesem Moment.

Aber es gab Martin. Es gab ihn und mich und alles, was da zwischen uns war, was uns seit gefühlten Ewigkeiten miteinander verband. Ich hätte ihn niemals betrogen. Egal, wie wütend oder enttäuscht ich war. Und daran, wie Beck mich ansah, etwas sehnsuchtsvoll und doch reserviert, wusste ich, dass auch er es nicht getan hätte. Egal, wie sehr er es wollte. Egal, wie sehr ich es wollte.

Meine Hand überwand die Distanz zwischen uns und griff nach seiner. Drückte sie ganz kurz, während ich ihn anlächelte. »Ich muss nachdenken.« Meine Stimme war nur ein Flüstern, mein Herz schien beinahe doppelt oder dreimal so laut zu schlagen. Dass ich so fühlte, dass er mich so durcheinanderbrachte, das hatte etwas zu bedeuten. Das wusste ich. Und sowenig ich Martin gegenüber unfair sein wollte, so wenig wollte ich es auch mir selbst gegenüber sein.

Ich musste herausfinden, was ich wollte.

Ich musste mit Martin reden. Ihm reinen Wein einschenken. Und herausfinden, ob er diese Beziehung überhaupt noch wollte. Momentan vermittelte er mir den Eindruck nicht gerade.

Beck erwiderte mein Lächeln. Er nickte, dann strich sein Daumen ganz sanft über meinen Handrücken. »Tu das. Ich renne nicht weg, versprochen.«

Ein Kribbeln erfüllte mich und ebbte nur langsam ab, als er die Berührung zwischen uns löste. Aber ein kleines bisschen blieb, über den ganzen Abend und die ganze Nacht, bis die Musik langsam verstummte und die Party zu Ende war.

Kapitel 15

Ich kam erst in den frühen Morgenstunden nach Hause, nachdem ich noch stundenlang mit Maya und Sami getanzt und später ein wenig auf der Couch entspannt hatte. Beck hatte sich die restliche Zeit, nachdem wir vom Balkon gekommen waren, hauptsächlich mit Louis unterhalten. Sosehr ich mir in diesem Moment die Nähe zu ihm gewünscht hatte, wusste ich, dass das keine Option war. Dass ich mir erst klar werden musste, was ich wollte, und dass Martin und ich die Karten auf den Tisch legen mussten. Aber immer wenn ich mich doch nach Beck umgesehen hatte, hatte er fast sofort den Blick erwidert, beinahe als hätte er ihn gespürt. Und dann hatte er mir dieses Lächeln zugeworfen, was eine Mischung aus Verlegenheit und Traurigkeit war, die ich nicht so richtig zuordnen konnte.

Martin hatte schon geschlafen, als ich zum Schlafzimmer geschlichen war, um einen Blick nach drinnen zu werfen. Ich hatte nur meinen Pyjama aus dem Bett geholt und war auf die Couch ausgewandert, um mich unter der dicken Wolldecke zu vergraben. Es hatte sich nicht richtig angefühlt, zu Martin ins Bett zu krabbeln. Ihm nah zu sein, nach allem, was an diesem Abend passiert war. Mit ihm, dem abgesagten Essen und dann mit Beck. Ich fühlte mich schuldig, auch wenn eigentlich nichts zwischen uns gewesen war. Nichts Körperliches zumindest. Und wahrscheinlich war genau das das Problem. Der Grund, warum ich in dieser Nacht kein Auge zubekam, obwohl ich so erschöpft und schläfrig vom Alkohol und Tanzen war.

Irgendwann gegen sechs Uhr war ich wieder nüchtern und starrte die stuckbesetzte Decke über mir an, ohne auch nur noch einen Gedanken an Schlafen zu verschwenden. Davon hatte ich mich bereits verabschiedet.

Stattdessen quälte ich mich jetzt mit der Frage herum, was ich tun sollte. Wie ich mich Martin gegenüber verhalten, was ich ihm sagen sollte. Als die ersten Sonnenstrahlen durch die großen Fenster ins Wohnzimmer drangen, hatte ich immer noch keine Ahnung. Und ich wusste, dass ich noch ein wenig mehr Zeit brauchen würde als die, die mir an diesem Morgen blieb, bis Martin aufwachte. Also stand ich irgendwann auf, die Muskeln und Knochen schreiend vor Müdigkeit, und ging kurz ins Bad, um meine Zähne zu putzen und meine Haare zu kämmen. Hier fand ich zum Glück auch noch ein paar lockere Klamotten vom Vortag, die ich mir anziehen konnte, ohne an meinen Kleiderschrank zu müssen. Als ich wieder auf den Flur trat, war aus dem Schlafzimmer bereits Bewegung zu hören. Martin drehte sich, vielleicht im Schlaf, vielleicht beim Aufwachen. Wenn er bemerkte, dass ich nicht neben ihm lag, würde er sicher nach draußen kommen und nach mir schauen. Und das konnte ich gerade überhaupt nicht gebrauchen.

Deshalb schlüpfte ich schnell in meinen Mantel, schrieb ihm einen Zettel, dass ich gegen Mittag nach Hause kommen würde und wir dann reden müssten, und verließ die Wohnung. Es war eisig kalt draußen, aber die Kälte fühlte sich merkwürdig gut an. Merkwürdig befreiend. Ich parkte aus der Lücke aus, die ich direkt vor dem Haus gefunden hatte, und fuhr einfach drauflos. Anfangs wusste ich gar nicht, wohin ich sollte, dann stellte ich fest, dass mein Kopf sich die Route bereits zurechtgelegt hatte. Ich fuhr aus der Innenstadt heraus, bis links und rechts von mir nur noch wenige Häuser zu sehen waren und dafür mehr und mehr Schrebergärten. Bis auch diese irgendwann weniger wurden und ich schließlich den Stadtrand passierte, raus aus Berlin und dann ins Grüne. Ich konnte mich noch daran erinnern, wie meine Mutter ab und zu mit mir diesen Weg gefahren war, wenn ich sie mal wieder stundenlang bekniet hatte, mit mir in die Stadt zu fahren, um shoppen zu gehen. Meine Finger schlossen sich fester um das Lenkrad, ich spürte das kalte Leder in meine Haut drücken.

Diesmal lenkte ich meinen Wagen aber nicht nach Falkensee, wo meine Mutter lebte, sondern drehte davor ab und fuhr stattdessen in Richtung des Spandauer Forsts. Das war ein Wald, in dem ich als Kind oft mit meinen Großeltern gewesen war. Mit meiner Mutter. Und mit den vielen Pflegegeschwistern, die ich gehabt hatte und die immer wieder gegangen waren.

Ich parkte das Auto am Waldrand auf einem erdigen Parkplatz und ging dann zu Fuß weiter, zwischen den hohen Tannen und den kahlen Laubbäumen, den eingefrosteten Weg entlang. Ich lief, ohne mich groß um die Strecke zu sorgen oder ob ich mich nach einer Weile noch auskennen würde – so vertraut war mir die Umgebung noch immer. Ich lief so lange, bis die Gedanken in meinem Kopf wieder etwas leiser, etwas geordneter wurden. Es fühlte sich beinahe so an, als würden sie sich langsam, von der Kälte und der Bewegung getrieben, in eine Reihe stellen, damit ich sie in Ruhe abarbeiten konnte. Meine Wangen brannten von der kalten Luft, aber mein Körper fühlte sich unter dem dicken Mantel warm an. Und mein Kopf war wieder klar.

Ich liebte Martin. Und ich mochte Beck, sehr sogar.

Wenn ich mir die Frage stellte, mit wem ich momentan eher zusammen sein wollte, dann fiel meine Wahl erschreckend schnell auf Beck. Das, was ich bei ihm fühlte, war wunderschön und aufregend und ging tiefer, als ich am Anfang vermutet hatte. Es war nicht nur die körperliche Anziehung, die ich zu ihm fühlte. Nicht nur die Schmetterlinge, die ich bei ihm spürte. Es war die Tatsache, dass er mir zuhörte. Dass die Dinge, die ich ihm erzählte, ihm wirklich wichtig zu sein schienen. Ich bewunderte ihn. Und er verstand mich.

Ich liebte alles, was ich mit Martin hatte, aber je mehr ich darüber nachdachte, desto weniger konnte ich mir vorstellen, dass das mit uns weiterging. Abgesehen davon, was mich mit Beck verband. Und unabhängig davon, ob das, was auch immer das zwischen uns war, eine Zukunft hatte. Ich war nicht mehr glücklich. Diese Erkenntnis kam nicht plötzlich, aber es fühlte sich trotzdem an, als hätte mir jemand einen Baseballschläger mit voller Wucht vor die Brust geschlagen.

Beim Ausatmen bildete sich eine dichte Wolke vor meinem Gesicht und ich spürte, wie mir Tränen in die Augen traten. Dieses Leben, ich hatte es immer so schön gefunden. Hatte immer gedacht, dass es alles war, was ich wollte. Aber nun sah ich Martin kaum noch, konnte mich nicht mehr auf ihn verlassen – und merkte, dass es mir immer weniger ausmachte. Sicher, ich war wütend, wenn er mich versetzte. Aber ich genoss trotzdem die Zeit ohne ihn. Wir hatten uns so weit voneinander entfernt, dass ich mein Herz, ohne es geplant zu haben, für jemand anderen geöffnet hatte. Und selbst wenn das mit Beck nichts werden sollte, wenn es nur eine Momentaufnahme, vielleicht nur ein Flirt war ohne tiefere Bedeutung – ich musste vor Martin dennoch die Karten auf den Tisch legen.

Die Entscheidung war trotzdem hart, weil ich in diesem Moment an alles dachte, was ich verlieren würde. Martin, mit dem ich so viel geteilt hatte, so viel Freude und Kummer in den letzten vier Jahren. Seine Mutter, die so nervig sein konnte, aber die sich auch immer um mich kümmerte. Seine Schwester Nela, die meine beste Freundin geworden war und bei der ich wirklich nicht wusste, wie mein Leben ohne sie sein würde. Würde sie je wieder ein Wort mit mir sprechen, wenn ich ihren Bruder verließ? Und dann unsere Wohnung. Nicht nur das Materielle, sondern alles, was sie mir bedeutete. Zuhause. Geborgenheit. Das gemeinsame Leben, das wir die letzten Jahre geführt hatten. Ich würde all das vermissen. Und in diesem Moment, in diesem klirrend kalten Wald, begann ich, darum zu weinen. So sehr zu weinen, dass ich eine Extrarunde durch das Geäst drehen musste, um mich zu beruhigen.

Als ich nach gefühlten Ewigkeiten zurück zum Auto kam, war ich vollkommen durchgefroren und fühlte mich leer wie noch nie in meinem Leben. Während die Heizung hochfuhr und meine Glieder langsam auftaute, versuchte ich, die Entscheidung zu verdauen, die ich getroffen hatte. Ich würde in die wunderschöne Wohnung zu meinem Freund von vier Jahren fahren und alles beenden. Weil es das Richtige war, aber nicht das Leichteste. Nicht der einfache Weg.

Ich brauchte noch ein bisschen, bis ich es endlich schaffte loszufahren. Zurück die Landstraße entlang in Richtung Stadt. An den Schrebergärten vorbei, bis die Häuser wieder mehr wurden, wieder dichter um mich herum auftauchten. Zurück in der Innenstadt, an den Altbauten vorbei nach Charlottenburg und wieder in die Parklücke vor unserem Haus, die wundersamerweise frei geblieben war. Als hätte sie auf mich gewartet.

Eine ganze Weile trommelte ich auf dem Lenkrad herum und rang mit mir. Dann stieg ich aus. Ging schweren Schrittes durch das Treppenhaus zur Wohnung hoch. Ich hörte Martin schon, als ich in den Flur trat, um meinen Mantel abzulegen, und spürte eine seltsame Mischung aus Angst und Trauer in mir. »Martin?« Meine Stimme versagte fast.

»Einen Moment!« Seine Antwort klang ein wenig abgehetzt. Aufgeregt, auf eine Weise, die ich noch nie an ihm gehört hatte. »Warte da«, schob er noch hinterher.

Mein Blick flog zum Ende des Flurs, und auch wenn ich auf ihn hörte und mich nur noch bewegte, um die Stiefel von meinen Füßen zu streifen, sah ich trotzdem etwas im Wohnzimmer. Den Schimmer von Kerzen. Um die Kerzen ausgebreitete Rosenblätter. Es roch süß im Flur, vielleicht nach Kuchen und Schokolade. Und mir plumpste ein fetter Stein in den Magen. Was denn, war das seine Art der Wiedergutmachung? Dachte er, dass Kerzen und Rosen und etwas Süßes wieder alles in Ordnung bringen würden?

Mir blieb beinahe die Luft weg vor aufsteigender Panik. Bis zu diesem Moment hatte ich irgendwie gehofft, dass er es vielleicht genauso sehen würde wie ich. Dass unsere Beziehung nicht mehr das war, was wir wollten. Aber das Bild vor mir sprach eine andere Sprache. »Martin, wir müssen reden. Ernsthaft.« Meine Stimme zitterte jetzt deutlich.

»Ich weiß«, antwortete er und diesmal klang es ruhiger. Wärmer. »Komm rein.«

Es kostete mich die größte Überwindung, das wirklich zu tun. Meine Beine fühlten sich seltsam taub an, als ich den Flur durchquerte, bis hin zum Wohnzimmer. Er hatte sich wirklich Mühe gegeben, alles romantisch vorzubereiten. Die Rosenblätter waren nicht nur auf dem Esstisch verteilt, sondern auch auf dem Parkett, den Stühlen, den Schränken. Als wäre ein ganzer Rosenbusch in unserer Wohnung explodiert. Ich wollte gerade den Mund aufmachen, etwas sagen, da passierte ich die Wand, hinter der sich der Flur in das Wohnzimmer öffnete, und sah Martin. Gekleidet in seinen besten Anzug, den, den er gestern hatte tragen wollen. Er saß auf einem Knie vor mir auf dem Parkettboden und hielt mir mit einem strahlenden Lächeln ein kleines Kästchen hin. Mir blieb beinahe das Herz stehen, als ich auf den Ring runter starrte, dessen großer weißer Stein im Licht der unzähligen Kerzen glänzte. *Nein. Nein, bitte nicht.*

»Martin …« Ich wusste nicht, was ich sagen sollte. Aber er ließ es auch nicht zu. Er nickte nur, immer noch dieses warme Lächeln auf den Lippen. »Ich weiß. In letzter Zeit hattest du es alles andere als leicht mit mir. Ich war kaum zu Hause, habe dir keinerlei Aufmerksamkeit geschenkt, nicht so, wie du es verdient hättest. Ich weiß das und es tut mir leid. Und ich hoffe, du kannst irgendwann verstehen, dass ich das alles für unsere gemeinsame Zukunft getan habe. Für dich und mich und alles, was noch kommt. Denn eines wusste ich, auch während dieser stressigen und anstrengenden Zeit, immer: dass ich meine Zukunft mit dir verbringen will. Egal, was passiert.«

Ich hatte das Gefühl, in ein tiefes Loch zu stürzen. Beinahe konnte ich schon sehen, wie der Rand meines Blickfeldes dunkler wurde und immer mehr Panik in mir aufstieg. Ich wollte, dass er aufhörte. Aber Martin schien das überhaupt nicht zu registrieren. Er lächelte noch immer. »Ich wollte dir diesen Antrag eigentlich gestern schon machen. Im Restaurant. Aber wieder einmal kam das Leben dazwischen, wie so oft in den letzten Monaten. Deshalb jetzt.«

Sein Rücken straffte sich und am liebsten hätte ich einen Schritt auf ihn zu gemacht und ihn davon abgehalten weiterzureden. Aber ich war wie gelähmt und starrte immer noch auf den glänzenden, goldenen Ring, als wäre er die Ausgeburt meiner schlimmsten Albträume.

»Theresa Kling, ich liebe dich. Wahrscheinlich schon seit dem ersten Moment, in dem ich dich in diesem verdammten Klub gesehen habe, umgeben von deinen Freundinnen und mit diesem unglaublich kurzen Kleid, das mir fast so sehr den Atem geraubt hat wie deine freche Art, mir einen Drink nach dem anderen abzuluchsen.« Er lachte leise und es schickte mir eine Gänsehaut über den Rücken. Ja, ich erinnerte mich noch an diesen Abend. Gerade sogar sehr lebhaft. Wie schmierig ich Martin erst gefunden hatte, bis wir ins Gespräch gekommen waren und ich festgestellt hatte, wie intelligent und wortgewandt und interessant er war.

Ich öffnete den Mund, aber Martin sprach weiter: »Ich liebe dich und ich will mein restliches Leben mit dir verbringen. Jeden Moment. Deshalb möchte ich dich fragen … möchtest du mich heiraten?«

Der Raum um mich herum drehte sich. Als ich einen Schritt nach vorn machte, geriet ich ins Wanken und musste mich an einem Stuhl unseres Esstisches festhalten. Martin sah mich so erwartungsvoll an und mir wurde schlecht. So richtig schlecht. Ich bekam überhaupt keinen Ton über meine Lippen. *Ich bin zu jung zum Heiraten. Ich will ihn nicht heiraten. Ich weiß nicht, ob ich es will.* Alles in meinem Kopf war wieder durcheinandergewirbelt. Beck schlich sich in meine Gedanken. Ich wischte den Gedanken an ihn beiseite und ließ mich auf den Stuhl sinken.

Martin bemerkte wohl, dass mein Schweigen nicht nur glücklich und überwältigt war. Sein Lächeln schrumpfte ein kleines bisschen zusammen, als er meinte: »Ich weiß, das ist viel. Und ich weiß, dass wir gerade gestritten haben und es vielleicht nicht der beste Moment ist. Aber für mich ändert das alles nichts. Es ändert nichts daran, dass wir zusammengehören.«

Bitte, sei still. Ich atmete tief durch. Überlegte, was ich sagen sollte. Was mir dann über die Lippen kam, war definitiv nicht das, was ich hatte sagen wollen: »Es gibt da jemanden.«

»Was?« Martin riss die Augen auf. Ganz langsam ließ er den Ring etwas sinken, stand aber nicht aus seiner Hocke auf. Er starrte mich nur an, als hätte ich plötzlich chinesisch gesprochen. »Was meinst du damit?«

Weil meine Gedanken immer noch zu blockiert waren, um ausgiebig über meine Worte nachzudenken, ließ ich sie einfach aus meinem Mund sprudeln: »Ein Kollege. Sein Name ist Beck. I-ich weiß auch nicht, was da zwischen uns ist. Wir haben geflirtet. Und ich …« Da stoppte mein Mund dann doch.

Ich sah, wie Martins Augenbrauen zusammenwanderten. Seine Worte klangen aber schwach, als er fragte: »Du hast mich betrogen?«

»Nein!«, antwortete ich sofort heftig. »Zwischen uns ist nichts passiert. Kein Kuss, nichts. Es ist nur … da ist etwas, das … ich weiß auch nicht.« Ich griff mir in die Haare, weil ich nicht wusste, wohin ich mit meinen ruhelosen Händen sollte. Ich konnte ihm nicht in die Augen sehen und so schwiegen wir beide für einen Moment.

Als ich irgendwann doch wieder aufsah, blickte Martin nachdenklich zu Boden. Er hatte den Ring immer noch in der Hand, hockte immer noch auf einem Knie und ich wünschte mir, dass er endlich aufstand und diese Situation beendete. Aber dann blickte er wieder auf und ich war überrascht, was ich in seinen Augen sah. Entschlossenheit. »Zwischen euch ist nichts gelaufen?«

»Nein.«

»Okay.« Er blickte mich ernst und durchdringend an. »Dann ist es mir egal.«

Fassungslos starrte ich ihn an. »Was?«

»Es ist mir egal, dass du etwas für ihn empfindest. Weil ich dich liebe, Tessa, und weil ich weiß, dass wir zusammengehören. Wir sind seit vier Jahren zusammen und haben momentan eine schlechte Phase. Du zweifelst und wahrscheinlich ist das meine Schuld. Ich kann das verstehen, wirklich. Aber ich lasse nicht zu, dass du alles aufgibst, was zwischen uns ist. Stattdessen werde ich dir versprechen, dass sich alles ändern wird. Dass ich wieder mehr für dich da bin, wieder mehr zu Hause bin und dich wieder zu meiner Priorität mache. Ich werde dich an alles erinnern, was du an mir liebst und an unserem Leben. Ich finde es gut, dass du mir von deinem Kollegen erzählt hast, dass du ehrlich warst, aber ich will, dass du dich für mich entscheidest. Für unser Leben, wie wir es uns immer vorgestellt haben.«

Ganz langsam stand er auf und kam zu mir rüber. Hockte sich vor meinen Stuhl erneut auf den Boden und legte sanft eine Hand auf mein Bein. Sein Blick war weich und trotzdem entschlossen. »Ich bitte dich, unsere Beziehung nicht aufzugeben, und verspreche dir, dass ich wieder ganz der Alte werde. Nimm den Antrag an und ich gelobe Besserung. Und dann musst du dich aus zeitweiliger Einsamkeit nicht in die Arme eine anderen Typen flüchten.«

Das konnte er nicht. Es war unmöglich. Und doch spürte ich, wie mein ganzer Geist sich danach sehnte nachzugeben. Den Weg zu wählen, der keinen Scherbenhaufen verursachen würde. Den Weg zu wählen, den er mir da versprach, auch wenn ich keine Ahnung hatte, ob er sich wirklich daran halten konnte. Ob es wirklich möglich war und ob ich das wollte.

Mein Blick flog kurz durch den Raum, betrachtete, welche Mühe mit den Dekovorbereitungen er unternommen hatte, und mein Herz wurde ein wenig weicher. Schwächer. Ich musste wieder an alles denken, was ich verlieren würde, wenn ich ihn aufgab. An alle Menschen, die daran hingen, an jeden Aspekt meines Lebens, den ich mit ihm teilte. Und schließlich an die ganzen Erinnerungen der letzten Jahre, was wir gemeinsam erlebt hatten. Ich erinnerte mich daran, wie er die schweren Kisten mit meinen Büchern nach hier oben geschleppt hatte, ohne sich zu beschweren. Wie er mich in unserer Datingphase immer mit dem Auto direkt vor der Tür abgeholt und wie er sein Jackett über uns beide gehalten hatte, wenn es regnete, auch wenn dabei sein Hemd nass geworden war. Ich erinnerte mich an unsere erste Nacht in dieser Wohnung, wie wir nur auf der Couch gesessen und uns staunend umgesehen hatten, vollkommen ungläubig, dass das jetzt unser gemeinsames Zuhause, unsere gemeinsame Zukunft war. Wir hatten darüber gesprochen, uns einen Treppenlift zu kaufen, wenn wir irgendwann alt und gebrechlich würden, nur damit wir diese Wohnung nie wieder verlassen mussten.

Mir traten Tränen in die Augen. Liefen über und hörten gar nicht mehr auf.

Martin betrachtete mein Gesicht und strich mit der freien Hand die Tränen weg. »Tessa«, sagte er leise. »Heiratest du mich?«

Und trotz der Zweifel, trotz der Entscheidung, die ich vorhin getroffen hatte, und trotz allem, was dagegensprach, stammelte ich ein schluchzendes »Ja« hervor.

Martin grinste breit. Dann stand er auf und schloss mich in die Arme. Lachend. Fröhlich. Und ich lehnte mich an ihn und schluchzte einfach weiter. Vielleicht ein bisschen aus Erleichterung. Aber wahrscheinlich vor allem, weil ich wusste, was für einen Verzicht das jetzt bedeutete. Und plötzlich fühlte der sich so viel schwerer an als das, was ich eben noch durch meine Finger hatte rinnen sehen.

Ich würde Beck nicht mehr sehen können. Und das zerbrach mir das Herz in Stücke.

Kapitel 16

Es kam mir vor, als wäre im Umkleideraum auf der Kinderonkologie noch nie so wenig Luft gewesen. Der kleine Raum, der nur ein paar Spinde, Bänke und ein Waschbecken besaß, hatte kein Fenster und in der Vergangenheit hatte das schon zu der ein oder anderen Diskussion geführt, der ich mich nie angeschlossen hatte. Es war mir egal gewesen, weil ich mich in der Regel so schnell umzog, dass ich pro Tag nie mehr als fünf Minuten hier verbrachte.

Aber an diesem Morgen dachte ich plötzlich an die Diskussionen zurück, als ich vor dem Waschbeckenspiegel stand und mein übernächtigtes Spiegelbild anstarrte. Die dunklen Augenschatten, die müden Gesichtszüge – und den Ring an meiner Hand, der selbst im matten Licht des Umkleideraumes funkelte. Wahrscheinlich war es ein echter Diamant. Und keiner von den kleinen, billigen, sondern einer von den Angeberteilen, die man sonst nur in Serien über die Upper East Side in New York City sah. Am Finger einer reichen High-Society-Tussi, nicht an dem einer Krankenschwester.

Wieso zum Teufel war es hier drin nur so stickig?

Ich atmete tief durch, versuchte, mich auf meinen sich hebenden und senkenden Brustkorb zu konzentrieren. Und langsam wurde die Panik etwas weniger, das Gefühl, keine Luft zu bekommen, schwächer. Ich traute mich wieder, den Blick zu senken und auf den Ring zu starren, der immer noch an meinem Finger steckte. Abgesehen davon, war ich bereits für die Arbeit umgezogen und da Ringe im Krankenhaus natürlich verboten waren, musste ich ihn abnehmen. Ich wollte ihn auch abnehmen.

Aber aus irgendeinem unerfindlichen Grund hatte ich Angst vor dem Gefühl, das mich dann befallen würde. Dass es sich vielleicht wie Erleichterung anfühlen würde.

Bekam ich wirklich so schnell kalte Füße von meiner eigenen Entscheidung? Ich hatte schon tausendmal davon gehört, dass es Menschen nach einer Verlobung so ging. Verstanden hatte ich das allemal, immerhin gab man sich mit einer Hochzeit ein Versprechen für das restliche Leben. Ich persönlich war davon ausgegangen, dass ich erst mit über dreißig dafür bereit sein würde. Vielleicht noch später. Und trotzdem steckte mir jetzt mit Anfang zwanzig ein Ring am Finger. Einfach so. Und meine Situation war auch eine besondere. Denn irgendwo gar nicht so weit in meinem Hinterkopf war da immer noch Beck, den ich einfach nicht aus meinen Gedanken verbannen konnte, auch wenn ich es wirklich versuchte.

Der gestrige Abend war schön gewesen – Martin und ich hatten zusammen gegessen und er hatte dabei immer wieder meine Hand mit dem Ring gestreichelt, hatte mich so liebevoll angesehen wie schon lange nicht mehr. Er hatte sich um den Abwasch gekümmert und wir hatten das erste Mal seit Langem wieder Sex gehabt, der mehr als nur zehn Minuten andauerte. Und ich hatte es genossen, weil ich nicht wusste, wie lang das Ganze wirklich anhalten würde. Bis zur Hochzeit hatten wir wahrscheinlich noch Zeit und ich nahm mir vor, ihm bis dahin eine Chance zu geben. Aber als ich in seinem Arm gelegen hatte, sein ruhiges Atmen in meinem Rücken, hatte sich alles plötzlich eng angefühlt. Beängstigend. Und jetzt war es der Ring an meinem Finger, der mir das Gefühl gab. Obwohl er sogar ein wenig zu locker saß. So locker, dass ich ihn einfach abziehen konnte, ohne mich groß anzustrengen.

Als ich ihn endlich in der anderen Hand direkt vor mein Gesicht hielt, um den Stein noch einmal eingehend zu betrachten, wartete ich auf ein Gefühl. Dass irgendwas passierte. Aber eigentlich fühlte ich mich weiterhin nur müde und ausgelaugt.

»Oh, hey, du bist schon zum normalen Frühdienst da?« Jaron kam in den Umkleideraum und warf mir ein Lächeln zu. »Sind wir wieder schlecht besetzt?«

»Es geht. Aber ich dachte, ihr könnt mich morgens gut gebrauchen«, murmelte ich abwesend. Dabei hatte ich es einfach im Bett nicht mehr ausgehalten. Ich war mit nervöser Energie angefüllt, dass ich kaum ein Auge zubekommen hatte und schon weit vor meinem Weckerklingeln aufgewacht war. Trotz der Erschöpfung, die von der Schlaflosigkeit der letzten Nächte rührte, hatte ich nicht weiterschlafen können.

Jaron stoppte direkt hinter mir. Und als ich den Blick hob und seinem im Spiegel begegnete, leuchteten seine Augen. »Sag mal, ist das etwa ein Verlobungsring?«

Mist. Eigentlich war es nicht mein Plan gewesen, dass das so schnell auf Station die Runde machte. Aber jetzt war es eben so. Ich lächelte etwas gequält. »Ja. Mein Freund … Verlobter hat mich gestern gefragt.«

»Das ist ja der Hammer.« Jaron klopfte mir auf die Schulter. Wir waren nicht eng genug für eine Umarmung, aber es war ihm deutlich anzusehen, dass er sich für mich freute. »Herzlichen Glückwunsch, Tessa.«

»Danke.« Ich ließ den Ring in meiner Kasacktasche verschwinden und warf Jaron ein letztes Lächeln zu, bevor ich den Umkleideraum mit klopfendem Herzen verließ.

Zum Glück war an diesem Tag wieder so viel zu tun, dass ich gar keine Zeit mehr hatte, über Sinn und Unsinn einer Verlobung nachzudenken. Wir hatten am Vortag zwei Aufnahmen bekommen, um die ich mich kümmern musste, und auch die Patienten, die bereits da waren, brauchten heute besonders viel Aufmerksamkeit. Weil immer noch die Grippewelle tobte, waren die Besuchszeiten eingeschränkt und die meisten Kinder langweilten sich oder brauchten Zuspruch, den sie normalerweise von ihren Eltern bekamen. Den halben Vormittag verbrachte ich damit, Kindern den Rücken zu streicheln, die von ihrer Chemotherapie gleichzeitig kotzten und weinten, die andere Zeit hing ich am Telefon, um besorgte Eltern zu beruhigen. *Ja, Ihrer Tochter geht es den Umständen entsprechend gut. Nein, Ihr Sohn weint nicht den ganzen Tag – wir lenken ihn, so gut es geht, ab. Machen Sie sich keine Sorgen.* Es fühlte sich schon beinahe wie ein Mantra an und ich hoffte inständig, dass wir die Grippewelle bald überwunden hatten, damit die Kinder ihre Eltern wieder hier haben konnten. Es war eigentlich ein Unding, so schwer kranke Kinder sich selbst zu überlassen.

Darum fühlte es sich auch beinahe wie eine Wohltat an, als ich endlich Luca einen Besuch abstatten konnte. Er war der Einzige, der nicht vollkommen aufgelöst war, sondern ganz ruhig auf dem Bett saß, den strengen Blick auf einen grünen Gameboy in seiner Hand gerichtet. Als ich eintrat, sah er für eine Sekunde auf, bevor er sich wieder seinem Spiel widmete und dabei ein brummendes »Schwester Tessa« hören ließ.

Er war offensichtlich ganz außer sich vor Freude, mich zu sehen.

Ich grinste breit. »Schön, dass es dir besser zu gehen scheint.« Tatsächlich hatte ich schon aus der Übergabe erfahren, dass sein Fieber zurückgegangen war, selbst wenn seine Blutwerte weiterhin alles andere als erfreulich waren. Die Chemotherapie verfehlte leider immer noch ihre Wirkung, die neue war bereits angesetzt für die Zeit nach einer Pause.

Luca brummte wieder nur, aber immerhin klang es ein bisschen zustimmend.

Ich drehte seine leere Infusion ab, dann ließ ich mich auf den Stuhl neben seinem Bett fallen. Und obwohl ich beinahe nicht damit gerechnet hatte, weil er so vertieft wirkte, ließ er tatsächlich seinen Gameboy sinken. Aus dem winzigen Lautsprecher ertönte eine dudelnde Melodie. »Du siehst absolut durchgenudelt aus.«

Ich riss die Augenbrauen nach oben. »Weißt du überhaupt, was das bedeutet?«

»Klar.« Seine Mundwinkel zuckten nach oben, beinahe wie bei einem echten Lächeln. »Dass du beschissen aussiehst. Schlafen Krankenschwestern nie?«

»Generell nicht, nein. Wir werden von Kaffee angetrieben.«

»Du hast die Leidenschaft für deinen Job vergessen.«

»Ja, sicher, das auch.«

Wieder zuckten seine Mundwinkel und ich freute mich darüber, dass ich es mittlerweile immer besser schaffte, ihn fast zum Lächeln zu bringen. Ich nickte zu dem immer noch dudelnden Gameboy in seiner Hand. »Wo hast du den denn eigentlich her? Du hast ihn ja ständig in der Hand. Ein Geschenk von deinen Pflegeeltern?«

Etwas in seinem Gesicht veränderte sich. Wurde ein bisschen kühler, ein bisschen düsterer. Er schüttelte den Kopf. »Ist ein alter von Beck. Er hat ihn mir geschenkt, weil er ihn nicht mehr braucht. Er war beleidigt, dass ich anfangs nicht mal wusste, was das war. Hat gemeint, dass ihn das alt fühlen lässt.«

Allein die Erwähnung seines Namens jagte mir eine ordentliche Gänsehaut über den Rücken. Und die Erinnerung an Freitag in meinem Kopf, wie er mir auf dem Balkon gegenübergesessen und mich angelächelt, mit dem Daumen über meine Hand gestreichelt hatte. Ich schüttelte mich etwas, dann stupste ich den plötzlich nur noch auf seine Hände starrenden Luca an. »Hey, was ist los? Alles in Ordnung?«

Er zuckte mit den Schultern. Dann sah er plötzlich hoch, sein Blick war beinahe schneidend. »Und bei dir?«

Etwas überrumpelt erwiderte ich den Blick. »Was meinst du? Ich bin großartig drauf.«

»Klar. So siehst du aus.«

»Es stimmt.« Ich presste die Lippen zusammen, dann griff ich in meine Kasacktasche und holte den funkelnden Ring hervor, um ihn Luca zu zeigen. »Mein Freund hat mir gestern einen Antrag gemacht. Verlobter.«

Luca starrte den Ring ein paar Sekunden an. Dann wieder mich. Eine seiner Augenbrauen wanderte langsam ein Stückchen nach oben. »Und warum hast du Ja gesagt, wenn du ihn nicht heiraten willst?«

Mir klappte beinahe der Mund auf. »Wie bitte?« Ich blinzelte ein paar Mal überrascht. »Natürlich will ich ihn heiraten. Wie kommst du denn auf so was?«

Wieder ein Schulterzucken. »Weil du eher so aussiehst, als hätte er dir vors Knie getreten, als auf seins zu gehen.« Er freute sich offensichtlich über seinen kleinen Wortwitz, denn seine Augen begannen wieder zu funkeln.

Ich presste die Lippen zusammen und ließ den Ring wieder in meine Kasacktasche gleiten. »Ich bin einfach vollkommen erschöpft. Es ist Montag, das ist völlig normal.«

Lucas zweite Augenbraue wanderte ebenfalls nach oben, und er ließ sie für sich sprechen, statt erneut einen Kommentar abzugeben. Aber verdammt, diese Augenbraue sprach wirklich Bände. Ich konnte nicht anders, als wieder zu grinsen. »Glaub, was du willst.«

»Falls du dich doch entscheidest, ihn abzuschießen – kann ich dann den Ring haben?«

Lucas Frage überraschte mich. Ich ließ ein amüsiertes Schnauben hören, bevor ich nachhakte: »Und wozu brauchst du einen Ring? Gibt es etwa jemanden, dem du einen Antrag machen willst? Wenn sie oder er in deinem Alter sind, wirst du wohl eine kleinere Ringgröße brauchen.«

Luca sah mich so angewidert an, dass ich beinahe in einen Lachanfall ausbrach. »Natürlich will ich niemanden heiraten!«, rief er empört aus. »Ich will den Ring verkaufen! Der Stein sieht wertvoll aus, dafür krieg ich bestimmt ne Menge Kohle.«

Diesmal war ich diejenige, die die Augenbrauen nach oben zog. »Und wofür brauchst du so viel Geld?«

Er zuckte mit den Schultern. Dabei verriet mir das Funkeln in seinen Augen, dass er sehr wohl eine Idee hatte, was er damit anstellen könnte. Ich hätte zu gern in seinen Gedanken Mäuschen gespielt. Stattdessen erhob ich mich etwas schwerfällig von meinem Stuhl. »Ich würde gerne noch weiter plaudern und mal wieder eine Runde Karten mit dir spielen, aber heute ist hier wirklich die Hölle los. Ich wollte nur mal nach dir sehen. Gib auf jeden Fall Bescheid, wenn du etwas brauchen solltest.«

Lucas Blick flog für einen Moment auf die Uhr, die über der Tür hing, dann wandte er sich wieder seinem Gameboy zu. Seine Finger tippten schon wieder blitzschnell darauf herum, als er antwortete: »Kein Ding. Beck kommt sicher eh gleich, um mich zu bespaßen.«

Oh, nein. Diesmal war der Schauer über meinem Rücken eher wie ein kalter Duschstrahl, der mich unvorbereitet traf.

Luca, der gerade zufällig aufgesehen hatte, grinste bösartig. »Du siehst aus, als hätte dir schon wieder jemand vors Knie getreten.«

Ich winkte nur ab, mit dem wahrscheinlich am schlechtesten gespielten Grinsen auf meinem Gesicht. »Sei nicht immer so frech.« Ich musste mich räuspern, bevor ich noch ein »Wir sehen uns später« rufen konnte. Luca bedachte es nur mit einem Brummen. Er war schon wieder vollkommen in sein Spiel vertieft und hatte die Welt um sich herum vergessen.

Als ich auf den Flur trat, war mein Herz schon wieder in Aufruhr. Noch mehr, als ich tatsächlich Beck am Stationszimmer stehen sah. Er unterhielt sich gerade lächelnd mit Maria, den Arm an die Tür gelehnt. Selbst auf die Entfernung konnte ich seine Grübchen sehen, die mich ständig vergessen ließen, was ich eigentlich gerade hatte sagen wollen. Diesmal verursachten sie ein Grummeln in meinem Magen. Übelkeit.

Ich überlegte gerade, ob ich es noch schaffte, in ein gegenüberliegendes Patientenzimmer zu stürmen, um ihm aus dem Weg zu gehen, da hörte ich bereits seine dunkle Stimme nach mir rufen. Ich blickte auf und sah, wie er auf mich zukam. Vielleicht blieb noch Zeit, neben ihm aus dem Fenster zu springen? Obwohl ich ihm das auch erst mal erklären musste. Es war wirklich ein Dilemma. Also entschied ich mich für ein Lächeln, als er halb gehend, halb joggend über den Flur zu mir kam. »Hey«, sagte ich, als er vor mir stand. Es war schwer, mich nicht von seinem wunderbaren Geruch nach Parfüm und gewaschener Wäsche ablenken zu lassen. Oder von diesem hinreißenden Lächeln, das er mir zuwarf. »Hey«, gab er zurück. »Ich wollte nur sehen, ob es dir gut geht. Du sahst am Freitag zwar ziemlich glücklich aus, als du los bist … aber auch ziemlich betrunken.« Seine Grübchen wurden tiefer, als er sich offensichtlich über mich amüsierte.

Ich verschränkte die Arme vor meiner Brust. »Bitte? Ich war höchstens ein wenig angeheitert.«

»Und offensichtlich auch nicht zu angeheitert, um nach Hause zu kommen«, meinte er schmunzelnd. Sein Blick schien mein Gesicht abzusuchen. Ich wusste nicht, ob nach einer Reaktion auf seine Stänkerei, oder auf der Suche nach Antworten. Auf der Suche nach etwas, das ihm verriet, wie es um mich stand. Um mich und Martin. Um uns. Denn natürlich wusste er, dass ich nach der Party nach Hause gefahren war, zu Martin. Dass ich den Sonntag dort verbracht hatte. Es war offensichtlich, dass Beck fragen wollte, was passiert war. Ob wir geredet hatten. Er war nur zu feinfühlig, zu höflich, um es wirklich laut auszusprechen.

Und mich ergriff unter seinem warmen Blick wieder die Panik. Die ständige Frage, ob ich die richtige Entscheidung getroffen hatte – weil ich eine andere getroffen hatte als die, die ich eigentlich getroffen hätte. Mein Schädel platzte beinahe bei dem Gedankenkarussell und am liebsten hätte ich mich einfach aus der Situation gezogen und in irgendeinem Patientenzimmer versteckt. Aber das wäre nicht fair gewesen. Eigentlich war wahrscheinlich nichts fair, was ich tat, aber zumindest verdiente er die Wahrheit. Auch wenn allein darüber nachzudenken mir die Kehle zuschnürte.

Ich seufzte. »Hast du kurz Zeit? Können wir ... einen Moment reden?«

Beck sah mich fragend an. Dann nickte er langsam. »Ja, klar, kein Problem.« Dass das Lächeln aus seinem Gesicht verschwand, bewies, dass er besser in meiner Mimik lesen konnte, als Martin es tat. Dass er schon ahnte, dass jetzt nichts Gutes folgen würde. Und aus irgendeinem Grund spürte ich schon wieder diese verdammten Tränen, die in meine Augen treten wollten. »Äh ... nicht hier.«

Ich deutete ihm, mir zu folgen, und ging auf das Stationszimmer zu. Glücklicherweise war gerade niemand hier, weil meine Kollegen entweder in den Patientenzimmern waren oder gerade auf dem Flur standen – wie Jaron, der sich mit Natascha unterhielt. Sie grüßte mich mit einer Handbewegung und ich grüßte müde zurück, bevor ich die Tür hinter Beck und mir schloss.

Als ich mich zu ihm umwandte, hatte er die Hände, wie immer, in die Hosentaschen gesteckt. Seine Mundwinkel hatte er wieder nach oben gezogen, aber es war kein richtiges Lächeln. Eher eine Methode, die seine Gesichtszüge irgendwie zusammenhalten sollte.

Was hatte ich nur getan? Wieso hatte ich ihm Hoffnungen gemacht, ich Idiotin? Die Antwort darauf kannte ich eigentlich schon: weil ich mir selbst auch Hoffnungen gemacht hatte. Auf uns. Weil ich mich beinahe für ihn entschieden hätte.

Ich presste die Lippen aufeinander und Becks Ausdruck wurde wieder weicher. »Was ist los, Tessa?« Seine Stimme klang, als hätte er sich gewappnet. Als würde er mit allem rechnen und wäre mit allem einverstanden, wenn es mir damit gut ging. Gott, ich konnte es sogar in seinen Augen sehen. Wieso war dieser

Kerl so gut? Ich hatte ihn überhaupt nicht verdient. Hatte es nicht einmal verdient, dass er mich so ansah.

Und ich bekam kein Wort heraus. Ich stand nur da und starrte ihn an, während mein Herz in meiner Brust immer schneller schlug, das Atmen wieder schwerer wurde. Wie vorhin im Umkleideraum, ich fühlte mich wie in einem winzigen, stickigen Zimmer ohne Fenster.

»Tessa?« Jetzt sah Beck irgendwie besorgt aus.

Ich atmete tief durch, um mich zu beruhigen. Dann setzte ich an, um etwas zu sagen.

Beinahe im selben Moment wurde hinter mir die Tür aufgestoßen. »TESSA!« Es war Natascha, die mit einem breiten Grinsen reingestürmt kam. Sie nickte Beck kurz zu, bevor sie meine Hände griff und mich strahlend ansah. »Zeig ihn mir! Sofort! Ich will ihn sehen!«

Jaron. Verdammt, genau das war der Grund gewesen, warum ich noch nicht gewollt hatte, dass es jemand schon wusste. Ich zwang mich zu einem Lächeln. »Können wir das später machen?«

»Mein Dienst ist gleich zu Ende und ich MUSS ihn vorher sehen, Tessa!« Natascha setzte ein bettelndes Gesicht auf, während sie schon meine Finger absuchte. »Ist es ein großer Stein? Gefällt dir der Ring? Silber oder Gold? Gott, ich kann überhaupt nicht glauben, dass du *verlobt* bist!«

Das Wort hing einen Moment lang im Raum, wie ein böses Omen. Es traf mich beinahe wie ein Blitz und ein paar Sekunden traute ich mich nicht, mich zu bewegen. Dann glitt meine Hand wie automatisch in meine Kasacktasche. Umschloss den Verlobungsring, spürte seine scharfen Kanten, die glatte Oberfläche. Und ich hatte wieder das Gefühl, mich übergeben zu müssen. Während ich ihn hervorholte, um ihn Natascha in die Hand zu drücken, drehte ich mich zu Beck um. Es fühlte sich an wie in Zeitlupe. Wie ein quälend langsamer Prozess, bis ich ihm endlich in die Augen sah.

Und in dem Moment, in dem sich unsere Blicke trafen, wusste ich, dass er sich definitiv nicht auf alles vorbereitet hatte. Dass das diese eine Sache war, mit der er nicht gerechnet hatte. Wie hätte er das auch tun sollen? Noch vor drei Tagen hatte ich ihm gesagt, dass ich an ihn dachte. Oft. Hatte seine Hand gehalten. Wir hatten einen Moment gehabt, der sich so richtig, so gut angefühlt hatte.

Jetzt war das alles zerplatzt wie eine Seifenblase.

Natascha quietschte neben mir noch über den Ring, während ich in Becks Gesicht die Veränderung sah. Wie er versuchte, den Schock zu verbergen, die Sache nicht an sich ranzulassen. Wie er wieder ein Lächeln aufsetzte, das so unecht wirkte, wie sich meins angefühlt hatte. »Verlobt? Herzlichen Glückwunsch, Tessa.«

Ich sah meinen Schmerz in seinem Gesicht. Egal, wie sehr er sich bemühte, die Fassade aufrechtzuerhalten.

»Dann … lass ich euch zwei besser mal in Ruhe quatschen. Bis später.« Mit diesen Worten und diesem verdammten gequälten Lächeln, das nicht einmal seine Grübchen erreichte, drückte er sich an uns vorbei und verließ das Stationszimmer, einer Flucht gleich.

Ich spürte, wie irgendetwas zerbrach.

Kapitel 17

Ich sah Beck die nächsten Tage nicht mehr. Ich hatte keine Ahnung, ob er mir einfach aus dem Weg ging oder ob er sowieso für den Rettungsdienst eingeteilt war und deswegen nicht auf Station auftauchte.

Aber obwohl ich wusste, dass ich mich mit dieser Situation jetzt abfinden musste, ertappte ich mich immer wieder dabei, wie ich nach ihm Ausschau hielt. Wie ich während der Arbeit im Stationszimmer immer wieder durch das große Fenster nach draußen starrte und darauf wartete, dass er mit einem breiten Grinsen durch die Eingangstür trat. Wie ich bei Luca am Bett saß, mit ihm Karten spielte und mein Blick doch immer wieder zur Tür glitt. Darauf wartete, dass er mich ablöste und mit Luca scherzte.

Luca zumindest schien ihn nicht zu vermissen. Oder zumindest nicht auf ihn zu warten. Bei unseren täglichen Kartenspielen wirkte er immer sehr konzentriert, ab und zu sogar recht redselig, außer wenn ich wieder das Thema Entlassung und seine Pflegeeltern anschnitt – dann schwieg er hartnäckig. Ich fragte mich, ob irgendetwas passiert war oder ob er sich einfach Sorgen um die Zeit danach machte. Sorgen um die Behandlung, die neue Chemo, und ob sie überhaupt stattfinden konnte. Ob sie helfen würde. Und ob er bis dahin gut durchhalten würde.

Ich hatte nur die Möglichkeit, ihn abzulenken, und damit auch mich. Nicht nur von den Gedanken an Beck, sondern auch, weil ich selbst viel über Luca nachdachte, wenn er so konzentriert auf unsere Kartenspiele schien. Ich konnte nicht anders, als ihn zu mustern und mich zu fragen, wie ich mich fühlen würde, wenn er es nicht schaffen würde. Ich hatte schon Patienten verloren. Viel zu viele. Aber Luca – ich hatte das Gefühl, dass wir eine besondere Bindung hatten. Vielleicht, weil ich als Einzige, neben Beck, wirklich Verständnis für ihn aufbringen konnte. Ihn irgendwie geknackt hatte. Und der Gedanke, dass er starb, drehte mir den Magen um. Jedes Mal, wenn ich das Zimmer verließ, um mich wieder um die anderen Patienten zu kümmern, blieb ich noch einmal in der Tür stehen und blickte zu ihm zurück. Beobachtete ihn eine Sekunde, wie er auf dem Gameboy spielte und dabei die Zunge aus dem Mund streckte. Er ließ kaum durchblicken, wie er sich fühlte. Aber trotzdem konnte ich spüren, dass da Anspannung in ihm war. Vielleicht sogar ein wenig Angst.

»Möchtest du ein Foto von mir machen? Dann brauchst du mich nicht mehr anzustarren«, fragte er dann fast jedes Mal, meistens ohne von seinem Gameboy aufzusehen.

»Sei nicht so frech«, gab ich dann immer zurück mit einem Grinsen, aber auch mit Bauchschmerzen. Und die wollten bis zum Feierabend nicht mehr aufhören.

Die Nachmittage nach der Arbeit verbrachte ich dann fast immer mit Martin. Für den Moment hielt er sein Versprechen und machte meistens pünktlich Feierabend – und wenn nicht, kam er spätestens zum Abendessen nach Hause. Wir kochten gemeinsam, schauten Serien und gingen zusammen ins Bett, wie es auch damals gewesen war, als wir noch frisch in die Wohnung gezogen waren. In diesen Momenten, wenn wir lachten und redeten wie am Anfang unserer Beziehung, konnte ich die Gedanken tatsächlich für eine Weile abschalten. Mich auf das Hier und Jetzt konzentrieren, auch wenn da in meinem Hinterkopf immer noch etwas klopfte. Immer noch etwas war, das sich seltsam anfühlte. Fremd irgendwie.

Und wenn ich dann abends neben ihm im Bett lag, kamen die Gedanken wieder zurück. Die Tatsache, dass sich alles ein wenig distanziert anfühlte zwischen uns. Anders, als ich es erwartet hatte. Ich wusste nicht, ob das an mir lag, an der Zeit, die wir ein wenig auseinandergedriftet waren und in der dann plötzlich Beck aufgetaucht war. Oder ob es daran lag, dass ich ihm die ganze Sache mit Beck gestanden hatte und auch Martin darüber nachdachte. Darüber, dass ich beinahe seinen Antrag abgelehnt hätte. Auch wenn er eigentlich nicht wirklich so wirkte, als würde ihn das alles belasten. Er wirkte zufrieden. Also dachte ich die halben Nächte darüber nach, was mit mir nicht stimmte. Was mit mir los war. Und ob ich Erleichterung darüber verspürte, dass ich Beck nach unserem Gespräch nicht mehr sehen musste – oder ob ich traurig war. Ob er mir fehlte oder ob mir nur das Gefühl fehlte, die Leichtigkeit zwischen uns.

Und irgendwann kam dann der Tag, vor dem ich mich schon ein wenig gefürchtet hatte: der von Lucas Entlassung. Weil Malik wieder den halben Tag unterwegs war, wurde mir erneut die Stationsplanung überlassen. Das passierte immer öfter und manchmal fragte ich mich, ob er mit Absicht der Station fernblieb, damit ich mehr Spielraum hatte, um mich auszuprobieren. Um die Stationsleitung zu spielen, auch wenn es sich mittlerweile etwas natürlicher anfühlte. Als würde ich langsam, aber sicher in diese Rolle reinwachsen, die ich mir so für mich wünschte.

Das war aber auch der Grund, warum ich an dem Tag viel Zeit im Büro verbrachte, Tagesabläufe organisierte und Dienstpläne überarbeitete. Termine für Malik änderte, Bestellungen für die Station machte und dabei immer und immer wieder auf die Uhr blickte. Ich hatte viel zu tun, aber weil ich wusste, dass Luca gegen Mittag abgeholt werden sollte, erhob ich mich gegen elf doch von meinem Schreibtisch, um zu ihm rüberzugehen.

Wie auch die letzten Tage saß er wieder aufrecht im Bett. Der Gameboy lag aber auf seinem Nachttisch, ohne zu dudeln, und er sah mir sofort mit wachen Augen entgegen. Ich bemerkte direkt, dass er bereits seine Straßenklamotten trug: ein gestreiftes

T-Shirt, das ungewohnt chic aussah, und eine dunkle Stoffhose, die wohl auch eine Jogginghose sein konnte.

»Hübsch siehst du aus«, sagte ich lächelnd und zog die Tür hinter mir zu.

Sofort wurde sein Gesichtsausdruck etwas düsterer. »Hübsch?«

»Adrett? Gut aussehend? Was wollen Jungs in deinem Alter denn hören?« Diese Konversation trieb mir schon wieder ein Grinsen ins Gesicht und ich war dankbar für das gute Gefühl, das die Traurigkeit über die Situation ein wenig verdrängte.

Luca brummte, die Augenbrauen zusammengezogen. »Gar nichts. Außer vielleicht ›eine Runde Mau?‹«

»Na dann: Eine Runde Mau, Luca?«

»Wenn du unbedingt willst.« Seine Mundwinkel zuckten. Fast bis ganz nach oben.

Ich nahm neben ihm Platz, während er die Karten aus seinem Nachtschrank holte und austeilte. In seiner Miene war wie fast immer nichts zu lesen, deshalb wartete ich nur ein paar Sekunden, bevor ich fragte: »Und? Freust du dich auf die Entlassung?«

Er zuckte mit den Schultern und tat einen Moment so, als würde er sich auf sein Blatt konzentrieren. Aber ich sah, wie es hinter seiner Stirn arbeitete. Wie er überlegte, was er sagen sollte. Luca ließ sich Zeit, bis er die erste Karte gelegt hatte, bevor er wieder aufsah. »Ist schon okay.«

»Okay? Sehr überzeugend.« Ich legte eine Karte auf seine und warf ihm dann wieder einen durchdringenden Blick zu. »Und wie geht es dir wirklich?«

Er sah mich düster an. Zuckte wieder mit den Schultern. Und dann sagte er tatsächlich mal die Wahrheit: »Ich habe keinen Bock auf die Entlassung.« Er legte eine Karte, fächerte sein Blatt zu und wieder auf und seufzte dann tief. »Mich holt heute Mauritius ab, aus dem Heim. Ich kann den Typen nicht leiden.«

»Was ist so schlimm an ihm?«, fragte ich schmunzelnd, auch wenn ich andere Fragen hatte. Wieso holen dich nicht deine Pflegeeltern? Wieso gehst du nicht zu ihnen nach Hause? Wieso gehst du zurück ins Heim? Aber ich hatte das Gefühl, dass das zu übergriffig war. Dass er nicht bereit war, darüber zu reden. Also nahm ich das, was ich von ihm kriegen konnte.

Luca winkte ab. »Der Typ denkt ernsthaft, dass er mich durchschaut hat. Dass er ganz genau weiß, was ich denke und wie es mir geht. Dabei liegt er meistens komplett falsch. Und wenn ich ihm das sage, guckt er mich immer mit diesem Blick an.« Er legte den Kopf ein wenig schief, schob die Unterlippe vor und riss die Augen auf wie ein Welpe. *»Luca, du musst dein Herz für deine Umwelt öffnen. In dir steckt ein sehr lieber, lieber Mensch, du musst offen bleiben.«* Er verschluckte sich ein wenig selbst an seiner näselnden Aussprache, lachte brummend in sich hinein.

Das Grinsen in meinem Gesicht verblasste ein wenig. »Ich verstehe dich. Wirklich. Wahrscheinlich ist der Mauritius wirklich ein Depp. Er klingt so.«

Wieder ein amüsiertes Brummen von ihm. Ich legte eine Karte und fügte dann an: »Aber vom Kern seiner Aussage hat er vielleicht recht. Es ist in der Regel nicht verkehrt, offen für seine Mitmenschen zu bleiben. Und ehrlich gesagt glaube ich auch, dass hinter deiner Coolness ein kleiner Charmeur steckt.«

Das amüsierte Funkeln in seinem Gesicht verblasste fast augenblicklich. Ernst blickte er auf seine Karten und für einen Moment dachte ich, dass ich es vielleicht vergeigt hatte. Dann sah er aber plötzlich auf und mich so direkt an, dass ich beinahe zurückgezuckt wäre. »Es ist immer einfach, das zu sagen, wenn man nicht ich ist. Wenn man nicht immer im Stich gelassen wurde von allen Menschen.«

Da war ein kleiner, bitterer Zug in seinen Mundwinkeln, aber auch ein verdächtiges Zucken. Als hatte er gerade Mühe, sich zusammenzureißen. So verletzlich hatte er sich vor mir noch nie gezeigt. So ehrlich und offen und traurig, ohne seine Mauern hochzuziehen. Ich hatte das Gefühl, dass er mir jetzt, an seinem letzten Tag, noch einmal den echten Luca zeigen wollte. Und ich spürte, was für ein besonderes Geschenk das war, auch wenn er mich jetzt beinahe wütend ansah.

»Was für Idioten«, sagte ich leise und bemerkte den Kloß in meinem Hals anwachsen. »Was für Idioten, die jemanden wie dich im Stich lassen. Das ist ihr Verlust, nicht deiner. Und es tut mir wahnsinnig leid, dass du das so oft erleiden musstest. Das hast du nicht verdient.«

Luca brummte erneut und wandte sich ab. Aber ich hatte das kurze Zittern seiner Unterlippe trotzdem gesehen, auch wenn er sich die größte Mühe gab, das zu überspielen. »Jetzt werde bloß nicht sentimental«, sagte er mit belegter Stimme und räusperte sich.

»Ich kann nicht anders.« Lachend fuhr ich ihm mit einer Hand durch die wilden blonden Haare. Zu meiner Überraschung ließ er es zu. »Du wirst mir echt fehlen, Luca.«

»Ich bin eh nicht lange weg, also lass das«, sagte er. Und dann zog er die Mundwinkel ganz nach oben. Er lächelte. Zwar ohne mich anzusehen, aber er lächelte so richtig, echt. Das überwältigte mich dann doch fast.

Wir spielten das Spiel zu Ende, ohne weiter zu reden. Vielleicht waren wir beide ein bisschen zu gerührt, um noch einen Kommentar abzugeben. Aber als ich aufstand, war mir das Herz ein bisschen schwer. Ich fuhr ihm noch einmal durch die Haare und drückte seine Schulter. »Mach's gut, Luca. Bis bald, wenn wir dir dann hoffentlich deine neue Chemo verpassen können. Erhol dich bis dahin gut, verstanden? Schon dich. Sei gut zu dir.«

»Klar«, gab er brummend lächelnd zurück. »Bis dann, Tessa.«

Ich drehte mich zur Tür, da rief er mir noch hinterher: »Und grüß Beck von mir. Ich hab ihn die letzten Tage leider nicht mehr gesehen. Sag ihm, dass ich ihm wie immer dankbar dafür bin, dass er so viel seiner Zeit hier verschwendet hat. War echt cool.«

Mein Herz blieb für einen Augenblick stehen. Dann schlug es

schneller weiter. Schmerzhafter. Aber das wollte ich Luca nicht zeigen. Deshalb setzte ich mein breitestes Lächeln auf, als ich über meine Schulter zurückblickte und sagte: »Ich richte es ihm aus, sobald ich ihn sehe.« *Wenn das überhaupt noch mal passieren wird.* »Aber du kannst nächstes Mal auch mit ihm reden, wenn du hier bist. Er wird der Klinik sicher erhalten bleiben.« *Würde er doch, oder? Er würde nicht seinen Job kündigen, nur weil ich ihm so etwas angetan hatte, oder?*

Die Bauchschmerzen waren innerhalb einer Sekunde wieder zurück. Ich verließ das Zimmer, so schnell ich konnte, weil ich dringend Luft brauchte, aber ich wollte auch nicht, dass mich jemand sah. Deswegen eilte ich in Maliks Büro, warf die Tür hinter mir zu und ließ mich auf den Schreibtischstuhl sinken, das Gesicht in die Hände gestützt, und stöhnte. Meine Augen brannten, aber diesmal ließ ich die Tränen nicht kommen. Diesmal atmete ich tief durch, machte den Computer wieder an und stürzte mich in die Arbeit.

Versuchte zu vergessen, dass sich das hier gerade anfühlte, als würde ein Teil meines Lebens beendet. Der Teil, den ich mit Luca und Beck geteilt hatte, der mir so intensiv vorgekommen war, so schön und bereichernd, und unter dem jetzt so plötzlich das Wort »Ende« stand.

Aber so war es nun einmal.

Auch die guten Zeiten endeten irgendwann.

Als ich am Nachmittag nach Hause kam, parkte Martins Porsche schon am Bordstein direkt vor unserer Tür. Eine Mischung aus Nervosität und Wärme, die sich wirklich merkwürdig verwirrend anfühlte, stieg in meinem Bauch auf. Schon im Flur vor unserer Wohnung konnte ich lautes Lachen durch die Tür hören und als ich aufschloss, quietschte Nela: »Endlich bist du da!«

Sie und Martin saßen, jeweils mit einer dampfenden Tasse Tee in der Hand, auf der Couch und sahen mir strahlend entgegen.

Die Wärme in meinem Bauch überwiegte, weil das Bild vor mir sich so gemütlich und vertraut anfühlte, dass ich nicht anders konnte. Das war eben das Leben, das ich gewohnt war, das mir Sicherheit gab. Mein Zuhause. Da war nichts, was mir Angst bereitete, bei dem ich nicht wusste, wie ich es einordnen sollte.

Nela streckte mir eine Tasse entgegen, in der wahrscheinlich auch Tee war, der Inhalt roch weihnachtlich nach Zimt und Orangen. Ich nahm sie und beugte mich dann über Martin, um ihm einen kleinen Kuss auf die Lippen zu drücken. Sein Bart kratzte ein wenig, aber er roch nach dem Parfüm, das er schon seit vier Jahren benutzte. Sicherheit. Zuhause.

Die beiden machten Platz, damit ich mich zwischen sie fallen lassen konnte, und endlich erkannte ich auch, warum Nela schon auf mich gewartet hatte. Auf ihrem Schoß balancierte sie Martins Tablet und gerade blitzte darauf die Homepage eines Bekleidungsgeschäfts auf. Eines Brautmodengeschäfts, um genau zu sein. Auf einmal konnte ich die Kälte des Ringes an meinem Finger, den ich nach Dienstschluss wieder aus meiner Tasche geholt und angesteckt hatte, überdeutlich spüren. Kleidersuche? Jetzt schon? Plötzlich ging das alles für mich so wahnsinnig schnell. Wurde so wahnsinnig real. Es passierte wirklich. Wir würden heiraten. Und so wie es aussah, würden wir nicht mehr allzu lange darauf warten.

»Tut mir leid, dass ich das so für dich entschieden habe«, sagte Nela mit einem Grinsen, das verdeutlichte, dass ihr gar nichts leidtat. »Aber ich werde dich natürlich zum Brautkleid-Shoppen begleiten. Keine Widerrede.«

»Würde mir niemals in den Sinn kommen.«

»Sehr gut.« Sie nickte zufrieden, dann drehte sie das Tablet so, dass ich besser sehen konnte, welche Seiten sie bereits angeklickt hatte. »Die hier sind in Berlin-Mitte und ich habe mir die Auswahl von denen schon angeguckt. Wenn da für dich nichts dabei ist, dann fresse ich einen Besen, ganz ehrlich. Die haben da alles da, was du auf Pinterest finden kannst. Von Boho bis Prinzessinnenkleid. Hier –« Sie rief eine weitere Seite auf und ein pompöses Kleid ploppte mir entgegen, strahlend weiß und funkelnd vor kleinen Steinchen. Das Bild wechselte nach ein paar Sekunden und jetzt wurde ein anderes Kleid präsentiert, aus fließendem Satin, beinahe als wäre es für das englische Königshaus entworfen worden. Hatte Prinzessin Kate nicht so etwas getragen? Oder ihre Schwester mit dem schönen Hintern? Mir fielen beinahe die Augen aus dem Kopf, als ich die Kleider der Reihe nach bestaunte.

»Einen Termin habe ich noch nicht vereinbart, ich bin ja nicht so übergriffig wie meine Mutter«, brummte Nela vergnügt, und Martin ließ sofort ein warnendes »Nela« hören. Ich grinste in mich hinein, weil ich tatsächlich froh war, dass sie es noch nicht getan hatte. Auch, weil mir direkt eine Bitte durch den Kopf ging: »Danke, dass du dich um einen Termin kümmerst. Aber … ich möchte gerne noch zwei Freundinnen von mir dabeihaben, wenn das in Ordnung ist. Sami und Maya.«

Nela wirkte überrascht und auch Martin zog die Augenbrauen nach oben. Vielleicht weil er eine ganze Weile nichts von den beiden gehört hatte.

Aber seine Schwester lächelte sofort wieder strahlend. »Kein Problem! Schick mir einfach ihre Nummern und ich frage die beiden persönlich, wann sie in den nächsten Wochen Zeit haben.«

In den nächsten Wochen.

Da war es wieder, das kribbelnde Gefühl in meinem Bauch, das sich viel zu sehr nach kühler Nervosität anfühlte. Das Gefühl nach kalten Füßen, die ich zu diesem Zeitpunkt wahrscheinlich noch gar nicht fühlen sollte. Aber vielleicht war das auch normal. Besonders nach allem, was in letzter Zeit vorgefallen war.

»Die Kleider sehen teuer aus«, warf ich ein und blickte noch einmal in den Haufen von Tüll und Satin. »Sehr teuer. Royal teuer.«

Nela winkte ab und im nächsten Moment legte Martin seinen Arm um mich und zog mich etwas näher an sich heran. Ich blickte ihn an und sah das leichte Lächeln in seinem Gesicht. »Mach dir darüber keine Sorgen, es ist egal, wie teuer das Kleid wird. Ich bezahle es.«

»Das musst du nicht!«

»Oh, doch, tue ich. Such dir eins aus, ohne auf den Preis zu schauen. Ich will einfach, dass du dich wohlfühlst – und heiß aussiehst natürlich.« Er zwinkerte frech und küsste mich dann sanft.

Ich ließ mich in diesen Kuss von ihm fallen, spürte seine weichen Lippen auf meinen ganz bewusst und sog seinen Geruch dabei ein. Als wir den Kuss lösten, lächelte er noch kurz, bevor er sich wieder dem Tablet auf Nelas Schoß zuwandte. Ich betrachtete ihn noch einen Moment, sein scharfes Kinn und die geraden Stoppeln darauf, die ich immer so sexy gefunden hatte.

Vielleicht musste ich mich nur darauf einlassen. Wieder mehr auf ihn einlassen. Ich konnte mich an das Kribbeln erinnern, das sich früher in seiner Anwesenheit in mir geregt hatte. Vielleicht musste ich mich nur einlassen und konnte es wieder spüren. Vielleicht brauchte ich nur ein wenig Zeit, bis alles wieder wie vorher wurde. Bevor ich Beck begegnet bin.

Ich lehnte mich an ihn und Martin zog mich noch enger an sich heran.

So blieb ich sitzen, genoss die Wärme und Geborgenheit seiner Nähe, während Nela mit uns Kleider durchging.

Und ich war mir fast sicher, dass alles gut werden würde.

Kapitel 18

Schon zwei Wochen später warteten Sami und Maya vor dem Klinikum, als ich Feierabend machte und das Sankt Alex verließ. Ich fühlte mich seltsam müde und energielos, wie schon die letzten Tage, und schob es auf den Winter und die Kälte, weil ich nicht darüber nachdenken wollte, dass mir vielleicht etwas anderes fehlte.

Als ich meine Freundinnen jedoch im Schnee stehen sah, beide in lange Wintermäntel gehüllt und lustige Pudelmützen auf dem Kopf, spürte ich, wie mir ein Lächeln ins Gesicht wanderte.

»Da bist du ja endlich.« Sami hüpfte von einem Bein aufs andere und rieb die behandschuhten Hände aneinander. »Wir frieren uns hier den Arsch ab.«

Ich drückte erst sie und dann Maya lachend an mich, bevor ich sagte: »Es tut mir leid, aber ihr wisst doch, dass mein Frühdienst etwas länger geht. Eine Stunde, um genau zu sein.«

»Spiel hier nicht das Opfer, wir wissen genau, dass du deshalb auch eine Stunde später aufstehen darfst«, grinste Maya, bevor sie mit dem Kopf in Richtung Parkplatz nickte. Wir machten uns auf den Weg zu meinem Auto, und Sami ließ dabei ein abschätziges Brummen hören. »Außerdem wussten wir, dass du erst um Viertel vor vier Feierabend hast. Falls es dir noch nicht aufgefallen ist, es ist bereits nach vier. Wir warten also schon länger als geplant.«

»Jetzt hör schon auf zu meckern, heute ist ein ganz besonderer Tag«, kicherte Maya und hakte sich bei mir unter. Die beiden kabbelten sich ein bisschen, während ich einen erstaunten Blick auf meine Uhr warf. Tatsächlich. Nach vier. Ich war schon wieder zu spät von Station gegangen, genau wie die letzten Tage. Langsam wurde ich schon wie Martin vor unserer Verlobung – ich ging viel zu sehr in der Arbeit auf. Aber in letzter Zeit sprang ich sehr viel für Malik ein, bei Besprechungen, bei Einarbeitungen oder um Dienstpläne zu erstellen, und ich musste zugeben, dass es mir Spaß machte. Das waren die Aufgaben, denen ich mich schließlich auch in der Zukunft, nach meinem Studium, widmen wollte. Die Aufgaben einer Stationsleitung, die ich sein wollte.

Außerdem dachte ich, dass ich mir das ja wohl verdient hatte. Martin hatte im letzten Jahr eindeutig mehr Zeit in der Arbeit verbracht, als zu Hause. So war es bei mir definitiv nicht, und trotzdem war ich jetzt ein wenig an der Reihe, meiner Karriere auf die Sprünge zu helfen. Es tat gut, sich in die Arbeit zu stürzen, auch wenn sie mich sehr beanspruchte.

»Wie kommt es eigentlich, dass du so schnell einen Termin bei einem Brautgeschäft bekommen hast?«, wollte Maya neugierig wissen. Ihr war anzusehen, dass sie sich sehr auf den heutigen Termin freute. Vielleicht sogar mehr als ich.

»Martins Mutter, Marion, kennt jemanden, der jemanden kennt, der jemanden kennt …« Ich winkte ab und suchte nach den Autoschlüsseln in meiner Tasche. »Und derjenige hat sie sofort angerufen, als ein Termin abgesagt wurde.«

Als ich das Auto aufsperrte und Maya sofort mit einem »ich sitze vorne« auf den Beifahrersitz sprang, sah ich, dass Sami neben mir stehen geblieben war. Sie sah mich abwartend und ein wenig prüfend an. »Du siehst müde aus«, kommentierte sie und ich zuckte mit den Schultern. »Gerade ist viel zu tun auf Station.«

Ich öffnete die Fahrertür und sie nickte nur, etwas abwesend, bevor sie hinter mir einstieg. Ich fragte mich, was sie wirklich auf dem Herzen hatte. Was sie wirklich fragen wollte. Aber ich hatte Angst davor. Vor allem vor meiner Antwort. Also ließ ich es auf sich beruhen, startete den Motor und fuhr vom Parkplatz.

»Was ist mit deiner Schwägerin?«, wollte Maya wissen. »Ich bin so gespannt, sie kennenzulernen. Sie hat sehr nett gewirkt in ihren Nachrichten.«

»Nela wartet am Brautmodengeschäft auf uns. Und ja, sie ist ein Schatz. Ihr werdet sie bestimmt mögen.« Ich lächelte Maya zu und warf einen Blick in den Spiegel, bevor ich in die nächste Straße bog. Sami musterte mich von der Rückbank aus, ihre Augen wirkten immer noch skeptisch. Und jedes Mal, wenn ich wieder in den Rückspiegel blickte, schien ihre Miene sich zusehends zu verdüstern. Als wir schließlich in den typischen Feierabendstau in der Innenstadt gerieten, drehte ich mich unvermittelt zu ihr um. »Willst du mir vielleicht sagen, was los ist?«

»Was soll sein?«, fragte sie unschuldig.

»Tu nicht so. Irgendetwas ist doch«, gab ich knurrend zurück. »Hast du doch keine Lust aufs Brautkleid-Shoppen?«

Maya tat es mir gleich und sah ebenfalls über ihre Schulter nach hinten.

Sami gab sich ungerührt. »Doch, hab ich.«

»Was ist dann?«

Sie zögerte einen Moment, dann zuckte sie mit den Schultern und verschränkte die Arme vor der Brust. »Ich habe an früher gedacht. An die Zeit, in der wir ständig zusammen feiern waren.«

»Oh, daran denke ich momentan auch viel«, gab Maya grinsend zu. »Das sollten wir dringend mal wieder machen. Vielleicht zu deinem Junggesellinnenabschied?«

Ich sah Sami immer noch an, weil ich wusste, dass da noch mehr war. Sie starrte zurück und nach ein paar Sekunden seufzte sie. »Erinnerst du dich an den Abend, als du Martin kennengelernt hast? Wie wir danach zu dritt den Klub verlassen haben?«

»Klar«, gab ich überrascht zurück. »Er und ich haben nur Nummern getauscht. Unser erstes Date war ein paar Tage später.«

Sami nickte ernst. »Und im Taxi hast du uns ständig gesagt, was für ein attraktiver Kerl er ist und dass er dich gern ein paarmal zum Essen ausführen kann, bevor du ihn in die Wüste schickst, weil er gar nicht dein Typ ist.«

Ich lachte, weil ich mich an das halb betrunkene Gespräch tatsächlich noch ein wenig erinnern konnte. Und auch, wie ich halb auf meinen Freundinnen gehangen hatte, weil ich meinen Kopf nicht mehr richtig gerade halten konnte. »Auch daran. Aber nach den ersten Dates hat sich das ja zum Glück geändert.«

»Na jaaa ...«, gab Maya neben mir von sich.

Ich sah nach vorn zu dem Stau, der sich noch immer nicht auflöste, und dann zu ihr. »Was?«

»So richtig hat sich das erst mal nicht geändert.« Sie lächelte mich etwas entschuldigend an. »Erinnerst du dich da nicht mehr dran? Du hast uns nach jedem Date erzählt, dass er definitiv nichts für länger ist. Weil er nur die Arbeit im Kopf hat und manchmal so affektiert redet.« Sie winkte ab und drehte sich wieder nach vorn. »Aber irgendwann hat sich das wohl geändert.«

»Ja, dann hat es wohl doch etwas länger gedauert«, gab ich nachdenklich zurück. War es wirklich so gewesen? Obwohl ich mich noch gut an den Abend in dem Klub erinnern konnte und an die Gespräche danach, erinnerte ich mich nicht mehr daran, was ich ihnen am Anfang über Martin erzählt hatte. Dass ich ihn überhaupt nicht ernst genommen hatte. Dass ich gar nichts Festes mit ihm im Sinn hatte. Und dass mich ausgerechnet das abgeschreckt hatte, was ihn so sehr ausmachte: sein Ehrgeiz, im Job weiterzukommen. Das war schließlich auch mein Antrieb. Was mir wichtig war.

Aber so langsam schwappten wieder Erinnerungen an mein altes Ich an die Oberfläche, das es vor der Zeit mit Martin gegeben hatte. Ich musste wieder an das Feiern denken, an die Abende mit Sami und Maya, die wir lernend auf dem Boden unserer

Schwesternzimmer im Wohnheim verbracht hatten, mit offenen Pizzakartons neben uns. Ich dachte an den Spaß, den ich gehabt hatte, auf verschiedenen Stationen zu hospitieren, und wie ich überlegt hatte, wo ich später einmal arbeiten wollte. Was ich tun sollte. Ganz ohne Druck und Stress, sondern mit Vorfreude und Abenteuerlust. Erst Martin hatte in mir den Wunsch geweckt, weiterzukommen. Weil ich es bewundert hatte, wie ehrgeizig und erfolgreich er war, und mir das für mich selbst gewünscht hatte. Weil es so anders war als alles, was ich gekannt hatte. Anders, als ich es von meiner Mutter gelernt hatte. Weil es mir ein anderes Leben ermöglichte als das, das ich in meiner Jugend geführt hatte. Es hatte mich angezogen. An ihm, aber auch an das, was ich mittlerweile erreicht hatte.

Wieso hatte ich das alles vergessen?

Ich starrte über das Lenkrad vor mich hin, während der Stau sich ein wenig lichtete und wir weiterrollen konnten. Nach einer gefühlten Ewigkeit sagte Samira hinter mir: »Tut mir leid. Ich wollte damit nicht irgendetwas andeuten. Oder Martin schlechtreden. Bitte vergiss einfach, was ich eben gesagt habe.«

Sie klang ehrlich zerknirscht und ich schüttelte automatisch den Kopf. »Alles gut.«

»Sicher?« Maya betrachtete mich von der Seite. »Dass alles gut ist?«

Ich dachte an meine Zweifel. An Beck. Und schüttelte dann erneut den Kopf. »Ich bin momentan etwas durcheinander, irgendwie. Die viele Arbeit. Der Stress, den wir hatten …«

»Ihr hattet Stress?«

»Nicht direkt.« Ich seufzte tief und zuckte mit den Schultern. »Es hat mich nur alles ein wenig überfordert. Ihn kaum noch zu sehen, dass er mich ständig hat sitzen lassen. Und dann der Heiratsantrag. Und …« *Beck.* Ich sprach es nicht aus, aber ich hatte das Gefühl, dass die beiden wussten, was ich meinte.

Maya legte eine Hand auf mein Bein. »Schatz, ich hoffe, du

weißt: Wenn du jetzt hier abbiegen und mit uns aus der Stadt herausfahren willst, um dieser Hochzeit zu entfliehen, sind wir dabei.«

»Wenn ich Louis von unterwegs anrufen darf«, brummte Sami von hinten. »Aber wir sind auch dabei, wenn du wirklich heiraten möchtest. Solange du glücklich bist. In jedem Fall hast du noch Zeit, das rauszufinden.«

Ich lachte, auch weil ich plötzlich das Gefühl hatte, dass mir ein riesiger Steinbrocken von der Brust gehoben wurde. Als hätten sie mich von etwas befreit, das ich gar nicht so richtig benennen konnte. »Wenn ihr so versucht, um das Brautkleid-Shopping herumzukommen: Vergesst es. Wir ziehen das jetzt durch!« Und plötzlich hatte ich auch wirklich Lust darauf. Meine Stimmung hatte sich innerhalb von Sekunden gewandelt. Wieder einmal dank ihnen.

Es war schon fast dunkel, als wir am Geschäft ankamen. Nela stand davor und strahlte wie eine 1000-Watt-Glühbirne. Sie war in eine so dicke Daunenjacke eingekuschelt, dass sie doppelt so breit aussah, als sie eigentlich war, und sie warf sich sofort Maya in die Arme, als diese auf ihrer Seite ausstieg. »Freut mich, euch kennenzulernen! Ich bin Nela, die SCHWÄGERIN!« Sie legte besondere Betonung in das letzte Wort, wie sie es schon tat, seit sie von unserer Verlobung gehört hatte. Sie umarmte auch Sami, die sich ihr wie Maya vorstellte, bevor sie mich in ihre Arme schloss. »Ich freu mich so!«, sagte sie aufgeregt, bevor sie uns den Weg wies zu der großen Glastür.

Dahinter wurden wir sofort von einer angenehmen Wärme empfangen und von einer etwas älteren Beraterin namens Ruth, die eine modische graue Kurzhaarfrisur trug und eine Brille mit dickem roten Rand. Sie platzierte uns in einem schön ausgestatteten Bereich hinten im Geschäft, auf einem weichen weißen Sofa, und versorgte uns mit sehr gutem Champagner, der nach Erdbeere schmeckte. Ich konnte mich gar nicht sattsehen an der hohen, verstuckten Decke mit dem großen Kronleuchter in der Mitte. Auf kleinen Beistelltischen neben uns standen Vasen mit getrockneten prachtvollen Blumen und der Glastisch, auf den wir unsere Gläser abstellten, sah nach einer Mischung aus Vintage und royaler Einrichtung aus. Nach einer kurzen Fragerunde, wie ich Martin kennengelernt hatte und was ich mir an Kleidern vorstellen konnte – ich hatte nicht die geringste Ahnung, war aber für alles offen –, lotste sie uns zwischen den verschiedenen Ständern durch. Ab und zu zog sie ein Kleid heraus, präsentierte es mir und gab einen kurzen Kommentar dazu ab: »Meerjungfrauenschnitt und Stickereien.« Oder: »Spitze von Kopf bis Fuß, in einer A-Linie.« Die meisten Begrifflichkeiten kannte ich, aber ich genoss vor allem die Zeit mit meinen Freundinnen und den leckeren Champagner.

Ein paar von den Kleidern, die Ruth mir zeigte, waren wirklich unglaublich schön und jedes Mal, wenn ich mit strahlenden Augen nickte, befestigte sie ein Band an dem jeweiligen Bügel. So durchquerten wir den Laden, gingen an Hunderten Brautkleidern vorbei und ich spürte ein aufgeregtes Kribbeln in meinem Körper umherwandern. Es war so verrückt, sich Brautkleider anzusehen. Es war ein surreales Gefühl. Und als wir zurückgingen und ich mit Ruth und dem ersten Schwung Kleider in der Umkleidekabine verschwand, konnte ich gar nicht mehr aufhören zu grinsen.

Der Moment, in dem sie hinter mir den Reißverschluss nach oben zog und ich an mir herabsah, an den Lagen von Tüll und Glitzer, war unbeschreiblich. Dies verstärkte sich, als ich aus der Kabine trat und sich die Blicke der Mädels, die sich vor einer Sekunde noch angeregt unterhalten hatten, auf mich richteten. Ohs und Ahs wurden ausgetauscht und ich drehte mich vor dem Spiegel, sah mich in diesem wunderschönen Kleid an und grinste weiter über beide Ohren.

Ich werde heiraten.

»Das wird Martin bestimmt gefallen«, sagte Nela hinter mir und ein wenig dämpfte das meine Stimmung. Ich wusste im ersten Moment nicht, warum, bis Sami mit gerümpfter Stimme sagte: »Vielleicht, aber es ist nicht so richtig Tessa, oder?«

Ich strich den Saum des Kleides glatt, das schon fast in einen Disney-Film gepasst hätte, und nickte bedächtig. »Es ist schön. Aber das bin nicht ich.«

Nela sah etwas enttäuscht aus, als ich mit Ruth wieder in die Umkleidekabine verschwand und weitere Kleider anprobierte. An jedem gab es etwas, was mir nicht ganz gefiel, aber es machte trotzdem Spaß, sie anzuziehen. Vor allem, weil die Mädels immer mehr Champagner tranken und die Kommentare mit jedem Schluck etwas ausfallender wurden. Beim siebten Kleid meinte Nela, dass ich eine »verdammt hotte Bitch« war, und ich beschloss, nur noch eines anzuprobieren, bevor noch jemand in diesem vornehmen Geschäft die Polizei rief.

Nach einem prüfenden Blick über die restlichen Kleider, die noch in der Kabine hingen, entschied ich mich für eines, das ganz anders war als die zuvor. Ruth half mir in das leichte Kleid und schon als ich in der Kabine kurz in den Spiegel sah, fühlte ich mich anders. Mein Bauch kribbelte. Das Kleid war leicht, hatte keine tausend Lagen und fiel nur fließend an mir herab. Kaum Schnickschnack, keine aufwendigen Stickereien und keine Spitze. Nur ein leichter, glitzernder Schimmer auf dem ganzen Kleid, wenn man sich unter dem Licht der Lampe drehte.

Als ich die Kabine verließ, klappte Maya das Kinn runter. »Heilige Scheiße, du siehst aus wie eine griechische Göttin!«, quietschte sie und Sami nickte eifrig. »Das passt! Wunderbar!«

Nela wiegte den Kopf ein wenig, aber als sie mein Strahlen sah, lächelte auch sie breit. »Nicht so viel Tamtam, wie ich es mir vorgestellt hatte, aber es ist echt schön!«

Ich trat auf das kleine Podest und betrachtete mich ausgiebig von allen Seiten in den Spiegeln. »Das ist echt wunderschön«, hauchte ich dabei und konnte das Grinsen gar nicht mehr aus meinem Gesicht wischen. Ich konnte mir vorstellen, wie ich dieses Kleid trug, meine Haare in leichte Wellen gedreht, einen kleinen Blumenstrauß in der Hand. Wie ich strahlend zum Altar ging und Martin auf mich wartete. Mich ansah mit seinen warmen braunen Augen, seine dunklen Locken etwas zurückgekämmt … Moment. *Grüne Augen. Blonde Haare.*

Ich schluckte heftig und die Mädels sahen wohl den Stimmungswechsel in meinem Gesicht.

»Sicher ein krasses Gefühl, sich im ersten Brautkleid seines Lebens zu sehen«, sagte Maya sofort. »Es ist echt wunderschön. Aber vielleicht willst du noch etwas anderes probieren? Um dir sicher zu sein?«

Noch einmal drehte ich mich vor dem Spiegel. Zwang mich dazu, mich vor dem Altar vorzustellen, den aufgeregten Martin an meiner Seite. Aber mein rasendes Herz stellte sich mir in den Weg. »Äh. Es ist wirklich schön. Aber ich glaube, dass ich mich heute noch nicht entscheiden kann.« Etwas Hilfe suchend wandte ich mich an Ruth, die sofort wissend lächelte. »Natürlich. Die wenigsten Bräute entscheiden sich sofort. Wir können es Ihnen gerne zurücklegen, Sie melden sich die Tage und kommen vorbei, um es noch mal anzuprobieren. Dann sehen Sie bestimmt klarer.«

»Was? Sind wir etwa schon fertig?«, fragte Nela empört. Mein Blick traf im Spiegel auf Samis und ich hatte wohl unsicher ausgesehen, denn sie nickte sofort. »Ist bestimmt eine gute Idee. Ich hab ehrlich gesagt auch echt langsam Hunger, ihr nicht?«

»Ich sterbe vor Hunger!«, gab Maya sofort von sich, ich stimmte ebenfalls zu und Nela hatte keine andere Wahl, als sich zu fügen.

Ich wusste nicht, ob ich Erleichterung spürte oder ob ich traurig war, als Ruth mir aus dem Kleid half und es vorsichtig zurück in die Schutzhülle packte. Aber mir war auf jeden Fall etwas leichter ums Herz, als ich die Kabine verließ, wieder in schwarzen Jeans und einer Bluse.

Wir verabschiedeten uns von Ruth und traten auf die Straße. Ich zog meinen Mantel enger um mich, weil es kalt war, aber auch, weil ich mich unwohl fühlte. Schuldig für diesen kurzen Gedanken, der mich eben bei der Anprobe überrumpelt hatte.

Du brauchst noch Zeit. Gib dir Zeit, ermahnte ich mich innerlich und fühlte mich gleich etwas besser.

»Hier um die Ecke ist ein tolles Running Sushi Lokal«, schlug Maya vor und hakte sich wieder bei mir unter. Wie eine Stütze, über die ich unglaublich dankbar war.

Wir gingen zu meinem Auto und ich dachte nicht mehr an die Brautkleider.

Oder an die Vision, in der ich neben Beck am Altar gestanden hatte.

Kapitel 19

»Ich fahre dich.«

Überrascht wandte ich mich in unserem Flur um, als ich Martins heisere Stimme hinter mir hörte. Als ich gerade aus der Dusche gestiegen war und mich fertig gemacht hatte, hätte ich schwören können, dass er noch im Bett lag. Aber nun stand er in seiner Anzughose und einem ordentlich gebügelten Hemd vor mir und fuhr sich durch die blonden Haare. Das Jackett hatte er bereits über den Arm gelegt und er lächelte mich müde an. Wie war er so schnell fertig geworden?

»Das musst du nicht«, sagte ich schnell. »Das ist doch ein Umweg für dich.«

»Deshalb bin ich ja ein bisschen früher wach. Damit ich Zeit für einen Umweg habe.«

Ohne meine Antwort abzuwarten, nahm er mir den Schlüssel aus der Hand und hängte ihn wieder an das kleine Schlüsselbrett über unserer Kommode. Dann öffnete er lächelnd die Tür und wies mir den Weg in den Hausgang.

Automatisch griff ich an meinen Mantel und zog ihn enger um mich. Ich wusste nicht, warum ich plötzlich so etwas wie Verärgerung in mir verspürte. Vielleicht, weil er meinen morgendlichen Rhythmus durcheinandergebracht hatte mit seiner spontanen Aktion. Weil ich noch keinen Kaffee intus hatte und irgendwie an die morgendliche Fahrt gewöhnt war, bei der ich das Radio aufdrehte und Popsongs mitschrie, bis meine Laune angemessen gehoben war für einen weiteren Arbeitstag auf der Kinderkrebsstation.

Warum bin ich so undankbar?, fuhr es mir ärgerlich durch den

Kopf, während wir schweigend durch das Treppenhaus nach unten gingen. Früher hatte ich mich immer gefreut, wenn er morgens mit mir aufgestanden war, um zusammen Kaffee zu trinken. Oder wir gemeinsam zur Arbeit losgegangen waren. Ich hatte die Zweisamkeit genossen, in der wir reden konnten. Jetzt sehnte ich mir nur meinen ruhigen Morgen zurück, meine Routine, und hasste mich ein wenig dafür. Das war es doch gewesen, was mich in letzter Zeit an unserer Beziehung genervt hatte, oder? Dass ich ihn kaum noch sah, dass wir kaum noch Zeit miteinander verbrachten. Er hatte versprochen, sein Verhalten zu ändern, und er hielt sich daran. Er gab sich Mühe, unsere Beziehung wieder in Ordnung zu bringen, wieso wusste ich das nicht zu schätzen? Der Möglichkeit, dass all seine Bemühungen vielleicht zu spät kamen, wollte ich mich nicht stellen. Oder dass Beck etwas damit zu tun haben könnte.

»Ist es momentan noch stressig im Büro?«, fragte ich lächelnd, um wenigstens ein bisschen Konversation zu machen, obwohl mir vor dem ersten Kaffee eigentlich nicht danach war. Aber ich hatte das Gefühl, dass ich ihm das schuldig war.

Martin gab ein lautes Seufzen von sich und schwang das Jackett über seine Schulter. »Ja. Wir erweitern gerade unsere Server, dass uns nicht ständig solche Malheure passieren wie in den letzten Wochen. Außerdem haben wir ein paar neue Partner in der Firma, mit denen mein Chef mich betraut hat. Millionenschwere Verträge, die auf den Schreibtischen hin- und hergehen. Das ist manchmal ganz schön nervenaufreibend.« Sein Blick wandte sich mir zu und ich sah die Müdigkeit in seinen Augen. »Dadurch, dass ich jetzt immer etwas früher das Büro verlasse, ist in den acht Stunden, die ich da bin, auch ein wenig mehr zu tun.«

Es klang wie ein versteckter Vorwurf, aber vielleicht bildete ich mir das auch nur ein. Ein schlechtes Gewissen bekam ich trotzdem, auch wenn ich nicht das Gefühl hatte, wirklich etwas falsch gemacht zu haben. Zumal er immer noch nicht wirklich pünktlich das Büro verließ – er kam nur ein, zwei Stunden früher nach Hause als vorher. »Das sollte doch auch keine Voraussetzung sein, oder?«, wollte ich wissen und meine Stimme klang dabei etwas spitzer, als ich es eigentlich beabsichtigt hatte.

Martin hielt mir unten im Hausflur die Tür auf und bedachte mich mit einem fragenden Blick, als ich an ihm vorbei nach draußen auf den Gehweg trat. »Was meinst du?«

»Dass man so viel Arbeit hat, dass man sie kaum in den acht Stunden erledigen kann, die dafür vorgesehen sind«, gab ich zurück. »Oder dass von einem erwartet wird, dass man Überstunden macht, weil man die Arbeit nicht schafft, die von vornherein zu viel war.«

Martin lachte und mir gefiel nicht, wie er mich dabei musterte. Beinahe schon ein wenig mitleidig, als wäre ich gar nicht in der Lage, das zu verstehen. Hatte er mich früher schon so angesehen und es war mir nie aufgefallen – oder war das neu? »Das ist eine sehr idealisierte Vorstellung, findest du nicht?«, fragte er amüsiert. »Meistens ist es nun einmal nicht so. Wenn man vorankommen will, muss man eben investieren. Mindestens Zeit.«

Ich will das überhaupt nicht, schoss es mir durch den Kopf und es war das erste Mal seit Langem, dass ich wirklich so dachte. Ich wollte den Job als Stationsleitung, als Pflegedienstleitung, immerhin arbeitete ich seit meiner Ausbildung darauf hin. Aber nicht um jeden Preis. Nicht, wenn es hieß, dass ich mich halb tot schuftete und mich dann morgens übellaunig und mit brennenden Augen aus dem Bett quälte. Als Martin auf der Fahrerseite seines Porsches einstieg und ich neben ihm Platz nahm, fühlte es sich an, als würde ich ihn das erste Mal sehen, so richtig sehen. Den arbeitenden Martin. Den jungen Überflieger-Geschäftsmann. Der angespannt und ein kleines bisschen herablassend war, weil … ja, warum?

»Sag mal«, murmelte ich, während ich mich anschnallte. »Machst du deinen Job eigentlich gern?«

Er lachte wieder. Es klang ein wenig ungläubig. »Was ist das denn für eine Frage, Schatz?«

Wieder diese Abschätzigkeit. Ich spürte, wie meine Augenbrauen zusammenwanderten, als ich mich ihm wieder zuwandte. »Eine ganz normale Frage, Martin. Kein Grund passiv-aggressiv zu werden.«

»Ich bin nicht passiv-aggressiv«, sagte er mit deutlicher Anspannung in der Stimme. »Ich wundere mich nur, woher die Frage plötzlich kommt.« Er richtete unwirsch den Spiegel und sah mich überhaupt nicht mehr an, als er ausparkte und die Straße entlangfuhr, wie immer einen Ticken zu schnell.

Ich sah ihn von der Seite an, sein angespanntes Kinn, seine wild umherfliegenden Augen und der feste Griff am Lenkrad. Er wich meiner Frage aus. Und das war wohl irgendwie Antwort genug. Ich sah wieder nach vorn durch die Windschutzscheibe und beobachtete die vorbeifahrenden Autos. Auf einmal spürte ich eine seltsame Unruhe in mir, die ich mir überhaupt nicht erklären konnte. Nervöses Kribbeln erfüllte mich vom Scheitel bis zu meinen Zehenspitzen und ich konnte es nicht abschütteln, auch nicht, als ich das Radio anstellte und mir endlich wie üblich die morgendlichen Chart-Hits entgegenschallten.

Im Augenwinkel konnte ich sehen, wie Martin immer wieder zwischen der Straße und mir hin und her sah. Irgendwann seufzte er, drehte das Radio leiser und räusperte sich. »Entschuldige.«

»Was genau?«, fragte ich zurück, ohne den Blick von der Straße zu wenden.

Martin schwieg und ich merkte, dass er wahrscheinlich selbst nicht wusste, wofür er sich entschuldigte. Er hatte nur gemerkt, dass ich verstimmt war, und darauf reagiert.

»Ich bin nicht sauer«, sagte ich. »Du musst mir die Frage nicht beantworten.«

Er stöhnte. »Es ist halt ein Job. Er bringt gutes Geld, er ist sicher und bietet enorme Aufstiegsmöglichkeiten.«

»Ich hab doch gesagt, du musst nicht antworten, wenn du nicht willst.«

»Ich hatte aber das Gefühl, dass ich mich rechtfertigen muss.«

Die kribbelnde Nervosität verwandelte sich in eine Anspannung, die ich in meinem ganzen Körper fühlte. Wieso hatte ich plötzlich wieder das Gefühl, mich entschuldigen zu müssen? »Ich will nicht streiten«, sagte ich deshalb mit der weichsten Stimme, die ich hinbekam, auch wenn mir eigentlich nicht danach war. Am liebsten wollte ich sofort aussteigen.

»Ich auch nicht«, meinte Martin mit rauer Stimme. Wir schwiegen eine Weile, dann meinte er plötzlich: »Es ist, wie gesagt, ein bisschen viel gerade auf der Arbeit. Es kann sein, dass ich doch wieder ein bisschen länger im Büro sein muss in den nächsten Wochen. Einfach, um das Ganze wieder etwas zu entzerren, für mich.«

»Wirklich?« Ich sah ihn überrascht an, weil ich nicht glauben konnte, dass DAS seine Lösung war. Er war offensichtlich fertig. Und es war auch offensichtlich, dass er seinen Job nicht genug liebte, um sich so dafür aufzureiben. Er jedoch interpretierte meine Frage anders und sofort war die Anspannung wieder da.

»Was denn?«, knurrte er. »Du arbeitest doch auch gerade jeden Tag länger. Oft bin ich noch vor dir zu Hause, obwohl du früher aus dem Haus gehst. Ist es nicht fair, dass ich dann auch länger bleibe?«

Ich starrte ihn entgeistert an und presste die Lippen zusammen. »Arbeite länger. Es ist in Ordnung. Du hast recht, ich mache das auch, also ist es nur fair.«

Doch statt sich wieder zu entspannen, schüttelte er den Kopf. Als würde er sich jetzt über mich ärgern. Etwas frustriert stieß ich Luft aus. »Okay, ich habe das Gefühl, dass wir gerade überhaupt nicht auf der gleichen Kommunikationswelle surfen. Willst du mir vielleicht sagen, was wirklich los ist?«

Er schwieg einen Moment, bevor er hart hervorbrachte: »Ich gebe mir wirklich Mühe.«

»Ich weiß. Glaub mir, Martin, ich merke das und ich freue mich darüber.«

»Aber jetzt bist du diejenige, die ständig auf Achse ist und mir aus dem Weg geht.«

War das so? Fast augenblicklich meldeten sich wieder Schuldgefühle in mir.

Martin fuhr auf den Parkplatz der Klinik und rieb sich das Gesicht, als er eingeparkt hatte. Ich wartete ab und als hätte ich es geahnt, fügte er an: »Liegt es an dem Typen?«

»Was?« Es lief mir sofort eiskalt den Rücken runter.

»Der Typ, von dem du mir erzählt hast. Dein Kollege. Hast du doch was mit ihm?«

»Martin, ich habe dir gesagt, dass ich dich nie betrügen würde!«, rief ich zornig aus. Ich konnte nicht glauben, dass er jetzt wirklich damit anfing. Auch wenn sich in mir eine leise Stimme regte, die mich daran erinnerte, dass ich auch so gedacht hatte. Dass es auch meine Vermutung gewesen war, dass er mich betrog. Aber warum verließ er sich nicht auf mein Wort?

»Das war vor unserem Gespräch«, sagte er, nicht weniger wütend. »Vielleicht hat sich in der Zwischenzeit doch etwas geändert.«

»Was, dass ich ihn nach Feierabend in der Umkleidekabine vögle und deshalb erst spät nach Hause komme? Ist es das, was du andeuten möchtest?«

Er stöhnte wieder genervt und ich spürte einen Kloß im Hals. *Das Einzige, was sich geändert hat, ist, dass ich Beck nicht mehr sehe. Dass ich ihn verletzt habe, um eine Beziehung zu retten, an der ich seit geraumer Zeit zweifle.* Ich sprach die Gedanken nicht aus, weil ich wusste, dass ich gerade wütend war und dass ich vielleicht nicht wirklich so dachte. Dass es nur aus dem Affekt heraus war.

Deshalb riss ich auch die Tür auf. »Wir sollten darüber reden, wenn wir uns beide beruhigt haben«, sagte ich kühl. Martin hielt mich nicht auf und erwiderte auch nichts mehr. Als ich die Tür zugeknallt hatte, brauste er einfach davon, und ich stapfte geladen zum Klinikeingang.

Ich konnte das elektrisierte Gefühl nicht abschütteln. Auch nicht, als ich schon in meine Bereichskleidung geschlüpft war und über die Station ging. Zum Glück schien keiner der umherhuschenden Kollegen meine miese Laune zu bemerken. Sie grüßten freundlich und eilten weiter, ohne mich auf irgendetwas anzusprechen. Ich spürte den abgenommenen Verlobungsring in meinem Kasack und zog sofort die Hand aus der Tasche, als hätte ich mich verbrannt.

»Ah, Tessa, überpünktlich wie immer.« Malik stand mit einem Lächeln am Stationszimmer und sah mir entgegen, als ich auf dem Flur auf ihn zugelaufen kam. »Hast du vielleicht einen Moment?«

»Klar, was ist los?«, fragte ich etwas atemlos. Es war immer noch schwierig, den Frust über mein Gespräch mit Martin zu verdrängen, aber ich wollte nicht, dass meine Stationsleitung etwas davon mitbekam.

Malik deutete auf sein Büro und ich folgte ihm hinein. Als er mir den Platz seinem Schreibtisch gegenüber wies, spürte ich plötzlich Nervosität. »Das wirkt ganz schön seriös hier«, sagte ich mit einem kleinen Lachen, als ich mich auf den Stuhl fallen ließ. »Habe ich irgendetwas falsch gemacht?«

»Nein, nein«, gab Malik sofort zurück. Aber irgendetwas an seinem Lächeln war anders als sonst. Irgendetwas war los, das spürte ich sofort. Er schob mir ein Schriftstück über den Schreibtisch. »Frau Messinger hat mich heute Morgen angerufen. Sie hat sich nach dir erkundigt, weil du vor ein paar Wochen wohl einen

Antrag gestellt hast, die Kinderonkologie zu verlassen. Frau Messinger wollte nur nachfragen, wie es damit steht, und hat mir zur Sicherheit noch einmal ein Exemplar zukommen lassen.«

Ich starrte auf den Antrag, den ich vor Wochen ausgefüllt hatte. Dann blickte ich in Maliks trauriges Lächeln. Mein Herz klopfte heftig von innen gegen meine Rippen. »Ich … Es tut mir leid, dass ich nicht mit dir darüber gesprochen habe.« Mein Kopf bewegte sich zu einem leichten Schütteln, ohne dass ich das bewusst hätte steuern können. Jetzt war wahrscheinlich der Moment für die volle, ungeschönte Wahrheit, auch wenn ich mich vor Unbehagen auf dem Stuhl wand. »Ich hatte mich komplett überfordert gefühlt hier. Wie du weißt, war ich vorher ein Jahr auf der Erwachsenenintensiv und ich war mir so, so sicher, dass mich das auf alles hier vorbereitet hätte. Aber ich hatte mich geirrt.« Mein Blick heftete sich auf meine Hände, die ich unbewusst zu kneten begonnen hatte. »Das hier war einfach komplett anders. Es war härter. Weil es um Kinder ging. Weil ich mich noch nie in meinem Leben so hilflos gefühlt habe wie manchmal hier. Besonders in dieser Phase, in der es so viele Kinder gab, die gestorben sind. Ich hatte oft das Gefühl, dass ich damit nicht klarkommen kann.«

»Und wie ist es jetzt?« Maliks Stimme war ganz ruhig. Er klang nicht wütend, nicht einmal ein bisschen verärgert, dass ich nicht mit ihm gesprochen hatte. Eigentlich wirkte seine Stimme sogar eher … besorgt.

Ich presste die Lippen zusammen und dachte wirklich ernsthaft darüber nach. In den letzten Wochen war viel passiert. Ich hatte viel geleistet, aber ich dachte auch an Luca, an Matilda, die ganzen anderen schwer kranken Patienten. An alles, was mich in den letzten Wochen hier gefreut und bedrückt hatte. Und dann antwortete ich wahrheitsgemäß: »Ich habe keine Ahnung, Malik.«

Als ich aufblickte, lächelte er mich aufmunternd an. »Willst du wissen, was ich denke?«

»O Gott, bitte, ja.«

Wir lachten beide und das löste ein wenig die Anspannung des Moments. Malik verschränkte die Arme vor der Brust und lehnte sich in seinem Stuhl zurück. »Ich finde, du hast dich in den letzten Wochen wirklich großartig gemacht. Du hast dich gut reingearbeitet, dir den Respekt deiner Kollegen verdient und hast viele meiner Aufgaben mit Bravour übernommen, ohne überfordert zu sein. Um ehrlich zu sein, würde ich sogar so weit gehen, dich mittlerweile als ziemlich unverzichtbar für unsere Station zu halten.«

Ich spürte, wie mich Rührung übermannen wollte, und atmete tief durch. »Glaub mir, Malik, es ehrt mich, dass du so über mich denkst. Aber der Gedanke, hier Patienten zu verlieren, ist immer noch der blanke Horror. Ich habe das Gefühl, dass ich die Einzige bin, die Probleme damit hat. Die sich so damit quält. Bin ich dann wirklich so für den Job geeignet, wie du sagst?«

»Glaube mir, du bist nicht die Einzige.« Malik schüttelte sanft den Kopf. »Jeder geht nur anders damit um. Und deine Kollegen sind schon seit vielen Jahren hier und waren schon oft in der Situation, einen Patienten beim Sterben zu begleiten. Abgesehen davon ist es kein Hindernis, wenn einem menschliche Schicksale nahegehen. Das heißt nicht, dass du für den Posten weniger geeignet wärst. Wenn überhaupt, macht es dich sogar noch besser dafür. Eine Stationsleitung darf, sollte Herz besitzen.«

Ich starrte wieder auf meine Hände, während mein Kopf vor sich hin ratterte.

Malik griff nach dem Antrag und zog ihn wieder zu sich. »Ich gebe dir ein wenig Bedenkzeit, dir das durch den Kopf gehen zu lassen. Werde dir klar darüber, was du willst. Und wo du es willst. Ich würde mich sehr darüber freuen, dich auf Station zu behalten. Auch nach deinem Studium.«

Ich riss den Kopf hoch. »Was?«

»Als Stellvertretung. Co-Stationsleitung? Wie auch immer

man das nennt.« Er grinste breit, fast schon jungenhaft. »Aber du wirst jetzt hier nichts dazu sagen. Nicht so aus dem Affekt. Ich will, dass du jetzt nur nickst, als Zeichen, dass du verstanden hast und darüber nachdenkst, und dann wortlos gehst, okay?«

Tief durchatmend richtete ich mich auf dem Stuhl auf. Nickte langsam. Und stand dann auf. Malik lächelte und erhob sich ebenfalls, um mich zur Tür zu begleiten. Auf dem Flur drehte ich mich noch einmal zu ihm um und sagte: »Danke, Malik.«

»Für was?«

»Dass du das alles gesagt hast. Ich habe das wirklich dringend gebraucht.«

Wieder lächelte er breit. »Ja, irgendwie hat man dir das angesehen, als du gerade auf Station gestapft bist.«

Ich wurde direkt einen Kopf kleiner. »So schlimm?«

Er schüttelte den Kopf. »Aber wenn du mal reden willst, gib trotzdem Bescheid.«

»Danke«, sagte ich erneut. Dann drehte ich ab und lief, ein wenig steif, zum Stationszimmer, um mit Maria kurz die Übergabe zu besprechen. Mein Kopf war so voll, dass ich mich kaum auf ihre Worte konzentrieren konnte. Ich kümmerte mich nach der Übergabe um die Akten, musste aber immer wieder meine Gedanken zurückrufen. Mich wieder neu konzentrieren. Zur Ordnung rufen.

Konnte ich es wirklich in Betracht ziehen, hierzubleiben? Trotz allem, was ich mittlerweile mit der Station verband, trotz allem, was hier passiert war? Ich dachte an die Reanimation von Matilda, bei der ich dabei gewesen war und was für einen Schrecken mir das für die nächsten Tage verpasst hatte. Und dann dachte ich daran, wie Beck sich über sie gebeugt, mir in ruhigem Tonfall Anweisungen zugerufen hatte. Selbst als ich die aufwallenden Gefühle zurückdrängte und die Situation versuchte, klar und nüchtern zu betrachten, merkte ich, dass die Angst nicht zurückkam. Es war damals aufwühlend und krass gewesen, aber ich hatte auch das Gefühl, daraus gelernt zu haben. Nächstes Mal mit einer Situation wie dieser besser klarkommen zu können. Vielleicht war ich irgendwann diejenige, die an Becks Stelle war, die so kühl und bedacht handeln konnte, wie ich es mir auch auf der Erwachsenenintensiv immer gelungen war.

Möglicherweise hatte Malik recht und ich würde mich daran gewöhnen können. An der Aufgabe wachsen.

Ich spürte, wie Selbstbewusstsein durch meine Adern schoss, es fühlte sich tatsächlich so an. Vor Herausforderungen hatte ich mich schon in der Ausbildung nicht gedrückt und eigentlich hatte ich auch nicht vor, jetzt damit anzufangen.

Aber es kamen auch die Gedanken an Beck zurück. Nicht nur an die Reanimation, sondern auch daran, wie er neben mir im Auto gesessen hatte, fertig von seiner Arbeit. Wie er auf Samis Party meine Hand berührt hatte. Und wie geschockt er ausgesehen hatte, als er von meiner und Martins Verlobung erfahren hatte.

Stöhnend machte ich mich an den nächsten Ordner und versuchte, die Gedanken erneut zu verdrängen. Nur Sekunden später hörte ich die schwere Tür zur Station ins Schloss fallen. Als ich aufblickte, kam Natascha reingestürzt, mit wehendem Kittel und wilden Haaren.

Als sie in der Stationszimmertür stand, bemerkte ich, dass sie wahnsinnig angespannt aussah. Ihre ganze Haltung war merkwürdig steif und ich spürte jetzt schon die nächste Hiobsbotschaft heranrollen. Als hätten der Streit mit Martin, die Gedanken an Beck und das Gespräch mit Malik nicht an Aufruhr für mein restliches Leben gereicht. Zumindest für die restliche Woche.

»Was?« Ich ließ den Ordner sinken. »Was ist passiert?«

»Ich komme gerade von der Intensiv. Kurze Pause. Aber ich dachte, ihr wollt das vielleicht wissen«, sagte Natascha kryptisch und strich sich die wirren blonden Haare aus dem Gesicht.

»Jetzt rede schon!«

»Luca Albrecht liegt unten«, sagte sie. »Wasser in der Lunge. Die Leute im Heim haben ihn gefunden, und zwar fast zu spät.« Sie holte Luft, während ein seltsames Rauschen durch meinen Körper ging, das bei meinen Ohren endete. Ich hörte kaum, wie Natascha noch einen Satz anfügte, aber er ging mir durch Mark und Bein. »Er wäre beinahe erstickt. Er wäre beinahe gestorben, Tessa.«

Kapitel 20

Diesmal konnte ich es tatsächlich kaum erwarten, dass der Dienst endlich vorbei war. Immer wieder flog mein Blick zu der Uhr über mir, während mein Herz wie wild in meiner Brust schlug. Natascha hatte mir nur kurz erzählt, dass Luca sofort Drainagen bekommen hatten, die das Wasser aus seiner Lunge hatten ablaufen lassen, und dass er mittlerweile schon beinahe über den Berg war. Er würde wahrscheinlich nur eine Nacht auf der Intensivstation bleiben, aber das Danach machte mir fast noch größere Sorgen.

Sie hatten ihn beinahe zu spät gefunden. Mir war klar, dass man nicht immer ein Auge auf seine Kinder haben konnte, weder als Elternteile eines Einzelkindes und schon gar nicht als Betreuer eines großes Kinderheimes. Aber, um Himmels willen, er wäre beinahe gestorben. Der Gedanke allein jagte mir kalte Schauer über den Rücken.

Nach der Übergabe fragte ich Malik sofort, ob ich möglicherweise meine Überstunden abfeiern konnte, und er stimmte sofort zu. »Grüß ihn von uns«, sagte er lächelnd, obwohl ich ihm gar nicht gesagt hatte, was ich vorhatte. Aber ich nickte nur und verließ dann die Station.

Ich zog mich nicht um, bevor ich mit dem Aufzug ins Erdgeschoss fuhr. Es war leichter, auf andere Stationen zu kommen, wenn man mich als Kollegin identifizierte. Und tatsächlich winkte mich die Stationsschwester direkt durch, als ich an der Glaskanzel vorbeiging.

»Ich bin auf der Suche nach Luca Albrecht«, erklärte ich ihr, als ich an die Tür getreten war. »Er war vorher Patient bei uns auf der Kinderonkologie. Ich habe von den Ärzten gehört, dass er hier ist, und bin davon ausgegangen, dass er danach wieder zu uns verlegt wird. Deshalb wollte ich schon mal nach ihm sehen.«

Die Frau, eine ältere Dame mit krausem Haar und einem wirklich stechenden Blick, sah mich über den Rand ihrer Brille abschätzend ab. »Ist das so?«

Ich nickte so selbstbewusst wie möglich und lächelte dann warm. »Er ist schon seit einigen Jahren Patient von uns. Wir … haben uns ein bisschen Sorgen um ihn gemacht.«

Jetzt setzte sie ihre Brille ab und lächelte zu meiner Überraschung auch. »Du bist Theresa, oder? Die Vertretung von Malik?«

Überrascht nickte ich und ihr Blick wurde noch eine Spur freundlicher. »Ein guter Typ. War als Schüler hier unten, hat bei uns sein Examen gemacht. Wusste schon immer, dass er es irgendwann zur Stationsleitung bringen wird.« Sie nickte zur Seite. »Der Kleene ist in Zimmer drei. Armer Hase. Schau gern nach ihm, aber ich glaube ehrlich gesagt nicht, dass er danach zu euch kommt. Wie es aussieht, ist er nicht fit genug für den nächsten Chemozyklus. Er geht also wieder nach Hause oder auf die Palli, wenn er nicht stabil wird.«

Die Kinderpalliativ. Was genau dachte man, was mit ihm passierte? Was für Prognosen hatten die Ärzte für ihn? Es wurde mir angst und bange, als ich mich bedankte und schnell den Gang entlanghuschte, um zu Lucas Zimmer zu kommen.

Eigentlich war es eher eine Kabine, auf der Intensivstation waren die Räume nicht direkt abgetrennt, damit man einen guten Überblick über alle Patienten hatte, falls es zu einem Notfall kam. Als ich an dem zitronengelben Vorhang vorbeischielte, der Luca von dem Rest der Station abtrennte, wurde mir ganz schwer ums Herz.

Er war noch blasser als zu seiner schlimmsten Zeit bei uns. Neben ihm hingen drei Drainagen am Bett, Auffangbehälter für das Wasser in seinem Körper, das über dicke Schläuche direkt aus seiner Lunge lief. Ich schluckte mehrfach, auch wenn ich den Anblick gewohnt war. Hier war es etwas anderes. Hier war es irgendwie ... persönlich.

Ich wollte gerade einen Schritt zurückmachen und mich sammeln, als Luca die Augen aufschlug. Er hatte mich wohl gehört und sah mich überrascht und erschöpft an.

»Hey«, sagte ich sanft und trat an dem Vorhang vorbei an Lucas Bett.

Er sah mich mit großen, blutunterlaufenen Augen an. Einen unglaublich langen Moment lang. Dann machte er den Mund auf und fragte mit kratziger Stimme: »Sterbe ich jetzt?«

Dieser Ton, er machte mir beinahe den Garaus. Diese Hoffnungslosigkeit, die Resignation und trotzdem die deutliche Angst in seiner Stimme vor der Antwort, die ich ihm darauf geben könnte. Verdammt, jetzt bloß nicht heulen. Hoffnung ausstrahlen!

Ich nahm mir einen Stuhl und setzte mich neben ihn, griff nach seiner Hand, die sich sofort fest um meine schloss. »Nein, du stirbst nicht«, sagte ich leise. »Du hattest Wasser in der Lunge und das haben die Ärzte dir rausgepumpt. Dir wird es bald wieder ein bisschen besser gehen.«

Seine Lippe zitterte ein wenig, aber er bemühte sich offensichtlich darum, tapfer zu sein. »Was machst du hier, Tessa?«, krächzte er statt der vielen ängstlichen Fragen in seinen Augen. Als wäre das jetzt das Wichtigste. Die Frage, die ihm am meisten unter den Nägeln brannte.

»Natascha hat mir erzählt, dass du hier bist. Ich habe mir Sorgen gemacht und bin nach meinem Dienst sofort runtergekommen, um nach dir zu sehen.«

»Du hast dir Sorgen gemacht?«, wollte er wissen und es klang beinahe etwas ungläubig, wie er das sagte. Konnte er sich wirklich nicht vorstellen, dass das wahr war? Der Kloß in meinem Hals wurde noch ein ganzes Stückchen dicker.

»Natürlich habe ich das«, sagte ich. Meine Stimme brach ein wenig und jetzt waren meine Gefühle wohl auch raus. Die Tatsache, dass ich mir mehr Sorgen um ihn machte, als man als Pflegerin wahrscheinlich eigentlich sollte. Aber dieser Junge hatte niemanden. Seine Pflegeeltern waren nicht hier, wer wusste schon, ob sie überhaupt kommen würden. Seine Betreuer waren auch nicht hier, wahrscheinlich weil sie noch für zig andere Patienten da sein mussten. Es war nicht fair. Jedes Kind verdiente jemanden, der an seinem Bett saß und sich um es sorgte. Der da war, wenn es Angst hatte und schwach war, ganz besonders wenn es so krank war wie Luca.

Sein Griff um meine Hand wurde noch fester. Er lächelte, auch wenn seine Augen noch eine Spur rötlicher wirkten. »Danke, dass du da bist.«

Ich nickte, weil ich gar keinen Ton mehr rausbekam. Ich konnte nur hier sein, aber vielleicht reichte das für den Moment. Nur ein kleines bisschen.

Luca rollte sich auf die Seite in meine Richtung, seine Hand in meiner, und schloss erschöpft die Augen. »Ich bin müde. Sorry.«

»Dafür musst du dich nicht entschuldigen. Schlaf, damit du schnell wieder fit bist.«

»Klar«, sagte er und klang direkt fast wieder wie sein altes Ich. Wie der Luca, den ich kennengelernt hatte. Nur dass diesmal seine Finger ganz sanft mit meinen verwoben waren und er sich an mich klammerte, als wäre ich sein einziger Rettungsanker.

Es dauerte nicht lange, bis er eingeschlafen war. Ich wartete danach noch ein bisschen länger, bevor ich sanft meine Hand aus seiner zog. Dann stand ich auf, deckte ihn noch ein bisschen fester zu und strich ihm die blonden Strähnen aus der Stirn. Er brummelte etwas, das wie »Bis bald, Tessa«, klang, bevor er wieder wegdämmerte.

Ich schlich mich aus seiner Kabine und hatte beinahe das Gefühl, durch einen Tunnel zu laufen. Die Ränder meines Blickfeldes wurden gefährlich dunkel, während ich über den Flur zum Ausgang stolperte.

»Wir sagen oben Bescheid, wenn sich was ändert«, versprach die Stationsschwester, als ich an ihr vorbeiging.

Ich nickte ihr dankbar zu und stürzte aus der Tür. Kaum waren die schweren Flügel hinter mir zugefallen und ich zurück auf dem Krankenhausflur, musste ich mich mit dem Rücken an die Wand lehnen. Ich senkte das Gesicht in die Hände und begann, völlig unkontrolliert zu weinen. Der Tag war zu viel gewesen. Es war einfach viel zu viel passiert und ich war komplett am Ende. Wie sollte ein Mensch so viel ertragen, ohne zusammenzubrechen? Ich erlaubte es mir. Es war mir egal, ob man mich hier sah, ob mich jemand erkannte. Ich brauchte diesen Moment, dieses unkontrollierte Schluchzen, um wieder ein bisschen Mensch zu werden. Ich brauchte es so dringend.

»Tessa?«

Die dunkle, besorgte Stimme ließ mich innehalten. Anschließend die Hände von meinem wahrscheinlich völlig verheulten Gesicht nehmen. Durch den Eingang kam Beck in seiner Rettungssanitätermontur auf mich zugejoggt. Er wirkte geschockt. Voller Sorge.

Er war noch ein paar Meter entfernt, als mir ein schrecklich verheultes »Beck«, herausrutschte, dann war er bei mir, zog mich in seinen Arm und legte, beinahe beschützend, eine Hand auf meinen Rücken und eine auf meinen Hinterkopf. Ich ließ meine Stirn an seine Brust sinken und heulte einfach weiter. Wegen Luca. Wegen Martin. Weil ich so fertig war – und so unglaublich froh darüber, ihn zu sehen.

Beck löcherte mich nicht mit Fragen. Er zwang mich nicht, zu reden, sondern ließ mich einfach weinen und hielt mich dabei so fest, wie ich wahrscheinlich noch nie gehalten wurde. Als wäre ich wie das tosende Meer und er ein Fels, dem meine Wellen nichts anhaben konnten. Obwohl wir uns noch nie umarmt hatten, fühlte ich mich sofort sicher, als wäre es nie anders gewesen.

Und ganz langsam begann ich, mich zu beruhigen. Die Schluchzer waren irgendwann nicht mehr so heftig, schüttelten mich nicht mehr komplett durch und ebbten schließlich ganz ab. Aber selbst als ich nicht mehr zitterte, nicht mehr weinte, hielt er mich weiter fest. Beinahe, als hätte er darauf gewartet und war nun nicht bereit, den Moment direkt wieder ziehen zu lassen. Und ich unterbrach die Umarmung auch nicht, weil sie sich so gut anfühlte. Bis es sich irgendwann langsam anders anfühlte. Zu bedeutsam. Genau in diesem Moment, als ich das dachte, ließ Beck mich doch los, hielt mich etwas von sich weg, aber immer noch die Hände an meinen Schultern. Als hätte er Angst, dass ich sonst davonlief.

»Geht es wieder?«, fragte er unendlich sanft, die dunklen Augen ungewohnt ernst, die Stirn gerunzelt.

Es war seltsam, ihn so zu sehen, und in diesem Moment kam mir alles wieder in den Sinn, was eigentlich gerade zwischen uns stand. Was eigentlich passiert war, die letzten Tage und Wochen. Mein Blick wanderte zu meiner Hand, die sich noch in sein Shirt gekrallt hatte, und etwas verlegen ließ ich sie sinken. »Ja. Entschuldige.«

»Kein Grund, sich zu entschuldigen.« Er sah angespannt aus und sein Blick zuckte wieder zur Tür der Intensivstation. Es wirkte beinahe, als würde er die Worte kaum rausbekommen, aber schließlich tat er es doch: »Wie geht es Luca?«

Offensichtlich hatte er Angst, die Antwort zu hören, die Sorge in seinem Blick war wirklich überdeutlich. Wahrscheinlich hatte er die, seit er mich hier draußen hatte weinen sehen. Weil er sich Sorgen um seinen Schützling machte. Unseren Schützling. Ich fühlte mich ihm wieder mehr verbunden, als ich darüber nachdachte, dass wir beide ähnlich zu Luca standen. Dass ihm Luca genauso wichtig war wie mir und das beruhigte mich. Schnell hob ich die Hand. »Es geht ihm den Umständen entsprechend gut. Er lebt, das ist erst mal das Wichtigste.«

Etwas funkelte in seinen Augen, als würde er lächeln wollen, aber seine Mundwinkel bewegten sich nicht. »Willst du mich vielleicht auf den neuesten Stand bringen? Und darüber reden, warum du geweint hast?«

»Es war … viel heute«, sagte ich langsam. Bedacht. Dann nickte ich zum Eingang der Intensivstation. »Du bist sicher hergekommen, weil du gehört hast, dass Luca wieder hier ist?« Er nickte und wieder flammte kurz Sorge in seinem Blick auf. Beruhigend fügte ich an: »Er ist über den Berg, für den Moment. Anscheinend hatte er Wasser in der Lunge, war aber rechtzeitig wieder hier.« Ich erwähnte nicht, wie knapp es gewesen war, um ihn nicht unnötig zu beunruhigen. Stattdessen zuckte ich mit den Schultern. »Aber mein Gespräch mit ihm hat mich ziemlich aufgewühlt. Entschuldige. Du willst bestimmt mit ihm sprechen, ich wollte dich nicht aufhalten. Geh ruhig.«

Beck sah erleichtert aus, aber sein Stirnrunzeln wurde nicht weniger. Er behielt mich weiterhin im Blick und es fühlte sich so intensiv an, dass ich wegsehen musste. »Ich komm klar«, versicherte ich ihm, immer noch verlegen. »Wirklich.«

»Natürlich tust du das. Das wusste ich von Anfang an.«

Als ich überrascht aufblickte, lächelte er wieder. »Aber …«, fügte er an. »Du musst nicht immer alles allein mit dir ausmachen. Manchmal ist es leichter, wenn man sich auch mal auf andere Leute einlässt.«

Ich wusste nicht, was ich darauf sagen sollte, aber mir kam wieder unser letztes Gespräch in den Sinn. Bei uns auf Station, als Natascha hereingeplatzt war und ihm gesagt hatte, dass ich jetzt verlobt war. »Es tut mir leid«, kam es über meine Lippen, ohne dass ich die Worte richtig gedacht hatte. Aber als ich sie hörte, wusste ich, dass das alles war, was ich gerade loswerden musste. »Es tut mir so leid, was passiert ist, Beck.«

Bevor ich weiterreden konnte, hob er die Hand, um mich zu stoppen. Er lächelte immer noch, aber sein Gesicht war trotzdem eine Spur ernster geworden. »Es gibt nichts, wofür du dich entschuldigen müsstest. Absolut nichts. Mir tut es leid, dass ich abgehauen bin und seitdem nicht wieder auf Station war. Ich wollte eigentlich, aber …« Er schien einen Moment darüber nachzudenken, was er sagen sollte, dann fügte er einfach an: »Ich war nicht fair. Immerhin habe ich dir auf der Party gesagt, dass du diejenige bist, die die Entscheidung treffen muss. Und dann hast du das und ich habe dich einfach stehen lassen.«

Wie ein kleiner Fieberanfall kehrten die Erinnerungen an Samis Geburtstag zurück. Das Tanzen, unsere Berührung, sein Blick. Ich schob alles in den hintersten Winkel meines Kopfes, dass es nur noch ein blasses Bild war, das ich ignorieren konnte. »Ich verstehe es. Wirklich.« Ich wollte noch mehr sagen, weil so viele Dinge über mir einprasselten. Dass ich nicht wusste, ob ich die richtige Entscheidung getroffen hatte, zum Beispiel. Aber schon in dem Moment, als sich die Worte auf meinen Lippen formen wollten, ergriff mich das schlechte Gewissen. Ich war diejenige, die nicht fair war. Niemandem gegenüber. Und dieser Mensch wollte ich nicht sein. Die Entscheidung war getroffen, der Ring an meinem Finger, und ich würde niemanden mehr wehtun. Basta. Also schluckte ich die Worte hinunter und lächelte. »Aber vielleicht könnten wir irgendwann einfach … Freunde sein, wenn du bereit dazu bist.«

Der Satz fühlte sich so lächerlich an, so klischeehaft. *Wir können Freunden bleiben*. Am liebsten hätte ich mir sofort selbst eine Ohrfeige dafür verpasst.

Aber Becks Mundwinkel hoben sich fast sofort wieder und das Strahlen in seinen dunklen Augen kam zurück … genau wie die Grübchen rechts und links davon. Ich konnte nicht anders, als ebenfalls breit zu lächeln.

»Wie sieht es aus mit jetzt?«, fragte er mit warmer Stimme.

»Jetzt?«

Er nickte. »Du siehst ehrlich gesagt aus, als könntest du gerade einen Freund brauchen.«

»Oh.« Ich wischte mir vorsichtig unter den Augen entlang, um mögliche Reste meiner Mascara zu entfernen. Dann lachte ich, obwohl ich gar nicht wusste, warum. Ich fühlte mich irgendwie leichter als noch ein paar Minuten zuvor. Auf jeden Fall um einiges besser. Am liebsten hätte ich ihn direkt noch einmal in den Arm genommen. »Ja«, gab ich stattdessen zurück. »Das tue ich wirklich.«

»Wie wäre es dann mit einem Kaffee und einem kurzen Update, was Luca angeht?« Er nickte in Richtung der Intensivstation und da war sie wieder, die Sorge, die sein Gesicht ein wenig verdunkelte. Wahrscheinlich hatte er sie die ganze Zeit zurückgehalten, um mich erst einmal zu beruhigen. Ich lächelte wieder. »Es ist okay, wir können auch später reden. Geh erst mal zu ihm.«

»Ich glaube, dass ich lieber erst ein Update hätte, bevor ich ihn sehe. Außerdem braucht er vielleicht auch ein bisschen Erholung, wenn er eben erst Besuch hatte«, gab Beck zurück.

Sicher. Er kannte Luca seit Ewigkeiten. Wahrscheinlich hatte er ein wenig Angst davor, ihn in seinem jetzigen Zustand zu sehen. Also nickte ich. »Stimmt. Denkst du, seine Pflegeeltern kommen am Nachmittag noch?«

Becks Augenbrauen zuckten kurz zusammen. Sein Lächeln verschwand. »Wie es aussieht, bin ich nicht der Einzige, der ein Update braucht.« Er tippte meine Schulter an, um mich in Richtung des Aufzugs zu stupsen. »Komm.«

Wir fuhren im Mittelgebäude hoch in die Cafeteria, währenddessen erzählte ich ihm, was ich wusste: dass Luca im Wohnheim Atemprobleme bekommen hatte. Dass er erst spät gefunden worden war und beinahe erstickt wäre, aufgrund des Wassers in seiner Lunge. Beck hörte sich alles mit einem Stirnrunzeln an, nickte ab und zu und schwieg sonst die meiste Zeit.

Nachdem wir uns bei Barbara mit den raspelkurzen roten Haaren einen Kaffee geholt hatten, setzten wir uns ins Treppenhaus auf eine der Stufen und nun war Beck dran mit seinem Update. Er machte es direkt kurz und schmerzlos: »Seine Pflegeeltern sind abgesprungen.«

»Was?« Vor Entsetzen hätte ich beinahe meinen Kaffee verschüttet. Nach allem, was Luca angedeutet oder worüber er geschwiegen hatte, hatte ich schon einen winzigen Verdacht gehabt. Aber ich hatte gehofft, dass ich falschlag. Es jetzt von Beck zu hören, warf mich völlig aus der Bahn. Und es machte mich wütend. »Warum?«

Beck zuckte mit den Schultern, den Blick auf den Kaffee in seinen Händen gerichtet, den er hin und her drehte. »So ganz genau weiß ich es nicht, weil es mich ja auch nichts angeht und Luca natürlich beharrlich darüber schweigt. Aber hintenrum habe ich erfahren, dass es die gleichen Probleme gab wie immer: Sie kommen nicht richtig an ihn ran. Das mit der Krankheit ist sehr viel, zu viel, wenn man noch andere Pflegekinder hat. Man kann ihnen dann nicht mehr gerecht werden. Anscheinend hat er selbst gesagt, dass er nicht wieder da hinwill. Und seine Pflegeeltern haben danach bestätigt, dass es wohl besser wäre, es ginge wieder komplett zurück ins Heim.«

Ich dachte an seine Mutter, die mich auf Station angepflaumt hatte, weil er Zucker bekommen hatte, und wollte wirklich glauben, dass es besser so war. Aber dann dachte ich daran, was im Kinderheim geschehen war. Dass er eine andere Umgebung brauchte, wenn er wirklich wieder gesund werden sollte. Mit einem wahrscheinlich etwas verzweifelten Blick wandte ich mich an Beck. »Und jetzt?«

Er zuckte mit den Schultern und ich war froh, dass wir beide uns anscheinend viele Gedanken um unser Sorgenkind machten. Es fühlte sich gut an, das zu teilen.

»Soweit ich weiß, suchen seine Betreuer gerade nach einem

neuen Kinderheim. Etwas, das kleiner ist, wo man besser auf seine Bedürfnisse achten kann.« Er warf mir einen etwas hoffnungslosen Blick zu und nahm einen Schluck Kaffee, bevor er anfügte: »Das tun sie aber wohl schon etwas länger. Und bisher hat sich nichts gefunden, weil die Heime entweder voll oder zu weit weg von der Klinik oder nicht gut genug ausgestattet sind für jemanden, der so viel Versorgung braucht wie Luca. Abgesehen davon, dass er sich häufig auch einfach wehrt. Er will eigentlich nur, dass man ihn in Ruhe lässt.«

Wir seufzten beide gleichzeitig und warfen uns ein müdes Lächeln zu. »So ist er wohl«, gab ich traurig zurück und Beck sagte: »Mann, wenn ich eine größere Wohnung hätte und mehr Zeit und mehr Geld …«

Er ließ den Satz unbeendet, aber ich wusste, worauf er hinauswollte. Überrascht blickte ich ihn von der Seite an. »Du würdest ihn als Pflegekind aufnehmen?«

»Klar. Kein Zweifel. Ich fürchte aber, dass ich da auch nicht der richtige Platz für ihn bin, auch wenn ich es gern wäre.« Beck zuckte mit den Schultern und trank seinen Kaffee leer, während in meinem Kopf plötzlich ein Sturm ausbrach.

Genug Platz. Genug Geld. Genug … Zeit?

»Ich sollte langsam mal zu ihm gehen. Sonst denkt er noch, dass ich ihn auch vergessen habe«, sagte Beck langsam. Er seufzte, bevor er mich wieder anlächelte. »Ich hab noch ein paar Tage Rettungsdienst, aber danach werde ich sicher wieder auf Station sein. Falls vorher irgendetwas ist …« Er griff in seine Tasche und hielt mir sein Handy hin. »Lass uns Nummern tauschen, damit wir uns updaten können.« Ein kurzes Zögern, dann fügte er hinzu: »Wenn das in Ordnung für dich ist natürlich nur. Und rein freundschaftlich, versprochen.«

»Klar.« Ich nahm sein Handy und tippte meine Nummer ein.

Er nahm es zurück und stand von der Treppe auf. Nicht ohne mir noch ein Lächeln über seine Schulter zuzuwerfen. »Wir sehen uns bald. Aber jetzt zieh dich erst mal um und geh nach Hause. Den Feierabend hast du dir sicher verdient.«

Obwohl ich ihm nicht alles erzählt hatte, was an diesem Tag passiert war, was mir alles durch den Kopf gegangen war, schien er es zu spüren. Was für ein bedeutsamer Tag heute für mich gewesen war. »Danke«, gab ich etwas atemlos zu und sah ihm dann nach, wie er langsam die Stufen nach unten ging und im Treppenhaus verschwand.

Kapitel 21

Die nervöse Energie, die ich seit meinem Besuch bei Luca und dem anschließenden Gespräch mit Beck hatte, ließ mich auch die nächsten Tage nicht los. Weil es Wochenende wurde, konnte ich mich nicht mit Arbeit ablenken, also tigerte ich seit Freitagnachmittag durch die Wohnung, putzte Ecken, die ich seit unserem Einzug nicht mehr gesehen hatte, und sortierte meine Bücherregale um. Diese winzige Idee, dieser kleine Funke, den Beck in mir entzündet hatte, wuchs mit jeder Stunde in mir heran. Egal, wie oft ich mir sagte, dass es verrückt war und dass ich das nicht machen konnte, konnte ich ihn nicht mehr aus meinem Gehirn verbannen.

Martin zeigte sich in den Tagen auch eher schweigsam. Er zog sich entweder in sein Arbeitszimmer zurück, um an irgendwelchem Bürokram zu sitzen, oder er bemühte sich, in einem anderen Raum zu sein als ich, wenn er einen Kaffee trank. Jedenfalls ging er mir aus dem Weg, doch ich spürte, dass es mir nichts ausmachte, dass die Funkstille zwischen uns mir sogar ganz guttat nach unserem Streit im Auto. Und dass es mir auch mehr Platz ließ für meine eigenen Gedanken.

Als ich am Sonntagmorgen aufwachte, fühlte ich mich fast ein wenig elektrisiert. Die Sonne schien schon durch das Fenster auf der rechten Seite unseres Schlafzimmers. Als ich mich umdrehte, um die Strahlen eine Weile auf dem Gesicht zu genießen, merkte ich, dass Martin nicht mehr neben mir lag. Sein Kissen war aufgeschüttelt und die Decke geradegezogen.

Ich setzte mich langsam auf, fuhr mir durch die Haare und lauschte in die Wohnung. In der Küche hörte ich ein Rumpeln, das wahrscheinlich die Kaffeemaschine war. Ich hatte gerade die Beine aus dem Bett geschwungen und mich durchgestreckt, als die Schlafzimmertür aufging. Martin stand auf der Schwelle, ein beinahe zaghaftes Lächeln im Gesicht. Er trug ein ordentliches Shirt und eine dunkle Jeans, und wenn ich darüber nachdachte, hatte ich ihn tagsüber auch noch nie in Jogginghosen oder irgendwie underdressed gesehen. Martin achtete immer darauf, wie er aussah.

»Ich habe Frühstück gemacht«, sagte er mit einer Stimme, die honigsüß und versöhnlich klang. Das war seine Art der Versöhnung, war es schon immer gewesen, seit wir uns kannten. Martin tat sich nicht leicht damit, eine Entschuldigung auszusprechen, selbst wenn es eigentlich angebracht wäre. Er entschuldigte sich mit kleinen Gesten und diesem weichen Lächeln, das mich früher regelmäßig zum Schmelzen gebracht hatte. Und gerade im Moment wollte ich ihm auch einfach verzeihen, ich wollte nicht streiten – und vor allem das Thema von vor drei Tagen auch nicht mehr aufwärmen. Vielleicht, weil eine Stimme in meinem Hinterkopf wusste, dass es nichts bringen würde. Wir kamen beim Thema Job und Berufung einfach auf keinen gemeinsamen Nenner.

Also lächelte ich, ebenfalls so versöhnlich wie möglich. »Wirklich? Sonntagsbrötchen?«

Martin schien erleichtert darüber, dass ich sein etwas unbeholfenes Friedensangebot annahm. Er lehnte sich ein wenig gegen den Türrahmen und das Selbstbewusstsein in seinem Gesicht war wieder zurück. »Natürlich. Was ist denn ein Sonntagsfrühstück ohne Sonntagsbrötchen?«

»Na, dann stehe ich wohl mal auf.« Grinsend ließ ich mich aus dem Bett gleiten, warf mir den Bademantel über und folgte ihm ins Esszimmer. Während wir durch den breiten Flur gingen, der sich zum Wohnzimmer öffnete, hob ich den Blick und sah mich um, als würde ich die Wohnung zum ersten Mal sehen. Wie damals, als wir sie zusammen besichtigt hatten und ich den Stuck an der Decke und die riesigen Zimmer tatsächlich zum ersten Mal betrachtet hatte.

Wunderschön und geräumig. Wir hatten ein Extra-Büro, ein Extra-Lesezimmer und das Wohnzimmer war so groß, dass neben einer ausladenden Couch noch ein Esstisch reinpasste, an dem sicher acht Personen Platz hatten. Niemand aus unserem Bekannten- oder Freundeskreis hatte eine derart riesige Wohnung. Niemand brauchte sie. Sie war viel zu groß für zwei Personen.

Ich spürte, wie mein Herz wieder schneller schlug, und versuchte, bei den Gedanken ganz ruhig zu bleiben.

Martin hatte den Esstisch sehr reichhaltig gedeckt. Frisch aufgebackene Brötchen, Marmeladen, er hatte sogar einen Obstkorb zusammengestellt. Der Anblick brachte mich zum Grinsen, und ich nahm auf dem Stuhl Platz, den er mir wie ein echter Gentleman zurückzog. Dann nahm er mir gegenüber Platz und schob mir den Brötchenkorb rüber. »Guten Hunger.«

»Danke.« Ich goss mir Kaffee ein und beobachtete Martin ein wenig verstohlen dabei, wie er sich ein Brötchen aufschnitt und mit Marmelade bestrich. Wir schwiegen ein paar Sekunden, in denen ich meine Worte abwog. Dann sagte ich langsam: »Habe ich dir eigentlich mal von meinem Patienten Luca erzählt?«

Martin biss gerade von seinem Marmeladenbrötchen ab und zog dabei die Augenbrauen nach oben. Weil er mit vollem Mund nicht reden wollte, schüttelte er den Kopf.

»Ein Kind mit Lungenkrebs, das schon seit ein paar Jahren immer wieder auf die Station kommt«, erklärte ich ihm, während ich mir selbst ein Brötchen aufschnitt. »Zwölf Jahre alt. Ein wirklich liebes Kind.« Ganz schön dick aufgetragen, wenn man bedachte, dass er die erste Woche mir gegenüber nicht gerade freundlich gewesen war. Aber das hatte sich geändert. Er hatte sich geändert und ich hatte hinter seine Fassade geblickt. Mir rutschte ein Lächeln ins Gesicht, bis ich an das dachte, was Beck mir erzählt hatte. »Er lebt im Kinderheim, hat schon ein paar Pflegefamilien hinter sich.«

Martin machte ein Geräusch, das beinahe wie ein Stöhnen klang. »Traurig«, sagte er kauend. »Kein Wunder, dass du es da so schwer aushältst. Gibt es wirklich keine Möglichkeit für dich, auf eine andere Station zu wechseln?«

Wir hatten in den letzten Wochen nicht mehr darüber gesprochen, also bezog er sich wohl noch auf meine Aussagen vom Anfang meines Einsatzes. Es war unglaublich, wie viel sich seitdem geändert hatte. Und dass ich ihm nichts von meinem Gespräch mit Malik erzählt hatte. Auch nicht von dem Angebot einer anderen Station – und dass ich darüber nachdachte, es gar nicht anzunehmen, um auf der Kinderstation zu bleiben.

Ich atmete tief durch. »Eigentlich fühle ich mich mittlerweile ganz wohl da.«

Martin starrte mich über seinen Kaffeebecher mit hochgezogenen Augenbrauen an. »Ernsthaft?« Er klang ungläubig und ich nahm es ihm nicht übel. Ich hätte selbst auch nicht gedacht, dass es irgendwann einmal so werden würde.

»Weißt du…«, fügte ich an und blickte wieder auf meinen Teller hinab. »Patienten wie Luca erinnern mich daran, warum ich ursprünglich Krankenschwester werden wollte. Es macht mir Spaß, mit Kindern wie ihm zu arbeiten, die einfach ein wenig … Zuwendung brauchen, um aufzublühen.«

»Verstehe«, gab Martin zurück, schon wieder konzentriert auf sein Marmeladenbrötchen. Er klang nicht so, als würde er es wirklich tun, aber das erwartete ich auch nicht von ihm. Sein Job war so anders als meiner und er konnte es überhaupt nicht nachvollziehen, wie sich manche Dinge anfühlten. Es war okay.

»Ich wünschte, du könntest ihn kennenlernen«, sprach ich weiter. »Ich bin sicher, du würdest ihn mögen.« Auch wenn ich mir schon die frechen Sprüche vorstellen konnte, die Luca ihm gegenüber verlauten lassen würde.

Martin seufzte in seinen Kaffee. »Kann sein«, sagte er abwesend. Als ich aufblickte, starrte er auf sein Handy. Ich nahm an, dass er wie jeden Morgen die News las. Dabei war das, was ich sagen wollte, wichtig. Dass er mir kaum zuhörte, nahm mir ein wenig den Wind aus den Segeln. Als ich den Mund wieder aufmachte, um etwas anzufügen, zuckte sein müder Blick zu mir hoch. Er lächelte. »Es ist Sonntag, Schatz. Lass uns nicht über die Arbeit reden.«

Ich schloss den Mund wieder. Kämpfte die Verärgerung in mir runter, weil ich eigentlich verstand, dass er am Wochenende das Thema nicht anschneiden wollte. Aber ich hatte es ja auch nur als Aufhänger nutzen wollen, um über Luca zu sprechen. Warum konnte er mich nicht einmal ausreden lassen? Plötzlich war mir die Lust daran vergangen, ihn an diesem Teil meines Lebens teilhaben zu lassen. Vielleicht war es auch zu früh. Vielleicht würde er es auch nicht verstehen.

Er sah wohl trotzdem, dass sich mein Gesichtsausdruck geändert hatte, denn er lächelte wieder versöhnlich. »Nela hat gestern nach dir gefragt. Sie vermisst dich, weil ihr die letzte Woche gar nichts miteinander unternommen habt. Vielleicht könnten wir heute etwas Schönes machen? Kino zum Beispiel, oder essen gehen?«

Ich wusste sein erneutes Friedensangebot tatsächlich zu schätzen, aber ich hatte andere Pläne. »Ich wollte heute meine Mutter besuchen.«

Martin fielen beinahe die Augen aus dem Kopf. »Wirklich?« Er schluckte seinen Bissen hinunter. »Ich dachte, ihr versteht euch nicht mehr?«

Ihm war anzusehen, dass er über meine Sonntagspläne nicht besonders glücklich war. Das lag sicher daran, dass meine Mutter ihn nicht ausstehen konnte und auch nicht müde war, ihm das deutlich zu zeigen, wenn sie sich mal begegneten. Schon nach zwei Treffen hatte Martin angefangen, sich zu weigern, meine Mutter zu besuchen. Das war im Endeffekt auch der Grund für die Eskalation zwischen meiner Mutter und mir gewesen. Der Grund, warum wir kaum noch miteinander sprachen. Und für meinen Geschmack hätte das auch so bleiben können – aber jetzt brauchte ich sie. Brauchte ihre Hilfe.

Also nickte ich nur. »Sie lädt mich schon seit Wochen zum Sonntagskaffee ein. Ich kann nicht immer absagen. Und außerdem … habe ich ihr noch kein Update gegeben.«

Wie zur Erklärung hob ich meine Hand mit dem Verlobungsring und ließ den Stein im Licht der Sonne glitzern.

»Verstehe«, sagte Martin und dieses Mal klang es, als wäre es wirklich so. »Dann viel Glück.« Was für eine Grabesstimme. Es schickte die Nervosität wieder in meinen Körper zurück. Das restliche Frühstück verbrachten wir schweigend und ich hoffte wirklich, dass ich die Entscheidung über meine Sonntagsgestaltung nicht bereuen würde.

Nicht ganz eine Stunde später saß ich bereits in meinem Auto und fuhr den gleichen Weg, den ich vor ein paar Wochen schon gefahren war. Als ich Berlin hinter mir ließ und in der Ferne den Wald sah, in dem ich damals auf und ab spaziert war, um eine Entscheidung zu treffen, spürte ich wieder Gänsehaut auf meinem Nacken kribbeln. Damals war ich zurückgefahren, mit Trauer und Angst im Herzen, aber auch selbstbewusst über meine Entscheidung – die ich dann wieder verworfen hatte.

Seufzend schlug ich diesmal die andere Richtung ein und fuhr nach Falkensee weiter. Ich war seit Ewigkeiten nicht mehr hier gewesen. Schon hinter dem Ortsschild überfielen mich so viele Nostalgiegefühle, dass ich tief durchatmen musste. Ich fuhr an der kleinen Eisdiele vorbei, in der ich als Kind immer Haselnuss- und Erdbeereis gegessen hatte, die Beine über das Geländer dahinter geschwungen und mit Blick über die Gärten der Nachbarn. Ich passierte die kleine Brücke über dem Fluss, auf der ich mit meinen Freunden damals immer balanciert war, und ich dachte daran, wie meine Mutter mich geschimpft hatte, als sie davon erfahren hatte. Die Bäume in dem Park, der meinem Elternhaus am nächsten war, waren kahl und ich sah mich in meinen Erinnerungen an den dicken Ästen nach oben klettern, bis in die Krone, und da dann quietschend und lachend mit meinen Freunden billige Limo aus Dosen trinkend. Es waren die schönen Momente meiner Kindheit, an die ich dachte, aber sie verblassten, je näher ich dem Haus kam, das ich vor Jahren verlassen hatte. Das strahlende Blau der Fassade wirkte, als wäre es in den letzten Jahren erst frisch gestrichen, und von Weitem erkannte ich, dass die Blumenkästen an den Fenstern nicht hereingeholt worden waren. Meine Mutter hatte das schon immer vergessen, die Blumen erfrieren lassen und irgendwann die steinharte Erde in den Garten gekippt. Manches Jahr hatte ich es geschafft, ein paar der armen Blümchen zu retten und in meinem Zimmer noch ein paar Wochen am Leben zu erhalten. Bis sie irgendjemand beim Spielen umgekippt oder meine Mutter sie gefunden und weggeworfen hatte.

Meine Lippen waren vor Anspannung zu einem dünnen Strich zusammengepresst, als ich das Auto vor dem Gartenzaun parkte. Der Garten sah etwas verwildert aus, der Sandkasten war nicht abgedeckt, aber wahrscheinlich hatte ihn auch schon seit Jahren niemand mehr benutzt. Soweit ich wusste, hatte meine Mutter schon seit einer Weile keine Pflegekinder mehr gehabt. Seit ihrer Hüft-OP, wenn ich mich recht erinnerte. Trotzdem sah ich, als ich ausstieg, gedanklich wieder Kinder im Garten spielen. Viel zu viele für den kleinen Sandkasten. Viel zu viele für das kleine Haus und die wenigen Zimmer. Für das kleine Bad in der oberen Etage, das wir uns manchmal zu viert oder fünft hatten teilen müssen.

Ich blickte an der Fassade hinauf zu dem Zimmer, das in meiner jüngsten Kindheit meines gewesen war. Und ein paar Jahre später dann das meiner Pflegegeschwister. Norah und Marla, Carl und Henry. Stefanie, Lilian, Jeremy. Die Namen liefen durch meinen Kopf, als ich das Gartentor öffnete und über den vereisten Weg lief. Ich erinnerte mich an jeden von ihnen, egal wie lange sie damals bei uns gewesen waren. Manche hatten nur ein paar Wochen in unserem Haus gewohnt und waren dann zu ihren Eltern zurückgekehrt. Andere, wie Norah und Henry, waren Jahre geblieben. Zu ihnen hatte ich eine Beziehung aufgebaut, hatte sie fast wie Geschwister angesehen. Norah hatte mir eine gewisse Zeit meines Lebens nähergestanden als meine Mutter.

Ich zögerte eine ganze Weile, bevor ich auf den Klingelknopf drückte. Es dauerte etwas, bis ich Schritte hörte, bis hinter der Milchglasscheibe jemand auftauchte und schließlich die Tür geöffnet wurde.

Meine Mutter war fast einen ganzen Kopf kleiner als ich und ihre blonden Haare waren kraus und beinahe so verwildert wie der Garten hinter mir. Überrascht starrte sie mich durch ihre dicken Brillengläser an, bevor sie ein »Theresa?« ausstieß, beinahe, als wäre sie sich nicht sicher.

»Hallo, Mama«, gab ich zurück und zwang mich zu einem Lächeln.

»Du hast gar nicht gesagt, dass du kommst.«

»Entschuldige. Du meintest, ich kann mal wieder vorbeischauen und ich war gerade in der Gegend …« Dämliche Ausrede. Niemand war hier mal eben in der Gegend. Das wusste sie auch und presste die Lippen zusammen, bevor sie ebenfalls lächelte und aus dem Türrahmen trat, um mir Platz zu machen.

»Tee?«, fragte sie, als ich eingetreten war und meinen Schal abnahm. Ich nickte, weil ich wusste, dass meine Mutter nie Kaffee daheim hatte. Dann folgte ich ihr durch den schmalen Gang in den Wintergarten, der im hinteren Bereich des Hauses lag.

Während sie Wasser aufkochte, ließ ich den Blick durch den offenen Raum wandern, von dem aus man einen freien Blick auf den Garten hatte, auf die verschneiten Schaukeln, die unser Nachbar für mich gebaut hatte, als ich gerade einmal sechs Jahre alt gewesen war. Ich schälte mich aus der Jacke und hängte sie über die Lehne des Stuhls, auf dem ich schon früher immer gesessen hatte. Auf dem Tisch standen zwei Tassen und ich blickte auf. »Erwartest du Besuch?«

Meine Mutter folgte meinem Blick und lächelte dann. »Henry war da. Er kommt fast jeden Sonntag vorbei.«

Sieh an. Mein Pflegebruder, mit dem meine Mutter ein ganz besonderes Band gehabt hatte. Er war zwölf gewesen und beinahe einem wilden Tier gleich, als er damals zu uns gekommen war. Ich wusste, dass seine Mutter drogenabhängig gewesen war und ihn vernachlässigt hatte. Er war einer der wenigen Pflegekinder meiner Mutter gewesen, den ich ernsthaft als Bruder bezeichnet hatte. Ab und zu hatten wir noch E-Mail-Kontakt gehabt, nachdem er ausgezogen war, aber der hatte sich nach dem Streit mit meiner Mutter auch irgendwann verlaufen. »Schön, dass ihr noch so guten Kontakt habt. Wie alt ist er jetzt? Achtzehn?«

»Neunzehn.« Lächelnd stellte meine Mutter eine Tasse Tee vor mich. Als sie sich setzte, fiel ihr Blick auf meine Hand und den Ring am Finger. Ihre Augen wurden groß. »Ist das …?«

»Ein Verlobungsring, ja.« Ich starrte auf den funkelnden Stein und dann in ihr Gesicht, um herauszufinden, was sie davon hielt. Meine Mutter ließ sich nichts anmerken, als sie langsam nickte, keine Gefühlsregung war in ihrem Gesicht zu sehen. Aber ich wusste, dass sie nicht viel von Martin hielt. Davon, dass wir zusammen waren. Sie war der Meinung, dass er oberflächlich war und ein aufgeblasener Hering, wie sie ihn immer genannt hatte. Meine Mutter konnte nicht nachvollziehen, dass jemand Dinge nur für sich tat, wie eine große Wohnung zu haben und teure

Cremes zu kaufen – und sie war der Meinung, dass er mich zu dieser Person gemacht hatte.

»Herzlichen Glückwunsch«, sagte sie trotzdem. Es schien sie Überwindung zu kosten, aber sie lächelte. »Wann ist es denn so weit?«

»Wir haben noch keinen Termin. Aber du wirst rechtzeitig eine Einladung bekommen, keine Sorge.« Ich schmunzelte, weil meine Mutter überrascht aussah. »Was denn? Dachtest du, ich lade dich nicht ein?«

»Ich war mir nicht sicher«, gab sie zu und ich verstand, was sie meinte.

Wir redeten kaum noch miteinander. Seit unserem Streit vor zwei Jahren hatten wir uns nur selten, und wenn, nur kurz gesehen. Und in diesem Moment schämte ich mich plötzlich dafür.

»Ich wollte es dir persönlich erzählen«, sagte ich. »Bevor du es von jemand anderem erfährst.«

Meine Mutter brummte, aber es klang nicht unfreundlich. Eher etwas amüsiert. »Das ist schön.« Ihr Blick glitt zum Garten, zu der Schaukel, auf der sie mich früher oft von der Küche aus beobachtet hatte. Ich fragte mich, ob sie dieses Bild auch gerade vor Augen hatte.

»Ich wollte dich etwas fragen«, kam ich schließlich zum Punkt, bevor ich doch den Mut verlieren würde, meine Gedanken laut auszusprechen. Sie sah mich wieder an. Abwartend, aber nicht überrascht. Wahrscheinlich wusste sie, dass ich nicht einfach ohne Grund hier auftauchen würde, und ich schämte mich sofort noch ein bisschen mehr.

Verlegen strich ich mir die Strähnen aus dem Gesicht und starrte in den Pfefferminztee vor mir. »Als du damals entschieden hast, ein Pflegekind aufzunehmen, wie bist du da vorgegangen?«

Sie schwieg. Eine ganze Weile. Irgendwann blickte ich deshalb doch wieder auf und sah nun doch Überraschung in ihrem Gesicht. »Du willst … Pflegekinder aufnehmen?«

»Kind. Eines. Vielleicht, ich bin, ehrlich gesagt, noch nicht sicher«, gab ich zurück. Und dann, bevor sie noch einen Kommentar dazu abgeben konnte, sprudelte ich einfach drauflos: »Es gibt da einen Patienten. Luca. Er hat Lungenkrebs und ist jetzt wieder bei uns eingeliefert worden, weil er im Heim kaum jemanden hat, der wirklich auf ihn achtet. Ich habe darüber nachgedacht … ihm vielleicht für eine Weile … ein Zuhause zu geben. Keine Ahnung. Die Wohnung von Martin und mir ist riesig. Es ist genug Platz für noch eine Person. Und so lange, bis Luca gesund ist, könnte ich vielleicht …« Ich verschluckte mich ein wenig an meinem Satz und trank von meinem Tee. Dann zuckte ich mit den Schultern.

Meine Mutter starrte mich immer noch an. Überlegte, schien ihre Worte sorgfältig abzuwägen. Dann sagte sie: »Das ist nicht so einfach. Du wirst geprüft werden, wenn du Pflegemutter werden willst. Ob du genug Platz, genug Geld, aber auch genug Zeit hast. Du arbeitest sehr viel.« Es klang nicht wie ein Vorwurf, aber irgendwie fühlte es sich trotzdem wie einer an.

»Vielleicht könnte ich weniger arbeiten«, überlegte ich laut, auch wenn das eher unrealistisch war. »Oder zu anderen Zeiten. Abwechselnd mit Martin.«

Ich begegnete ihrem Blick und spürte, wie ein wenig Frust in mir aufkam. »Du denkst, ich könnte das nicht. Ich wäre keine gute Pflegestelle.«

»Nein, das stimmt nicht.« Meine Mutter schüttelte sofort den Kopf. »Das ist nicht wahr. Ich denke, dass du das sein könntest. Aber das ist nichts, was schnell geht. Das ist ein langer Prozess und vielleicht zu lang für …«

… für Luca. Ich spürte, wie mir die Schultern absackten, und bemühte mich um ein Lächeln, auch wenn ich mich nicht danach fühlte. »Ja, so was in der Art hatte ich vermutet.« Ich drehte die heiße Tasse zwischen meinen Händen. »Ich habe das nicht durchdacht.«

Meine Mutter lächelte. Als ich aufblickte, konnte ich Stolz in ihrem Blick erkennen. »Erzähl mir von dem Jungen«, sagte sie mit weicher Stimme. Das, was ich mir von Martin die ganze Zeit gewünscht hatte. Ich sah sie an, atmete tief durch und begann zu erzählen. Wie ich ihn kennengelernt hatte, wie er sich mir gegenüber langsam geöffnet hatte. Wie geschockt ich gewesen war, als er wieder auf Station gekommen war. Und alles, was ich über ihn, seine Pflegeeltern und seinen Werdegang wusste.

Als ich fertig war, lächelte meine Mutter breit. »Sieh an«, sagte sie. »Du magst diesen Jungen wirklich gern.« Sie seufzte und griff nach meiner Hand, die immer noch auf dem Tisch lag. »Du hörst dich an wie du selbst. Wie ich, damals.«

Ich zog die Augenbrauen nach oben. »Ich habe nicht vor, zwanzig Pflegekinder bei mir aufzunehmen.«

»Nicht ganz so wie ich«, korrigierte sie sich sofort und wir lachten beide. Es fühlte sich komisch an, weil es fast wie früher war. Und doch anders. Gut, trotzdem anders. Sie lächelte weiter und tätschelte meine Hand. »Lass es dir in Ruhe durch den Kopf gehen. Es ist eine große Verantwortung. Wenn du es dann noch willst, helfe ich dir bei allem. Aber ich werde auf jeden Fall bei den Pflegefamilien nachfragen, die ich kenne. Ein paar von ihnen haben Kinder, die bald ausziehen, soweit ich weiß. Vielleicht hat jemand Platz für Luca.«

Ich spürte Erleichterung in mir aufwallen. »Danke, Mama.«

Sie schüttelte den Kopf. »Nicht dafür. Ich bin … froh.« Sie erklärte nicht, was sie damit meinte, aber ich konnte es mir denken. *Ich bin froh, dass du nicht so kalt und hart bist, wie ich gedacht habe. Ich bin froh, dass du etwas von mir hast. Dass du ein bisschen wie ich geworden bist.*

Und auf einmal fand ich den Gedanken gar nicht mehr so schlimm.

Kapitel 22

Es war spät, als ich mich auf den Rückweg machte. Die Straßen außerhalb von Berlin waren bereits dunkel und mein Innerstes war in Aufruhr. Der Nachmittag bei meiner Mutter war aufwühlend gewesen, aber er hatte mir auch einige Dinge klargemacht. Wieder fuhr ich den gleichen Weg wie noch vor ein paar Tagen und wieder fühlte ich mich traurig und durcheinander.

Als ich gerade wieder über die Stadtgrenze fuhr, links und rechts die Schrebergärten passierte, bekam ich über das Handy auf dem Armaturenbrett eine Nachricht. Ich warf nur kurz einen Blick darauf und sah, dass sie von Beck war. Mein Bauch begann zu kribbeln, als ich die Worte überflog:

»Update zu Luca: Geht ihm besser. Er ist wieder so frech wie eh und je.«

Ich grinste breit, zum einen, weil ich froh war, dass es Luca besser ging. Zum anderen, weil ich mich freute, dass Beck sich meldete. Deshalb zögerte ich nur eine Sekunde, als ich auf seinen Namen tippte. Es klingelte nur einmal, dann ging er ran. »Hey, Tessa.« Seine Stimme klang dunkel und warm, als würde er lächeln.

Wir haben uns auf Freunde geeinigt. Ich habe mich für Martin entschieden, fuhr es mir durch den Kopf, aber das hielt meine Mundwinkel nicht davon ab, nach oben zu wandern. Und meinen Magen nicht davon, vor sich hin zu prickeln. »Hey, Beck.« Ich konzentrierte mich für eine Sekunde auf den Rückspiegel, weil ich abbiegen musste, dann fragte ich: »Was hat der kleine Kerl denn schon wieder gemacht?«

»Er hält die Schwestern auf der Intensiv ganz schön auf Trab. Er kann noch nicht mal aufstehen, weil er noch zu wackelig auf den Beinen ist, aber er schafft es schon, dass den Kollegen die Ohren rauchen, wenn sie sich mehr als eine Minute mit ihm unterhalten«, stöhnte Beck am anderen Ende der Leitung.

Ich lachte, auch wenn es eigentlich nicht lustig war. Luca konnte wirklich anstrengend sein. »Ich hoffe, du hast ihn ein bisschen zur Vernunft bringen können.«

»Hab es versucht. Aber du kennst ihn, er lässt sich nicht viel sagen«, gab Beck zurück, ein Grinsen in seiner Stimme. Er verstand es, genau wie ich. Es raschelte am anderen Ende der Leitung, als würde Beck sich irgendwo hinsetzen, dann sagte er: »Klingt komisch bei dir – bist du im Auto?«

»Ja, ich fahre gerade nach Hause.« Ich presste kurz die Lippen aufeinander, weil ich an unser Gespräch denken musste. Nach kurzem Zögern fügte ich an: »Ich komme von meiner Mutter.«

»Wirklich?« Beck klang überrascht, aber auch, als würde er lächeln. »Versteht ihr euch wieder besser?«

»Ja, überraschenderweise. In den letzten Monaten und Jahren hatte ich immer das Gefühl, dass wir kaum etwas gemeinsam haben und dass das gut ist. Dass ich gar nicht sein will wie sie. Aber heute bin ich wieder darauf gekommen, was wir gemeinsam haben, und irgendwie ist es plötzlich … in Ordnung.« Ich wusste überhaupt nicht, warum ich ihm das alles erzählte. Eigentlich hatte ich mich nur nach Luca erkundigen wollen und jetzt legte ich vor ihm schon wieder meine Seele frei. »Wie machst du das nur immer?«

Er gab ein amüsiertes Geräusch von sich. »Was denn?«

»Dass man dir immer gleich sein Herz ausschütten will. Was hast du nur an dir, dass das so ist?«

»Keine Ahnung. Das habe ich tatsächlich schon öfter gehört.«

Beck lachte. »Das kann durchaus auch ganz schön belastend sein.«

Ich konnte gar nicht mehr aufhören zu grinsen. »Na, ich hoffe, dass es bei mir nicht so ist.«

»Nein«, gab er sofort zurück. »Bei dir nie.«

Ich presste die Lippen zusammen. Ich war bereits in unserer Straße angekommen und parkte gerade ein, das hieß, dass das Gespräch fast zu Ende war. Aber ich wollte das nicht. Ich wollte weiter mit ihm reden, weil es so einfach war, mit ihm zu sprechen. Weil ich das Gefühl hatte, dass er sich wirklich für die Dinge interessierte, die ich ihm sagte. Ich ließ ein Seufzen hören und er interpretierte es sofort richtig: »Zu Hause?«

»Ja. Ich sollte reingehen.«

Er schwieg für eine Sekunde, bevor er sagte: »Hab einen schönen Abend, Tessa.«

»Du auch, Beck.«

Wir legten auf und ich blieb noch einen Moment hinter dem Steuer sitzen, den Blick nach oben zu dem Haus gerichtet, in dem ich bereits seit zwei Jahren lebte. Das Licht im Wohnzimmerfenster brannte. Als ich ausstieg, fühlten sich meine Beine seltsam schwer an. Und sie wurden schwerer mit jeder Treppenstufe, die ich nahm.

Als ich die Tür aufschloss, war ich so müde, dass ich am liebsten sofort ins Bett gegangen wäre. Ich kickte die Schuhe von den Füßen und hängte meinen Mantel auf.

Martin saß auf der Couch und der Fernseher lief. Als ich hinter ihn trat, sah ich, dass es irgendeine Sportsendung war. »Hey.«

»Na, wie war es bei der Hexe?« Er grinste in sein Glas, ohne sich zu mir umzudrehen.

»Martin!«, mahnte ich sofort und spürte, wie der Ärger mir in meinem Hals aufstieg.

»Was denn? Du hast sie doch selbst mal so genannt.«

»Das heißt nicht, dass es okay ist, wenn du es tust«, brummte ich verstimmt.

Er gab wieder dieses Stöhnen von sich, das mich rasend machte. Wieso war er in letzter Zeit so? Oder war er wirklich schon immer so gewesen?

»Ich will nicht streiten«, sagte er. »Lass uns einfach nicht über deine Mutter reden. Das führt immer nur zu Unmut.«

Ich spürte, wie sich meine Hände in die Sofalehne krallten, aber die Wolke in meinem Kopf war innerhalb einer Sekunde verschwunden. Ich fühlte mich klar. Und ich fühlte mich wütend. »Aber ich will über meine Mutter reden. Und ich will darüber reden, warum ich bei ihr war: Es ging um den Patienten, über den ich heute mit dir gesprochen habe. Ich hatte überlegt, ihn als Pflegekind hier aufzunehmen.«

»Was?« Martin fuhr herum und sah mich vollkommen entsetzt an. »Ohne das mit mir zu besprechen?«

Ich verschränkte die Arme vor der Brust. »Ich hätte das nicht einfach so entschieden. Ich wollte nur mit meiner Mutter über die Möglichkeit sprechen. Sie kennt sich mit den Formalitäten aus, deshalb bin ich zu ihr gefahren.«

»Das hättest du dir sparen können, wenn du zuerst mit mir geredet hättest«, sagte Martin. Er war nicht laut, aber da war eine Intensität in seiner Stimme, die mich trotzdem erschreckte.

»Was meinst du damit?«, wollte ich wissen.

»Dass das absolut keine Option ist. Ich will kein Pflegekind in unserer Wohnung haben.« Er rückte etwas näher an mich heran und sah mich mit hochgezogenen Augenbrauen an. »Du hast gesagt, dass er schwierig ist. Und dass er Krebs hat. Wie stellst du dir das vor? Ich weiß nicht einmal, ob ich eigene Kinder will, aber ein Kind von jemand anderen ganz sicher nicht.«

Wir starrten uns an. Und ich spürte, wie ganz langsam etwas in mir zerbrach. Alle Themen der letzten Wochen kamen wieder hoch, wurden an die Oberfläche gespült. Im ersten Moment versuchte ich, es zu ignorieren. Die schrecklichen Gefühle nicht zuzulassen, die mich vollkommen übermannen wollten. Aber dann fragte ich mich, ob das wirklich der richtige Weg war. Immer alles zu verdrängen, alles zu überspielen, und für was? Um den Schein zu wahren, der ohnehin kaum mehr aufrechtzuerhalten war? Um ihn glücklich zu machen, während ich auf der Strecke blieb? Das wollte ich nicht mehr. Also ging ich um die Couch herum und stellte mich mit geradem Rücken vor ihm auf, die Arme vor der Brust verschränkt.

Er sah zu mir auf, die Augenbrauen zusammengezogen, sein Glas noch an den Lippen. »Was?«, fragte er und seine Stimme klang herausfordernd. Als würde er sich wappnen, mit mir zu streiten, bereit dazu, gegen mich zu kämpfen.

Und das war der Moment, in dem sich der Sturm in meinem Inneren legte. An dem alles ganz ruhig und still wurde. Ich fing seinen Blick auf und sagte leise: »Was glaubst du, wie das alles läuft, wenn wir heiraten?«

Seine Brauen wanderten nach oben und es war eindeutig, dass er etwas dazu sagen wollte, aber ich kam ihm zuvor: »Denkst du, dass du etwas sagst und bei deinem Standpunkt bleibst und wir das dann totschweigen, bis ich keine Lust mehr habe, dem etwas entgegenzusetzen? Oder streiten wir, bis ich keine Stimme mehr habe und du gewinnst?«

»Du sagst das, als wäre es immer so«, knurrte Martin. »So ist es nicht.«

»Es geht nicht um das *Wie oft,* sondern um das *Wann.* Und ganz nebenbei wirfst du mir hin, dass du nicht einmal weißt, ob du Kinder willst. Dass es absolut keine Option ist, das zu tun, was ich mir wünsche, ohne mich richtig anzuhören. Ohne mit mir darüber zu sprechen. Du schmetterst es einfach ab und ich habe keine Chance, mich zu erklären.«

»Weil es einfach verrückt ist!«, rief Martin aus. Er wirkte wütend und ich wunderte mich über mich selbst, dass ich noch immer ruhig blieb.

»Hör mir zu«, bat ich mit fester Stimme. »Ich sagte bereits, dass es nicht nur um jetzt geht. Du willst mich heiraten, aber du bist nicht in der Lage, Dinge ruhig mit mir auszudiskutieren. Ich frage dich jetzt, ob das immer so sein wird. Oder ob du mich bei Dingen, die mir wichtig sind, anhören kannst. Ob wir miteinander reden können.«

Er starrte mich an, immer noch wütend, und ich wusste, was er sagen würde, bevor er es tat. Trotzdem versetzte es mir einen Stich, als er zischte: »Wirklich? Du hattest dich nicht mal dazu entschieden, ob du den Jungen nehmen willst, und trotzdem brichst du so einen Streit vom Zaun? Das ist so bescheuert, Tessa. Wir streiten über nichts!«

»Es geht nicht um ihn!« Ich merkte erst, dass ich den Satz laut geschrien hatte, als Martin mich mit großen Augen anstarrte, als hätte ich ihm direkt ins Gesicht geschlagen. »Es geht nicht um Luca«, wiederholte ich leiser, beherrschter. »Es geht darum, dass ich mir ein Leben unter den Bedingungen, wie sie sich gerade zeigen, nicht vorstellen kann.«

Ich dachte an die ganzen Dinge, die in den letzten Wochen passiert waren. Unsere kleinen und großen Diskussionen, aber auch die Zweifel, die ich gehabt hatte. Das Gefühl, wie schwer sich der Ring an meiner Hand angefühlt hatte. Und das hier, dass wir unterschiedliche Lebensauffassungen hatten. Ich hatte vermutet, dass es die wenige Zeit zusammen gewesen war, die uns auseinandergetrieben hatte. Jetzt wurde mir endlich bewusst, dass es das nicht war. Es ging nicht um Beck, nicht um die Gefühle für einen anderen Mann. Es ging um die vielen kleinen Puzzleteile, die von Anfang an nicht gestimmt hatten. Es ging darum, dass ich im Falle einer Trennung zuerst an Nela und seine Familie dachte. Dass ich sie verloren hätte. Ich dachte daran, wie ich durch den Wald gelaufen und mit einer Entscheidung zurückgekehrt war. Einer Entscheidung, die mich zwar traurig gestimmt hatte, die ich trotzdem mit jeder Faser meines Körpers gefühlt hatte.

Und dann war ich wieder davor zurückgeschreckt, weil ich dieses verdammte Pflichtgefühl gegenüber ihm, unserer Beziehung, seiner Familie gespürt hatte. Ich hatte Angst gehabt, aber diese war jetzt verflogen. Es trieb mir trotzdem die Tränen in die Augen, auch wenn es die Entscheidung war, die ich eigentlich schon längst getroffen hatte.

Martin beobachtete mich immer noch, aber als ich den Ring von meinem Finger zog, verschwand langsam die Wut aus seinem Gesicht. Sie wich einer Mischung aus Entsetzen und Ungläubigkeit und ich hatte das Gefühl, jeden Moment in Ohnmacht zu fallen. Meine Hände zitterten, meine Beine, mein ganzer Körper, aber ich nahm den Ring trotzdem ab. Legte ihn vor Martin auf den Couchtisch.

»Tessa.« Er sagte es mit Nachdruck. Eine Mischung aus der Verärgerung, die immer noch in ihm war, und Verzweiflung. Flehen. »Das kann nicht dein Ernst sein. Nur wegen …« Er sprach nicht weiter, aber ich wusste, dass er es immer noch nicht verstanden hatte. Ich war es leid, es zu erklären zu versuchen. Ich wollte das nicht mehr. Musste hier raus.

Ich machte auf dem Absatz kehrt und lief, blind vor Tränen, in den Wohnungsflur hinaus. Martin folgte mir nicht, stattdessen rief er mir nach: »Tessa? Du kannst doch jetzt nicht einfach abhauen! Lass uns reden, bitte. Komm wieder zurück.«

Völlig aufgelöst stapfte ich in unser Schlafzimmer. Griff wahllos nach der ersten Sporttasche, die ich finden konnte, und begann, Sachen hineinzuwerfen. Schnell, hastig, ohne zu viel darüber nachzudenken. Als ich zurück ins Wohnzimmer kam, saß Martin noch immer regungslos auf der Couch. Sein Blick wanderte von der Tasche zum Ring, dann zu meinem Gesicht. Er schüttelte leicht den Kopf, aber ich drehte ab und lief zum Flur.

Mein Herz raste, trotzdem gelang es mir irgendwie, klar und deutlich zu formulieren: »Es ist aus, Martin. Es tut mir leid.«

»Theresa!« Ich hörte das Kratzen des Ringes auf dem Sofatisch. Martin hatte ihn aufgehoben und jetzt folgte er mir doch. So schnell ich konnte, schlug ich die Tür hinter mir zu und stürzte die Treppe nach unten. Raus. *Raus!*

Martins Schritte folgten mir, aber nicht allzu weit. Er blieb irgendwo am Treppengeländer stehen und schrie nach mir. »Tessa! Komm zurück! Das kann doch nicht dein Ernst sein!«

Er klang wieder wütend und ich ließ seine Stimme zurück. Im Flur, in unserem Haus. Ich rannte vor ihr davon und von allem, von dem ich mich in diesem Moment löste.

Erst als ich auf dem Fahrersitz meines Autos saß, hielt ich das erste Mal inne. Ich bekam kaum Luft, weil ich so weinen musste. Es dauerte eine Weile, bis ich mich wieder etwas gefangen hatte und losfahren konnte.

Im ersten Moment konnte ich keinen klaren Gedanken fassen. Ich wusste nicht, wohin mit mir und was ich tun sollte. Aber kaum war ich ein paar Meter gefahren, durch die Dunkelheit der Stadt, formte sich die Antwort wie von selbst in meinem Kopf.

Mir entfuhr ein Schluchzer, als ich nach dem Handy griff und die einzige Nummer wählte, die mir jetzt wirklich helfen konnte.

Als ich auf den Parkplatz neben dem großen Wohnhaus mit den Balkonen und der Spree in Sichtweite hielt, stand Sami bereits am Bordstein. Sie trug einen Pullover, der ihr zu groß war, und hatte die Arme um ihren Oberkörper geschlungen.

Ich wischte mir ein letztes Mal übers Gesicht, bevor ich ausstieg. Sami überbrückte sofort die wenigen Meter zwischen uns mit zwei großen Schritten und nahm mich fest in den Arm. Wie immer fragte sie nicht, gab keinen Kommentar ab, sondern hielt mich einfach. Ich drückte mein Gesicht an ihre Schulter und erwartete eigentlich, dass ich wieder weinen musste. Aber anscheinend hatte ich meine Tränen bereits vollständig im Auto vergossen. In diesem Moment fühlte ich mich einfach nur leer und erschöpft.

Sami ließ mich los, strich mir die Haare aus dem Gesicht und bedachte mich mit einem durchdringenden Blick. Ich wollte irgendetwas sagen, aber das Einzige, was mir über die Lippen kam, war ein kleines Lachen und ein: »Ich hab nicht mal eine Zahnbürste eingepackt.« *Ich war viel zu schnell geflüchtet.*

Sie ließ ein schwaches Grinsen sehen, dann nickte sie zum Bordstein, auf dem ein kleiner Rucksack stand. »Ich hab dir ein paar Sachen von mir eingepackt, weil ich mir das schon denken konnte.« Sie deutete auf das Haus, in dem ich vor ein paar Wochen bereits gewesen war. »Louis schläft aktuell bei mir, weil Fynn dieses Wochenende meine jüngeren Brüder bei sich hat. Du kannst also seine Wohnung für ein paar Tage ganz für dich haben – er meint aber auch, dass du länger bleiben kannst, das ist überhaupt kein Problem. Er würde dir dann sein Arbeitszimmer frei räumen.« Sami ließ den Arm sinken und zog die Augenbrauen zusammen. »Das Zimmer kann man eigentlich nicht wirklich Arbeitszimmer schimpfen. Er hat einen Schreibtisch, aber ansonsten gibt es da nur ein paar Sportgeräte und jede Menge Katzenspielzeug.«

Mit einem schwachen Lächeln folgte ich ihr über den Gehweg in Richtung Haus. »Louis hat eine Katze?«

»Schnurrsula. War eigentlich die Katze meiner Familie, aber meine Mutter hat sich nicht um sie gekümmert.« Sami sah mich über ihre Schulter an, als sie die Tür aufstieß, und verdrehte grinsend die Augen. »Ich schwöre, als sie noch in unserer Familie gelebt hat, war sie furchtbar. Aber sie hängt so sehr an Louis, dass er sie überallhin mitnimmt. Sie ist auch gerade bei mir.«

Sie erzählte noch weiter von der Katze und ihrer Familie, mit dieser betont fröhlichen Stimme, und ich wusste, dass sie es gut meinte. Dass sie versuchte, mich auf andere Gedanken zu bringen, und für den Moment funktionierte das auch. Aber ich spürte irgendwo in meinem Hinterkopf, dass sie bereits anklopften. Rauswollten. Und ich war froh, dass ich das noch ein wenig aufschieben konnte.

Louis' Wohnung wirkte noch größer und leerer ohne die ganzen Partygäste, die darin tanzten. Von Sami wusste ich, dass seine Mutter sie ihm bezahlte, und ich hatte natürlich schon von der großen Chirurgin gehört.

Sami warf ihren Rucksack auf das große Doppelbett in Louis' Schlafzimmer und führte mich dann in die Küche, um eine Flasche Wein aufzumachen. Nachdem sie zwei Gläser gefüllt hatte, lehnte sie sich auf die Küchentheke. »Also. Willst du darüber reden?«

Ich nahm einen großen Schluck und spürte wieder das Klopfen in meinem Hinterkopf. Ohne dass ich es steuerte, bewegte sich mein Kopf zu einem Schütteln. »Nicht im Detail. Aber … wir haben uns wohl getrennt.« Ich hob den Blick. »Ich habe mich getrennt.«

Sami starrte mich über ihr Glas an. Nickte sehr langsam. »Verstehe.«

Ich wusste nicht, ob sie das wirklich tat. Nach allem, worüber wir gesprochen hatten, konnte ich es mir tatsächlich vorstellen. Gerade musste ich an das Gespräch denken, das ich mit ihr und Maya im Auto gehabt hatte – und an die Dinge, die sie da gesagt hatte. Dass sie immer gedacht hatte, dass das mit mir und Martin nicht gepasst hätte.

Der Kloß in meinem Hals wurde wieder größer und Sami sah mir das wohl im Gesicht an. Sie lächelte sanft. »Willst du, dass ich heute Nacht hierbleibe?«

Ich schüttelte sofort den Kopf. »Ich muss ein bisschen allein sein, glaub ich.«

»In Ordnung. Dann beziehe ich dir nur schnell das Bett neu

und lasse dich dann in Ruhe.« Sie knuffte mir in die Schulter. »Aber du weißt, dass du jederzeit anrufen kannst, wenn du mich brauchst, ja?«

Ich nickte. Aber als sie an mir vorbei ins Schlafzimmer ging, setzte ich das Weinglas wieder an, um den Kloß runterzuspülen.

Es funktionierte nicht.

Kapitel 23

Eigentlich hatte ich mir vorgenommen, am nächsten Tag zur Arbeit zu gehen, um meinen Kopf frei zu bekommen, koste es, was es wolle. Aber als ich mich am Morgen aus dem Bett quälte, das nicht meines war, und in das Bad ging, das ich nicht kannte, fühlte ich mich, als würde ich auf Watte gehen. Und als ich schließlich den Kopf hob und mein blasses Gesicht mit den roten Augen sah, fror ich in meiner Bewegung ein. Mein Blick wanderte an mir herunter, an dem übergroßen Shirt, das Sami mir geliehen hatte, bis zu meiner Hand, die das Waschbecken umklammerte. Zu dem Finger, an dem nun kein Ring mehr war.

Es fühlte sich ein wenig an, als würde die Zeit um mich herum plötzlich langsamer laufen. Die ganzen Erinnerungen an unsere Beziehung stürzten auf mich ein, obwohl ich sie so lange aus meinem Bewusstsein gehalten hatte. Unser erstes Treffen, unsere ersten Dates, unser Zusammenziehen – bis zu dem Moment, als ich vor dem Spiegel gestanden hatte, das Brautkleid an mir.

Danach konnte ich eine ganze Weile nicht mehr aufhören zu weinen. Jedes Mal, wenn ich dachte, dass die Tränen langsam versiegten, tauchte eine neue Erinnerung auf und ließ mich wieder aufschluchzen. Ich wusste, dass es die richtige Entscheidung gewesen war. Ich wusste, dass ich nicht wieder zurückwollte. Aber ich trauerte um alles, was uns verbunden hatte. Um die gemeinsame Zeit und die Erlebnisse. Ich fühlte mich so einsam, dass ich den Fernseher laufen lassen musste, um nicht komplett zusammenzubrechen.

Ich fühlte mich schlecht, als ich auf Station anrief, um mich krankzumelden. Auch wenn sich die Personalsituation etwas entspannt hatte, fühlte es sich falsch an. Auf der anderen Seite konnte ich mir auch nicht vorstellen, in meiner jetzigen Verfassung zur Arbeit zu gehen. Jaron, der Nachtdienst hatte und deshalb ans Telefon ging, klang zum Glück sehr verständnisvoll. Wahrscheinlich, weil mir anzuhören war, dass es mir elend ging. Auch wenn mir das vor ihm unangenehm war, war ich froh, dass er nicht weiter nachfragte.

Als ich aufgelegt hatte, wollte ich das Handy eigentlich sofort ganz weit von mir wegwerfen. Martin hatte mehrfach versucht, mich anzurufen, und mir mehrere Nachrichten geschrieben und damit wollte ich gerade nicht konfrontiert werden. Ich wusste, dass ich irgendwann noch einmal mit ihm reden musste, dass wir das final klären mussten, aber gerade nicht. Nicht jetzt.

Bei einem letzten Blick auf das Display sah ich jedoch eine Nachricht von jemand anderem. Nela. Sofort kribbelte mein Magen vor Nervosität, aber ich wusste auch, dass ich sie sofort lesen musste, wenn ich mich nicht den restlichen Tag fragen wollte, ob sie mich sehr hasste. Als ich die Nachricht allerdings öffnete, war ich mehr als überrascht. »Was machst du heute nach der Arbeit? Die erste Folge von Melodie der Liebe ist online aufgetaucht und wir könnten sie bei euch auf der Couch schauen? ;-)« Mehr nicht. Keine Fragen, kein Kommentar. Und mir schwante in diesem Moment, dass sie es nicht wusste. Sie hatte keine Ahnung, was passiert war. Im ersten Moment war ich froh darüber, froh über die kurze Auszeit, den Aufschub. Aber dann wurde mir klar, dass ich dieses Gespräch irgendwann auch führen musste. Und dass ich solche Nachrichten dann wahrscheinlich nicht mehr bekommen würde. Dass unsere Freundschaft dann vielleicht nicht mehr möglich war.

Ich legte das Handy beiseite und entschied, wieder zurück ins Bett zu gehen. Plötzlich hatte die Trauer noch einmal eine ganz andere Note, weil ich wusste, was ich wirklich verloren hatte: seine Familie. Sogar seine übergriffige Mutter würde mir wahrscheinlich fehlen. Ich drückte das Gesicht ins Kissen und ließ erneut die Tränen laufen, bis ich irgendwann wieder einschlief.

Diesmal wachte ich nicht vom Klingeln meines Handyweckers auf, aber von einem anderen Geräusch, das mich vollkommen zusammenzucken ließ. Im ersten Moment war ich völlig orientierungslos, musste mich erst mal wieder erinnern, wo ich war. Dann brauchte ich noch ein paar Sekunden, um herauszufinden, woher das Geräusch kam, das in dieser Sekunde wieder aufschrillte. Die Klingel. *Verdammt.*

Ich rollte beinahe aus dem Bett, als ich aufsprang. In meinem Kopf zählte ich alle Flüche auf, die mir einfielen. Hoffentlich war das nur der Paketlieferdienst. Der Gedanke, dass irgendjemand von Louis' Freunden oder sogar von seiner Familie hier unangekündigt auftauchten und mich nur in Schlafklamotten vorfinden würde, war zu erniedrigend. Als ich den Knopf drückte, der die Gegensprechanlage betätigte, bemühte ich mich, das Shirt etwas weiter nach unten zu ziehen. »Hallo?«, fragte ich mit kratziger Stimme.

»Hey, Tessa.«

Mein Körper wurde von Hitze geflutet. »Beck?«

Was machte er hier? Wollte er an seinem freien Tag ursprünglich zu Louis? Aber dann hätte seine Stimme wahrscheinlich überraschter geklungen.

Ich wusste nicht, was ich erwidern sollte, also drückte ich nur auf den Knopf, der die Tür unten öffnete. Im Flur vor dem großen Spiegel versuchte ich, meine Haare mit den Fingern notdürftig zu kämmen und zu retten, was zu retten war. Erfolglos. Meine Augen waren noch immer verquollen und die zerzausten Haare bekam ich auch nicht mehr glatt. Ich gab es also auf und öffnete die Tür.

Beck tauchte nur wenige Sekunden später im Treppenhaus auf. Zuerst sah ich seinen Kopf mit den dunklen, dichten Locken, dann hob er ihn und blickte mich aus seinen dunklen Augen an. Er war besorgt, das erkannte ich sofort. Was seine Gefühle anging, war Beck wirklich ein offenes Buch. Ich wusste gar nicht, warum mir sofort wieder Tränen in die Augen traten, denn im selben Moment wanderten meine Mundwinkel auch nach oben. Ich lächelte, obwohl mir nicht danach zumute war, weil ich mich freute, ihn zu sehen. Weil es mich rührte, dass er mich besuchte.

Er blieb vor mir stehen und ich sah, dass er eine Tüte in der Hand hielt, aus der es unglaublich gut duftete. Erst da wurde mir bewusst, dass ich seit dem unheilvollen Frühstück mit Martin gestern nichts mehr gegessen hatte. Beck sah mich einen Moment lang nur an, schien mein Gesicht nach etwas abzusuchen und ich wollte gar nicht wissen, was er sich bei meinem Anblick dachte. Schließlich fragte er: »Darf ich reinkommen?«

»Ich denke schon. Ist ja nicht meine Wohnung«, sagte ich etwas verlegen und trat aus der Tür, damit er an mir vorbeikonnte. Als ich die Tür schloss, drehte er sich wieder zu mir um. Plötzlich standen wir uns sehr nah gegenüber. Er war nicht viel größer als ich, aber er blickte trotzdem auf mich runter, die Stirn in Falten gelegt. »Wie geht es dir, Tessa?«

Ich wusste nicht, wie ich auf diese Frage antworten sollte, daher ging ich an ihm vorbei in das fremde Wohnzimmer und ließ mich auf das Sofa fallen. Er folgte mir langsam, bedacht, als würde er barfuß über Glasscherben gehen. Ich beobachtete ihn dabei und spürte ein wenig Wärme in meinem Magen. »Was genau hat Sami dir denn erzählt?«, wollte ich wissen.

Beck stellte die Tüte auf den Couchtisch und zuckte mit den Schultern. »Ich habe es eigentlich von Louis, dass du hier für ein paar Tage unterkommst. Er war wohl der Meinung, dass ich es wissen wollen würde.«

»Und?« Ich zog die Beine an meinen Körper und umschlang sie mit meinen Armen. »Wolltest du?«

Er nickte, dann setzte er sich im Schneidersitz auf den Teppich vor dem Sofa, ohne mich auch nur eine Sekunde aus den Augen zu lassen. »Natürlich«, war seine leise Antwort. »Erinnerst du dich nicht daran, dass wir uns erst vor ein paar Tagen auf Freundschaft geeinigt haben? Es lässt mich nicht kalt, wenn es meinen Freunden nicht gut geht.«

Diese Aussage versetzte mir überraschenderweise einen Stich, obwohl die Wärme in meinem Bauch sich mehr und mehr ausbreitete. Natürlich, so ein Mensch war Beck einfach. Er machte sich Sorgen um seine Mitmenschen. Um mich. Es fühlte sich gut an, dass es so war, und die anderen Gedanken drängte ich schnell nach hinten. Mir ging es körperlich mies genug, vom Weinen, von der kurzen Nacht, von den Gewissensbissen ganz zu schweigen. Ich musste es nicht noch schlimmer machen mit dieser verdammten Sehnsucht, die in mir aufsteigen wollte.

»Was hast du da mitgebracht?«, wollte ich wissen, den Kopf in Richtung der ausladenden Papiertüte geneigt. Jetzt, wo sie so dicht neben mir stand, konnte ich den wunderbaren Geruch wirklich nicht länger ignorieren.

Beck lächelte sanft und die Grübchen auf seinen Wangen hatten einen kurzen Gastauftritt auf seinem Gesicht. »Ich habe Samira gefragt, was du gerne isst. Sie meinte, Burger mit Halloumi sind dein Comfort Food. *Waren*«, berichtigte er schnell. »Sie meinte, sie weiß nicht mehr, ob es immer noch so ist, aber früher hast du sie wohl geliebt. Ich dachte, ich gehe das Risiko einfach mal ein.«

Halloumiburger. Allein bei dem Wort lief mir das Wasser im Mund zusammen, und das, obwohl ich seit Ewigkeiten keinen mehr gegessen hatte. Martin stand mehr auf Sushi und andere teurere Delikatessen. Als ich einen Blick auf die Pappschachtel in der Tüte warf, sah ich sogar, dass der Burger von meinem Lieblingsladen war. In der Ausbildung unser absoluter Hotspot. Ich ließ ein Seufzen hören, bevor ich Beck aufrichtig anlächelte. »Danke. Das ist unheimlich lieb von dir.«

Die Grübchen verschwanden wieder von seinem Gesicht und die Sorge war innerhalb einer Sekunde zurück. »Möchtest du darüber reden oder willst du lieber Burger essen?«

»Sehe ich so schlimm aus?«, wollte ich lachend wissen, aber auch ein wenig beschämt. Ich hatte meine wirren Haare gesehen und die dunklen Ringe unter meinen rot geweinten Augen. Ich wusste, wie ich aussah. Und eigentlich wäre es mir auch lieber gewesen, er hätte mich nicht so gesehen. Aber so war es jetzt nun einmal.

Becks Augenbrauen zuckten zusammen. »Nein.« Er sagte es langsam, überbetont. »Du siehst nicht schlimm aus. Ich glaube ehrlich gesagt gar nicht, dass das geht. Aber du siehst … müde aus. Und …« Seine Stimme versiegte. Wahrscheinlich wollte er mich darauf ansprechen, dass ich geweint hatte, bekam es aber nicht über die Lippen. »Ich will nicht unhöflich sein. Wir können auch einfach Burger essen.«

Der Kloß in meinem Hals wurde wieder größer. Ich war mir sicher, dass er die Tränen in meinen Augen glitzern sehen konnte, als ich wieder lächelte und auf die Couch neben mir klopfte. Er verstand den Wink sofort, erhob sich vom Boden und ließ sich neben mich auf den weichen Stoff fallen. Ich griff nach der Tüte und holte die beiden Pappschachteln hervor. Auf der obersten stand *Halloumi,* also gab ich die andere ihm. »Was hast du dir für einen geholt?«

Beck grinste, als er sein Burgerbrötchen hochhielt. »Den gleichen wie du. Ich will ja sehen, was dein Comfort Food so kann.«

»Willst du mir damit sagen, dass du noch nie einen Halloumiburger gegessen hast?«, fragte ich mit gespieltem Entsetzen in der Stimme.

»Das ist mir bis jetzt wohl entgangen. Gut, dass du dieses Elend beendet hast.«

Wir lachten und es war wie jedes Mal, wenn ich Zeit mit Beck verbrachte: Er schaffte es einfach so, dass ich mich leichter fühlte.

Besser. Warm und weich, und verstanden. Obwohl ich ihn immer noch kaum kannte. Ich atmete tief durch, bevor ich nach der Fernbedienung griff. »Willst du irgendetwas schauen?«

Beck, der gerade anscheinend überlegte, wie er am besten in den Burger beißen sollte, hob den Blick. »Wenn du völlig offen bist: Zum Essen geht immer *Brooklyn 99.* Louis hat Netflix, soweit ich weiß.«

Ich zog die Augenbrauen nach oben, während ich nach dem suchte, was er mir gesagt hatte. »Ist das eine Serie? Hab ich noch nie von gehört.«

»WAS?« Beck setzte sich so schnell auf, dass ihm beinahe der Burger aus der Hand gerutscht wäre. »Du hast noch nie eine Folge von B99 gesehen? Eine der besten, wenn nicht sogar DIE beste Comedyserie amerikanischer Kultur? Okay, dann ist etwas anderes keine Option mehr. Anmachen, sofort.«

»Okay, okay«, gab ich lachend zurück. Ich fand die Serie und startete sie, um mich anschließend unter die Sofadecke kuscheln und meinen Burger essen zu können. Es fühlte sich seltsam vertraut an, neben Beck auf der Couch zu sitzen und über die Witze einer Polizeiserie zu lachen, die ich sonst wahrscheinlich nie angeschaut hätte. Dabei war sie verdammt gut. Und einfach so fühlte ich mich mit jeder Minute besser. Weniger angespannt, weniger schuldig, weniger erschöpft. Es war, als würden sich beim Serienschauen und Burgeressen mit Beck meine inneren Batterien wieder aufladen.

Bis ich irgendwann aufs Klo musste und auf dem Rückweg ins Wohnzimmer den Fehler machte, einen Blick auf mein Handy zu werfen. Ich nahm es von dem Schrank im Flur und starrte darauf, während ich langsam zurück zur Couch wanderte. Es waren keine neuen Anrufe von Martin dazugekommen. Seine letzte Nachricht war nur ein kühles »Melde dich, wenn du wieder zur Vernunft gekommen bist«, das ich sofort löschte. Dafür hatte ich jetzt ein paar Anrufe von Nela. Sie rief mich eigentlich nie an, viel lieber kommunizierte sie über kurze Nachrichten mit Hunderten Emojis und Stickern. Ich konnte mir denken, was das bedeutete. Über was sie sprechen wollte.

»Alles in Ordnung?«, fragte Beck, als ich mich wieder neben ihn auf die Couch fallen ließ. Seine Stirn war in Falten gelegt und ich nickte – dann seufzte ich und schüttelte den Kopf. »Nela, die Schwester von Martin, hat versucht mich anzurufen. Ungefähr hundert Mal.« Ich hob den Blick, begegnete seinem und fügte an: »Martin ist mein Ex-Verlobter.«

Ganz kurz wurden seine Augen ein wenig größer, als wäre er überrascht. Anscheinend hatte ihm Samira also wirklich nicht erzählt, was passiert war.

»Es tut mir leid, Tessa«, sagte er und seinem Blick nach zu urteilen, meinte er es ernst.

»Danke.« Ich legte das Handy auf den Couchtisch und ließ meine Beine in einen Schneidersitz rutschen. Mein Blick war stoisch auf den Bildschirm gerichtet, auf dem die Detectives gerade einen Verbrecher jagten. »Es gab … zu viele Differenzen. Eigentlich hat es sich schon eine ganze Weile angekündigt, ich kann also nicht sagen, dass es überraschend kam. Der gestrige Abend war nur … der Tropfen, der das Fass zum Überlaufen gebracht hatte.«

Meine geheimnisvolle Ausdrucksweise ließ Beck anscheinend aufhorchen. »Was ist passiert?« Seine Stimme war angespannt. Und erst in dieser Sekunde wurde mir klar, was er gerade dachte.

Müde lächelnd winkte ich ab. »Es ist nicht das, was du denkst. Unsere Vorstellung von einer Beziehung ging nur sehr weit auseinander. Gestern …« Ich stockte einen Moment, bevor ich mich ihm wieder zuwandte, etwas verlegen. »Ich habe ihm erzählt, dass ich bei meiner Mutter war und mich erkundigt habe, was es braucht, um eine Pflegestelle zu werden.«

Beck starrte mich an. Ein paar Sekunden lang, bevor er endlich kapierte, was ich damit meinte. Sein Gesicht spiegelte Erstaunen wider. »Du hast überlegt, ob du Luca aufnimmst?«

Immer noch verlegen, zuckte ich mit den Schultern. »Ich dachte, dass ich eine große Wohnung habe, genug Geld und … keine Ahnung. Es hätte wahrscheinlich eh nicht geklappt, weil das mit der Arbeit schwierig geworden wäre. Und Martin war auch alles andere als begeistert – er hat es abgeschmettert, bevor ich ihm meine Beweggründe genauer erklären konnte. Er war nicht meiner Meinung, also sollte auch ich Abstand von dieser, in seinen Augen, verrückten Idee nehmen. In dem Moment ist mir klar geworden, dass er schon immer so war. Ignorant und kleingeistig. Und dass ich das nicht für die Zukunft wollte. Und dann …« Ich zuckte mit den Schultern, weil ich den schmerzhaften Moment nicht noch einmal durchleben wollte, als ich ihm den Ring zurückgegeben hatte. Ich atmete tief durch und als ich wieder aufsah, wirkte Beck so, als würde er verzweifelt versuchen, ein Lächeln zu unterdrücken.

Ich hob eine Augenbraue. »Was?«

»Tut mir leid. Bitte denk nicht, dass ich mich darüber freue, dass du unter der Trennung leidest. Das ist schrecklich. Ihr wart so lange zusammen.« Ganz zögerlich ließ er das Lächeln zu und es wanderte über seine Grübchen bis hin zu seinen Augen, brachte sie zum Funkeln, wie ich es noch nie gesehen hatte. »Aber … du wolltest Luca aufnehmen. Weißt du, wie besonders das ist? Ich kenne ihn seit Jahren und seit Jahren muss ich immer wieder zusehen, wie er von einer Familie zur nächsten abgeschoben wird. Jedes Mal, wenn ich ihn in der Klinik wiedersehe, ist er noch ein kleines bisschen kaputter und härter geworden anderen Menschen gegenüber. Aber du hast ihn trotzdem so gern, dass du …«

Er war sichtlich gerührt. Das Gefühl sprang auf mich über wie ein Funken und ich konnte mich gar nicht gegen das Grinsen wehren, das mir ins Gesicht rutschte. »Meine Mama hat mir versprochen, sich mit den Pflegestellen in Verbindung zu setzen, die sie kennt. Sie will sehen, was sie vielleicht für Luca tun kann. Und glaube mir, sie kennt eine Menge Leute.«

Sein Blick wurde noch ein ganzes Stück weicher und wärmer und ich spürte, wie erneut Sehnsucht in mir aufstieg. Ich wollte sie ignorieren, aber es gelang mir nicht so recht.

Beck räusperte sich und wich meinem Blick aus, immer noch lächelnd. »Das wäre toll«, sagte er leise, wieder nach vorn auf den Fernseher schauend. »Danke, dass du das für ihn tust.«

»Natürlich«, gab ich zurück und lehnte mich wieder an die Couch. Ich wusste nicht, warum, aber mein Körper fühlte sich an, als wäre ich gerade einen Marathon gelaufen. Erst nach ein paar Sekunden spürte ich, dass es mein Herz war, das so raste. Was es immer tat, wenn ich in seiner Nähe war. Ich presste die Lippen zusammen, bevor sich die Schuldgefühle in meinem Kopf wieder überschlagen konnten. »Aber sag ihm noch nichts«, sagte ich, überraschend heiser. »Ich will nicht, dass er sich falsche Hoffnungen macht.«

»Versprochen«, gab Beck zurück, seine Stimme ebenso heiser.

Ich sank tiefer in die Couch und krallte meine Hände in die Decke über mir. »Vielleicht findet meine Mutter auch eine Möglichkeit zum Unterkommen für mich«, sagte ich, nervös lachend, weil ich von dieser seltsam prickelnden Anspannung zwischen uns irgendwie ablenken wollte. »Ansonsten muss ich mich wahrscheinlich offiziell in Louis' Arbeitszimmer einmieten.«

Beck hob den Kopf und sein Gesichtsausdruck wirkte, als wäre er gerade aus einem Traum gerissen worden. Mit großen Augen sah er mich an, machte den Mund auf, als wollte er etwas sagen, und schloss ihn dann wieder unverrichteter Dinge.

Ich zog die Augenbrauen zusammen. »Was ist? Kennst du jemanden, der eine Wohnung loswerden will?«

»Nein, tut mir leid«, gab er ausweichend zurück. Dann sah er mich wieder an und sein Blick hatte eine andere Note angenommen, die ich nicht ganz verstand. »Denkst du …«, fragte er leise, vorsichtig. »… dass eure Trennung wirklich endgültig ist?«

Ich sah ihn an. »Also …« Bevor mir etwas rausrutschte, das ich vielleicht bereute, hielt ich inne und dachte wirklich, so richtig, darüber nach. An alles, was mich und Martin verbunden hatte, und an alles, was uns trennte. Dann erst bewegte ich meinen Kopf zu einem leichten Nicken. Er fühlte sich schwer an dabei. Beinahe, als hätte ihn jemand mit Blei vollgegossen. »Ja. Es ist endgültig.«

Beck blickte mich weiterhin an. Er lächelte nicht, wirkte nicht schadenfroh. Aber in seinen Augen war etwas, das mein Herz wieder zum Rasen brachte. »Es tut mir leid, Tessa.«

»Ja«, sagte ich atemlos und zog die Decke zu meinem Kinn. Ich konnte seinem Blick nicht mehr standhalten und als ich mich wieder dem Fernseher zuwandte, tat er das Gleiche. Wir schwiegen den Rest der Folge.

Doch in meinem Kopf dröhnte die ganze Zeit die Erwiderung, die mir nicht über die Lippen gekommen war:

Mir nicht, Beck. Mir nicht.

Kapitel 24

Am nächsten Morgen rief ich Malik an. Ich hatte eigentlich vor, mich für die nächsten Tage wieder gesund zu melden, aber er wies das sofort rigoros ab. »Tessa, ich will dir nicht zu nahe treten, aber du klingst immer noch furchtbar«, sagte er mit strenger, aber gleichzeitig liebevoller Stimme. »Du hast genug Überstunden. Ich habe dich die restliche Woche mit frei eingetragen, also erhol dich erst mal ein bisschen und dann sehen wir nächste Woche weiter.«

»Ich brauche keine Woche frei, Malik«, widersprach ich und ließ mich wieder weiter in die weiche Couch sinken. Louis hatte nicht viele Möbel und so ziemlich gar keine Deko, aber dieses Teil musste ich ihm wahrscheinlich unter dem Hintern wegklauen, wenn ich wieder ging. Sofern ich bald eine eigene Wohnung fand. Oder was auch immer als Nächstes anstand. Eigentlich wollte ich noch gar nicht so genau darüber nachdenken.

»Zumindest ein paar Tage«, meinte Malik und schien schon im Dienstplan rumzuwerkeln, denn ich konnte das Klicken seiner Maus hören. »Zwei Tage noch? Oder lieber drei? Lieber drei, das höre ich deiner Stimme an.«

Ich knurrte, aber es wurde ein Lachen draus. Eigentlich war ich froh, dass er so rücksichtsvoll war, ohne auch nur eine Erklärung einzufordern. Nicht, dass ich ihm eine geschuldet hätte, aber seine Reaktion war wirklich nicht selbstverständlich und ich rechnete es ihm hoch an. »Weißt du«, sagte ich, ein Schmunzeln auf dem Gesicht. »Wenn ich dich irgendwann als Stationsleitung ablöse, weil du keine Lust mehr darauf hast, werde ich genauso gnädig zu dir sein.«

Malik gab ein seltsam schnaubendes Lachen von sich. »Du glaubst doch nicht wirklich, dass ich noch auf Station arbeite, wenn ich den Stationsleiterposten an den Nagel hänge. Dann werde ich mich absetzen und irgendwo auf einer einsamen Insel am Strand liegen, einen Cocktail in jeder Hand.«

»Und wo willst du auf einer einsamen Insel Cocktails herkriegen?«

»Da wird sich schon was finden lassen.«

Ich lachte und er ließ ein letztes Mal mit einem zufriedenen Geräusch die Maus klicken. »So, ich habe dir jetzt noch morgen und übermorgen frei eingetragen. Wenn du länger brauchst, ruf einfach an.«

»Geht sich das wirklich aus? Wie ist die Besetzung denn gerade?«

»Gut genug, dass es definitiv nicht deine Sorge sein soll, Tessa. Erhol dich erst einmal«, sagte Malik, wieder mit der gewohnten Strenge in seiner Stimme.

»Okay.« Ich lehnte den Kopf so an die Wand, dass mein Blick nach oben gerichtet war. Zu dieser stuckbesetzten, lächerlich weißen Decke. »Sag mal, Malik – hast du die Bestätigung für den Antrag eigentlich schon an Sarah Messinger geschickt?«

Malik schwieg einen Moment. Dann antwortete er mit ernster Stimme: »Nein, noch nicht. Du hast gesagt, dass du noch darüber nachdenken willst, deswegen wollte ich noch warten. Hast du dich entschieden?«

»Ja«, sagte ich. Atemlos, aber trotzdem mit einem Lächeln. »Schreddere ihn. Ich würde gern bei euch bleiben, wenn das für alle okay ist.«

Ein amüsiertes Schnauben war wieder zu hören am anderen Ende der Leitung. »Hast du Fieber?«

»Was? Nein, ich habe kein Fieber!«

»Gut. Sonst könnte ich diese Entscheidung nämlich nicht akzeptieren und müsste sie auf einen anderen Tag verschieben.«

Der vergnügte Ton war aus seiner Stimme verschwunden, als er nachhakte: »Bist du sicher, Tessa? Du weißt, dass du das nicht jetzt entscheiden musst. Und auch, dass dich hier niemand unter Druck setzen will.«

»Ich weiß.« Ich dachte an das letzte Gespräch in seinem Büro, sein Angebot und all die positiven Dinge, die er mir damals gesagt hatte. Dass ich meinen Job gut machte. Dass er nicht wollte, dass ich ging. Und ich dachte daran, wie gut ich mich die letzten Wochen mit meinem Stand dort gefühlt hatte. Wie schön es mit den anderen gewesen war. Lächelnd gab ich zurück: »Ich brauche keine Zeit mehr, ich bin mir sicher.«

»Schön.« Man hörte, dass er grinste. »Und selbst wenn es irgendwann nicht mehr so ist: Ein neuer Antrag ist ja schnell geschrieben.«

»Klar. Also sei nett zu mir.«

»Ich hatte nichts anderes vor. Es ist schön, dass du uns erhalten bleibst. Und jetzt gute Erholung. Wir sehen uns am Donnerstag.«

»Bis dann.« Ich legte auf und starrte auf das Display meines Handys. In den letzten zwei Stunden hatten weder Martin noch Nela versucht, mich anzurufen. Auch keine Nachrichten mehr. Ich wusste nicht, ob ich Erleichterung empfinden sollte oder Schuld. Ob ich es erst mal dabei belassen oder mich endlich bei ihnen melden sollte. Ich hatte nicht das Gefühl, dass Martin meine Entscheidung akzeptierte. Und ich wusste, wie nah sich die Geschwister standen, wie wichtig sie sich waren. Wenn ich Martins Herz brach, wenn er wütend auf mich war, dann traf das Gleiche auf Nela zu. Mir wurde kalt, als ich darüber nachdachte, also wickelte ich mich wieder stärker in die Decke ein.

Ohne dass ich es eigentlich wollte, glitt mein Blick neben mich. Auf den leeren, zerwühlten Platz, an dem am Vortag noch Beck gesessen hatte, bevor er zu seinem Spätdienst aufgebrochen war. Es fühlte sich merkwürdig an, dass er weg war.

Irgendwie, als hätte er die gesamte Wärme des Raumes mit sich genommen. So hatte ich mich mit Martin nie gefühlt – bei ihm war ich immer froh gewesen, meinen Abstand zu bekommen, meine Freiheiten für mich zu haben. Aber Beck war nur ein paar Stunden hier gewesen, war kaum einen Tag weg und tatsächlich vermisste ich ihn schon. Wünschte mir, dass er wieder durch die Tür spazieren würde, ein Grinsen mit seinen süßen Grübchen im Gesicht und noch mehr Halloumiburgern in der Hand.

Ich atmete tief durch, als das Schuldgefühl mich übermannen wollte, denn zum ersten Mal fand ich es unberechtigt. Zum ersten Mal wollte ich mir eingestehen und zulassen, was ich in Becks Nähe empfand. Auch wenn ich erst kurz von Martin getrennt war, es fühlte sich nicht so an. Eigentlich fühlte es sich sogar so an, als wäre es schon seit Langem vorbei gewesen. Und auch wenn ich die Zeit davor so viel damit verbracht hatte, die Gedanken an Beck zu verdrängen, kamen sie jetzt mit voller Wucht. Das sichere Gefühl, das er mir gab, aber auch die Schmetterlinge, die ich bei ihm immer spürte. Die Nervosität, die mir den Magen umdrehte, aber auf gute Weise. Was sein Lächeln mit diesen verdammten Grübchen in mir auslöste. Schon jetzt, wo ich nur daran dachte, rutschten meine Mundwinkel nach oben und mein Bauch begann zu kribbeln.

Ich wollte, dass er wieder hier saß, auf der Couch neben mir. Vielleicht noch ein bisschen näher als zuvor noch. Vielleicht mit seiner Hand in meiner. Vielleicht mit seinem Kopf an meinem. Vielleicht mit seinen Lippen auf …

Wie ertappt schreckte ich zusammen, als ich plötzlich einen Schlüssel in der Wohnungstür hörte. Ich zog die Decke nach oben, beinahe als wäre ich bei irgendetwas Verbotenem erwischt worden, und rief ein überraschtes »Hallo?« in den Flur.

»Hey«, hörte ich Samis Stimme und ich entspannte mich sofort. Sie tauchte auf der Türschwelle auf, eine Tupperdose in der

Hand, und lächelte erst mich an, bevor sie sich etwas skeptisch umsah. »Ich dachte, dass Beck dich besuchen wollte.«

»Das hat er gestern schon gemacht«, murmelte ich und spürte, wie meine Wangen rot wurden. »Er hat gemeint, dass er die ganze Geschichte gar nicht von dir hat, sondern von Louis. Aber du wusstest, dass er herkommt?«

Sie brummelte, kam zur Couch rüber und ließ sich neben mich fallen. »Louis hat mir gesagt, dass er es ihm verraten hat. Ich schwöre, dass ich nichts damit zu tun hatte. Hat er sich denn benommen?«

Ich sah von der Tupperdose auf, die sie mir in die Hand gedrückt hatte und in der sich köstlich aussehende Tartelettes befanden. Meine Augenbrauen wanderten wie automatisch zusammen. »Du kennst Beck doch. Ich kann mir nicht vorstellen, dass der Kerl sich in seinem ganzen Leben irgendwann einmal danebenbenommen hat.«

»Ja, so was in der Art hat Louis mir auch gesagt«, seufzte sie und nahm sich eine der rosafarbenen Tartelettes mit der Pekannuss darauf. »Ich habe nur daran gedacht, dass er mal auf dich stand, und ich hab mir Sorgen gemacht, dass er die Situation ausnutzt. Aber Louis meinte, dass ihr euch auf *nur Freunde* geeinigt habt und dass Beck meinte, dass das völlig in Ordnung für ihn ist und dass er nur als Freund für dich da sein will, wenn es dir nicht gut geht.«

Ich nahm nur einen winzigen Bissen von der Nuss-Tartelette, die ich mir ausgesucht hatte, aber sogar dieses kleine Ding lag mir plötzlich wie Blei im Magen. Bis eben hatte ich noch gedacht, dass Beck höchstwahrscheinlich einfach zu sehr Gentleman war, um irgendetwas zu versuchen – aber was, wenn ihm die ganze Geschichte zu kompliziert geworden ist? Wenn er einfach nur mit mir geflirtet hatte, es aber keine Fortsetzung geben würde? Keine Option mehr war, weil wir jetzt Freunde waren und die Sache mit Martin ihn irgendwie abgeschreckt hatte?

Sami schien ihre Tartelette sehr zu genießen. Sie gab ein Seufzen von sich, bevor sie hinzufügte: »Louis und ich haben uns überlegt, dass wir heute ja hier einen Filmabend machen könnten, um dich ein bisschen aufzumuntern. Wenn dir das nicht zu viel ist, natürlich. Ansonsten können wir auch nur zu zweit bleiben und Pizza bestellen, das wäre auch super.«

Ich gab ein etwas ersticktes Lachen von mir. »Hat Fast Food so was wie eine heilende Wirkung, an die ihr alle glaubt? Ich weiß nicht, ob jeden Tag mir vielleicht zu viel wird.«

Sie sah mich an und schluckte ihr Dessert runter. Ihre Augenbrauen wanderten nach oben. »Was ist los?«

»Weil ich nicht jeden Tag Fast Food will?« Lachend hielt ich die Hände hoch. »Ich glaube, dass ich heute lieber verzichte und ein bisschen Self Care betreibe. Sonst sehe ich in den nächsten Tagen noch aus wie ein Streuselkuchen!« Außerdem hatte ich das Gefühl, den heutigen Abend lieber allein verbringen zu wollen, wollte sie aber nicht vor den Kopf stoßen. Sie tat so viel für mich. Aber ich musste mir ein paar Gedanken machen.

»Das meine ich nicht.« Sie schmunzelte ein wenig. »Ich meine, warum du gerade so ein Gesicht gemacht hast, als hätte dir jemand vors Schienbein getreten.«

Hatte ich das? Ich presste die Lippen zusammen und zuckte mit den Schultern. Verdammt, sie war gut. Ein bisschen zu gut, vielleicht. Dass sie so in mir lesen konnte, war schon immer so gewesen, aber mittlerweile hatte ich eigentlich gehofft, dass ich mein Pokerface etwas besser im Griff hatte als zu unseren Ausbildungszeiten. Offensichtlich nicht. Aber vielleicht lag das auch nur an der aktuellen Situation.

»Mh«, machte Samira und nahm sich noch eine Tartelette, die sie mit einem Grinsen kaute. »Ich meine … ja, er ist ein anständiger Kerl, nicht wahr? Wenn du also nicht nur befreundet sein willst, solltest du ihm das vielleicht klar signalisieren.«

Ich wandte den Blick von ihr ab und starrte düster in die Tupperdose. Die Lust auf Süßes war mir ein wenig vergangen. »Ich bin frisch getrennt. Meinst du nicht, dass ich damit noch ein wenig warten sollte?«

»Worauf denn?« Samira schüttelte den Kopf. »Also, wenn du noch ein bisschen Zeit brauchst, um über Martin hinwegzukommen, dann klar, dann solltest du definitiv warten. Aber wenn du so auf Beck stehst, wie ich es schon die ganzen letzten Wochen vermutet hatte, und du diese Anspannung zwischen euch endlich lösen willst – dann go for it, Tessa. Ernsthaft. Du schuldest Martin keine Trauerphase. Die schuldest du niemandem außer dir selbst, falls du sie benötigst.«

Ich biss die Zähne so fest zusammen, dass mir die Tränen kommen wollten, weil ich ihre Worte so sehr in meinem Inneren fühlte. Ich trauerte noch. Definitiv. Aber nicht um Martin, nicht um unsere Beziehung und nicht um die Zukunft, die ich eigentlich gar nicht mehr gesehen hatte. Schon länger nicht, auch wenn ich mir das Gegenteil eingeredet hatte. Weil ich die Gefühle nicht wahrhaben wollte, die ich Beck gegenüber hatte. Aber verdammt, ja, ich hatte sie. Und vielleicht war das nicht fair, aber ich hatte alles in meiner Macht Stehende getan, um sie wieder loszuwerden, um sie zu ignorieren und mit Martin glücklich zu sein. Jetzt wollte ich das einfach alles loslassen. Wollte mich dem hingeben und nicht mehr dagegen ankämpfen.

Ich wollte Beck. Himmel, wie sehr ich Beck wollte.

»Gott.« Lachend wischte ich mir die Tränen aus dem Augenwinkel. »Sami, ich bin so verknallt in diesen Typen.«

Sie grinste breit. »Ich weiß, Tessa. Schön, dass du dir das endlich eingestehen kannst.« Sanft strich sie mir eine meiner wirren blonden Strähnen hinters Ohr. »Du musst kein schlechtes Gewissen haben deswegen. Ich weiß, dass du es hast, ich kenne dich. Aber du fühlst nun einmal, was du fühlst. Du hast nichts falsch gemacht. Und du darfst dich darauf einlassen.«

Ich atmete tief durch. Wischte mir noch einmal die Augen trocken, die mittlerweile schon brannten, weil ich heute so viel geheult hatte. Dann blickte ich meine Freundin lächelnd an. »Morgen dann Filmabend und Pizza? Ich glaube, dann kann ich es wieder riskieren.«

»Toll.« Samira grinste mich an. »Dann bringen Louis und ich die Pizza mit und du suchst dir bis dahin einen Film aus, den du sehen willst. Kein Horror und keine Liebesschnulzen bitte.« Sie zögerte kurz, dann fügte sie mit leuchtenden Augen an: »Wenn Louis Beck auf Station sieht, kann er ihn für morgen ja vielleicht einladen?«

»Sami …«

»Wenn du ihn lieber nicht dahaben willst, lass ich es sein. Kein Problem.«

Ich starrte sie an und konnte nicht fassen, mit was für einem Grinsen sie mich musterte. Sami hatte sich wirklich verändert, seit sie mit Louis zusammen war. Irgendwie kam sie mir fröhlicher vor. Freier, als hätte ihr jemand eine Last von den Schultern genommen. Was vielleicht auch daran lag, dass Louis anscheinend eine wirklich große Stütze für sie und ihre Brüder war. Aber sie war eindeutig auch frecher geworden. Gegen das Lächeln in meinen Mundwinkeln konnte ich mich trotzdem nicht wehren. »Also. Wenn er richtig große Lust hat, mit mir und einem Pärchen zusammen einen Filmabend auf der Couch zu machen, dann kann er natürlich vorbeikommen.«

»Dachte ich's mir doch«, grinste sie und begann, in ihr Handy zu tippen. Ich beobachtete sie von der Seite und spürte wieder diese Sehnsucht in meinem Inneren. Diesen Wunsch, mich wie sie zu fühlen in einer Beziehung.

In dieser Nacht schlief ich so gut wie lange nicht. Ich wachte erst gegen Mittag wieder auf, und als ich meinen ersten Kaffee trank, bildete sich ein sanftes Prickeln in meinem Magen. Ich freute mich auf den Abend mit meinen Freunden – und ich hoffte wirklich inständig, dass Beck sie begleiten würde. Es war seltsam, aber ich vermisste ihn nach diesem einen Tag schon wieder. Ich wollte nicht aufdringlich sein, aber ich erwischte mich selbst dabei, wie ich mich im Bad etwas hübsch machte und die schönsten Klamotten anzog, die ich dabeihatte.

Louis und Sami kamen kurz nach sieben, mit einem Stapel Pizzakartons auf dem Arm und einem entschuldigenden Lächeln. »Beck schafft es nicht, er hat gerade eine lange Spätdienstphase. Aber er lässt dich ganz lieb grüßen.«

»Das macht doch nichts.« Ich lächelte, auch wenn ich eine herbe Enttäuschung in mir spürte. Natürlich hatte ich befürchtet, dass er möglicherweise arbeiten musste. Trotzdem war da in mir noch ein wenig die Hoffnung gewesen, dass er trotzdem kommen könnte. Vielleicht einfach nach seiner Schicht. Aber dann würde er wahrscheinlich unendlich müde sein. Ich verstand ihn. Verstand, dass er nicht kam, und war dennoch ein wenig enttäuscht darüber.

Der Abend mit Louis und Samira wurde trotzdem lustig. Nach ein paar hitzigen Diskussionen über das Genre fiel unsere Wahl schließlich auf »Die nackte Kanone«, einen alten Comedyfilm, den ich das letzte Mal als Kind gesehen hatte. Die Witze darin waren zwar ziemlich flach, wir lachten uns trotzdem die ganze Zeit über halb tot. Es war wundervoll, einfach nur in alten Jogginghosen auf der Couch zu liegen und Zeit mit Freunden zu verbringen. Leicht und fröhlich und erhebend irgendwie. Ich schaffte es, den ganzen Abend nicht an Martin und die Trennung zu denken oder daran, wie gern ich Beck dabeihätte. Bis Louis und Samira sich schließlich entschieden, zu Sami zu fahren.

»Wenn du willst, kann ich hier schlafen«, bot sie erneut an. »Louis kommt sicher eine Nacht alleine klar.«

»Ich habe ja noch Schnurrsula«, schob Louis lächelnd ein.

Ich schüttelte den Kopf. »Das ist lieb, aber der Abend war alles, was ich brauchte. Fahrt ruhig nach Hause, ich komme schon klar.« Mein Blick flog noch einmal zu Louis, der bereits in seine Jacke geschlüpft war. »Danke, dass ich für ein paar Tage hierbleiben kann. Ab morgen werde ich sehr intensiv nach Wohnungen suchen. Vielleicht sogar jetzt noch. Und dann werde ich schauen, wo ich unterkommen kann.«

»Mach dir keinen Stress.« Louis legte einen Arm um Sami, die sicher gut einen Kopf kleiner war als er, und gab ihr einen Kuss auf den Scheitel. »Samis Freunde sind meine Freunde. Becks sowieso. Du kannst so lange bleiben, wie du möchtest, wir werden uns schon einig. Länger als ich kannst du im Bad auch nicht brauchen.«

Sami verdrehte die Augen. »Niemand tut das.« Dann drückte sie mich kurz an sich. »Wenn etwas ist, gib uns bitte Bescheid.«

»Mach ich. Danke.« Ich winkte ihnen noch, als sie im Treppenhaus verschwanden, dann schloss ich die Tür und war allein. Es war ein merkwürdiges Gefühl, eine Wohnung völlig für mich zu haben. Seit ich mit Martin zusammengezogen war, hatte ich eigentlich keine Nacht mehr so richtig allein verbracht. Gestern war ich zu aufgewühlt gewesen, um mir Gedanken darüber zu machen, aber heute traf mich die Einsamkeit mit voller Wucht.

Also schlenderte ich zur Couch zurück und startete wieder Netflix, um etwas Geräuschkulisse zu haben. Wie automatisch wanderte meine Wahl auf Brooklyn 99, das ich mit Beck begonnen hatte, und ließ es laufen, während ich auf dem Handy nach Wohnungen suchte. Mein Gehalt war nicht schlecht und sicher würde es noch steigen, wenn mein Studium vorbei war. Ich hatte also ein gutes Budget. Trotzdem war es nicht einfach, etwas zu finden, das nicht zu weit von der Arbeit weg und bezahlbar war. Ich suchte sicher eine gute Stunde durch die Ergebnisse, machte immer mehr Kompromisse, bis ich völlig verzweifelt war. Der Wohnungsmarkt in Berlin war wirklich nicht gerade das, was man als entspannt bezeichnen konnte.

Ich war kurz davor, mein Handy einfach aus dem Fenster zu werfen, als am oberen Rand des Displays eine Nachricht aufploppte:

»Bist du noch wach?«

Meine Mundwinkel kräuselten sich von ganz allein nach oben, als ich Beck antwortete:

»So halb noch.«

Nur eine Sekunde später klingelte mein Handy. Mit kribbelndem Magen ging ich ran. »Hey.«

»Hey.« Beck klang erschöpft, aber auch, als würde er lächeln. »Ich wollte nur mal hören, wie es dir geht. Hast du den Tag gut überstanden?«

Er machte sich Sorgen um mich. Das Kribbeln in meinem Magen wurde noch eine Spur stärker, auch wenn die Gedanken in meinem Kopf direkt zurückkamen. Was, wenn er wirklich nur noch befreundet sein will? Wenn er wirklich die Schnauze voll hat von meinem Gefühlschaos? Immerhin hatte ich ihm schon mal einen Korb gegeben. Einen wirklich unschönen. »Alles gut«, sagte ich. »Louis und Sami waren hier und haben mich abgelenkt. Wir haben einen Film geschaut und Pizza gegessen.«

»Das hat Louis mir erzählt. Schade, dass ich nicht kommen konnte.«

»Ja.« Ich presste die Lippen zusammen. »Das finde ich auch sehr schade.«

Ich hörte, wie er am anderen Ende der Leitung seufzte.

Du kannst jetzt vorbeikommen, wollte ich am liebsten schreien, aber tat es nicht. Die Zweifel in meinem Kopf waren zu laut, die Angst vor Ablehnung zu groß.

»Ich habe gerade eine längere Spätdienstphase, aber nächste

Woche habe ich ein paar Tage frei«, verkündete Beck stattdessen. »Vielleicht können wir dann mal abends etwas zu viert unternehmen?«

Zu viert. Ich konnte wieder Enttäuschung in mir aufsteigen spüren und ärgerte mich über mich selbst. »Das fände ich toll. Irgendwelche Ideen? Wenn ich noch mehr Fast Food esse und mir den Hintern auf der Couch platt sitze, werde ich wahrscheinlich ziemlich schnell durchdrehen.«

Beck lachte und das Geräusch jagte mir einen Schauer über den Rücken. »Tatsächlich habe ich eine sehr gute Idee, die nahezu perfekt ist, um dich abzulenken. Aber das wird eine Überraschung, okay?«

»Na, wenn es sein muss.« Lächelnd lehnte ich mich an die Couch. »Dann bis nächste Woche?« Das hörte sich verdammt lange an. Viel zu lange. Aber ich wollte mich ihm auch nicht aufdrängen, also musste ich Geduld haben.

»Ja, bis nächste Woche. Schlaf gut, Tessa.«

»Gute Nacht, Beck.«

Wir legten auf und ich ließ das Handy sinken. Verdammt, mein Herz wollte gar nicht mehr aufhören zu rasen. Scheiß auf die Trauerphase. Scheiß auf Warten und Bangen. Wenn er wirklich nur befreundet sein wollte, dann war es so – aber ich würde nichts unversucht lassen, um ihn umzustimmen.

Ich würde um ihn kämpfen.

Kapitel 25

In den nächsten Tagen spürte ich, wie es mit mir langsam bergauf ging. Ich bekam wieder etwas mehr Energie, hatte wieder mehr Lust, mich morgens zu schminken und etwas anderes anzuziehen als Jogginghosen. Auch dass ich wieder zur Arbeit ging, tat mir erstaunlich gut. Nicht nur, weil ich dort aus meinen Gedankenschleifen etwas ausbrechen konnte, sondern weil ich das Gefühl hatte, etwas Sinnvolles zu tun. Wir waren immer noch unterbesetzt und zwischen den Pausen, die ich größtenteils mit Luca verbrachte, hatte ich jeden Tag viel zu tun.

Das freie Wochenende war schwierig, weil das vorher immer die Zeit gewesen war, die ich größtenteils mit Martin verbracht hatte. Aber ich konnte mich gut ablenken, indem ich seit Langem mal wieder etwas aus Spaß las – Louis' Bücherregal gab überraschend viele Krimis her – und für die Uni lernte. Und auch Louis kam wieder zurück und wir arrangierten sein Arbeitszimmer für mich um, was Spaß machte und ich mich ein wenig mehr zu Hause und nicht wie ein Gast fühlte.

Was mich jedoch am meisten am Laufen hielt, waren die Nachrichten, die ich von Beck bekam. Er meldete sich jeden Tag. Manchmal, um sich nach mir zu erkundigen, manchmal schickte er mir nur seine neuesten Fotografien von Berlin, wahrscheinlich um mich aufzumuntern und abzulenken. Sie waren so schön und besonders wie die, die ich bei ihm online gesehen hatte, und ich konnte nicht anders, als dümmlich zu grinsen, sobald ich seinen Namen auf dem Display las. Am Wochenende telefonierten wir auch kurz, sprachen über die Arbeit, über Luca und über meine Wohnsituation und kaum hatten wir aufgelegt, vermisste ich schon wieder seine Stimme. Es war lächerlich. Und es war wunderschön.

Als die Sehnsucht langsam unerträglich wurde, war Becks Spätdienstphase zum Glück vorbei und wir vereinbarten den Dienstag, um uns mit Sami und Louis zu treffen. Beck wollte mir immer noch nicht verraten, was er plante, und ich beschloss, mich einfach darauf einzulassen.

So befand ich mich Dienstagabend in einem Teil von Berlin, in dem ich vorher noch nie gewesen war. Zwar wusste ich von der Warschauer Straße, von den vielen Restaurants dort und der kleinen Vergnügungsmeile, aber bisher hatte ich keinen Anlass, einmal hierherzukommen. Als ich das Auto geparkt hatte und mithilfe meines Handys nach der Location suchte, die Beck mir geschickt hatte, sah ich mich aber ganz genau um. Es war schön hier, wenn auch nicht so klassisch schön wie in Charlottenburg, wo meine Wohnung lag. *Meine ehemalige Wohnung*. Ich verdrängte den Gedanken sofort wieder, um mir nicht die Laune zu vermiesen, und ließ mich lieber von der Musik auf der Straße einlullen, von den alten, dicht aneinandergereihten Häusern und dem bunten Treiben auf den Straßen. Irgendwann gelangte ich zu einer Brücke, unter der ich die Straßenbahnen entlangfahren sehen konnte. Und dann kam endlich das Gebäude in mein Sichtfeld, zu dem Beck mich gelotst hatte: das *Monster Ronson's*. Die Fassade war chic: auf alt gemachte Backsteinwände, die von großen Schaufenstern unterbrochen wurden. Man konnte durch die Fenster jedoch nichts erkennen, weil sie mit riesigen Schwarz-Weiß-Bildern bekannter Künstler übermalt waren. Darüber stand in weißer Schrift: *Monster Ronson's Ichiban Karaoke*. Karaoke?!

Ich blieb auf der anderen Seite der Straße an einer roten Ampel stehen und starrte das Gebäude an. Vielleicht ist es noch etwas anderes, wollte ich mir einreden. Vielleicht hatte Beck nicht ernsthaft die Idee gehabt, mit uns allen zum Karaoke zu gehen. Vielleicht waren wir nur für die Drinks hier.

Aber während ich über die Straße lief, spürte ich, wie mein Nacken aufgeregt kribbelte. Drinks konnte man auch woanders zu sich nehmen. Dazu musste man nicht in einen Karaokeladen gehen. Wussten die anderen, worauf sie sich einließen? Wenn sie auch nur die geringste Ahnung davon hatten, wie wenig ich singen konnte, hätten sie die Veranstaltung wahrscheinlich schon längst abgesagt. Meine Töne waren so schief, dass ich in der Schule immer davon ausgeschlossen worden war, Geburtstagslieder zu singen, um nicht die ganze Klasse durcheinanderzubringen. Ich sang nicht einmal unter der Dusche.

Noch völlig in meine Gedanken vertieft, bemerkte ich gar nicht, wie plötzlich jemand neben mir auftauchte und sanft nach meinem Arm griff. »Hey.«

Die dunkle Stimme holte mich zurück in die Realität und ich wandte mich von der Fassade meines persönlichen Albtraumes ab, um Beck anzusehen. Er lächelte und dieses kleine Zucken seiner Mundwinkel, das Vertiefen seiner Grübchen, ließ meinen Magen fröhlich vor sich hin blubbern. Ich konnte gar nichts dagegen tun, dass mein Mund sich ebenfalls zu einem dümmlichen Grinsen verzog, und ich hoffte inständig, dass es nicht so aussah, wie es sich anfühlte. *Gott, hatte ich ihn vermisst.* »Hey«, gab ich, ein wenig heiser, zurück. So wie er mich ansah, wollte ich ihm am liebsten alles sagen, was mir die ganze Woche im Kopf herumgegangen war. Dass ich mich freute, ihn zu sehen. Dass ich mich immer so wohl und gleichzeitig so aufgeregt und lebendig in seiner Nähe fühlte. Dass ich, verdammt noch mal, nicht nur befreundet sein wollte, sondern dass ich ihn am liebsten direkt hier auf der Straße an mich und in einen Kuss gezogen hätte. Stattdessen kam nur ein »Ich kann nicht singen« über meine Lippen.

Ich holte tief Luft, teils aus Erleichterung, dass mir das alles nicht einfach rausgerutscht war, teils aus Enttäuschung darüber. Dann sagte ich noch einmal zur Bekräftigung: »Wirklich überhaupt nicht, Beck. Ich weiß, dass viele Leute sagen, dass sie nicht singen können, und dann hört sich ihre Stimme doch einigermaßen in Ordnung an, wenn sie einmal loslegen. Aber glaub mir, wenn ich dir sage, dass das bei mir nicht so ist. Wenn mir jemand ein Mikrofon in die Hand drückt und mich dazu nötigt, den Mund aufzumachen, wird der Laden innerhalb kurzer Zeit leer sein.«

Beck starrte mich eine Sekunde lang erstaunt an, dann brach er in Gelächter aus. »Das wäre doch gar nicht schlecht – mehr Platz für uns, oder?«

Als er meinen gequälten Ausdruck sah, legte er lächelnd einen Arm um mich und zog mich an ihn. Der Duft seines Parfüms machte mich ganz schwindlig. »Mach dir keine Sorgen. Es geht doch mehr darum, dass man Spaß daran hat, als dass man gut ist.«

Zweifelnd ließ ich eine Augenbraue nach oben schnellen und versuchte zu ignorieren, wie mein Körper auf seine Anwesenheit reagierte. Die schwitzigen Hände, der schnelle Atem, das rasende Herz. »Ich glaube, du unterschätzt wirklich, wie schlimm es ist.«

»Wir stellen einfach die Musik lauter und deine Stimme leiser, wenn du dran bist«, gab Beck grinsend zurück. Er wirkte halb so, als würde er mich beruhigen wollen, und halb, als wäre er wirklich neugierig auf die Performance, die ich abliefern würde. Ich erwiderte seinen Blick, versucht warnend, aber irgendwie wurde ziemlich schnell wieder ein Lächeln daraus, das er voller Wärme erwiderte. Und dann begannen seine Augen wieder zu funkeln. Beinahe gleichzeitig schienen wir uns verlegen abzuwenden. Ich ärgerte mich über mich selbst, weil ich eigentlich die Chance hatte nutzen wollen, ihm näherzukommen. Aber ich kam nicht gegen diese verdammte Nervosität an, die er in mir auslöste. Es war, als wäre ich wieder dreizehn und er mein Schulschwarm.

»Da sind Samira und Louis«, sagte Beck mit einem Räuspern und ich hatte das Gefühl, dass er meinem Blick auswich. War ihm das wieder zu nah gewesen? Zu viel? Ich spürte, wie mein Herz ein wenig sank.

»Karaoke?« Sami hatte einen skeptischen Blick drauf, als sie über den Bordstein zu uns hüpfte. Anscheinend war ich also nicht die Einzige, die nichts davon erfahren hatte, was der heutige Abendplan beinhaltete. Louis grinste breit, als er sich zu seiner Freundin stellte. Ihm war nicht anzusehen, ob er überrascht war, aber unglücklich war er auf jeden Fall nicht.

»Ja, so hab ich auch reagiert.« Ich gab ein Stöhnen von mir und merkte im selben Moment, wie Beck ein Stück von mir abrückte. Wie um nicht zu riskieren, dass Sami und Louis etwas Falsches dachten. Sami schien seine Bewegung zu bemerken, denn sie warf mir einen kurzen Blick zu und hakte sich bei mir unter. »Na, dann bringen wir das mal hinter uns, was?«

In dem Moment, als wir den Laden betraten, wurde es dunkler um uns herum. Links und rechts von uns konnte ich kleine abgegrenzte Räume sehen, ähnlich wie Boxen, an denen Fenster eingelassen waren. Hinter dem, was uns am nächsten war, konnte ich eine Gruppe Frauen lachend und singend herumspringen sehen. Mir lief es eiskalt den Rücken hinunter, auch wenn ich erleichtert war, dass man sie wenigstens nicht bis raus auf den Flur singen hörte. Nur ab und zu, wenn ein Kellner mit einem Tablett Cocktails die Tür öffnete, hörte man die Musik und ein paar schiefe Töne.

»Welche Kabine habt ihr denn gemietet?«, fragte jemand an meiner Seite und als ich mich überrascht zu ihr drehte, stand da eine Frau mit starkem Augen-Mak-up direkt neben der Tür hinter einer Glasscheibe und lächelte uns freundlich an.

»David Bowie«, sagte Beck schnell, der hinter uns mit Louis in den Laden getreten war.

Die Frau suchte in ihrem Computer nach der Reservierung

und Beck warf mir einen aufmunternden Blick zu. »Es wird dir bestimmt gefallen.«

Ich entschied, meine Bedenken einfach über Bord zu werfen und mich auf das hier einzulassen. Zum einen, weil ich eigentlich keine andere Wahl mehr hatte, zum anderen, weil Beck sich so zu freuen schien. Seine Augen leuchteten, als die Frau hinter der Glasscheibe einen der anderen Angestellten losschickte, um uns zu unserer Kabine zu bringen, und ich spürte wieder das Kribbeln in meinem Bauch und erinnerte mich an das, was ich mir vor einer Woche noch vorgenommen hatte. Dass ich kämpfen wollte.

Als sich unsere Gruppe wieder in Gang setzte, klammerte ich mich an Samis Arm und raunte ihr ein »ich brauche dringend Alkohol, wenn ich das hier überleben will« zu.

»Drinks, jede Menge Drinks«, pflichtete sie mir bei. Wenigstens waren wir beide auf der gleichen Seite. Ich spürte, wie mir wieder ein Lächeln ins Gesicht wanderte.

Unsere Kabine war recht klein, aber wir brauchten zu viert auch nicht sonderlich viel Platz. Die Männer waren eindeutig um einiges begeisterter bei der Sache, sie begannen sofort, sich Songs auszusuchen und eine Playlist auf dem kleinen Fernseher auf der Seite zusammenzustellen. Sami und ich bestellten erst einmal eine Runde Cocktails und als der Kellner zurückkam, sagte er mit einem Lächeln: »Mit dem Mieten der Kabine habt ihr nachher auch kostenlosen Zutritt zu der Show, nur damit ihr Bescheid wisst.«

Ich drehte mich zu Sami zu, um ihr ihren Gin Tonic zu reichen, und zog die Augenbrauen hoch. »Was für eine Show meint er?«

»Dienstag ist immer eine Drag Show im *Ichiban*«, erklärte Beck grinsend. »Die wird euch bestimmt gefallen. Heute ist sogar eine bekannte Drag Queen aus Amerika da, wird also sicher spannend.«

Nickend nippte ich an meinem Drink und nahm erst einmal neben Samira auf der Couch Platz, während die Männer mit dem Karaoke begannen.

Es war absolut nicht, wie ich mir den Abend vorgestellt hatte. Keine Ahnung, was für Erwartungen ich gehabt hatte, aber in dem Moment, in dem Beck und Louis anfingen, leidenschaftlich in ihre Mikrofone zu plärren und sich dabei schmachtend anzusehen, als wären sie ein Liebespaar, das nicht zusammen sein durfte, war es mir auch egal. So etwas Verrückt-Seltsames hatte ich seit einer Ewigkeit nicht mehr gemacht, so spontan und ohne allzu viel nachzudenken. Martin hätte nie im Leben bei so etwas mitgemacht und irgendwann im Laufe der letzten vier Jahre hatte ich mich ihm angepasst. Immer darauf bedacht, was meine Umgebung von mir halten würde, wenn ich dies oder jenes tat. Und jetzt merkte ich plötzlich, dass ich mich hier in einem absoluten Safe Space befand, in dem es vollkommen egal war, wie ich nach außen wirkte. Es ging darum, wie ich mich fühlte, dass ich Spaß hatte, und alles andere wurde einfach akzeptiert von den Menschen um mich herum.

Es brauchte nicht einmal einen ganzen Drink. Als Beck sich zu mir umdrehte und mir einen fragenden Blick zuwarf, mir eine Hand entgegenstreckte, stand ich auf und legte meine in seine. Nahm das Mikro von Louis entgegen und schaltete meinen Kopf aus. Einfach so. Ich musste mich nicht einmal groß dazu überwinden.

Beck wählte ein Lied aus und ich begann einfach, mit ihm zu singen. Mein Gesang war immer noch furchtbar, aber das war auch wenig überraschend. Überraschend war eher, dass es mir gar nichts ausmachte. Auch wenn Sami das Gesicht verzog und Louis' Grinsen immer breiter wurde, es war mir egal. Ich sah nur die vergnügten Augen von Beck, hörte nur seine Stimme, die natürlich dunkel und wunderschön klang, wenn er sang, und spürte meine Hand in seiner. Er ließ mich nicht los und die Berührung beflügelte mich noch mehr, ließ das Kribbeln wie Seifenblasen in mir aufsteigen und das Gefühl immer schöner werden. Wir sangen zwei Lieder, einfach weil es so Spaß machte, dann sangen wir ein Lied zusammen mit Sami und Louis. Ich konnte mich nicht daran erinnern, wann ich das letzte Mal so viel Spaß gehabt hatte – tanzend und schreiend, weil man das wirklich nicht singen nennen konnte, und einfach nur losgelöst.

Nach dem vierten Song ließen Beck und ich uns grinsend auf die Couch fallen, während Sami und Louis das Titellied von Pokemon anstimmten. Ich drehte den Kopf zu Beck, der mit leuchtenden Augen unseren Freunden dabei zusah, wie sie sich mit großer Freude zum Vollhorst machten, und spürte wieder dieses warme Gefühl in mir, das mich völlig erfüllte. Wir waren uns nah, wie wir da auf der Couch lümmelten. So nah, dass wir uns beinahe berührten. Ich hätte eigentlich nur ein wenig meinen Finger ausstrecken müssen, um sie mit seinen zu verschränken. In dem Moment, in dem ich darüber nachdachte, ob das zu viel war, drehte er plötzlich den Kopf und sah mich an. Das Funkeln in seinen Augen bekam eine neue Note. Eine, die die Wärme in meinem Bauch in Hitze verwandelte. Sein Kopf lehnte sich etwas näher zu mir heran und im ersten Moment dachte ich, dass er mich küssen wollte. Einfach so, vor den beiden anderen, die gerade aus vollem Hals Pokemon sangen. Aber dann machte er den Mund auf und raunte mir ins Ohr: »Und? Gar nicht so schlimm, wie du dachtest, oder?«

Ich schüttelte lächelnd den Kopf. »Nein. Überhaupt nicht.«

Ohne dass ich es wollte, senkte sich mein Blick zu seinen Lippen hinab, die meinen jetzt noch näher waren. Gott, wie sehr ich ihn küssen wollte. Obwohl unsere Freunde im gleichen Raum waren, keinen Meter von uns entfernt. Und obwohl die Trennung von Martin noch so frisch war, so nah. Es war völlig egal in diesem Moment.

Als mein Blick wieder nach oben zuckte, sah Beck mich noch

immer an. Und jetzt spiegelte sich die Sehnsucht, die ich empfand, auch in seinen Augen wider. Eine Sekunde nur. Dann rutschte er wieder von mir weg und sagte mit betont fröhlicher Stimme: »Sollen wir noch etwas singen?«

Diesmal ließ ich die Enttäuschung zu, wenn auch nur für einen winzigen Moment. Er hatte mich schon wieder abgeblockt und die Zweifel kehrten zurück. Ich erstickte sie in erneutem lautem und viel zu falschem Gesang, damit ich mich nicht damit auseinandersetzen musste. Aber obwohl wir weitermachten wie zuvor, laut zusammen grölten und tanzten, wollte sich das Hochgefühl nicht mehr einstellen. Vor allem, weil Beck plötzlich darauf bedacht zu sein schien, dass Sami und Louis, oder zumindest einer von ihnen, zwischen uns standen, wenn wir performten.

Vielleicht hatte ich das alles doch falsch interpretiert. Vielleicht hatte er die Sache mit uns schon längst ad acta gelegt.

Nach den zwei Stunden, die wir unsere Kabine angemietet hatten, verließen wir die dunkle Box, um zur Bühne rüberzugehen. Meine Laune war ziemlich gesunken und ich nahm mir eigentlich vor, nur noch ein, zwei Lieder zu bleiben und mich dann irgendwie aus der Affäre zu ziehen und abzuhauen.

Aber als eine Drag Queen die in gleißendes Licht getauchte Bühne betrat und so majestätisch aussah, als wäre sie dem Königshaus entsprungen, war meine Neugierde doch geweckt. Sie stellte sich als »Diana Donovan« vor und ihre Performance auf der Bühne war wirklich der Wahnsinn. Sie bewegte sich eleganter, als ich es je gekonnt hätte, tanzte wilder auf High Heels, als ich je jemanden hatte in Turnschuhen tanzen sehen. Es war wirklich … atemberaubend, wie Beck am Anfang versprochen hatte.

Er und ich standen ganz hinten, noch hinter Louis und Sami, die begeistert im Takt der Musik klatschten, und trotzdem erreichte mich die elektrisierende Stimmung.

»Toll, oder?« Beck blickte mich abwartend an. Ich betrachtete seine Grübchen, die ich vom ersten Moment an geliebt hatte, und seine funkelnden Augen, die mich so faszinierten. Ich konnte nicht anders, als die Lippen zusammenzupressen, und dann fand ich endlich den Mut, etwas zu sagen, auch wenn es nicht das war, was ich eigentlich hatte loswerden wollen: »Habe ich irgendetwas falsch gemacht?«

Beck fror in seiner Bewegung ein. Er wirkte vollkommen verwirrt, als er fragte: »Was meinst du?«

»Zwischen uns ist es plötzlich anders«, sagte ich, ihn fest im Blick. Eigentlich hatte ich das Gefühl, dass ich viel zu leise sprach, als dass er mich überhaupt verstehen konnte. Aber er schien es trotzdem zu tun. Er machte einen Schritt auf mich zu, sodass wir uns wieder so nah waren wie in der Kabine, und diesmal war ich es, die kurz davor war, zurückzuschrecken. Sein eindringlicher Blick war es, der mich davon abhielt. »Ich wusste nicht …« Er zögerte. Ich sah, wie sein Blick ebenfalls nach unten glitt, meine Lippen fixierte und dann wieder zu meinen Augen wanderte.

Beinahe automatisch hob ich eine Hand und legte sie auf seine Brust. Ich hatte das Gefühl, weitersprechen zu müssen, aber mir kam nur ein »Es ist in Ordnung. Ich kann verstehen, wenn dich das alles abgeschreckt hat und du nicht mehr wi…« über die Lippen.

Ich bekam den Satz gar nicht zu Ende. Er ließ es nicht zu. Plötzlich war da seine Hand an meiner Wange, ganz sanft, und dann hatte er die verbliebenen Zentimeter zwischen uns überbrückt und seine Lippen auf meine gedrückt. Einen Moment lang war ich so überrascht, dass ich gar nicht reagieren konnte. Dann formte mein Gehirn nur einen Gedanken: ENDLICH.

Von da an reagierte mein Körper auch auf ihn. Meine Hand wanderte wie von selbst nach oben, meine Finger vergruben sich in seinen Locken und ich zog ihn enger an mich, sodass sich unsere Körper an jeder möglichen Stelle berührten. Es fühlte sich an, als wären wir zwei Puzzlestücke, die beiden letzten eines riesigen Puzzles, die sich endlich zusammenfügten. Als müsste es eigentlich schon immer so gewesen sein. Als hätte ich schon immer darauf gewartet.

Und es fühlte sich so anders an, Beck zu küssen, als Martin zu küssen. Als seine Hand meinen Rücken entlangstrich, mich an sich presste, war es, als würde in mir ein Feuerwerk entzündet. Als würden alle meine Nervenstränge plötzlich mit Energie versorgt werden, mein ganzer Körper zum Leben erwachen.

Es fühlte sich so unendlich gut an, endlich in seinem Arm zu liegen und ihn zu küssen. Selbst noch während seine Lippen sanft auf meinen lagen, konnte ich nichts dagegen tun, dass meine Mundwinkel sich nach oben bogen. Ich lächelte auch noch, als Beck sich langsam von mir löste. Er brachte nicht viel Abstand zwischen unsere Gesichter, aber genug, um mich eindringlich mustern zu können. Als er sah, dass ich lächelte, tat er es mir gleich. »Entschuldige.« Seine Stimme war kratzig, heiser, und er musste sich räuspern, bevor er weitersprechen konnte. »Ich wollte dir nicht das Gefühl geben … dass ich nicht mehr an dir interessiert wäre. Aber …«

Beck stoppte ab, presste die Lippen zusammen und ich wusste, was er sagen wollte.

»Du wolltest Rücksicht nehmen.«

Er nickte und in seinem Blick lag dieselbe Sehnsucht, die auch mich umtrieb. Sie kochte in dieser Sekunde wieder hoch. »Aber dass du dachtest, dass ich das nicht mehr will …« Ihm entfuhr ein kleines, raues Lachen. »Gott, ich habe an nichts anderes gedacht, seit Wochen nicht. Es ist so absurd, dass du etwas anderes glauben konntest.«

»Ich dachte, dass ich dich vergrault hätte. Wegen des ganzen Hin und Her mit Martin.« Ich spürte, wie sich in meinem Hals ein Kloß bildete. Vor Erleichterung. »Ich wusste damals nicht, was ich tun sollte, als er mir den Antrag gemacht hatte. Eigentlich war ich an diesem Abend nach Hause gefahren, um mit ihm

Schluss zu machen. Aber dann lief mein Leben im Zeitraffer vor mir ab, dass es doch das war, was ich immer wollte, dass ich unsere gemeinsamen Jahre nicht einfach wegwerfen konnte. Ich fühlte mich ihm verpflichtet und schuldig und ich konnte ihn an diesem Abend nicht verlassen. Ich hätte es tun sollen. In diesem Augenblick, als ich erkannt habe, was ich für dich empfinde. Aber ich habe es nicht getan. Und ich bereue das sehr.«

In seinem Gesicht konnte ich sehen, dass er keinen Groll hegte. Da waren nur Wärme und Verständnis und ich fühlte mich von beidem so überrollt, dass ich am liebsten losgeweint hätte. Mir traten die Tränen schon in die Augen, aber er wischte sie sanft fort. Dann legte er jeweils eine Hand an meine Wange und küsste mich sanft auf die Stirn. »Es ist vollkommen egal, Tessa«, war seine leise Stimme zu hören. »Gott, du glaubst gar nicht, wie egal mir das gerade ist.«

Er lächelte und ich glaubte, dass mein Brustkorb von den ganzen Gefühlen bald platzen würde.

Also schlang ich wieder beide Arme um ihn, zog ihn an mich heran und ließ die Menge um uns herum gedanklich wieder verschwinden. Als sich unsere Lippen ein zweites Mal berührten, wich die vorangegangene Sanftheit schnell der spürbaren Sehnsucht, die sich die ganzen letzten Wochen in uns angestaut hatte. Sein Kuss war leidenschaftlich, fordernd und das Verlangen in meinem Inneren fühlte sich beinahe übermächtig an. Hätte er mich nicht so fest gehalten, wären wahrscheinlich meine Knie unter mir weggesackt.

Ich öffnete die Lippen und leckte sanft über seine. Einen kleinen Moment hatte ich das Gefühl, dass diesmal ihm die Knie weich wurden, aber dann hatte er sich wieder gefangen und öffnete ebenfalls leicht den Mund. Seine Zunge traf meine in der Sekunde, in der ich etwas zurückstolperte und mit den Rücken leicht an die Wand hinter mir prallte. Er drückte mich dagegen, sanft, aber bestimmt, und sein Körper strahlte Hitze aus. Fordernd spielte seine Zunge mit meiner, während seine Hände an meinem Körper hinabwanderten, meine Hüften entlangstrichen, seine Daumen in der Nähe meines Magens und dann tiefer, sodass mich die Endorphine nur so durchströmten.

Mein ganzer Körper schien zu kribbeln, jedes meiner Nervenenden war auf Empfangsmodus geschaltet.

Ich wollte mehr. Ich wollte ihn noch enger an mich ziehen, auch wenn das eigentlich gar nicht mehr möglich war.

Schmunzelnd unterbrach ich kurz den Kuss und wir sahen uns an, schwer atmend, mit verschleierten Blicken, lächelnd und verwirrt, aber gut verwirrt.

»Beck …«, hauchte ich gegen seine Lippen und ich spürte, wie der Griff an meinen Hüften fester wurde.

»Tessa?!«

Es dauerte einen Moment, bis ich realisierte, dass die Stimme irgendwo aus der Nähe kam. Nur langsam tauchte ich aus dem magischen Kokon auf, der Beck und mich eben noch umhüllt hatte, nach und nach nahm ich die Menschen um uns herum, die Musik, den Jubel der Menge wieder wahr.

Langsam drehte ich den Kopf, suchte verwirrt nach der Stimme … und sah Nela neben mir stehen, nur wenige Meter von uns entfernt.

Sie sah so wütend aus, wie ich sie noch nie gesehen hatte.

Kapitel 26

»Was … was machst du da?«

Ihre Stimme klang schrill. Sie wirkte, als hätte sie noch nicht ganz realisiert, was für eine Szene sie da vor sich hatte – aber die Funken, die aus ihren Augen stoben, versenkten den schönen Moment von eben innerhalb von Sekunden.

»Nela …« Ich realisierte, dass Beck mich noch immer umschlungen hielt, und drückte ihn ganz sanft ein paar Zentimeter von mir weg, damit das Blut wieder in meinen Kopf fließen konnte. Dann erst wurde mir klar, wie das hier auf Nela wirken musste. *Scheiße.*

Ich wollte einen Schritt auf sie zugehen, aber sie wich zurück, als hätte ich mit einer Waffe auf sie gezielt. Ihr Blick flog zu Beck, nur für eine Millisekunde, und dann funkelte sie wieder mich an. »Er hatte also recht. Ich habe ihm nicht geglaubt, aber er hatte recht«, fauchte sie wütend. »Du hast Martin betrogen!«

»Was?« Ich sog so heftig die Luft ein, dass mir die Lunge schmerzte. »Nein, das stimmt nicht, Nela. Ich habe ihn nicht betrogen.«

»Klar, den Kerl da hast du gerade eben aufgerissen, nur eine Woche nachdem du dich von meinem Bruder getrennt hast.« Nela machte noch einen Schritt von mir weg. Ein paar der Umstehenden beobachteten neugierig die Szene, die sich vor ihnen abspielte, und auch Sami und Louis schienen zu merken, dass etwas nicht stimmte. Ich konnte sehen, wie sich meine Freundin von ihrem Platz vor der Bühne einen Weg durch die Menge zu uns bahnte.

Ich wollte etwas sagen, wollte mich erklären, aber Nela machte sofort komplett dicht. Es war deutlich, dass sie meine Ausreden nicht hören wollte. Und trotzdem – als sie sich blitzschnell umwandte und in Richtung Ausgang stapfte, lief ich ihr nach. Ich holte sie erst draußen auf der Straße vor dem *Ichiban* ein und die ganze Zeit hämmerte der Gedanke in meinem Kopf: Warum war sie gerade jetzt aufgetaucht? Warum hatte ich sie nicht einfach zurückgerufen in den letzten Tagen, ihr nicht alles erklärt? Ich konnte nicht sagen, ob sie vielleicht Verständnis für mich gehabt hätte, aber alles war besser als das hier.

»Nela, warte!«, rief ich, als sie schon zur Ampel lief und wütend auf dem Knopf rumhämmerte. »Spar es dir, Tessa. Ich will den Scheiß nicht hören.«

Ihre Stimme klang erstickt, und als ich sie endlich erreichte und sie zu mir herumfuhr, sah ich Tränen in ihren Augen. Sie war so wütend auf mich, dass sie weinte, und es brach mir das Herz. Ich hatte mich davor gefürchtet, dass eine Trennung von Martin und mir auch einen Keil zwischen uns treiben würde, und jetzt hatte ich es mit allem nur noch viel schlimmer gemacht.

»Ich schwöre dir, dass ich Martin nicht betrogen habe, Nela. Das alles in letzter Zeit ist einfach furchtbar aus dem Ruder gelaufen und glaube mir, dass ich mir das alles anders gewünscht hätte. Aber du weißt, dass ich ihm das nicht angetan hätte«, erklärte ich flehend.

Nela gab ein verächtliches Geräusch von sich. »Was dann? Du hast ihn nur in dem Glauben gelassen, dass du ihn heiraten willst, nur um ihn bei der nächsten Gelegenheit abzuservieren und direkt mit einem Typen rumzuknutschen, als hätten dir eure vier Jahre absolut überhaupt nichts bedeutet? Ja, das macht es natürlich besser, ist klar!«

Ich spürte, wie Frust in mir aufstieg, weil ich ihr das alles niemals zufriedenstellend erklären konnte, was in den letzten Wochen alles passiert war. Was mit mir passiert war. Egal, was ich in diesem Moment zu ihr sagte, es würde nichts ändern. Es würde es ihr nicht verständlich machen. Ich hatte meine Chance, mit Nela alles in Ruhe zu klären, ordentlich vergeigt. »Lass uns reden«, sagte ich in einem letzten Versuch, noch irgendetwas zu kitten.

Und Nela, die mich immer noch wütend musterte, presste die Lippen zusammen. Als würde sie warten. Als würde sie sich auch eine Erklärung erhoffen, die das alles zwischen uns wiedergutmachen könnte. Aber ich hatte keine. Und als Sami und Louis aus dem *Ichiban* kamen, um nach mir zu sehen, wandte Nela sich ab und stapfte über die Ampel davon.

Ich blieb an der Straße stehen und blickte ihr nach, die Schultern eingesackt. Meine Schuldgefühle wurden beinahe übermächtig, dass erneut Tränen in meine Augen traten, aber diesmal stellte ich mich ihnen. Alles, was geschehen war, hätte beschissener wahrscheinlich nicht laufen können. Und es tat weh, wirklich unendlich weh, dass das bedeutete, dass ich Nela womöglich verlor. Tief in meinem Inneren hatte ich eigentlich noch Vertrauen in unsere Freundschaft. Dass wir das klären konnten, dass sie mir irgendwann zuhören würde. Aber selbst wenn das nicht geschehen würde – dieses Gefühl, diese Freiheit, alles, was in den letzten Tagen zu mir zurückgekehrt war und was ich so vermisst hatte an mir, ohne es zu merken – war es das nicht wert?

»Ist alles in Ordnung, Tessa?« Sami legte eine Hand auf meine Schulter und ich wandte mich ihr zu. Ich seufzte. »Nicht so wirklich.« Wieder blickte ich in die Richtung, in die Nela verschwunden war, und spürte einen Stich in meinem Herzen. *Sie wird es verstehen, irgendwann. Sie wird mir zuhören,* redete ich mir ein.

»Sie braucht ein bisschen Zeit.« Sami wirkte sehr sicher, wie sie das sagte, und das gab mir auch noch ein wenig meiner Zuversicht zurück.

Und dann kam Beck aus dem *Ichiban* gehetzt, seine Jacke noch über dem Arm, weil er offensichtlich keine Zeit hatte verschwenden wollen, sie noch anzuziehen. »Entschuldige, Tessa, ich musste noch bezahlen«, sagte er, etwas durch den Wind, seine Haare noch zerzaust von unserer kleinen Knutschsession im Klub, und seine Augen voller Sorge.

»Es ist okay«, sagte ich leise, heiser. »Wir werden das noch klären können.«

Beck atmete tief durch, fast wie vor Erleichterung, und das Kribbeln in meinem Magen kehrte augenblicklich zurück. Er hatte mich geküsst. Er hatte mir gesagt, dass er mich wollte, genauso wie ich ihn. Und auch wenn Nela wütend auf mich war und Martin Lügen über mich verbreitete, konnte ich an diesem Abend nicht traurig sein. Ich konnte es nicht, weil das gerade alles war, was ich wollte. *Ihn*. Mit Haut und Haaren.

»Oh, Mann, was für ein Downer.« Louis fuhr sich durch die Haare und legte dann einen Arm um Samis Schulter. Sein Grinsen wirkte ein wenig unbeholfen und Sami klopfte ihm beruhigend auf den Arm. »Es ist eh schon spät. Vielleicht sollten wir den Abend langsam als beendet erklären.« Ihr Blick zuckte ganz kurz zwischen mir und Beck hin und her und ich spürte, wie ich rot wurde. Gerade hatte ich mich noch gefragt, ob sie unseren Kuss bemerkt hatte, aber das war ihr jetzt deutlich ins Gesicht geschrieben. »Wir sehen uns dann im Krankenhaus oder bei Louis zu Hause? Er bleibt heute eine Nacht bei mir und den Jungs.« Ihr Lächeln wurde breiter, als sie sich an Beck wandte. »Danke für den Abend, es war wirklich lustig.«

Er wirkte etwas irritiert, fand aber schnell sein Lächeln wieder. »Ja, war es wirklich. Danke, dass ihr euch alle darauf eingelassen habt.«

Wir verabschiedeten uns voneinander und Sami und Louis schlenderten Hand in Hand davon, bis es nur noch Beck und ich waren, die vor dem *Ichiban* im Halbdunkel standen. Er hatte seine Hände in die Hosentaschen gesteckt, ich meine Arme um meinen Oberkörper geschlungen.

Sein Blick wanderte zu mir. »Soll ich dich zu deinem Auto bringen?«

»Ich dachte, dass ich mir lieber ein Taxi nehme. Ich habe zwar nicht viel getrunken, aber sicher ist sicher. Kommst du mit?«

Er zog die Augenbrauen nach oben, als wäre er sich nicht sicher, ob er mich richtig verstanden hatte. »Zu …?«

»Mir, ja. Also … zu Louis, eigentlich.« Ich lachte leise, ein wenig verlegen, und machte einen Schritt auf ihn zu, um seine Hand zu nehmen. Sie war noch warm, obwohl er ohne Jacke in der Eiseskälte stand. Meine Finger umschlossen seine und ich sah zu ihm auf. »Ich würde diesen Abend wirklich ungern so enden lassen, wo er doch so schön war noch vor einem Moment. Was meinst du?«

Er atmete wieder tief durch und sein Atem schien ein wenig stockend. Seine dunklen Augen glühten beinahe. »Ich habe da noch eine andere Idee«, sagte er, wieder mit rauer Stimme. »Wie wir uns etwas Taxigeld sparen könnten.«

»Ich höre?«

Beck nickte die Straße entlang. »Ich wohne in der Nähe.«

Das Prickeln in meinem Nacken breitete sich über meinen Hals in alle Regionen meines Körpers aus. »Na dann«, sagte ich atemlos. »Gehen wir zu dir.«

Die Aufzugtüren des Wohnhauses schlossen sich vor uns und es kam mir quälend langsam vor. Kaum waren sie zu, hielt ich es nicht mehr aus und drehte mich zu ihm. Beck erwiderte den Blick sofort. Seine Augen funkelten, dunkel und abwartend. Und als ich einen Schritt auf ihn zumachte, griff er nach meiner Hüfte und zog mich an sich. Unsere Körper schmiegten sich wieder aneinander und diesmal spürte ich sofort, als meine Hände an seiner Brust hinabwanderten, wieder das irre Kribbeln durch meinen Körper schießen. Wie hatte ich nur so lange darauf verzichten können? Wie hatte ich auch nur eine Sekunde denken können, dass ich ohne dieses Gefühl leben konnte, mich mit weniger zufriedengeben konnte?

Ich blickte zu ihm auf, ein Schmunzeln in den Mundwinkeln, und er ließ keine Sekunde verstreichen, bevor sich seine Lippen wieder sanft auf meine legten. Wir hielten uns fest, verschmolzen beinahe miteinander und als ich die Wand des Aufzugs in meinem Rücken spürte, hatte ich fast wieder das Gefühl, in Flammen zu stehen. Sein Kuss wurde fordernder, bestimmter, und ich seufzte gegen seine Lippen. Beck beantwortete es mit einem brummenden, leisen Stöhnen, das ich bis in meine Zehenspitzen spüren konnte.

Als die Aufzugtüren sich öffneten, zuckten wir kurz auseinander, aber auf dem Flur war niemand. Beck atmete erleichtert auf, dann griff er nach meiner Hand und zog mich mit sich. Seine Wohnung lag beinahe direkt gegenüber dem Aufzug und kaum hatte er die Tür aufgeschlossen, zog er mich schon wieder in einen Kuss. Wir stolperten in den schmalen Flur und einen Moment kam mir der Gedanke, dass ich mich eigentlich umsehen sollte. Sehen wollte, wie er wohnte, wie seine Wohnung aussah. Aber dann fiel die Tür hinter uns zu und seine Hand griff wieder nach meiner Hüfte und seine Zunge war wieder zwischen meinen Lippen und der Gedanke schmolz dahin. *Später. Irgendwann.*

Ich löste mich von ihm und sah ihn an, ein Glühen in meiner Brust. »Schlafzimmer.«

Beck nickte in Richtung des Raumes am anderen Ende des Ganges, bevor er mich wieder ansah. Ernst und abwartend. »Ich will dich nicht zu irgendetwas drängen, Tessa. Oder dir das Gefühl geben, dass du … Ich weiß, eure Trennung ist noch nicht so lange her.«

Heiser lachend legte ich eine Hand auf seine Brust. »Du drängst mich zu gar nichts. Ich will das. Ich will dich, Beck. Am liebsten jetzt. Hier. Sofort.«

Das ließ er sich nicht zweimal sagen. Ein kurzes Aufflackern in seinen Augen, die vor Verlangen noch dunkler zu werden schienen, dann griff er nach mir, hob mich einfach auf seinen Arm, als würde ich nichts wiegen. Ich lachte überrascht. »Das nehme ich als Ja von deiner Seite«, flüsterte ich in sein Ohr, als er mich zum Schlafzimmer trug. Wir küssten uns und als er mich auf dem Bett absetzte, griff ich sofort nach seiner Hose. Ich löste den Gürtel, dann lehnte ich mich etwas nach hinten, auf meine Arme, und sah ihn mit brennendem Blick an.

Beck verstand. Er befreite sich von seiner Hose, bevor er mir aufs Bett nachkam, mich mit seinem Körper auf die Matratze presste und kleine Küsse erst auf meinen Hals, dann auf mein Schlüsselbein drückte. Seine Finger wanderten unter mein Shirt und eine Gänsehaut begann, über meinen Körper zu prickeln. Mit einer Hand zog er mein Oberteil nach oben, mit dem Daumen der anderen strich er provozierend sanft an meinem Hosenbund entlang.

Das Pochen zwischen meinen Beinen wurde stärker.

Gleichzeitig zogen wir uns unsere Shirts über die Köpfe und dann spürte ich endlich mehr von seiner Haut auf meiner, mehr Berührung zwischen unseren Körpern. Becks Lippen wanderten nach unten, ich spürte, wie er den feinen Stoff meines BHs zur Seite schob, und dann seine Zunge an meiner Brustwarze. Automatisch drückte sich mein Rücken durch, mein Herz raste noch schneller, während seine Zunge an mir spielte, kreisrund herum. Vorsichtig und unheimlich erregend. Er schloss die Lippen um meine Brustwarze und saugte sanft daran und als ich dachte, verrückt zu werden, wanderte er zu der anderen und wiederholte das Spiel.

Die Lust in mir schwoll an, bis das Umspielen seiner Zunge ein Stöhnen aus meinem Hals lockte. Erst dann ließ Beck von meiner Brust ab und sein Gesicht wanderte tiefer. Ich hatte das Gefühl, mich gar nicht mehr bewegen zu können, und wartete mit Spannung jede weitere seiner Berührungen ab. Als hätten meine Nerven sich vervielfacht, spürte ich überdeutlich, wie er sanft meine Hose öffnete und von meinen Beinen zog. Wie er meinen Bauch küsste, während eine Hand sich langsam den Weg über mein Höschen suchte, bis sie durch den Stoff die Stelle ertastete, die mich wieder meinen Rücken durchdrücken ließ. Er ließ sich so unendlich, provozierend viel Zeit, aber ich genoss jede Sekunde davon.

Sein leises Lachen verstärkte die Schauder in meinem Körper nur.

Der Finger umkreiste meine empfindlichste Stelle, langsam und fast bedächtig, und ich bewegte mich im gleichen Takt, ohne es steuern zu können. Und dann war mein Höschen plötzlich unten und seine Zunge dort, strich sanft über meine Mitte und entlockte mir ein erneutes Stöhnen, tiefer und lauter nun.

»Beck …« Es klang wie ein Flehen aus meinem Mund und er beantwortete es, indem er die Berührung seiner Zunge verstärkte, schneller wurde, bis ich nur noch aus Stöhnen und Lust bestand, aus Kribbeln und Prickeln. Und dann kam ich, so heftig wie noch nie, und das Kribbeln rollte wie eine übermächtige Welle über meinen Körper. Meine Hände krallten sich in die Bettwäsche und ich riss den Kopf zurück, drückte mich in das Kissen und stöhnte.

Meine Glieder zitterten noch vor Lust, als er wieder über meinem Gesicht auftauchte, mich sanft küsste und dann meinen Blick festhielt. »Das war, glaube ich, der beste Anblick meines Lebens«, sagte er rau, heiser, aber schmunzelnd. »Das sollten wir direkt wiederholen.«

Ich atmete schwer, spürte seine Finger aber schon wieder an meiner Mitte. Sanft, langsam suchten sie ihren Weg und drangen dann vorsichtig in mich ein. Ich holte Luft, tief und keuchend, und er beobachtete mein Gesicht lächelnd.

So nicht, dachte ich grimmig und griff nach ihm, nach seiner

Härte, die nun unter seiner Boxershorts mehr als überdeutlich zu spüren war. Seine Augen weiteten sich einen Moment, als ich ihn mit meinen Fingern umschloss, mich an ihm rieb und selbst das triumphierende Lächeln zurückgewann.

Meine andere Hand tastete nach seinem Bund und ich zog daran. In der nächsten Sekunde waren wir beide endlich nackt, berührten uns an jeder möglichen Stelle und sahen uns atemlos und begierig an. »Ich will dich ganz, Beck«, flüsterte ich.

»Und ich dich, Tessa«, sagte er lächelnd. Nichts mehr von dem beobachtenden, frechen Ausdruck auf seinem Gesicht, sondern wieder nur Wärme, Verlangen, Vorfreude. Seine Hand griff nach dem Nachtschrank und er zog ein Kondom hervor. Er hatte ein paar Probleme, es zu öffnen, weil ich ihn immer noch massierte und er zu meinem Amüsement immer wieder nach Luft schnappen musste.

Dann blickte er mich wieder an. Tief und mit einer Zufriedenheit, die in mir echote. Und in der nächsten Sekunde drang er in mich ein und der Rest der Welt löste sich um uns auf. Ich spürte nur noch ihn, nur noch, wie heiß und gut sich sein Körper anfühlte, wie rhythmisch unsere Bewegungen ineinandergriffen und wie sein Atem immer schneller, immer lauter wurde.

Ich spürte, wie mein zweiter Höhepunkt kam, und erzitterte, und er tat es mir ein paar Sekunden später nach, keuchend, mit geschlossenen Augen. Dann sank seine Stirn ganz langsam gegen meine, sein Körper auf meinen und ich umschloss ihn mit den Armen und hielt ihn fest.

Es dauerte eine ganze Weile, bis sich unsere Atmung wieder beruhigte und unsere Herzen wieder im normalen Takt schlugen.

Beck legte sich neben mich und sah mich an, seine Augen ein wenig ungläubig, aber seine Mundwinkel leicht erhoben. Ich lächelte ihn an und drehte mich zu ihm, um eine Hand an seine Wange zu legen und eine Locke aus seinem Gesicht zu streifen.

Er schloss bei meiner Berührung kurz die Augen, genoss sie, dann sah er mich wieder an. »Du bist wunderschön, Tessa.« Er sagte es, als könnte er es nicht glauben.

»Du auch, Beck«, gab ich, vollkommen ernst, zurück. Denn es stimmte. Wie er da neben mir lag, seine Augen so erschöpft, aber glücklich, die süßen Grübchen auf seinen Wangen und die Locken wirr um seinen Kopf, musste ich zugeben, dass ich wahrscheinlich noch nie einen so schönen Mann gesehen hatte.

Seine Finger strichen zärtlich über meinen Rücken und er gab mir einen sanften Kuss auf die Stirn. »Ich bin so froh«, murmelte er gegen meine Haut. »Dass du jetzt hier bist. Bei mir.«

Dass du dich für mich entschieden hast. Dass du jetzt zu mir gehörst.

Ich lächelte, als ich mich gegen seine Brust lehnte und seinen Duft einsog.

Ich auch, Beck. Ich auch.

Kapitel 27

Du siehst aus, als würde in dir ein Schwertkampf stattfinden.« Natascha lehnte sich halb über den Schreibtisch des Stationsleiterbüros und musterte mich mit schief gelegtem Kopf.

Ich zuckte zusammen, weil ich gerade so in mein Handy versunken gewesen war, dass ich gar nicht mitbekommen hatte, dass sie reingekommen war. Als ich jetzt aufsah, ein wenig schuldbewusst, grinste Natascha. »In deinem Gesicht geht ja noch mehr die Post ab.«

»Ist das so?« Langsam legte ich das Handy auf den Schreibtisch und blinzelte ein paar Mal, bis der Desktop mit der Fortbildungsübersicht für alle Mitarbeiter der Station wieder klar wurde vor meinen Augen.

»Ja.« Natascha platzierte ihren Po auf dem Schreibtisch und ich sah sie sofort entsetzt an. Malik hätte ihr wahrscheinlich eine Predigt gehalten, aber das schien der jungen Assistenzärztin vollkommen egal zu sein. Sie grinste mich nur vergnügt an. »Du siehst zum einen aus, als wäre dir eine gewaltige Laus über die Leber gelaufen. Mindestens ein Zwanzigtonner, um ehrlich zu sein. Und auf der anderen Seite … strahlen deine Augen irgendwie so. Also, was ist passiert? Willst du es mir vielleicht beim Mittagessen erzählen?«

»Ich habe leider keine Zeit, ich muss das alles heute noch fertig kriegen und hinke ganz schön hinterher«, gab ich stöhnend zurück. Wahrscheinlich lag es daran, dass ich mich bisher den ganzen Tag von meinem Handy abhalten lassen hatte. Auch jetzt blinkte wieder eine Nachricht darauf auf. Eine, die meinen Magen zum Kribbeln brachte, als ich den Namen las – aber immer noch nicht die, auf die ich heute wartete.

»Okay?« Nataschas Blick zuckte kurz zum Computer und dann wieder zu mir. »Dann vielleicht eine Kurzversion vor meiner Mittagspause?«

Aus irgendeinem Grund musste ich mich davon abhalten, meine Mundwinkel nach oben zu kräuseln. Vielleicht weil ich sofort wusste, WARUM meine Augen wahrscheinlich strahlten. Stattdessen deutete ich auf mein Handy und spürte wieder dieses Ziehen in meinem Magen. »Es geht um Nela. Die Schwester von Martin, ich hab dir schon mal von ihr erzählt.«

Sie nickte, während sie eine Strähne ihrer langen blonden Haare hinters Ohr klemmte und die Beine übereinanderschlug. Ich war sicher, dass sie gerade ein paar wichtige Dokumente von Malik zerknickte, aber jetzt war es mir auch egal.

»Sie weiß jetzt, dass wir uns getrennt haben. Und sie ist so wütend, dass sie nicht mehr mit mir redet und auf keine meiner Nachrichten antwortet«, fügte ich seufzend an.

Natascha hob erst eine Augenbraue an, dann die zweite. »Was? Was geht sie das denn an?«

Ich zuckte mit den Schultern und schluckte die Erklärung runter – dass sie mich und Beck in einer ziemlich eindeutigen Pose erwischt hatte und deswegen wütend war. Ich wollte es nicht zugeben, weil ich mich ein wenig schämte. Und weil ich irgendwie das Gefühl hatte, dass ich die ganze Geschichte mit Beck noch für mich behalten wollte. Noch für mich HABEN wollte. Es war alles noch so frisch und neu und ich wollte das noch eine Weile genießen, ohne es teilen zu müssen. Aber es machte Gespräche wie dieses nicht unbedingt einfacher. »Ich habe ihr nichts davon erzählt«, sagte ich langsam. »Ich war nicht ehrlich zu ihr, obwohl sie so etwas wie meine beste Freundin ist. War. Keine Ahnung.« Ich fuhr mir durch die Haare und warf noch einen Blick auf mein Handy. Ich hatte bestimmt zehnmal versucht, Nela anzurufen, und ihr unzählige Nachrichten geschickt – aber sie hatte auf keine reagiert bis jetzt. Irgendwo in mir drin wusste ich, dass sie wahrscheinlich Zeit brauchte, um alles zu verstehen und mir dann zuzuhören. Aber ich wollte es ihr jetzt erklären. Ich wollte nicht, dass das alles zwischen uns stand, ich wollte, dass sie mich verstand. Dass zwischen uns alles wieder normal war. Und der Gedanke, dass es vielleicht nie wieder so sein würde, tat verdammt weh.

Natascha hatte einen bedauernden Gesichtsausdruck aufgesetzt. Sie lehnte sich auf dem Schreibtisch nach vorn und klopfte mir auf die Schulter. »Wenn sie deine beste Freundin ist, dann wird sie es verstehen, Tessa. Vielleicht nicht jetzt sofort, aber irgendwann. Gib ihr ein bisschen Zeit.«

Damit sprach sie genau das aus, was mir auch schon die ganze Zeit durch den Kopf gegangen war. Und so ungern ich das zugab … sie hatte recht. Ich musste abwarten.

»Du bist sicher, dass du keine Zeit für eine Mittagspause hast? Es gibt heute mexikanische Burritos in der Cafeteria«, lockte mich Natascha lächelnd. »Wenn dich etwas Käseüberbackenes nicht aufmuntert, dann weiß ich auch nicht weiter.«

Ich musste lachen. »Das stimmt, aber ich habe wirklich keine Zeit. Leider. Ich wollte das hier noch fertig machen und dann kurz rüber auf die Kinderpalliativ gehen.«

Schlagartig wurde Nataschas Blick ernst. »Luca?«

»Ja.« Seufzend lehnte ich mich auf dem Schreibtischstuhl zurück. »Ich habe vorhin erst erfahren, dass sie ihn eigentlich am Wochenende entlassen wollten, dass er aber von den Werten zu schlecht war. Und dass er seitdem auf der Kinderpalli liegt.« Als ich das ausgesprochen hatte, rückte sofort alles andere in meinem Kopf wieder nach hinten und wurde ein kleines bisschen unbedeutender.

»Doktor Fischer hat uns vorhin erst erzählt, dass sie seinen Tumor wohl noch mal angesehen haben und er ein bisschen kleiner geworden ist. Sie überlegen jetzt, ihn zu operieren.«

Bei Nataschas Worten riss ich sofort den Kopf hoch und spürte, wie sich meine Augen weiteten. »Was? Wirklich? Das ist ja wunderbar!«

»Mehr oder weniger.« Sie zuckte mit den Schultern und wiegte den Kopf. »Es geht ihm wirklich schlecht gerade. Die OP ist vielleicht eine gute Chance für ihn, aber sie ist gleichzeitig auch ein großes Risiko. Momentan geht es ihm so schlecht, dass jede noch so kleine Operation gefährlich für ihn sein könnte. Aber es könnte auch gefährlich sein, noch länger zu warten. Wir wissen nicht, ob es schlimmer oder besser werden wird.«

Mein Herz sank ein wenig. Das letzte Mal hatte ich Luca Ende letzter Woche gesehen und da war er wirklich noch alles andere als fit gewesen. Mir wurde ein wenig schlecht, wenn ich daran dachte, wie es ihm bei der Chemotherapie immer ergangen war. Eine Operation war auch eine große Belastung für den Körper. Hoffentlich eine, die ihm helfen konnte – und ihm nicht noch den Rest gab.

Natascha sprang neben mir vom Schreibtisch, der kurze Arztkittel wehte ihr um die Beine. »Dann bestell ihm nachher mal schöne Grüße von mir, okay? Ich muss jetzt echt was essen gehen, in einer Dreiviertelstunde ist schon wieder die nächste Visite und ich muss ein paar Patienten vorstellen. Wenn ich da nichts im Magen habe, kotze ich der Oberärztin sicher vor Nervosität auf die Füße!«

Ich lächelte wieder. »Viel Glück dabei.«

Sie verließ das Büro und ich machte mich wieder an die Arbeit. Diesmal war ich etwas fokussierter, weil ich darauf brannte, nach Luca zu sehen. Malik hatte schon gesagt, dass es am besten wäre, wenn wir ihn nach der Palliativ direkt wieder bei uns aufnehmen würden, aber ich wusste nicht, ob das klappte. Und selbst wenn alles gut ging, er direkt wieder zu uns kam, die Operation bekam und dann gesund würde – wie sollte es weitergehen? Wo würde er hingehen? Die Frage brannte mir immer noch auf der Seele, auch wenn es eigentlich eine Aufgabe seines Betreuers und des Sozialdienstes war, dafür eine Lösung zu finden. Aber wenn ich in den letzten Wochen etwas durch Lucas Fall gelernt hatte, dann, dass das System manchmal versagte.

Kurz nach ein Uhr war ich endlich fertig mit dem Fortbildungsplan. Auf Station war es relativ ruhig, sogar die Kollegen saßen gerade kurz zusammen und aßen eine Kleinigkeit. Ich gab ihnen Bescheid, dass ich in die Pause ging, aber auf dem Handy erreichbar war, und verließ dann die Station.

Noch im Aufzug blickte ich durch meine Nachrichten. Nichts von Nela. Dafür aber zwei Nachrichten von Beck. Die erste war direkt morgens geschrieben worden, kurz nachdem ich heimlich seine Wohnung verlassen hatte, um zur Arbeit zu fahren:

»Abhauen ohne Kuss und Kaffee? Ich komme mir ein bisschen billig vor gerade ;-)«

Ich grinste breit, ein aufgeregtes Flattern in meinem Bauch, und las die zweite Nachricht:

»Wann machst du denn Mittagspause? Ich hab heute wieder Betreuungsdienst.«

Ich tippte schnell zurück, dass ich die Pause gleich bei Luca verbringen würde. Mein Weg hatte mich noch nicht einmal ganz durch die Eingangshalle des Sankt Alex geführt, da vibrierte mein Handy schon wieder. »Dann bis gleich«, hatte er nur geschrieben. Was er damit meinte, merkte ich, als ich nur zwei Minuten später auf der Kinderpalliativstation ankam. Lilly, die Schwester, die Luca gerade versorgte, gab mir nur ein kurzes Zeichen, dass sie sich noch um einen anderen Patienten kümmern musste und mir dann ein Update gäbe, also lief ich direkt zu Luca durch. Als ich die Tür öffnete, blickten mir zwei Augenpaare entgegen: Luca, der bis zur Brust zugedeckt in seinem Bett lag, seinen Gameboy in der Hand, und Beck, der neben ihm auf einem Stuhl saß, die Beine auf die Kante des Bettes gelegt.

Mein Herz machte einen Satz, als er mich mit leuchtenden Augen anlächelte. Unsere gemeinsame Nacht war kaum ein paar Stunden her, aber ein Blick von ihm genügte, um mich wieder dorthin zurückzuversetzen. Wie gut er sich angefühlt hatte. Seine Küsse, seine Berührungen, auf die ich so lange gewartet hatte. Wie es gewesen war, in seinem Arm einzuschlafen und darin aufzuwachen. Sein Duft. Seine Haut. Ich presste die Lippen zusammen, damit man nichts von den Gefühlen, die mich gerade durchfluteten, in meinem Gesicht lesen konnte. Mir wurde heiß und wieder kalt und mein Nacken prickelte angenehm. Am liebsten hätte ich ihn in diesem Moment von seinem Stuhl gerissen und gegen die Wand hinter ihn gepresst, um ihn wieder an mir zu spüren.

Ich atmete tief durch und wandte mich Luca zu, um Beck nicht mehr ansehen zu müssen. »Hey, Großer. Wie geht's dir?«

Luca ließ ein Grummeln hören, weil ihm offensichtlich mein Spitzname nicht gefiel. Zu meiner Überraschung regte er sich aber nicht darüber auf. Vielleicht lag es daran, dass es ihm wirklich nicht gut ging – zumindest sah er so aus. Er war blass und hatte immer noch dunkle Ringe unter seinen Augen. Die Infusionen an seinen Armen waren mehr geworden und an den vielen Einstichen auf beiden Seiten konnte ich sehen, dass es wohl auch nicht weniger wurde. Er wirkte müde, auch wenn er offensichtlich alles dafür tun wollte, das runterzuspielen. »Großartig«, antwortete er und es wirkte nicht mal sonderlich sarkastisch. Vielleicht wollte er nicht, dass ich mir Sorgen machte, denn meinem Gesicht war es in diesem Moment wahrscheinlich anzusehen. Ich bemühte mich um ein Lächeln und blickte direkt wieder zu Beck rüber. Dieser hatte aber Luca im Blick und sein Kiefer war angespannt. »Luca wollte mir gerade zeigen, wie weit er in seinem Spiel in letzter Zeit gekommen ist.«

»Er lässt sich mal wieder nicht abwimmeln«, sagte Luca und obwohl er sich offensichtlich immer noch um Ernsthaftigkeit bemühte, funkelten seine Augen wieder. Gott sei Dank. Erleichtert schnappte ich mir den zweiten Stuhl, der an dem kleinen Tisch in der Ecke stand, und zog ihn ans Bett, um mich zu setzen.

Beck blickte mich kurz an, ein Blick voller Sehnsucht und Wärme, bevor er sich ebenfalls schnell wieder abwandte. »Du bist doch froh, dass ich hier bin. Du willst nur cool tun vor Tessa.«

»Das muss ich gar nicht. Im Gegensatz zu dir habe ich das im Blut.« Ein Zucken in Lucas Mundwinkeln, bevor er mich ansah. »Und du? Hast mal wieder nichts zu tun auf Station?«

»Du bist schon wieder so frech, dass ich mir direkt ein bisschen weniger Sorgen um dich mache«, gab ich grinsend zurück.

Meine Erleichterung spiegelte sich auch in seinem Gesicht. Natürlich. Er konnte nicht damit umgehen, wenn man ihn bemitleidete oder sich Sorgen um ihn machte. Ich glaubte, dass gerade Letzteres ihm eigentlich ganz guttat, aber das konnte er nicht an sich heranlassen. Auch in Ordnung. »Wie sieht's aus bei dir? Wir warten schon ganz ungeduldig darauf, dass du endlich wieder zu uns kommst und deine nächste Chemo abholst.«

Bevor ich hergekommen war, hatte ich natürlich seinen Arztbericht im System gelesen. Der neue Zyklus war tatsächlich schon in einer Woche angedacht, aber dass es ihm besser ging, war eine eindeutige Voraussetzung. Und ich konnte schlecht einschätzen, wie es mit Luca da gerade stand.

Er zuckte nur mit den Schultern, was keine große Hilfe war. Genauso wenig wie sein »Passt schon«, das er über seinen Gameboy hinweg murmelte. Bevor ich nachhaken konnte, hielt er mir das Teil hin, auf dem bunte Männchen hin und her tanzten. »Schau, ich habe es geschafft bis zum Endgegner zu kommen. Beck hat dafür viel länger gebraucht. Kann es mir dann wirklich so schlecht gehen?«

»Ganz eindeutig stehst du kurz vor der Entlassung«, sagte ich mit hochgezogenen Augenbrauen und er nickte zufrieden, bevor er direkt wieder auf seinem Gameboy zu spielen begann. Beck und ich blickten uns kurz zweifelnd an, bevor er es anders versuchte: »Doktor Fischer hat gemeint, dass sie dich gerade mit Infusionen aufpäppeln.«

Luca brummte nur. »Sieht so aus.« Offensichtlich wollte er nicht darüber reden, wie es ihm wirklich ging. Also mussten wir es wohl erst mal dabei belassen. Deshalb klopfte ich ihm auf das Bein, das mir am nächsten war. »Jetzt leg doch mal das Ding weg, du unhöflicher Kerl. Lass uns lieber zusammen eine Runde Mau spielen.«

Er sah mich verblüfft an, weil ich es wirklich wagte, ihn in seinem Spiel zu stören. Tatsächlich zuckte er aber nach einer Sekunde mit den Schultern und schaltete den Gameboy kommentarlos aus und holte die Karten aus dem Schubfach neben seinem Bett. Beck blickte mich mit einem beinahe schon beeindruckten Blick an, der so etwas sagte wie: »Bei mir hätte das länger gedauert«, und zu dem Kribbeln, das er sowieso schon in mir auslöste, gesellte sich noch eine Portion Stolz.

Wir spielten ein paar Runden und ich sah, wie Lucas Gesichtszüge langsam wieder etwas weicher wurden, wie sehr er sich über die Zeit mit uns freute. Er lächelte nicht, nicht so wie letztes Mal, als wir uns gesehen hatten. Aber es war trotzdem schön, ihn etwas gelöster zu erleben. Nach zwanzig Minuten klopfte es an der Tür und Lilly stand da, um mich auf den neuesten Stand zu bringen. Wir trafen uns auf dem Flur, wo sie mit ernster Miene mitteilte: »Seine Blutwerte sind etwas besser geworden und auch sein Allgemeinzustand ist etwas stabiler. Es spricht nicht mehr viel dagegen, dass wir bald mit dem neuen Chemozyklus starten könnten.«

»Das ist doch gut, oder?«, fragte ich hoffnungsvoll. Aber ihr Blick war noch eine Spur zu ernst, eine Spur zu unsicher. Lilly wiegte den Kopf. »Das Problem mit dem Wasser in der Lunge ist schlimmer geworden. Und die Ärzte machen sich Sorgen, dass es sich weiter verschlechtert, wenn sie ihn nicht operieren. Deswegen planen sie die OP wahrscheinlich vorher.«

Und das war in seinem aktuellen Zustand gefährlich. Wirklich gefährlich. Ich spürte, wie mir die Schulter einsanken. »Gibt es eine Alternative?«

»Nein«, sagte Lilly. »Ich bin sicher, dass Doktor Fischer in ein paar Tagen spätestens sagen wird, dass wir es darauf ankommen lassen müssen.«

Ein eiskalter Schauer lief mir über den Rücken. Ich bedankte mich bei Lilly, brachte es aber nicht über mich, direkt wieder in Lucas Zimmer zu gehen. Stattdessen setzte ich mich auf die Bank vor die Fensterfront und starrte nach unten auf den Platz vor dem Sankt Alex, während es in meinem Kopf arbeitete. Irgendwann ging die Tür des Zimmers auf und Beck trat heraus. Er sah mich dort sitzen und nahm wortlos neben mir Platz. Seine Hand griff nach meiner und unsere Finger verschränkten sich ineinander. Ich spürte, wie ich wieder etwas Wärme und Zuversicht durch die Berührung von ihm tankte.

Er fragte nicht, wie es stand. Er saß nur da, hielt mich fest und streichelte mit einem Daumen sanft über meinen Handrücken. Ich sah lächelnd zu ihm auf und fragte leise: »Es wird alles gut, richtig? Also alles, alles.«

Beck nickte, ohne auch nur eine Sekunde zu zögern. »Natürlich. Alles, alles.«

Ich blickte über meine Schulter, um sicherzugehen, dass niemand auf dem Gang war, dann reckte ich mich zu ihm hoch und drückte ihm einen flüchtigen Kuss auf die Lippen. Er lächelte und küsste mich ebenfalls. Eine Sekunde länger, als ich es getan hatte, und die Gefühle in mir schwappten wieder über und durchfluteten mich.

Seufzend lehnte ich mich an seine Schulter und so blieben wir noch etwas sitzen, bevor ich sagte: »Ich muss eigentlich wieder auf Station.«

»Brennen wir einfach durch?«

»Klingt großartig. Wohin gehen wir denn?«

»Am liebsten irgendwohin, wo es wärmer ist als hier.«

»Ich bin dabei.« Lächelnd drehte ich mich etwas um, zu Lucas Zimmer, und ich fügte murmelnd dazu: »Wir nehmen ihn mit, oder?«

»Das steht außer Frage«, gab Beck sofort zurück mit einem Gesichtsausdruck, als wäre er von Anfang an davon ausgegangen. Die Wärme in mir wurde beinahe ein wenig überwältigend. Er lächelte sein Grübchenlächeln und fragte: »Was machst du nach Feierabend?«

Auf dich warten und mit dir nach Hause fahren, wenn es nach mir ginge, dachte ich, aber ich sprach es nicht aus. Wir hatten gerade einmal eine Nacht zusammen verbracht und das Letzte, was ich wollte, war, ihn zu verschrecken. Ich konnte mich noch gut an meine Anfangsphase mit Martin erinnern, wie oft mehrere Tage zwischen unseren Dates gelegen hatten. Und diese Sache hier – ich wollte sie richtig machen. Nichts überstürzen und ihn damit langweilen, dass ich auf einmal so viel Nähe brauchte. So viel Zeit mit ihm. »Ich muss lernen. Für die Uni.«

Beck nickte lächelnd. »Richtig so. Zieh deinem Studium die Hosen aus.«

Wir lachten beide. Dann küssten wir uns und jetzt war es mir vollkommen egal, ob uns jemand sah. Einen Moment des Glücks wollte ich mir nach allem, was in den letzten Wochen passiert war, definitiv gönnen. Das hatte ich verdient. Vor allem, wenn man darüber nachdachte, was noch auf mich zukam. Als wir uns voneinander lösten, strich Beck sanft über meine Wange, einen so sehnsuchtsvollen Ausdruck in seinen Augen, dass mir schon wieder ganz anders wurde.

Martin hat mich nie so angesehen.

Ich verdrängte den Gedanken, weil es mir falsch vorkam, und ich konnte das warme Kribbeln in meinem Bauch genießen. »Bis später«, sagte ich heiser.

»Bis später.« Ein letzter Kuss auf meine Stirn, dann stand Beck auf und ging zum nächsten Patientenzimmer weiter.

Ich erhob mich ebenfalls, ein wenig schwerfälliger als er, um noch einmal zu Luca zu gehen und mich für den Tag zu verabschieden. Als ich auf meinem Handy die Uhrzeit checken wollte, hatte ich zwei verpasste Anrufe. Einen von meiner Mutter und einen von Martin.

Ich seufzte und wählte die Nummer meiner Mutter an.

Eine Phase der Ruhe war mir wohl noch für eine ganze Weile nicht vergönnt.

Kapitel 28

Es war seltsam, wieder in die Wohnung von Louis zurückzukehren, nachdem ich die Nacht bei Beck verbracht hatte. Sie war mir schon vorher fremd vorgekommen, aber jetzt war da noch etwas anderes. Vielleicht lag es daran, dass Louis kaum Deko oder Möbel hatte. Aber als ich da im Flur stand und den Schlüssel auf den Schrank neben der Tür legte, kam mir die Wohnung plötzlich … riesig vor.

Was absolut lächerlich war. Die Wohnung, in der ich ein paar Jahre mit Martin gewohnt hatte, war sicher noch einige Quadratmeter größer als die von Louis. Allein bei dem Gedanken, jetzt dort zu sein, fühlte ich mich wie erschlagen. Wieso war das plötzlich so erdrückend? Ich hatte diese Wohnung geliebt und den ganzen Platz, den ich dort gehabt hatte. Das riesige Bad, die breiten Flure, das gigantische Wohnzimmer. Und doch stand ich jetzt hier, auf der Schwelle von Louis' Wohnzimmer, und wünschte mich zurück in Becks kleines, gemütliches Chaos. Der Platz bei ihm hatte mir ausgereicht – weil ich ihn mit IHM geteilt hatte.

Ich kickte die Schuhe von meinen Füßen und ließ mich auf die Couch fallen, wo ich mich in eine Decke rollte. Ich fröstelte noch ein wenig von draußen, aber auch von dem Gespräch, das ich auf dem Nachhauseweg mit meiner Mutter geführt hatte. Sie hatte bei all ihren Freunden nachgefragt, die sie von den Pflegestellenvermittlungen kannte, aber niemand konnte momentan jemanden aufnehmen, die Familien waren entweder voll oder die Pflegestellen hatten aufgehört mit der Aufnahme, so wie meine Mutter. Es war frustrierend.

Meine Mutter hatte zwar versprochen, dass sie noch weiter überlegte, aber aktuell hatte ich nicht mehr viel Hoffnung, noch etwas für Luca zu finden. Und es wäre sowieso schwierig geworden, ihn von einer neuen Pflegestelle zu überzeugen. Ich hatte mir nur eingeredet, dass es vielleicht etwas anderes war, wenn ich damit ankam. Wenn ich es war, die ihm die Stelle vorschlug. Oder Beck. Immerhin vertraute er uns. »Danke trotzdem, Mama, dass du es versucht hast«, hatte ich am Ende des Gespräches seufzend gesagt.

Sie hatte einen Moment geschwiegen und sich dann verabschiedet mit den Worten: »Wir hören uns sicher bald. Und wenn du noch nicht weißt, wie du Weihnachten verbringen willst …« Den Rest des Satzes hatte sie offengelassen, aber ich erkannte das Angebot dahinter natürlich trotzdem. Und es hatte eine sehr gemischte Wirkung auf mich.

Wir hatten die letzten Jahre Weihnachten nicht zusammen gefeiert, weil ich immer mit Martin bei seiner Mutter und Nela gewesen war. Dass sie es mir jetzt trotzdem anbot, auch wenn ich sie die letzten Jahre immer hatte abblitzen lassen, rührte mich. Aber es führte mir auch vor Augen, dass mein Leben jetzt einfach vollkommen anders aussehen würde, als ich es gewohnt war. Dass ich nicht mehr mit Nela den Weihnachtsbaum schmücken oder heiße Schokolade von meiner Schwiegermutter trinken würde, mit echter Schweizer Schokolade, Zimt und Vanille. Nicht mehr unsere riesige Wohnung dekorieren, mit Nela Weihnachtsgeschenke shoppen gehen. Obwohl Letzteres ja wieder möglich sein sollte, sofern sich meine beste Freundin irgendwann wieder auf ein Gespräch einlassen würde. Aber die einzigen verpassten Anrufe, die ich auf meinem Handy hatte, waren leider von Martin, und mit ihm wollte ich aktuell überhaupt nicht sprechen. Ganz besonders nicht, nachdem er Nela erzählt hatte, dass ich ihn betrogen hatte. Eigentlich sollte ich ihn zur Rede stellen und ihm auftragen, ihr die Wahrheit zu sagen, aber aktuell hatte ich nicht die Energie, mich damit auseinanderzusetzen.

Abgesehen davon, dass ich Nela nicht mehr anrufen wollte, um sie nicht unter Druck zu setzen, musste ich mich auch davon abhalten, Beck anzurufen. Es war erst ein paar Stunden her, dass ich ihn gesehen hatte. Ein paar Stunden mehr, seit ich neben ihm im Bett, in seinem Arm gelegen und geschlafen hatte. Und trotzdem hatte ich schon wieder so eine Sehnsucht nach ihm, dass ich kaum an etwas anderes denken konnte. In der Zeit am Anfang, als ich Martin gedatet hatte, waren wir oft fast eine ganze Woche ohne ein Wiedersehen zurechtgekommen. Was war mit mir passiert, dass ich schon irre wurde, wenn ich Beck ein paar Stunden nicht sah?

Ich legte mein Handy so weit von mir weg, dass es aus meinem Blickfeld war, und setzte mich dann an Louis' Laptop. Er hatte mir erlaubt, ihn für meinen Unikram und die Wohnungssuche zu benutzen. Also scrollte ich mich erst durch ein paar Immobilienseiten, schrieb ein paar Vermieter an und arbeitete mich dann mühselig durch die online gestellten neuen Unterlagen von der Uni.

Als mein Handy im Laufe des Nachmittages endlich klingelte, hätte ich beinahe den Laptop von meinem Schoß geworfen. Aber es waren weder Beck noch Nela, die mich anriefen. Glücklicherweise auch nicht Martin – der Name auf meinem Display war überraschenderweise Maya. Ich ging ran. »Maya?«

»Tessa.« Ihre Stimme klang ein wenig abgehetzt und ich konnte daraus überhaupt nicht lesen, wie sie sich gerade fühlte. Es klang, als wäre sie irgendwo draußen unterwegs, und zwar nicht gerade in einer wirklich leisen Umgebung. Vielleicht die U-Bahn oder so etwas. »Sami hat es mir erzählt.«

Einen Moment war ich vollkommen verwirrt, wovon sie redete, dann erst dämmerte mir, dass mein Auszug aus der gemeinsamen Wohnung mit Martin erst eine Woche zurücklag. Es war so viel passiert in dieser Zeit, dass es mir um einiges länger vorkam. Und vor allem, als müsste schon die ganze Welt davon wissen. Es fühlte sich seltsam verrückt an.

»Oh.« Ich lehnte mich seufzend gegen die Couch. »Ja. Tut mir leid, dass ich dir nicht persönlich davon erzählt habe. Die letzten Tage waren wirklich irgendwie … viel.«

»Das verstehe ich vollkommen, Tessa. Kein Grund, sich zu entschuldigen. Wie geht es dir?«

Obwohl ich mich erschöpft fühlte, musste ich lächeln. »Schon viel besser. Danke, dass du nachfragst.«

»Na hör mal, das ist doch völlig klar!«, empörte sie sich auf der anderen Seite der Leitung. »Du bist doch meine Freundin.«

Nach dem kleinen Zerwürfnis mit Nela tat es ziemlich gut, das von ihr zu hören. Bevor ich etwas erwidern konnte, sprach Maya aber auch schon weiter. Sie klang ein wenig peinlich berührt, als sie sagte: »Weißt du, ich habe mir da etwas überlegt. Es ist natürlich absolut kein Problem, wenn du das ablehnen würdest, es soll nur ein Angebot sein und ich bin dir auch wirklich nicht böse, wenn du keine Lust darauf hast, aber – du könntest das Zimmer von Clara haben. Wenn du es brauchst.«

Es arbeitete kurz für einen Moment in meinem Kopf, bevor mir klar wurde, dass sie von ihrer Mitbewohnerin sprach, die im Januar ausziehen wollte. Mein Herz machte einen ordentlichen Hüpfer. »Wie lange?«, wollte ich wissen.

Maya schnaubte. »Na. So lange, wie du es aushalten würdest, mit mir zusammen zu wohnen.« Ihrer Stimme war anzuhören, dass sie grinste. »Bei Clara war es ein Jahr, aber du bist tough, du hältst mich vielleicht länger aus.«

Ich presste die Lippen zusammen. »Aber Maya, du hattest dich so gefreut, die Wohnung für dich zu haben. Willst du mich wirklich als deine Mitbewohnerin haben?«

»Gar keine Frage, Tess. Clara war wirklich anstrengend, mit ihr zusammen habe ich mich manchmal gefühlt wie bei einer

Zirkusveranstaltung. Habe ich dir erzählt, dass sie mal eine Weile Goldfische in unserer Badewanne gehalten hat?« Sie stöhnte, dann lachte sie auf. »Also, wenn du mir versprichst, keine Haustiere in Gebrauchsgegenständen zu halten, dann: Ja, ich hätte dich wahnsinnig gern als meine Mitbewohnerin. Das Zimmer ist nicht so groß wie deine Wohnung, aber es ist nicht weit von der Arbeit weg und, wie du weißt, kann ich ziemlich gut kochen, wenn das ein Argument ist.«

Diesmal war es an mir zu lachen. Auf einmal fühlte ich mich wieder ganze zwanzig oder dreißig Kilo leichter. »Keine Haustiere. Versprochen. Und fürs Kochen würde ich mich mit Putzen revanchieren – das mache ich tatsächlich ganz gern.«

»Deal.«

Grinsend drückte ich das Handy an meine Wange und wollte am liebsten einen Jubelschrei loslassen. Stattdessen sagte ich mit der ehrlichsten, wärmsten Stimme, die ich hatte: »Danke, Maya. Das Angebot kann ich gar nicht ablehnen. Ich würde wahnsinnig gern deine Mitbewohnerin werden.«

Maya unterdrückte ihren Jubelschrei gar nicht erst und ich lachte über den freudigen Ton, den sie ausstieß. »Ich schwöre auch, dass ich dich nicht störe, wenn du lernen musst. Und ich halte mich bedeckt, wenn du mal jemanden mitbringst.«

Ich spürte, wie meine Wangen heiß wurden. »Na ja, das könnte passieren.«

»Beck?«

Ich sog die Luft ein. »Hat Sami dir das erzählt?«

Sie machte ein Geräusch, das wie ein verschlucktes Atmen klang. »Moment, was? Ich wollte dich nur ärgern, das war nur so ein Spruch – hast du etwa was mit Beck angefangen?!«

Mist. Ich stöhnte, aber es ging in ein Lachen über. Es war mir rausgerutscht, aber als Maya in quietischiger Stimme nachhakte, erzählte ich ihr alles, was die letzten Wochen passiert war. Sie jubelte darüber, dass wir ENDLICH zusammengefunden hatten, und ich konnte gar nicht mehr aufhören zu grinsen. Ich war so glücklich, dass ich am liebsten geplatzt wäre.

Als wir das Gespräch beendet hatten, schwebte mein Daumen eine ganze Weile über dem Anrufen-Symbol neben Becks Namen. Ich wollte ihn so unbedingt anrufen, so unbedingt seine Stimme hören und ihm die News erzählen, dass das Gefühl in meinem Bauch beinahe übermächtig wurde. Und dann drückte ich drauf, statt es wieder zu ignorieren und mir einzureden, dass ich ihm nicht so auf die Pelle rücken durfte. Beck war ein erwachsener Mann, wenn er Abstand brauchte, würde er es mir schon mitteilen.

Er ging nach einem Klingeln dran. »Hey.« Seine Stimme klang warm und nach einem Lächeln, bei dem wahrscheinlich seine Grübchen auf den Wangen richtig tief wurden. »Hey.«

Ich erhob mich von der Couch, weil ich plötzlich nicht mehr ruhig sitzen konnte. Stattdessen lief ich zum Balkon rüber und trat nach draußen in die sonnendurchflutete Kälte. »Ich weiß, wir haben vorhin erst geredet …«, begann ich und wusste danach nicht, was ich sagen sollte.

Zum Glück nahm Beck mir das Überdenken ab, indem er sagte: »Dir ist schon bewusst, dass das schon wieder ein paar Stunden her ist?«

Mein Bauch wurde von Schmetterlingen geflutet. Ich biss mir auf die Unterlippe, um nicht wieder zu grinsen wie eine Blöde. »Ganz schön lange, oder?«

»Mhm«, machte er zustimmend. »Viel zu lange. Was machst du?«

»Nichts.«

»Das mache ich auch ziemlich gern. Was dagegen, wenn ich mich anschließe?«

Es war nicht normal, was so ein einfacher Satz in mir auslöste, da war ich mir zu hundert Prozent sicher. Aber ich wollte mich auch nicht beschweren, denn die Hitze, die durch meine Adern schoss, fühlte sich verdammt gut an. Verdammt ungewohnt, aber auch verdammt wundervoll. Meiner Stimme war wahrscheinlich anzuhören, dass ich wie verrückt grinste, als ich entgegnete: »Wenn dich das nicht langweilt, kannst du gern herkommen und mit mir nichts tun.«

»Ich glaube nicht, dass ich mich langweilen könnte, wenn ich bei dir bin.« Seine Stimme war nur ein dunkles, brummendes Raunen, weich, aber irgendwie trotzdem klar. Es jagte einen Schauer über meinen Rücken.

»Na dann.« Ich lehnte mich an die Hauswand und starrte grinsend in den blauen Himmel hoch. »Bis gleich?«

»Ich beeile mich.«

Ich legte auf und ging zurück in die Wohnung, um einen Blick in den Spiegel zu werfen. Es kam mir ein wenig seltsam vor, meine Haare zu ordnen und abzuwägen, ob ich mir vielleicht doch noch mal etwas Neues anziehen sollte. Ich fühlte mich wieder wie ein Teenager und mit jeder Minute, die verging, wurde ich nervöser.

Als es dann endlich klingelte, schreckte ich zusammen und musste mich zwingen, nicht zur Tür zu rennen wie ein Kind, das den Eiswagen erwartete. Ich fuhr mir noch drei oder vier Mal durch die Haare, um sie zu glätten, bis die Aufzugtüren am anderen Ende des Flurs aufgingen und Beck erschien. Er hob den Blick, die dunklen Locken fielen ihm dabei in die Stirn, und dann lächelte er so breit, dass wieder eine Bombe in meinem Bauch hochging. Am liebsten wäre ich ihm entgegengelaufen, aber ich blieb auf der Schwelle stehen und wartete ungeduldig, bis er endlich bei mir war. Sofort schlang ich die Arme um seinen Hals und zog ihn an mich und küsste ihn, beinahe wie eine Verhungernde, und er umschloss mich genauso fest. Hielt mich, als hätten wir uns monatelang nicht gesehen, und das Gefühl war so verrückt und schön, dass ich nicht glauben konnte, dass ich mich beinahe für das Leben mit Martin entschieden hätte. Beinahe das alles, diese Gefühle, dieses Glück in mir, verpasst hätte, nur aus Pflichtgefühl.

Wir stolperten ein wenig über die Schwelle und mussten uns festhalten, um nicht gleich im Flur zu liegen. Wir unterbrachen den atemberaubenden Blick, um zu lachen und uns kurz wieder zur Ordnung zu rufen. »Hey«, sagte ich dann und biss mir auf die Unterlippe.

»Hey.« Er lehnte seine Stirn gegen meine und seufzte zufrieden. Seine Hände lagen noch in meinem unteren Rücken, meine rutschten von seinem Hals an seine Brust. Ich konnte sein schnell schlagendes Herz unter meinen Fingern spüren und meines pochte fast im gleichen, irre schnellen Takt.

Beck küsste mich noch einmal sanft, dann griff er hinter sich und warf die Tür ins Schloss. Schmunzelnd wich er etwas zurück, damit er mir ins Gesicht sehen konnte. »Ist das jetzt eigentlich der Moment, in dem ich cool tun sollte, um dich zu beeindrucken?«

»Die coole Nummer würde ich dir sowieso nicht abkaufen«, gab ich grinsend zurück.

Er zog gespielt empört die Augenbrauen zusammen. »Keine Ahnung, was du damit sagen willst.« Sein Blick klarte wieder auf und er zog mich erneut an sich, diesmal in eine Umarmung. »Aber ich bin sowieso nicht gut darin, Dinge runterzuspielen. Wie zum Beispiel die Tatsache, dass du mir nach ein paar Stunden schon irgendwie gefehlt hast.«

Ich spürte seine Lippen über meine Halsbeuge streifen und erschauderte. »Mhh, das würde wahrscheinlich an deiner coolen Fassade kratzen«, stimmte ich heiser zu, während seine Lippen weiterwanderten, meinen Hals hinauf bis zu meinem Ohr. Sein Griff an meiner Hüfte wurde fester. »Das stimmt. Du musst also damit leben, dass ich nicht cool bin, Tessa.«

»Damit komme ich klar.« Meine Stimme war nur noch ein Flüstern.

Er ließ von meinem Hals ab, um mich wieder anzusehen. Sein Blick war ernst und seine Hand wanderte an meine Wange. Er wirkte wie jemand, der nicht so ganz glauben konnte, was er vor sich hatte. Als wäre ich ein besonders wertvolles Juwel in den Händen eines Meisterdiebes. Der Gedanke brachte mich zum Lachen. »Couch und Brooklyn 99?«, schlug ich vor. Nur eine Sekunde streifte mich der Gedanke, dass ihm das vielleicht zu lahm war, aber er nickte sofort mit funkelnden Augen. »Unbedingt.«

Bevor ich reagieren konnte, hatte er sich an mir vorbeigedrängt zum Wohnzimmer. »Aber der gute Platz gehört diesmal mir.«

»Was?« Fassungslos sah ich ihm zu, wie er sich auf die Couch warf, in die bequeme Kuhle an der Ecke, wo man so schön die Füße auf den Hocker davor legen konnte. »Das ist doch wohl hoffentlich nicht dein Ernst!«

»Und ob«, lachte er und klaute sogar noch die flauschige Decke, in die ich mich sonst immer wie ein Burrito einwickelte.

Kopfschüttelnd ging ich auf die Couch zu und er funkelte mich vergnügt von unten an. Das hielt allerdings nur so lange an, bis ich die Hände auf seine Schultern legte und mich langsam auf ihn setzte. Ich konnte förmlich sehen, wie er schluckte, als ich grinsend die Arme um seinen Hals schlang.

»So kannst du von der Serie nicht viel sehen«, versuchte er, es zu überspielen, und ich lachte leise, bevor ich ihn küsste. »Stimmt.« Diesmal war ich es, die ihre Lippen an seinem Hals herabwandern ließ. Seine Hände griffen wie automatisch wieder nach meinen Hüften und ich gab ihm einen letzten Kuss auf seine Halsbeuge, bevor ich ihn wieder angrinste. »Ich wohne hier gerade, also runter von meinem Platz.«

Stöhnend rutschte er zur Seite, damit ich in meine Kuhle fallen konnte. Es war merkwürdig, aber schön, wie natürlich dieses Geplänkel sich zwischen uns anfühlte. Ganz normal, dass er nach der Fernbedienung griff und dabei den Arm um mich schlang, damit ich im Liegen mein Gesicht auf seine Brust legen konnte. Ganz natürlich, wie er meinen Rücken streichelte, während er die Serie auswählte.

Das Opening ertönte schon, da fragte er über mir: »Hat deine Mutter schon etwas erreichen können wegen Luca?«

Ich seufzte. »Nein, bisher hat sie niemanden gefunden, der ihn aufnehmen könnte. So oder so wäre es wohl auch schwer geworden, ihn zu überreden. Aber …« Ich überlegte eine Sekunde, bevor ich mein Gesicht ihm zuwandte. »Ich hatte vielleicht noch eine andere Idee, die ihn überzeugen könnte. Allerdings wird das ein wenig Arbeit an meiner Mutter.«

Beck zog die Augenbrauen hoch. »Die wäre?«

»Ich hatte überlegt, sie zu bitten, ihn zu nehmen. Sie hat schon vor ein paar Jahren aufgehört, als Pflegestelle zu fungieren, weil die Problemfälle immer mehr zugenommen haben und sie ja auch nicht jünger wird. Aber wenn ich sie bitte, dass sie Luca erst mal kennenlernt … und ich hatte überlegt, dass ich ihr anbiete, ihr so viel wie möglich zu helfen mit ihm. Das könnte sie vielleicht überzeugen.« Abwartend blickte ich ihn an, wartete darauf, dass er vielleicht ein Gegenargument dazu fand. Aber Beck sah völlig begeistert aus. »Das ist eine gute Idee, Tessa. Und ich würde mich natürlich auch anbieten, ihn zu besuchen und Dinge mit ihm zu unternehmen, soviel ich Zeit habe!«

Ich presste die Lippen zusammen, um ein Grinsen zu unterdrücken. »Dir ist klar, dass du dann meine Mutter kennenlernen müsstest?«

Er zuckte unbeeindruckt mit den Schultern. »Ich bin großartig mit Müttern.«

»Na, wenn das so ist.« Ich lachte.

Becks Ausdruck wurde wieder etwas ernster. »Wirklich, das ist eine wunderbare Idee. Und es ist toll, dass du dich so für ihn einsetzt. Wenn das klappt, könnte das wirklich DIE Lösung für Luca sein – nichts würde ich ihm mehr wünschen.«

»Ich auch«, gab ich seufzend zurück. Er lächelte auf mich hinab und drückte mir einen Kuss auf die Stirn. »Du bist toll, Tessa.«

Ich spürte, wie ich wieder errötete. »Unsinn.«

»Doch, das bist du.« Er strich meine Haare aus dem Gesicht, und als ich mich etwas aufrichtete, lag seine Hand wieder an meiner Wange. »Und weißt du, dass ich das auch ziemlich sexy finde, wenn eine Frau sich sozial engagiert?«

»Ist das so?« Das Kribbeln sammelte sich wieder in meinem Bauch und wanderte tiefer.

Er nickte schmunzelnd und dann versanken wir wieder in einem Kuss, der ewig anzuhalten schien.

Kapitel 29

»Ich gehe einkaufen, brauchst du irgendwas?«

Ich hob den Blick und sah, dass Louis seinen Kopf durch die Tür gesteckt hatte und mich fragend ansah. Vor ein paar Tagen war er wieder zurück in seine Wohnung gekommen, weil Samis Brüder wieder bei ihr waren, und er hatte sich wirklich als ein sehr angenehmer Mitbewohner auf Zeit herausgestellt. Er schien mich überhaupt nicht als Gast zu betrachten, sondern als gleichwertige Mitbewohnerin, und das, obwohl er immer noch vehement ablehnte, Miete von mir anzunehmen.

Lächelnd winkte ich ab. »Nein, danke. Ich werde mir wahrscheinlich gleich auf dem Weg zur Uni was Kleines zu essen holen.«

»In Ordnung.« Statt sich wieder zurückzuziehen, blieb Louis einen Moment zögernd in der Tür stehen und sah sich in dem kleinen Büro um, das ich aktuell als Schlafzimmer nutzte. Meine Jogginghose und das Schlafshirt, das ich Beck geklaut hatte, lagen gefaltet auf der Schlafcouch, zusammen mit der Decke und dem Kissen, das Louis mir geliehen hatte.

Ich spürte, wie das schlechte Gewissen in mir aufstieg, als ich ihn sich so umsehen sah, deshalb sagte ich schnell über meinen aufgeklappten Laptop hinweg: »Nächsten Monat bist du mich los und hast dein Zimmer zurück. Mayas Mitbewohnerin zieht Mitte Januar aus und ich kann direkt an dem Tag bei ihr einziehen!«

Louis' Blick huschte wieder zu mir. Er zog überrascht die Augenbrauen nach oben, dann schüttelte er schnell den Kopf. »Was? Nein, mach dir bitte keine Sorgen, Tessa! Ich will dich hier absolut nicht rauswerfen! Ich habe nur gerade gedacht …« Er fuhr sich mit der Hand durch die Haare, als müsste er überlegen, wie er sich am besten ausdrückte, dann sagte er mit einem Schulterzucken: »Weißt du, Sami und ich haben überlegt, dir anzubieten, zu Martins und deiner Wohnung zu fahren und dir ein paar Sachen zu holen? Du weißt, dass das für uns alles kein Problem wäre …«

Ich spürte eine Mischung aus Rührung und Scham und Louis fand auch plötzlich die Bilder an der Wand um einiges interessanter als eine Sekunde zuvor noch. Er hatte sich also nicht in seinem zerflossenen Büro umgesehen, sondern die Klamotten gemustert, die ich aktuell im Akkord in seiner Waschmaschine wusch. Verlegen sagte ich: »Das müsst ihr nicht. Ehrlich. Ich werde mich selbst darum kümmern. Aber vielen Dank für euer Angebot, Louis, das ist echt toll.«

Ich hatte eigentlich schon eine ganze Weile vor, zur Wohnung zu fahren. Ich wusste selbst, dass das nicht so weiterging und dass ich mich irgendwann der Tatsache stellen musste, dass meine ganzen Sachen noch bei Martin waren. Und dass außerdem noch ein Gespräch mit ihm anstand, das ich ihm nach unserer langen gemeinsamen Zeit einfach schuldete. Gerade Letzteres konnte wirklich nicht bis Januar warten, bis ich zu Maya zog, das wusste ich. Aber ich hatte mich in den letzten Tagen mit Arbeit und Uni abgelenkt, weil ich mich einfach noch nicht bereit fühlte. Dazu, Martin unter die Augen zu treten, möglicherweise noch Nela, und davor, ihm alles zu erklären. Nicht dass ich dazu verpflichtet war – aber ich wollte es. Für mich. Um mich besser zu fühlen. Aber auch als Abschluss für ihn. Wir waren so lange zusammen gewesen, und obwohl das mit uns nicht unbedingt gut ausgegangen war, wollte ich keine verbrannte Erde hinterlassen. Auch weil das für die Beziehung zwischen mir und Nela wahrscheinlich noch mehr Gift sein würde als ohnehin schon. Sie hatte mir immer noch nicht geantwortet oder mich zurückgerufen, aber die Nachrichten von Martin hatten einen anderen Ton angenommen. Er war wieder etwas freundlicher, bat mich um ein Gespräch und bisher hatte ich ihn noch hingehalten. Ich hatte Angst davor, ihn zu sehen. Ich hatte Angst, wie das Gespräch ausgehen würde.

»Weißt du was?« Ich klappte meinen Laptop zu, an dem ich bis eben noch die Aufgaben für meine Vorlesung gemacht hatte. Aber mein Kopf war einfach wie immer die letzten Tage woanders. Es brachte nichts. »Ich fahre ein bisschen früher zur Uni, dann kann ich unterwegs noch einen Kaffee trinken. Soll ich dich mitnehmen in die Innenstadt?«

»Wenn dir das keine Umstände macht.« Louis grinste breit und mir wurde klar, dass er auf dieses Angebot gewartet hatte. Er hatte sein Auto gerade Sami geliehen, damit sie die Jungs zur Schule fahren konnte, und ich wusste, dass er ungern U-Bahn fuhr. Das musste wohl heißen, dass er Sami wirklich liebte. Ich schüttelte lachend den Kopf. »Na komm.«

Wir zogen unsere dicken Mäntel an und verließen zusammen die Wohnung, ich den Laptop unter dem Arm. Ich war froh, dass es bereits nach Mittag war und die Sonne schien, so blieb es mir erspart, die Scheiben freizukratzen. Die letzten Nächte hatte es immer Frost gegeben, aber Schnee war noch nirgends zu sehen gewesen.

Louis ließ sich auf den Beifahrersitz fallen. Während er sich anschnallte, sagte er: »Du kannst mich am Ku'damm rauswerfen.«

Ich startete den Motor und sah ihn dann skeptisch an. »Da ist nicht unbedingt der nächste Supermarkt, oder?«

»Nee, aber ich will nach einem Geschenk für Sami schauen.«

Grinsend fuhr ich aus der Parklücke. »Das ist ganz schön spät, findest du nicht? Weihnachten ist in zwei Wochen.«

»Nur für jemanden, der so organisiert ist wie du« Er grinste, dann winkte er aber ab. »Außerdem will sie einfach nicht mit der Sprache rausrücken, was sie sich wünscht«, stöhnte er. »Ich versuche seit Wochen, etwas aus ihr rauszukriegen, aber keine Chance. Sie sagt immer nur, dass sie sich nichts wünscht.«

Ich zuckte mit den Schultern. »So ist sie eben. Egal, was du ihr besorgst, sie wird sich bestimmt freuen.«

Louis blickte zu mir rüber, das konnte ich im Augenwinkel sehen. Genau wie sein jetzt wieder breites Grinsen. »Wir könnten uns gegenseitig helfen.«

»Ach ja, und wie?«

»Du sagst mir, was Sami sich wünscht, und dafür sage ich dir, was du Beck schenken könntest.«

Ein Schauer ging durch meinen Körper und Louis sah es wohl, denn er lachte leise. Ich versuchte abzulenken: »Beck und ich schenken uns nichts. Darauf haben wir uns geeinigt.«

»Und Beck kommt dir wie ein Typ vor, der sich an so etwas hält?«

Eigentlich nicht. Und eigentlich überlegte ich auch schon seit Tagen, was ich ihm vielleicht doch an Kleinigkeiten besorgen könnte, sollte er mir irgendetwas gekauft haben. Ich knirschte mit den Zähnen und klopfte ungeduldig auf dem Lenkrad herum, als vor mir ein Fahrer provozierend langsam wurde. »In Ordnung«, sagte ich nach ein paar Sekunden, vielleicht eine Spur zu heftig. »Aber wehe du verrätst Sami, dass du es von mir hast, klar?«

Louis hob sofort abwehrend die Hände. »Du kannst auf meine Verschwiegenheit zählen.«

»Nächstes Jahr im Frühling sind *Florence and the Machine* in Berlin. Sie LIEBT diese Band, aber sie weiß noch nicht, ob sie hinkann – wegen der Dienste und wegen ihrer Brüder.« Ich warf ihm einen kurzen Blick zu. »Besorg zwei Tickets und organisiere alles so, dass sie sich um nichts kümmern muss. Jemanden, der ihre Brüder beaufsichtigt an diesem Abend, Anfahrt, der ganze Kram.«

Seine Augen leuchteten auf. »Das ist eine perfekte Idee, Tessa!

Wenn ich nicht Ärger mit Beck kriegen würde dafür, würde ich dich abknutschen.«

Grinsend winkte ich ab. »Bloß nicht. Schon gar nicht während des Fahrens.« Ich konzentrierte mich kurz aufs Abbiegen, dann wandte ich mich ihm zu. »Jetzt du.«

Louis wurde auf seinem Platz ein bisschen kleiner. Sein Blick war entschuldigend. »Ehrlich gesagt hat Beck mir gar nicht gesagt, was er sich wünscht.«

»Was?!«, empörte ich mich, aber nicht ohne ein Lachen. »Das ist eiskalter Verrat, Louis.«

Er wedelte abwehrend mit den Händen. »Aber ich meine: Ich kenne ihn schon seit einer Weile, also kann ich dir vielleicht trotzdem helfen. Ich weiß, dass Beck überhaupt nicht der materielle Mensch ist, also brauchst du ihm keine hübsche Kette zu kaufen.«

Louis kicherte und ich verdrehte die Augen. *No shit, Sherlock.*

»Zeit zu zweit«, sagte Louis dann plötzlich. Er sah mich an und lächelte, diesmal ehrlich. »Irgendwas, was ihr zu zweit machen könnt. Ich glaube, das ist es, worüber er sich am meisten freuen würde.«

Ich stockte ein wenig in der Bewegung, dann nickte ich langsam. »Das ist gar keine so üble Idee.«

»Siehst du.« Louis schien sehr zufrieden mit sich selbst zu sein. Er lehnte sich zurück und verschränkte die Arme hinter dem Kopf. »Wir KONNTEN uns tatsächlich gegenseitig helfen.«

Lächelnd schüttelte ich den Kopf, kam aber nicht umhin, ihm innerlich recht zu geben.

»Kommt er heute Abend?« Louis' Stimme klang beiläufig und ich wusste sofort, dass das eigentlich nicht das war, was er fragen wollte. Dieser Typ war wirklich erschreckend einfach zu lesen. Ich tat ihm den Gefallen und spielte mit: »Nein, Beck hat Spätdienst, also erst nach zehn Uhr Feierabend. Wir sehen uns morgen wieder.«

»Mhh, verstehe.« Louis spielte an seiner Seite mit dem Fensterknopf herum. »Läuft gut mit euch, was?«

Ich spürte, wie mir wieder ein Grinsen ins Gesicht wanderte. »Ja, läuft gut mit uns.«

Louis sah mich an und lächelte breit. Es war süß, dass er sich offensichtlich Sorgen um seinen Freund machte, aber das war tatsächlich überhaupt nicht nötig. Ich konnte mir eigentlich gar nicht vorstellen, wie es mit Beck überhaupt noch besser laufen sollte, als es das momentan tat. Es war beinahe ein wenig beängstigend, wie schnell wir uns beinahe wortlos verstanden, wie wohl ich mich nach so kurzer Zeit schon mit ihm fühlte, als wäre es nie anders gewesen. Wie wenig Gedanken ich mir machte, ob ich etwas richtig machte oder das Richtige sagte, weil es überhaupt kein Falsch mit ihm zu geben schien. Es passte einfach. Und obwohl ich immer noch ein schlechtes Gewissen hatte, immer noch viel daran dachte, ob ich das wirklich verdient hatte, konnte ich es mittlerweile besser genießen, wie es zwischen uns war.

»Cool. Ich weiß, dass man das normalerweise zu den Männern in der Beziehung sagt, aber: Tu ihm bloß nicht weh. Sonst bekommst du Ärger mit mir.« Louis grinste mich noch eine Spur breiter an und ich boxte ihn in die Seite. »Das habe ich bestimmt nicht vor.«

»Sehr gut.«

Ich lieferte ihn an der U-Bahn-Haltestelle ab, die er sich ausgesucht hatte, und sah zu, wie er wippenden Schrittes in Richtung Innenstadt verschwand. Kopfschüttelnd, aber lächelnd nahm ich mein Handy zur Hand, um zu checken, wie viel Zeit ich vor meiner Vorlesung noch hatte. Mein Herz blieb beinahe stehen, als ich die Mitteilung auf dem Display sah: eine Nachricht von Nela. Bei dem Versuch, sie so schnell wie möglich zu öffnen, ließ ich beinahe mein Handy fallen.

»Rede mit ihm. Das bist du ihm schuldig. Vorher brauchst du nicht auf ein Gespräch mit mir zu hoffen.«

Ich atmete tief durch und ließ mich in den Sitz sinken. Damit hatte ich gerechnet. Auch wenn ich es schon als Fortschritt ansah, dass sie mir überhaupt antwortete, war sie offensichtlich noch mehr als sauer. Und sie bestätigte mir noch einmal das, was ich eigentlich schon wusste: Ein Gespräch mit Martin war unumgänglich. Nicht nur, weil meine Freunde schon angeboten hatten, meine Sachen für mich zu holen, oder weil meine beste Freundin nicht mehr mit mir sprach – sondern auch für ihn und mich. Wir brauchten diesen Abschluss.

Mein Herz raste wie verrückt, aber ich wusste, dass mich dieser Gedanke nicht mehr loslassen würde, bis ich ihm endlich nachging. Also verstärkte ich den Griff um mein Lenkrad und atmete tief durch, bevor ich wieder auf die Straße abbog.

Obwohl meine Hände nach der zehnminütigen Fahrt schweißnass waren und mein Atem schnell ging, blieb ich nicht im Auto sitzen. Kaum hatte ich eine Parklücke in der Nähe der Wohnung gefunden, stieg ich aus. Ich wusste, dass jegliches Zögern wahrscheinlich dazu führen würde, dass ich wieder kehrtmachen würde und es dann noch Tage oder Wochen mit mir rumschleppte, weil ich zu feige war.

Während ich über die Straße zu der Tür lief, durch die ich vor Kurzem noch immer »nach Hause« gegangen war, kratzte in meinem Kopf ein wenig die Hoffnung, dass er vielleicht gar nicht zu Hause war. Es war bereits früher Abend, aber das musste bei Martin nichts heißen. Vielleicht hatte er sich nach unserer Trennung wieder in die Arbeit gestürzt und war wieder nicht früher als acht Uhr zu Hause. Auch wenn es irgendwie kein schöner Gedanke war, dass ich ihn möglicherweise so verletzt hatte, dass er das tat.

Ich klingelte an der Tür und sofort durchfuhr mich ein Frösteln, das wahrscheinlich nicht nur von der Kälte kam. Es dauerte nur ein paar Sekunden, bis die Gegensprechanlage knackte und Martins Stimme zu hören war: »Ja?«

Er klang müde. Ich presste die Lippen zusammen. »Hey … ich bin's.«

Schweigen. Dann ein ungläubiges: »Tessa?«

Es jagte mir einen Schauer durch den Körper. Ich ermahnte mich, mich zusammenzureißen. »Ja«, erwiderte ich. »Du … du wolltest reden. Und ich dachte …« Tja, eigentlich nicht besonders viel. Aber noch während ich überlegte, was ich sagen sollte, brummte schon der Türsummer. Ich lehnte mich etwas verzögert gegen die Tür und trat in den Flur.

Während ich die Treppen nach oben lief, herrschte in meinem Kopf totales Chaos. Ich konnte keinen einzigen klaren Gedanken fassen. Besonders, als ich an der Tür vorbeiging, hinter der Martins Mutter und Nela lebten. Ich tue das hier nicht für sie, dachte ich, sondern für mich.

Martin stand schon auf der Türschwelle. Er trug keine Krawatte mehr, aber das Hemd von der Arbeit, das oben etwas aufgeknöpft war. Sein Gesicht wirkte ruhig, als er mich auf der Treppe ansah, aber in seinen Augen war ein Sturm in Gang. Ich blieb ein paar Meter von ihm entfernt im Gang stehen und ließ die Arme sinken. »Hey.«

Er straffte seine Haltung, ich konnte das Zucken in seinen Muskeln sehen, ganz besonders an seinem Kiefer. »Willst du deine Sachen holen?« Seine Stimme klang beherrscht, aber ich meinte, einen etwas herausfordernden Ton darin zu hören. Er bemerkte es wohl selbst, denn er räusperte sich und fügte hinzu: »Nachdem du mir nicht wirklich geantwortet hast, bin ich ein wenig davon ausgegangen.«

Ich nickte langsam. »Verstehe. Kann ich vielleicht …?« Ich deutete an ihm vorbei und tatsächlich machte er sofort den Weg frei und ließ mich in den Flur treten. Mein Mantel rutschte mir schon von den Schultern, aber es fühlte sich komisch an, ihn einfach so aufzuhängen, als würde ich immer noch hier wohnen. Glücklicherweise griff Martin sofort danach, ein wenig ungeschickt zwar, aber immerhin. Er wirkte etwas zu ernst, als er fragte: »Kann ich dir vielleicht … einen Kaffee machen oder so?«

Tatsächlich hatte ich schon ein paar gehabt und fürchtete, dass mir ein weiterer den Puls in die Höhe treiben würde. Aber ich wollte auch nicht ablehnen, also nickte ich nur und folgte ihm ins Esszimmer, wo ich mich etwas umständlich auf einen der Stühle fallen ließ. Martin ging in die Küche, um mir meinen Kaffee zu holen, und kam mit einer tiefen Furche auf seiner Stirn zurück. Er setzte sich mir gegenüber und sah mich so durchdringend an, dass ich lieber doch von meinem Kaffee nippte, um seinen Blick nicht erwidern zu müssen.

Sein darauf folgendes Seufzen schien aus seiner tiefsten Seele zu kommen. »Tut mir leid. Ich wollte eigentlich nicht so sein. Aber … das ist alles so …« Er stoppte ab und ich sah auf und nickte. »Ich weiß.«

Ich sah, wie seine Schultern einsanken und sein Blick war plötzlich nicht mehr durchdringend, sondern flehend. »Bist du wirklich hier, um zu reden?«

War das da Hoffnung in seinen Augen? Ich setzte sofort meine Tasse ab und spürte wieder die brennende Schuld in meinem Hals. »Du bist mir wichtig. Natürlich bist du das, nach so vielen Jahren zusammen, Martin. Ich will, dass wir miteinander sprechen und eine Basis finden.«

Sein Kiefer spannte sich wieder an und der Funken in seinen Augen erlosch. »Aber nicht über uns reden. Nicht über die Möglichkeit, dass wir das wieder hinkriegen.«

»Nein. Tut mir leid, Martin.« Das tat es wirklich. Ihn so zu sehen verursachte mir fast körperliche Schmerzen, weil ich wusste, dass ich dafür verantwortlich war. ICH hatte die letzten vier Jahre weggeworfen, ich wusste, dass er so dachte. Und dass ich jetzt so glücklich war und eigentlich nichts bereute, machte es irgendwie noch schlimmer.

Er hob den Blick. »Ist es wegen diesem Typen, von dem Nela erzählt hat?«

Seine Frage fühlte sich an, als hätte ich einen elektrischen Schlag bekommen. Ich presste wieder die Lippen zusammen. Sie hatte also mit ihm darüber gesprochen, was sie im *Ichiban* gesehen hatte. Das war natürlich alles andere als schön. »Es hat nichts mit ihm zu tun«, sagte ich mit Nachdruck. »Nicht nur. Es ging um uns. Um alles, was nicht mehr gestimmt und was gefehlt hat. Und ich habe dich auch nicht mit ihm betrogen.«

Martin zuckte ein wenig zusammen, vielleicht weil meine Stimme bei dem letzten Satz etwas schärfer geworden war. Sein Blick war entschuldigend, aber natürlich kam ihm dieses kleine Wort nicht über die Lippen. »Wenn es nur das ist«, sagte er, plötzlich wieder sehr energisch. »Dann lass uns doch noch mal reden. Über alles. Vielleicht können wir das klären. Vielleicht finden wir doch einen Weg, um uns wieder anzunähern?«

Ich spürte, dass mein Handy in meiner Hosentasche zu vibrieren begann, und ignorierte es. »Martin, das hat doch keinen Zweck«, sagte ich, etwas hilflos. »Wir haben darüber gesprochen. Du wolltest nichts ändern und gewissermaßen ist das auch dein gutes Recht. Wieso sollten wir uns zu etwas zwingen, das überhaupt nicht uns entspricht?«

Mein Handy verstummte, aber nur, um ein paar Sekunden später wieder zu vibrieren.

»Ich wäre bereit dazu, mich zu ändern«, sagte Martin. »Was ist mit dir?«

Er verstand es nicht. Der Frust schlug über meinem Kopf zusammen wie ein wildes Gewässer, aber ich konnte mich gar nicht darauf konzentrieren, weil mein Handy immer noch vibrierte. Mit einem lauten Seufzer zog ich es aus der Tasche. Es war Samira. Samira, die jetzt eigentlich Spätdienst hatte. Warum rief sie an?

»Einen Moment«, sagte ich an Martin gewandt, der gerade ungeduldig die Arme vor der Brust verschränkte. Dann ging ich ran: »Ja?«

»Tessa, hier ist Sami.« Ihre Stimme klang unsicher und sie sprach sofort weiter, schnell wie ein Wasserfall: »Hör zu, ich weiß, das ist alles ein bisschen ungewöhnlich, aber ich habe eine Bitte an dich. Es geht um Luca.«

Luca. Oh, nein. Ich spürte, wie sofort mein Herz schneller schlug. »Was ist los?«

»Es geht ihm nicht gut. Also … gar nicht gut. Er hat wieder mehr Wasser in der Lunge und kann kaum atmen. Katharina Fischer hat entschieden, dass er in den OP muss. Heute noch.«

»Aber sie hat auch gemeint, dass er dabei sterben kann.« Als ich die Worte aussprach, ein wenig erstickt, sah ich, dass Martin die Augen aufriss. Ich ignorierte ihn. »Es gibt also keine andere Wahl?«

»Nein. Er ist sicher bald dran. Ich war gerade bei ihm drin und … Luca hat nach dir gefragt.« Samira klang beinahe zerknirscht, als sie das sagte. »Nach dir und Beck. Ich hab Beck schon auf den AB gesprochen, aber er hat Spätdienst. Ich weiß, dass das wahrscheinlich merkwürdig ist, aber … ich glaube, Luca hat wirklich Angst. Und es gibt niemanden, den er sonst sehen will. Denkst du …«

»Ich komme sofort«, sagte ich und sprang schon auf. Martin tat es mir gleich, er wirkte angespannt. »Was ist los?«

Ich legte auf und drehte mich wortlos um, um meinen Mantel von der Garderobe zu holen. Er folgte mir auf schnellem Schritt. »Tessa, was ist los? Sprich mit mir.«

»Es geht um den Patienten, von dem ich dir erzählt habe. Ich muss ins Krankenhaus«, erklärte ich abgehetzt.

»Aber wir sind noch nicht fertig mit Reden. Bitte, brich das jetzt nicht so einfach ab.«

»Tut mir leid«, sagte ich und meinte es auch so. Es tat mir leid, aber jetzt gab es erst einmal wichtigere Dinge. Luca war jetzt wichtig. Er hatte Angst … und er hatte nach mir gefragt. Etwas anderes musste ich gerade erst mal nicht wissen.

Als ich an der Tür war, trat Martin mir in den Weg. »Dann lass mich dich wenigstens fahren, Tessa. Dann können wir noch auf dem Weg weitersprechen.«

»Ich habe da jetzt wirklich keinen Nerv zu, Martin«, fauchte ich zurück. Ich quetschte mich an ihm vorbei auf den Flur und hörte, wie er in seine Schuhe stieg und mir folgte. Himmel.

»Dann lass mich mitfahren. Du bist gerade total aufgewühlt, das sehe ich doch. Lass mich dir zeigen, dass ich dir beistehen kann.«

»MARTIN«, knurrte ich zurück. »Ich will jetzt nicht reden.«

»Das ist in Ordnung. Das musst du nicht«, sagte er, stolperte mir aber immer noch durch das Treppenhaus hinterher.

Ich stöhnte innerlich und riss die Tür nach draußen auf.

Das war jetzt definitiv ein Problem für später.

Ich warf mich auf den Fahrersitz und wählte die Nummer meiner Mutter.

Kapitel 30

Das Sankt Alex lag schon halb im Dunklen, als ich auf dem Parkplatz dahinter parkte. Gerade als ich den Motor ausgemacht hatte, kam auch Martin mit seinem lächerlich aufpolierten Porsche neben mir zum Stehen. Er hatte glücklicherweise nicht darauf bestanden, mit in mein Auto zu steigen, sondern war direkt zu seinem gejoggt, um mir zu folgen. Und wahrscheinlich sollte ich genervt sein, dass er sich gar nicht hatte abschütteln lassen.

Aber als ich jetzt ausstieg, spürte ich, wie zittrig meine Knie waren. Wie sehr mein Herz vor Angst flatterte, und dann stand er neben mir, wie um mich zu stützen, und ich war doch ganz froh, dass er hier war. Eine stabile Konstante, die ich jetzt wahrscheinlich gut gebrauchen konnte. Weil ich wirklich keine Ahnung hatte, was mich jetzt erwartete. Oder wie dieser verdammte Tag ausgehen würde.

In meinem Kopf pochte nur ein Gedanke: Luca wollte mich sehen. Luca brauchte eine OP, die ihn vielleicht umbringen würde, und er wollte mich vorher noch mal sehen. Oh, Gott.

»Willst du mich vielleicht auf den neuesten Stand bringen?«, fragte Martin mich. Normalerweise hasste ich es, wenn er in so emotionalen Situationen so beherrscht war, als würde ihn absolut nichts berühren – aber gerade tat es mir tatsächlich ganz gut. Es erdete mich ein wenig, während wir um das Krankenhaus herum zum Eingang hetzten.

»Luca ist aktuell sehr geschwächt, aber er braucht eine OP. Ich weiß nicht, ob er die überleben kann. Meine Kollegin hat mir nur erzählt, dass er mich sehen will.« Die Worte brannten in meinem

Hals, als hätte ich einen ordentlichen Schluck Whiskey genommen.

Martin sah mich von der Seite an. »Um sich zu verabschieden?«

Okay, das war jetzt schon wieder zu viel Emotionslosigkeit. »Das Kind ist zwölf«, fauchte ich ihn an. »Er hat Angst. Er braucht jemanden, der ihn beruhigt.«

Tatsächlich war Luca für sein Alter schon ziemlich reif. Weil er es sein musste, weil er hatte lernen müssen, alleine klarzukommen. Deshalb hoffte ich auch wirklich inständig, dass ich recht hatte und er sich nicht einfach verabschieden wollte. Das würde mir heute wahrscheinlich den Rest geben.

»Entschuldige.« Martin klang tatsächlich etwas zerknirscht, aber auch eine Spur beleidigt. »Ich habe einfach nicht die Erfahrung mit Kindern, wie du sie hast. Sag mir einfach, was ich für dich tun kann.«

Genau das war das Problem. Er wollte wiedergutmachen, wo nichts gutzumachen war. Wir waren vielleicht wirklich einfach zu verschieden. Ich konnte ihm nicht vorwerfen, dass er anders fühlte als ich, was meine Patienten anging. Was besonders Luca anging. Das wäre nicht fair. Aber immerhin gab er sich gerade Mühe, mir zu helfen. Auch wenn ich das Gefühl hatte, dass er es aus der Hoffnung heraus machte, dass er damit etwas reparieren konnte, was nicht zu reparieren war. Das war ein Gespräch, das wir definitiv noch führen mussten – später. Jetzt gab es Wichtigeres.

»Du kannst nicht mit auf die Station«, gab ich nur knapp zurück, während ich schon auf den Knopf für den Aufzug hämmerte.

»Schon klar.« Er nickte mit ernstem Gesicht und trat nach mir ein. »Dann warte ich davor auf dich. Ich kann dich nach Hause fahren, wenn du es brauchst. Oder ich gehe dir irgendwo einen beruhigenden Tee besorgen, was hältst du davon?«

Ich will keinen beruhigenden Tee. Ich dachte es, sprach es aber nicht aus. Am liebsten hätte ich ihn in diesem Moment wieder nach Hause geschickt, aber ich hatte auch wirklich Angst davor, wie es mir nach dem Gespräch mit Luca gehen würde. Vielleicht war es gut, wenn er hier war. Vielleicht war es gut, wenn ich danach nicht mehr Auto fahren musste. Gott, ich wollte gar nicht so denken, wollte das alles gar nicht in Betracht ziehen, aber der nüchterne Teil in mir wusste, dass es nötig war. Dass ich mich auf alle Eventualitäten vorbereiten musste.

Die Aufzugtüren teilten sich und ich deutete auf die kleine Sitzecke, die vor der Station lag und auf der normalerweise wartende Angehörige Platz nahmen. »Da kannst du auf mich warten.«

»Kein Tee?«, fragte Martin noch einmal. Er stand da in seinem teuren Wintermantel, die Arme schlapp herunterhängend, und bot ein etwas erbärmliches Bild in den hellen Krankenhausfluren.

Ich zuckte mit den Schultern, schon auf hastigen Schritten zur Stationstür. »Meinetwegen, wenn du irgendwo einen herkriegst. Die Cafeteria ist allerdings schon zu, also versuchst du es vielleicht mal an dem Automaten den Gang runter.« Ich wedelte in die ungefähre Richtung, dann ließ ich ihn stehen und stieß die Stationstüren auf.

Bereits von Weitem konnte ich drei Schwestern im Pflegestützpunkt stehen sehen, die sich ernst unterhielten. Eine davon war Sami, die in dem Moment zur Tür sprang, als sie mich über den Flur hinweg entdeckte. »Tessa«, begrüßte sie mich und ein Lächeln rutschte ihr ins Gesicht. »Wir haben ihn schon für die OP vorbereitet und warten nur darauf, dass er dran ist. Du bist also noch rechtzeitig.«

»Wie steht es um ihn?«, wollte ich wissen und wollte es eigentlich auch nicht wissen.

Sami seufzte. »Unverändert schlecht. Das Gute ist: Wenn mit

der OP alles glattläuft, dürfte es ihm danach etwas besser gehen. Und dann wird das mit dem neuen Chemozyklus auch leichter.«

Wenn. Dieses schreckliche, kleine, bedeutsame Wort, das in diesem Moment einfach jeden möglichen Ausgang vor meinem inneren Auge beflügelte. Vor allem den nicht so guten.

»Ich gehe zu ihm.«

Samira nickte mit zusammengepressten Lippen. In ihrem Gesicht war die Sorge um mich zu lesen und das machte es gerade überhaupt nicht leichter. Ich machte auf dem Absatz kehrt und ging zu der Tür, hinter der Luca lag.

So elend hatte ich ihn tatsächlich noch nicht gesehen. Er hatte eine Sauerstoffbrille auf und war völlig in sich zusammengesunken. Als ich eintrat, zuckte er erst zusammen und setzte sich dann so gerade auf, wie er es in seinem derzeitigen Zustand hinbekam. »Tessa!« Seine Stimme klang erstaunt, vielleicht sogar eine Spur entsetzt. Es war offensichtlich, dass Luca überhaupt nicht damit gerechnet hatte, dass ich tatsächlich aufkreuzen würde.

»Was machst du denn für Sachen?«, fragte ich mit einem Lächeln und versuchte, alle negativen Gefühle, die Angst, den Schmerz, all das, einfach runterzuschlucken. Ich durchquerte den Raum mit ein paar großen Schritten und setzte mich zu ihm aufs Bett. Luca rutschte zur Seite, um mir Platz zu machen, und sah mich immer noch mit großen Augen an. »Was machst du hier?«, wollte er wissen. Seine Stimme war klar, klarer, als ich es ihm zugetraut hätte, bei seinem schwachen Anblick.

Ich zog die Augenbrauen hoch. »Du wolltest, dass ich komme.«

»Warst du gerade im Krankenhaus?«, fragte er und dieses Mal kratzte seine Stimme wirklich ein wenig. Als würde er langsam die Kontrolle darüber verlieren.

Vorsichtig griff ich nach seiner Hand. In der linken hatte er keine Flexüle liegen, also umschloss ich sie mit meinen Fingern. »Nein. Ich bin von zu Hause gekommen.«

Da waren sie. Die Tränen. Sie schwappten ganz langsam in seine Augen und er zwinkerte angestrengt, um sie zu verbergen. Ich sah sie trotzdem und drückte seine Hand ein bisschen fester. »Dachtest du wirklich, dass ich einfach nicht kommen würde?« *Wie alle davor. Alle, die dich bisher im Stich gelassen haben.* Mein Magen verwandelte sich in einen einzigen großen Knoten. Natürlich hatte er das gedacht. Ich wollte Samira um den Hals fallen und sie nie wieder loslassen, weil sie mich tatsächlich angerufen hatte und mir die Gelegenheit gab, hier zu sein. Luca zu beweisen, dass nicht jeder einfach wieder ging und ihn alleine ließ.

Er drückte meine Hand zurück und sah mich dabei so herzzerreißend dankbar an, dass ich mich räuspern musste, um nicht direkt loszuheulen. »Weißt du«, sagte ich lächelnd. »Ich habe mit meiner Mutter gesprochen. Sie nimmt ja aktuell keine Pflegekinder, aber sie könnte sich vorstellen, eine Ausnahme zu machen. Gemäß dem Fall, dass ich ihr unter die Arme greife. Und dass du das wollen würdest.«

Seine Augen wurden noch eine Spur größer. »Was?«

Ich nickte und vermied den Blickkontakt, weil ich immer noch so gerührt und emotional war, dass ich Angst hatte, den Moment kaputtzumachen. »Sie hat ein kleines Haus mit Garten in Falkensee. Das ist nicht weit von hier. Ich weiß, aktuell bringt dir der Garten nichts, aber im Sommer ist es da wirklich schön. Ich war in meiner Kindheit wirklich glücklich dort.«

Und in diesem Moment, Lucas Hand in meiner, merkte ich erst wieder, dass das stimmte. Ich hatte nie viel Platz gehabt, hatte alle meine Sachen teilen müssen und oft war es unglaublich laut und anstrengend im Haus gewesen, wenn meine Mutter wieder viele Pflegekinder gehabt hatte. Aber ich hatte immer Spaß gehabt. Immer jemanden zum Reden. Jemanden zum Spielen. Jemanden, der mir bei den Hausaufgaben geholfen oder mich getröstet hatte, wenn ich traurig war. Nicht nur meine Mutter – auch meine Pflegegeschwister. Jeder Einzelne hatte etwas

Neues ins Haus gebracht, von dem ich gelernt hatte. Meine Vergangenheit hatte mich zu diesem Menschen hier gemacht, der ich jetzt war, und in diesem Moment spürte ich so viel Stolz darauf, dass ich gar nicht anders konnte, als zu lächeln.

»Meinst du das ernst?« Lucas Blick war plötzlich leer. Es war beinahe so, als würde er alles zurückhalten, alles in sich drin behalten mit der größten Anstrengung, die er gerade aufbringen konnte. Vielleicht, weil er Angst hatte, dass er mich missverstanden hatte. Dass es noch irgendetwas gab, was diese kleine, sichere Blase zum Platzen bringen würde. Wenn ich nicht schon die feste Entscheidung getroffen hätte, wäre es wahrscheinlich in diesem Moment geschehen – dass ich alles daransetzen würde, alles wiedergutzumachen.

»Ja.« Ich nahm seine Hand jetzt zwischen meine beiden und begegnete ihm mit einem festen, unerschütterlichen Blick. »Wenn du aus dem OP kommst, kümmern wir uns darum. Dass du nach deinem Krankenhausaufenthalt zu meiner Mama ziehen kannst. Ich weiß, dass du Pflegefamilien nicht vertrauen kannst, aber sie ist großartig. Ich meine – sie hat mich ja irgendwie ganz gut hingekriegt, oder?« Ich lächelte breit und auch seine Mundwinkel zuckten nach oben. »Und ich werde auch so oft da sein, wie du mich erträgst. Und Beck auch, versprochen.«

Bei dem Gedanken, ihn so fest mit meiner Zukunft zu verweben, wurde ich wieder ganz kribbelig. Ich wusste, dass er es sich nicht nehmen lassen würde, Luca zu besuchen, egal, was passierte. Da vertraute ich ihm wirklich.

»Also? Was sagst du?«

Luca musterte mich mit zuckenden Mundwinkeln. Er kämpfte immer noch gegen die Rührung an, aber als er nickte, hüpfte ihm doch die ein oder andere Träne aus den Augenwinkeln. »Okay«, sagte er nur. Kein fieser Kommentar. Kein Grummeln oder Brummen. Einfach nur okay. Und dann lächelte er mich an. Es war ein zaghaftes Lächeln, eines, das sich immer noch vor der Zukunft fürchtete und vor allem, was noch auf ihn zukam. Aber es lag auch Zuversicht darin. »Nach der OP?«, wiederholte er noch einmal. Ich wusste, worauf seine Frage hinauswollte. Was er sagen wollte. *Denkst du, dass ich das schaffe?*

Ich nickte heftig. »Ja. Direkt nach der OP. Ich werde hier warten, in Ordnung? Und nach dir sehen. Und sobald du wieder wach bist, werden wir reden und Mau spielen und du zeigst mir die Endgegner auf deinem Gameboy. Okay?«

»Okay.« Er lächelte wieder zittrig und ich konnte nicht anders, als mich nach vorn zu lehnen und ihn in den Arm zu nehmen. Es war mir egal, wie unprofessionell das war, dieser Junge brauchte jetzt eine Umarmung. Er erwiderte sie sofort und klammerte sich an mir fest. Sekundenlang verharrten wir so und ich hielt ihn nur und tat, als würde ich das leise Schniefen nicht hören.

Als ich mich von ihm löste, hatte er rote Augen. »Dir kann ich's ja sagen«, murmelte er mit einem Schmunzeln, das wahrscheinlich frech aussehen sollte. »Aber ein bisschen hab ich tatsächlich die Hosen voll.«

»Musst du nicht. Die Ärzte werden sich gut um dich kümmern.« Ich wuschelte ihm durch die Haare und er schob meine Hand mit einem Schnauben weg.

Hinter uns ging die Tür auf und es waren Samira und ihre Kollegin, die reinkamen. »Es geht jetzt los, wir sollen ihn runterbringen.«

»In Ordnung. Sagt ihr mir Bescheid, wenn alles vorbei ist?«, fragte ich, ein Zittern in der Stimme. Ich wollte mich an den optimistischen Gedanken festhalten, aber es war schwer.

Samira nickte aufmunternd und ich drehte mich noch einmal zu Luca um. »Bis nachher.«

»Wir sehen uns auf der anderen Seite«, sagte er grinsend. Ich fragte mich, ob er es mit Absicht so zweideutig klingen ließ, und verließ das Patientenzimmer, damit er nicht meinen angsterfüllten Blick und die Tränen darin sehen musste.

Ich ließ ihnen erst freien Lauf, als ich schon auf dem Gang zum Ausgang der Station war. Die Tür fiel hinter mir zu und ich schluchzte einmal auf. Martin, der immer noch im Wartebereich saß, sah auf und starrte mich an. Dann stand er langsam auf. »Alles in Ordnung?«

»Er kommt jetzt in den OP«, sagte ich und wischte mir mit der Hand übers Gesicht. »Wir werden sehen, wie es weitergeht.«

Martin nickte langsam. Sein Blick glitt zu dem Pappbecher, der auf einem der roten Plastikstühle stand und den er wahrscheinlich wirklich aus dem Automaten gezogen hatte. Der Tee darin war bestimmt kalt. Ich presste die Lippen zusammen und sah wieder zu Martin. Er hob den Blick, seufzte und fragte: »Brauchst du vielleicht … keine Ahnung, eine Umarmung?«

Er klang vollkommen unbeholfen. Aber wie er da stand und die Arme ein wenig ausbreitete, unsicher, wie er sich verhalten sollte, war tatsächlich ein wenig berührend. Ich lachte leise auf, spürte aber schon wieder die Tränen in meine Augen steigen. »Okay.«

Martin wirkte überrascht über meine Zustimmung, machte aber nach einer Sekunde einen Schritt auf mich zu und umarmte mich. Vorsichtig, als wäre ich zerbrechlich. Oder als wüsste er eigentlich gar nicht so richtig, wie Umarmungen funktionierten. Aber auch wenn es sich nicht so gut, so perfekt anfühlte wie mit Beck, war es für diesen Moment doch sehr tröstlich. Ich nahm mir diese Sekunden, um mich ein wenig zu beruhigen, wieder ein wenig Zuversicht zu tanken.

Es würde alles gut werden. Ganz sicher.

Er strich mir etwas ungeschickt durchs Haar. »Willst du reden?«, fragte er leise.

Ich schüttelte den Kopf in seinen Armen. Weder über das, was gerade war, noch über uns. Ich wollte gerade gar nicht reden. Martin brummte. Es war klar, dass er noch etwas sagen wollte, aber in diesem Moment gingen hinter uns die Aufzugtüren auf. Ich spürte, wie Martin seinen Griff um mich verstärkte.

»Tessa?«

Ich riss den Kopf hoch und starrte Beck an, der gerade aus dem Aufzug trat. Er wirkte vollkommen verwirrt und abgehetzt. Sein Blick traf erst mich, wanderte dann zu Martin und dann zu der Tür hinter uns. Ein paar Mal machte er den Mund auf und wieder zu, ohne etwas zu sagen.

So schnell ich konnte, befreite ich mich aus Martins Armen, was dieser mit einem Grummeln quittierte. Es war mir egal. Beck durfte nichts Falsches denken – wenn er das nicht eh schon tat.

Bevor ich etwas sagen konnte, fragte Beck: »Was ist mit Luca? Warst du bei ihm drin?«

Ich holte tief Luft. »Ja. Gerade eben noch. Sie fahren ihn jetzt in den OP.«

Er nickte langsam und sein Blick hüpfte noch einmal zu Martin, der ihn kühl musterte. Dann sah Beck mich an und ich konnte in seinem Gesicht überhaupt nicht lesen, was er gerade dachte. Was er gerade fühlte. »Wie geht es ihm?«

»Okay. Er ist schwach. Aber es hat kein Weg an der OP vorbeigeführt. Er kommt hoffentlich bald wieder raus, dann wissen wir mehr.« Ich sah zwischen ihm und Martin hin und her, dann setzte ich zu einer Erklärung an: »Ich war gerade in der Wohnung, um Sachen zu holen, als Samira mich angerufen hat. Martin hat mich zum Krankenhaus begleitet, weil er sich Sorgen gemacht hat.«

In Becks Blick leuchtete Verständnis auf. Ich wusste nicht, ob das gut war, weil er Martin jetzt mit einem anderen Gesichtsausdruck musterte, als er erfahren hatte, WER er war.

Martin machte die Situation leider nicht besser. Er räusperte sich, ganz Geschäftsmann, und sagte: »Tessa und ich haben gerade geredet. Es wäre nett, wenn du uns noch einen Moment alleine lassen würdest.«

Becks Augenbrauen zuckten. In dem Moment, in dem ich zu Martin herumfuhr und ihn böse anfunkelte, sagte er: »Das habe ich gesehen. Und keine Sorge, ich bin sofort wieder weg. Ich wollte nur nach Luca sehen. Aber wenn er eh im OP ist, kann ich auch zum RTW zurück.« Er sah mich an, wieder so undurchsichtig, dann wandte er sich in Richtung Aufzug.

»Beck!«, wollte ich ihn aufhalten, aber er hob nur die Hand. »Sag mir Bescheid, wenn Luca aus dem OP kommt.«

Und weg war er.

Frustriert ließ ich ein Stöhnen hören und drehte mich zu Martin um. »Musste das sein?«

Er sah mich düster an. »War er das?«

Als ich nicht antwortete, sondern nur genervt seinen Blick erwiderte, hakte er nach: »Kann er wirklich mit mir mithalten?«

»Beck muss in gar nichts mit dir mithalten. Das braucht er nicht.« Ich ließ mich auf einen der Stühle sinken, kraftlos und frustriert. Ich wollte davon nichts mehr hören. Und es frustrierte mich, dass er das Thema nicht auch einfach fallen lassen konnte. Zumindest für den Moment. Er sah doch, dass das gerade nicht wichtig war. Und dass Beck uns so gesehen hatte, so innig, machte mir auch Sorgen. Hoffentlich dachte er sich nichts dabei. Hoffentlich hatte ich Gelegenheit, ihm das zu erklären.

Martin wollte etwas sagen, das war ihm anzusehen. Und auch, dass er wütend war und dass eine Diskussion auf mich zukam.

»Nicht«, sagte ich bittend. »Wir können gern noch einmal reden, aber nicht jetzt. Und im Grunde ist alles gesagt. Du bedeutest mir noch viel, weil wir viele Jahre miteinander verbracht haben. Ich will nicht, dass wir im Bösen auseinandergehen. Aber wir werden in jedem Fall auseinandergehen. Die Trennung war die richtige Entscheidung und davon werde ich nicht abweichen. Egal, was du sagst. Tut mir leid, Martin, wirklich.«

Er starrte mich eine ganze Weile einfach nur an, eine Mischung aus Entsetzen und Wut im Gesicht. Ich rechnete damit, dass er irgendwie heftig reagieren würde, aber er tat es nicht. Er starrte und irgendwann wandte er sich einfach wortlos ab und ging.

Und dann war ich vollkommen allein im Wartezimmer vor der Station.

Kapitel 31

Die Zeit schien überhaupt nicht zu vergehen. Vielleicht lag es auch daran, dass in meinem Kopf ein absolutes Gedankenchaos herrschte, das ich einfach nicht zum Schweigen bringen konnte. Es machte mich verrückt. Ich konnte nicht still sitzen, aber immer, wenn ich aufstand, wurde ich vom Hin-und-her-Laufen noch nervöser. Der Blick auf mein Handy machte es nicht besser. Das erste Mal seit Tagen blieb es einfach vollkommen still. Und auch wenn ich mir das gewünscht hatte, diese Ruhe, kam sie mir jetzt ungelegen. Ich fragte mich, ob ich Beck schreiben sollte, aber ich wusste auch, dass er bei der Arbeit war und wahrscheinlich auch einen klaren Kopf brauchte. Er machte sich Sorgen um Luca, das wusste ich. Sorgen um mich, womöglich Gedanken über die kurze Begegnung mit Martin, vielleicht sogar eine Diskussion mit mir.

Ich fühlte mich hin- und hergerissen, ob ich die Situation aufklären könnte mit einer Nachricht oder ob ich lieber warten sollte, bis er zurückkam, damit wir uns nicht in Missverständnissen über Text verstrickten. Er war nicht der Typ, der sich irgendetwas dachte und es dann nicht ansprach und einfach aus meinem Leben verschwand. Dessen war ich mir sicher. Und weil ich keine Ahnung hatte, wie ich es formulieren sollte, damit es nicht falsch ankam, ließ ich das Handy zum sicher fünften Mal in meine Hosentasche sinken.

Es war etwa eine Stunde vergangen, als sich die Stationstür öffnete und Samira ihren Kopf herausstreckte. Ich zuckte unwillkürlich zusammen und sprang von meinem Stuhl, aber sie hob sofort abwehrend die Hände. »Ganz ruhig. Er ist noch nicht aus dem OP, anscheinend zieht das Ganze sich etwas. Ich wollte nur mal schauen, ob du noch da bist und ob du irgendwas brauchst.«

»Klar bin ich noch da.« Ich ließ mich wieder kraftlos auf den Stuhl zurückfallen und spürte die unglaubliche Welle der Erschöpfung über meinem Kopf zusammenschlagen. Nicht nur körperlich, sondern auch emotional. Es war so viel passiert in letzter Zeit, dass ich mich selbst wunderte, warum ich noch nicht zusammengebrochen und in einen Winterschlaf gefallen war.

Samira musterte mich einen Moment lang, dann ließ sie die Stationstür hinter sich zufallen und setzte sich auf einen der roten Plastikstühle. Ihr wanderte ein Schmunzeln ins Gesicht, als sie sich in dem Wartebereich umsah. »Ich habe gerade ein Déjà-vu, aber andersrum«, sagte sie.

Ich blickte überrascht auf und realisierte nach einer Sekunde, was sie meinte. Meine Mundwinkel zuckten nach oben. »Du warst es letztes Mal, die nachts vor meiner Station saß. Und ich kann mich noch ziemlich gut daran erinnern, dass Louis bei dir saß.«

Sie grinste und es wirkte wirklich eine Spur verlegen. »Ja. Es fühlt sich an, als wäre das wahnsinnig lange her.«

Ein paar Monate nur. Aber ich wusste, was sie meinte. Ich fühlte mich ähnlich. Dieses Leben, das ich damals geführt hatte, war so weit weg, dass ich es mir kaum noch vorstellen konnte. Zu dieser Zeit hatte ich noch mit Martin zusammengelebt. In dieser übergroßen Wohnung. Hatte mir gewünscht, die Station wechseln zu können. Meine größte Sorge war das Studium gewesen und in welchem Büro der oberen Krankenhausetage ich danach einen Platz finden konnte. Ich war damals eine andere gewesen als jetzt. Und ich hatte Beck nicht gekannt. Obwohl mein Leben so voll gewesen war, kam es mir plötzlich so leer vor. Als wäre mein Leben die ganze Zeit auf Stand-by gewesen und als hätte jemand in dem Moment, an dem ich mich umgedreht und Beck mit Luca auf Station gesehen hatte, auf Play gedrückt.

Und jetzt war es eher so, als wären die letzten Wochen auf Schnellwiedergabe gestellt gewesen. Alles war wie ein Film an mir vorbeigezogen, ohne dass ich einen Moment hatte durchatmen können.

»Beck war hier«, sagte ich und wusste gar nicht, warum mir gerade das über die Lippen gekommen war.

Samira zog die Augenbrauen nach oben. »Tatsächlich? Hat er kurz Pause gemacht, um nach dir und Luca zu sehen?«

Ich nickte langsam. »Ja, sah so aus. Er kam gerade aus dem Aufzug, als Martin mich umarmt hat, um mich zu trösten.«

»Oh.« Ihre Augen wurden eine Spur größer, aber nur eine Sekunde später winkte sie ab. »Er wird sich bestimmt nichts dabei gedacht haben.«

Da war ich mir nicht so sicher. Seine Miene war absolut nicht zu lesen gewesen, und das, obwohl er normalerweise ein offenes Buch war. Allerdings war er eigentlich auch jemand, der keine Probleme hatte, seine Gefühle auszusprechen. Unsicher sah ich Samira an und sie beantwortete es mit einem Lächeln. »Wenn du dir Gedanken darüber machst, warum schickst du ihm nicht einfach eine Nachricht? Ich bin sicher, dass er sich zurückmeldet, sobald er etwas Zeit dafür hat.«

Ich zuckte mit den Schultern und sah auf das Display runter. Ich hatte gar nicht mitbekommen, dass ich mein Handy wieder in die Hand genommen hatte. Oder dass mein Daumen über der Kontaktliste schwebte, bereit, nach Becks Namen zu suchen. »Ich habe Angst, etwas Falsches zu sagen und das alles zwischen uns kaputtzumachen.« Mit einem frustrierten Schnauben sah ich sie wieder an. »Ist das zu glauben? Ich mache mir Sorgen um so etwas Dummes. Bei Martin hatte ich diese Gedanken nie. Auch am Anfang nicht. Ich konnte mich einfach treiben lassen. Aber das hier, das mit Beck, das ist …« Ich stockte und schüttelte den Kopf, weil ich nicht wusste, wie ich den Satz beenden sollte.

Samira im Gegensatz schon. »Beck ist dir wichtig. Vielleicht ist er *ES.*«

Ich presste die Lippen zusammen. »Wir kennen uns gerade mal ein paar Wochen. Zusammen sind wir erst seit wirklich Kurzem. Woher soll ich denn bitte jetzt schon wissen, ob das mit ihm das Richtige ist?«

»Vielleicht, weil es sich so anfühlt? So anders und richtig und perfekt?« Sie grinste, weil ich wohl ein etwas entsetztes, ertapptes Gesicht aufgesetzt hatte. »Manchmal weiß man eben schon sehr früh, dass es passt. Das ist nichts Ungewöhnliches. Ich wusste das mit Louis auch, ich habe mich nur ein bisschen länger dagegen gewehrt, weil ich Angst davor hatte. So wie du vielleicht im Moment.«

Nachdenklich ließ ich meinen Blick über die Plastikstühle wandern. Ja, ich machte mir Sorgen. Und ja, vielleicht hatte ich sogar Angst. Es fiel mir gar nicht mehr so schwer, das vor mir selbst zuzugeben in diesem Moment.

»Schreib ihm.« Sami klopfte mir aufmunternd auf die Schultern. »Und wenn es nur ist, um zu fragen, wann er wiederkommt.«

»Vielleicht hat er gar nicht vor wiederzukommen. Er hat Spätdienst, wahrscheinlich ist er danach vollkommen fertig und will nur noch nach Hause«, vermutete ich, auch wenn ich natürlich das Gegenteil hoffte. Ich wollte, dass er wiederkam. Dass er mir beistand und ich ihm beistehen konnte.

Sami schien das wohl ähnlich zu sehen, denn sie verdrehte sofort die Augen. »Sicher«, gab sie sarkastisch zurück. »Er lässt dich bestimmt hier allein sitzen, während es dir schlecht geht. Und während es Luca schlecht geht.«

»Vielleicht denkt er, dass Martin noch hier ist.« Mein Magen fing sofort an, schmerzhaft vor sich hin zu grummeln, als ich nur daran dachte. An seinen ausdruckslosen Blick, wie er aus dem Aufzug gekommen war.

Sie winkte unwirsch ab. »Es ist Beck. Er würde nie seine eigenen Befindlichkeiten und Gefühle über das stellen, was wichtig ist. Du und Luca. Daran wird sich immer noch nichts geändert haben.«

Das Grummeln verstummte und machte etwas anderem Platz. Einer unheimlichen Wärme, die mich durchflutete. Einem unheimlichen Hochgefühl, weil ich wusste, dass Sami recht hatte. So ein Mann war Beck. Das war schließlich der Grund, warum ich mich …

»Was?« Sami sah ein wenig alarmbereit aus, als sie sich etwas in ihrem Stuhl aufsetzte. »Warum schaust du so?«

Entsetzt? Erschrocken? Ängstlich? Der Gedanke, der mir gerade gekommen war, hatte mich bis ins Mark getroffen. »Verdammt«, entfuhr es mir, zusammen mit einem trockenen Lachen. »Ich bin verliebt in ihn. Ist das zu glauben?«

»Es ist nicht zu glauben, dass dir das jetzt erst klar wird.« Sami lachte und dann sah sie plötzlich auf und ihre Augen weiteten sich. Ich hatte noch nicht mal die Chance, mich umzudrehen und zu sehen, was sie erschreckt hatte, da klang schon eine dunkle Stimme hinter mir: »Sehe ich genauso.«

Mir blieb beinahe das Herz stehen. *Warum kam er gerade jetzt? Warum war es genau das, was er hörte?* Mir gingen schon wieder so viele Gedanken durch den Kopf, dass mir schwindlig wurde. Aber einer herrschte vor: Das war zu früh. Das würde ihn abschrecken.

»Gerade in dieser Sekunde ist meine Pause zu Ende«, flötete Samira und sprang auf. Ich sah ihr nur kurz nach, wie sie in Richtung Stationstür spazierte, dann drehte ich mich über die Schulter zu Beck um.

Er stand an der Tür, die ins Treppenhaus führte. Ich fragte mich, warum er nicht den Aufzug genommen hatte, dann hätte ich ihn wenigstens kommen gehört und wäre nicht mit meinen Gefühlen rausgeplatzt. Vor allem nicht, kurz nachdem er mich so mit Martin gesehen hatte. Becks Blick war wieder schwer zu deuten, aber es herrschte offensichtlich wieder ein Sturm in seinem Inneren. Was waren das nur für Gefühle, die da in seinen Augen tanzten? War Wut dabei?

Langsam erhob ich mich aus meinem Stuhl, während er auf mich zukam. Überlegte, was ich sagen sollte, wie ich es sagen sollte.

»Beck«, begann ich, aber da war er schon bei mir, nahm mein Gesicht zwischen seine Hände und küsste mich. Es war ein warmer Kuss. Unendlich zart. Seine Finger berührten mich eigentlich kaum, aber ich spürte sie trotzdem überdeutlich auf meiner Haut. Spürte die Hitze, die sie in mir auslösten, die Wärme und seltsamerweise das leichte Brennen in meinen Augen, als würde ich jeden Moment anfangen zu weinen. Was war nur los mit dir.

Als er sich von mir löste, brachte er nicht viele Zentimeter zwischen uns. Nur genug, um mich ansehen zu können. Er lächelte, während er mein Gesicht betrachtete, und ich spürte eine Welle der Erleichterung durch mich durchrollen. »Hey«, sagte er sanft. »Geht es dir gut?«

»Ja.« Ich konnte nichts dagegen tun, dass etwas Irritation in mir aufstieg. »Bist du nicht wütend?«

Seine Augenbrauen zuckten nach oben. »Warum sollte ich wütend sein?«

Er wirkte wirklich, als würde er die Frage ernst meinen. Plötzlich kam ich mir fast ein bisschen blöd vor, aber ich versuchte trotzdem, mich zu erklären: »Als du hochkamst, hast du mich mit Martin gesehen. Unsere … Umarmung. Ich hatte Angst, dass du vielleicht etwas Falsches denkst.«

Beck betrachtete mich einen Moment lang. Dann zuckte er mit den Schultern. »Ich war überrascht, das muss ich zugeben. Der Grund, warum ich direkt wieder abgehauen bin, warst aber nicht du oder was ich da zwischen euch vermutet hätte.« Seine Mundwinkel zuckten. »Dein Ex hat mich sehr feindselig angesehen. Ich wollte nicht, dass die Lage irgendwie eskaliert und ich hatte das Gefühl, dass sie das würde, wenn ich länger bleibe.«

Ich presste die Lippen zusammen und genoss das Gefühl seiner Hände, die noch an meinen Wangen lagen. »Da hast du wahrscheinlich leider recht.«

Er lächelte wieder und meine Wangen kribbelten beim Anblick seiner Grübchen. »Ich liebe die«, sagte ich, ohne nachzudenken.

Ein Funkeln trat in Becks Augen. »Was?«

»Deine Grübchen. Sie sind … niedlich.«

»Niedlich.« Er zog wieder die Augenbrauen hoch. »Dinge, die ein Mann gerne hört. Aber ich nehme das Kompliment trotzdem, danke.«

Sein Blick zuckte ganz kurz hinter mich, zu der Tür der Kinderpalliativ, dann sah er mich wieder ernst an. »Noch nichts Neues von Luca?«

»Leider nicht. Sami meinte, dass es wohl etwas dauern könnte.«

»Dann sollten wir uns auf eine längere Nacht einstellen. Komm, ich hab da eine gute Idee für.«

Er ließ mein Gesicht los, nur um danach meine Hand zu nehmen und mich sanft mit sich zu ziehen. Trotz der Angst, die ich immer noch um Luca hatte, fühlte ich mich sofort um einiges leichter.

Wir fuhren mit dem Aufzug nach unten und spazierten langsam durch das beinahe leere Krankenhaus. Ein paar Kollegen liefen noch durch die Gänge und wenige Besucher, die sich offensichtlich gerade auf den Heimweg machten. Ansonsten hatte sich eine angenehme Stille über das Sankt Alex gelegt. Und die Tatsache, dass wir einfach Händchen haltend durch die Flure liefen, fühlte sich verdammt gut an.

Beck führte mich ins Mittelgebäude, wo wir die Treppe zur Cafeteria nach oben liefen. Ich hatte den großen Raum noch nie nach dem Schluss gesehen und es war ein seltsam aufregendes Gefühl einzutreten. Es fühlte sich ein bisschen verboten an, auch wenn Beck den Code für die Tür gehabt hatte. Allerdings bekam ich einen leichten Herzstolperer, als Beck plötzlich über den Tresen sprang. »Was machst du da?«, fragte ich erschrocken und sah mich um, als würde ich jeden Moment die Security-Typen reinstürzen sehen.

»Keine Panik.« Er grinste frech und das war das erste Mal, dass ich diese Seite an ihm kennenlernte. Diesen kleinen … Schurken. Und ich musste zugeben, dass ich es ganz schön sexy fand. Und dass ich auch ein wenig beeindruckt war, als er ganz selbstbewusst den Code des Kaffeeautomaten dahinter eingab. Es war eins dieser unendlich teuren Dinger und genauso preisintensiv waren auch die Kaffees, die man daraus bekam.

»Was willst du?«, fragte er, ganz Barista.

Ich lehnte mich lächelnd auf den Tresen. »Einen Karamellmacchiato, bitte. Ich brauche dringend Zucker.«

Er nickte, beinahe bedächtig, und machte sich an den Kaffee.

Ich betrachtete seinen Rücken und verschränkte meine Hände ineinander. »Machst du dir Sorgen wegen Luca?« Es war so still um uns herum, dass meine Gedanken wieder laut wurden. Unglaublich laut. Ich konnte den Moment nicht genießen, die Zweisamkeit zwischen uns, solange ich nicht wusste, wie es Luca ging. Und ich musste wissen, dass es Beck auch so ging.

Sein Rücken spannte sich etwas an. Es dauerte ein paar Sekunden, bis er antwortete: »Ja. Ich werde fast verrückt.« Langsam wandte er sich zu mir um und stellte den Kaffee vor mir ab, bevor er sich ebenfalls an den Tresen lehnte. Seine Finger berührten meine, als würde er auch nach Halt suchen, und ich gab ihn ihm, verschränkte meine mit seinen.

Beck seufzte. »Ich kenne Luca seit einigen Jahren. Fast schon so lange, wie ich als Betreuer hier im Sankt Alex arbeite. Das ist was Besonderes. Und ich habe wirklich Angst um ihn. Er ist ein lieber Junge und er verdient ein schönes Leben, vor allem nach allem, was er durchgemacht hat. Ich wünsche es ihm so.« Er schien zu gerührt, um weiterzusprechen, und ich drückte seine Hand. Um ihm zu zeigen, dass es mir genauso ging. Und dass wir füreinander da sein konnten.

Er erwiderte den Druck und als er mich wieder ansah, leuchteten seine Augen erneut. »Luca ist der Grund, warum ich von Anfang an wusste, dass du etwas Besonderes bist. So wie du mit ihm gesprochen hast, wie du mit ihm umgegangen bist. Und wie schnell er Vertrauen zu dir gefasst hat.«

Verlegen sah ich auf unsere Hände runter. »Zu dir hat er auch sehr viel Vertrauen. Mehr noch als zu mir.«

»Ich kenne Luca seit Jahren«, wiederholte Beck lächelnd. »Du seit ein paar Wochen. So schnell ging es bei uns beiden nicht. Eigentlich war das ein ganz schöner Kampf mit ihm am Anfang. Aber dir fiel es anscheinend ganz leicht.«

Ich zuckte mit den Schultern. »Ich kenne Jungs wie ihn. Die von der Welt alleine gelassen wurden. Sie wollen in der Regel nicht bemitleidet werden, sondern respektiert. Gesehen.« Ein Kribbeln breitete sich in mir aus, das von seinem Blick rührte. So warm. So liebevoll. Aber die Angst herrschte vor. »Ihm darf nichts passieren.«

»Ihm wird nichts passieren«, sagte Beck mit einer Sicherheit, dass ich ihm glaubte. Zumindest für einen Moment.

Wir tranken unsere Kaffees aus, aber jetzt ließen wir die Stille um uns zu. Und weil wir beide von nervöser Energie angefüllt waren, hielten wir es nicht mehr lange danach aus, in der Cafeteria zu bleiben, und machten uns auf den Rückweg.

Mit jedem Schritt, den wir der Station näher kamen, fühlte ich mich schwerer. Ängstlicher. Unsicherer. Auch wenn Beck mir versichert hatte, dass alles gut werden würde. Auch wenn ich eben noch die Zuversicht gespürt hatte.

Und dann teilten sich die Aufzugtüren vor uns und ich sah

Samira vor der Station stehen. Sie hatte auf uns gewartet und sah uns jetzt entgegen.

Ich machte einen Schritt und in meinem Kopf breitete sich Schwindel aus.

»Die OP ist vorbei«, sagte Samira langsam. Bedacht. Sie ließ die Hände sinken und es war, als würden ihre Bewegungen plötzlich in Zeitlupe ablaufen.

Und ihre nächsten Worte gingen in einem weißen Rauschen unter.

Kapitel 32

Die Decke kam näher.

Je länger ich den Kopf leicht in den Nacken gelegt hatte und nach oben starrte, desto sicherer war ich mir. Die graue Raufasertapete wurde vor meinen Augen dunkler, klarer, ich konnte immer mehr Details sehen. Und diesmal war ich mir sicher, dass es nicht an den Kerzen lag oder an den Menschen, die sich in der kleinen Kapelle im Sankt Alex versammelt hatten. Eigentlich waren gar nicht so viele Leute hier – ich konnte nur zwei Schwestern sehen, die im hinteren Bereich des Raumes saßen, eine blickte auf ihre Hände, eine mit verschränkten Armen nach vorn, wo Malik stand und Kerzen anzündete. In der Ecke neben der Tür stand eine Gruppe Ärzte und Assistenzärzte. Und ansonsten waren nur noch Natascha und Beck hier, die links und rechts neben mir saßen. Wie zwei Säulen, an denen ich mich festhalten konnte. Die mich stützten, damit ich nicht zusammensackte.

Ich fühlte mich so unendlich müde und erschöpft, dass ich kaum die Augen aufhalten konnte. Das lag nicht nur daran, dass ich die letzten Nächte kaum geschlafen hatte. Oder daran, dass meine Gedanken schon wieder Achterbahn fuhren.

Malik zündete gerade die letzte Kerze an. Seine Stimme drang gar nicht richtig zu mir durch, ich sah nur, wie sich seine Lippen bewegten, als er den letzten Namen sagte. Drei Namen. Es waren nicht so viele wie sonst. Wir sollten froh sein, dass es so war. Aber es fühlte sich nicht so an. Und die Taubheit in meinen Gliedern wollte auch nicht verschwinden. Im Gegenteil, sie breitete sich noch ein wenig aus, während ich die brennenden Dochte vor mir betrachtete.

Nataschas kühle Hand legte sich auf meinen Arm und holte mich ein Stück weit in die Realität zurück. Als ich aufblickte, lächelte sie aufmunternd. Sie sah fast genauso fertig aus wie ich. Was wohl kein Wunder war, wenn sie beinahe am Ende eines 24-Stunden-Dienstes war. Ein paar Stunden, dann konnte sie nach Hause gehen. Zu ihrer Familie, um Weihnachten zu feiern. »Es ist nicht deine Schuld«, sagte sie und ihre leise Stimme klang beinahe ein wenig beschwörend. »Das weißt du, oder? Du hast alles richtig gemacht.«

Mein Atem fühlte sich komisch an. Ein wenig stockend vielleicht. Aber ich wusste, dass Natascha recht hatte. Auch wenn ich mich schrecklich fühlte und ausgelaugt und ein wenig besiegt. Aber ich hatte nichts falsch gemacht. Es war einfach nicht mehr zu ändern gewesen.

Malik hob den Blick und er schien mich eine ganze Weile festzuhalten, bevor er den Blick über den Raum schweifen ließ. »Es ist immer schwer, einen Patienten zu verlieren. Ganz besonders, wenn man lange für ihn gesorgt hat. Wenn man ihn lange kannte, lange Zeit alles versucht hat, ihm zu helfen – und dann hatte das Schicksal doch andere Pläne. Es ist nie leicht, aber ganz besonders nicht an Weihnachten. Ihr wisst, dass für alle, die es brauchen, der Seelsorger immer bereitsteht. Und dass ihr mit vielen Leuten reden könnt …«

Er sprach noch weiter, aber ich hörte gar nicht mehr zu, weil Beck seine Hand in meine schob. Ich lehnte mich ein wenig zu ihm hin und er gab mir einen sanften Kuss auf den Kopf. »Wie geht es dir?«, murmelte er in meine Haare, wahrscheinlich, um Malik nicht zu unterbrechen in seiner Rede.

Ich brauchte einen Moment, um darauf zu antworten, weil ich mir selbst nicht sicher war, wie es mir ging. In den letzten Tagen hatte ich mich viel mit Arbeit abgelenkt und die restliche Zeit nie allein verbracht. Kein Augenblick für zu viele Gedanken. »Es geht«, gab ich dann zu und blickte zu ihm auf. Beck betrachtete mich kurz und wischte mir eine Haarsträhne aus dem Gesicht. Ich spürte Wärme und Dankbarkeit in mir aufsteigen und tatsächlich taute irgendetwas in meiner Magengegend dabei langsam auf.

Die Gedenkstunde war vorbei und als die anderen Leute sich erhoben, taten wir es auch. Ich folgte Beck, meine Hand noch in seiner, und ließ mich dankbar von ihm zur Tür führen. Ich war zu müde. Zu erschöpft. Aber immerhin hatte ich das Gefühl, dass mit der Gedenkstunde eine Last von mir abgefallen war. Ich hatte Angst davor gehabt, die letzten Tage. Hatte immer wieder daran denken müssen, wie es werden würde, wie ich mich fühlen würde.

Und jetzt war es vorbei und ich war irgendwie erleichtert. Es war nicht so schlimm, so niederschmetternd gewesen, wie ich befürchtet hatte.

Malik stand in der Tür und sprach mit einem der Ärzte, die im hinteren Bereich der Kapelle gestanden hatten. Als er uns auf ihn zukommen sah, verabschiedete er sich und wandte sich uns mit einem Lächeln zu. »Schön, dass ihr gekommen seid«, sagte er mit sanfter Stimme. Er nickte Beck zu, Natascha und dann mir. »Vor allem, wenn ihr eigentlich schon im Weihnachtsurlaub seid und die letzten Tage nichts anderes gemacht habt, als euch auf Station in Arbeit zu ertränken.«

»Das geht dann wohl an dich, Tessa«, sagte Natascha mit einem breiten Grinsen. »Ich muss zurück auf Station und irgendwie meine letzten zwei Stunden überleben, bevor ich auch endlich ins frei kann. Schöne Weihnachten euch.« Sie lächelte mich noch einmal besonders breit an. »Wir hören voneinander, ja?« Kurz kniff sie mich noch freundlich in den Arm, bevor sie abzog und in Richtung der Aufzüge davontrottete. Ich hoffte wirklich, dass sie die restliche Zeit gut überstand – und dass sie mit der Bahn hier war.

Ich spürte, dass die anderen mich ansahen, und wandte mich

mit zusammengepressten Lippen wieder an Malik, um mich dem zu stellen, was jetzt kam. »Du siehst furchtbar aus«, sagte er, immer noch mit einem Lächeln.

»Danke, es tut immer wieder gut, das zu hören.«

»Tut mir leid. Aber du weißt, dass das wahr ist. Ich hoffe, du kannst deine Urlaubstage nutzen, um dich zu erholen. WIRKLICH zu erholen. Wenn ich auch nur eine Nachricht von dir kriege, die sich nach der Arbeit erkundigt, blockiere ich dich und hänge unten ein Fahndungsbild auf, damit du nicht mehr in die Klinik gelassen wirst.« Er drehte sich mit vor der Brust verschränkten Armen zu Beck um. »Du wirst sicher dafür sorgen, dass sie sich entspannt, oder?«

Beck straffte seine Haltung, als wäre er ein Soldat. »Darauf kannst du dich verlassen.« Er lächelte und legte einen Arm um mich. »Ich werde dafür sorgen, dass sie sich entspannt.«

Ich versuchte, ihm einen finsteren Blick zuzuwerfen, aber das war gar nicht so einfach, wenn er mich mit so einem warmen Lächeln musterte. Und sein Arm um meine Hüfte sich so gut anfühlte.

»Sehr gut. Ich wusste, ich kann mich auf dich verlassen.« Malik boxte mir sanft gegen die Schulter. »Wir sehen uns im neuen Jahr.«

Ich nickte und ließ mich von Beck nach draußen ziehen. Es war auf dem Gang viel heller als in der Kapelle und ich musste einen Moment meine Augen zusammenkneifen. Als ich sie wieder öffnete, fielen mir sofort die Schneeflocken hinter der verglasten Wand des Sankt Alex auf, die langsam zu Boden trudelten. »Es schneit.«

»Ja.« Beck blickte ebenfalls nach draußen, ein sanftes Lächeln auf den Lippen. »An Heiligabend. Ein gutes Timing.«

Ich drehte mich zu ihm und legte eine Hand auf seine Brust. Sein Herz ging langsam, beruhigend unter meinen Fingern. »Wollen wir los?«

Er nickte. Und dann gingen wir Hand in Hand zum Mittelgebäude und raus auf den Platz vor dem Sankt Alex. Wir redeten kein Wort, sondern schwiegen in stiller Übereinkunft, als wir uns auf den Weg zum Parkplatz machten. Die Gedenkstunde hing uns beiden noch nach, das spürte ich. Beck war auch belastet davon, selbst wenn er es nicht so offenkundig zeigte wie ich. Aber ich war zu müde, um mir Mühe zu geben.

»Soll ich fahren?«, fragte Beck, als wir bei meinem Wagen angekommen waren. Ich nickte nur und warf ihm den Schlüssel rüber. Er zwinkerte, als er ihn auffing, und das brachte mich ein wenig zum Lachen.

Wir fuhren vom Parkplatz und dann aus Berlin heraus. Erst als rechts und links die Schrebergärten auftauchten, sah Beck kurz zu mir und legte dann seine freie Hand auf mein Bein. »Willst du vielleicht darüber reden?«

Ich seufzte, den Blick aus dem Fenster gerichtet. »Ich fühle mich besser als vorher.«

»Das ist gut.«

Langsam nickend wandte ich mich ihm zu. Ich legte die Hand auf seine und streichelte sie sanft. »Für dich war es auch schwer, oder? Du warst als Betreuer auch für Matilda zuständig. Du hast viel Zeit mit ihr verbracht – vielleicht sogar noch mehr als ich.«

»Das bezweifle ich. Die letzten Tage auf der Palliativstation hast du sehr oft nach ihr gesehen. Dabei war sie kaum noch ansprechbar.«

Ja. Das war schließlich der Grund, warum ich nicht das Gefühl hatte, dass ich mehr hätte tun können. Matilda hatte bereits seit Wochen immer mehr abgebaut. Als wir sie letzte Woche auf die Station von Sami hatten verlegen lassen müssen, hatte sich das ein wenig wie Aufgeben angefühlt. Und nach der ganzen Zeit hatte sich das für mich schrecklich angefühlt. Wie sehr erst für ihre Eltern, konnte ich mir gar nicht vorstellen. Wollte ich wahrscheinlich auch gar nicht. Sie hatten es nicht einmal geschafft, zur Gedenkstunde zu kommen. Ich konnte es verstehen.

»Weißt du …« Ich sah wieder nach vorn, auf die Straße, und beobachtete die Schneeflocken, die zu Boden trieben. »Ich dachte eigentlich, ich hätte mich entschieden. Für die Onkologie. Aber vielleicht war es doch nicht das Richtige. Vielleicht bin ich einfach ungeeignet dafür.«

Beck lachte leise neben mir und der Griff an meinem Bein wurde etwas fester. »Weil du dich um deine Patienten kümmerst?«

»Nein, weil es mich so sehr betrübt. Weil ich mich nicht davon losmachen kann.« Stöhnend legte ich den Kopf in den Nacken. »Das sollte doch einfacher sein, oder? Sich abzugrenzen? Wirklich Feierabend zu machen?«

»Für manche ja. Für manche ist es schwer.« Beck nickte gedankenversunken. »Und manchmal ist es auch noch mal von Patient zu Patient unterschiedlich. Ich arbeite seit Jahren als Betreuer, aber es gibt immer wieder Fälle, über die auch ich noch viel nachdenke. Bei denen ich einfach nicht den Kopf ausschalten kann. Was ich dir aber sagen kann, ist, dass es mit den Jahren leichter wird.« Er lächelte mich breit an. »Vor allem, wenn man so gut ist in seinem Job wie du.«

Meine Mundwinkel kräuselten sich nach oben. »Du Charmeur.«

»Funktioniert es?«

»Ein wenig.« Ich lehnte mich zu ihm rüber, um ihm einen Kuss auf die Wange zu geben, dann griff ich wieder nach seiner Hand auf meinem Bein. So langsam löste sich die düstere Stimmung in mir, die Anspannung, die Müdigkeit ein wenig. Von seiner Hand aus wärmte er meinen Körper. Hielt mich fest. Und ich konnte loslassen. Mich fallen lassen.

Beck bog nach Falkensee ein und sah mich wieder kurz von der Seite an. »Denkst du, deine Mutter hat wieder ihren großartigen Eiersalat gemacht?«

Ich grinste. »Das ist nicht gerade eine Weihnachtstradition, zumindest war es das früher nicht. Ich war seit Jahren nicht bei meiner Mutter über die Feiertage, deshalb kann ich es nicht sagen. Aber sie weiß, dass du ihn liebst. Also wird sie bestimmt zumindest ein Schälchen für dich gemacht haben.«

Becks Augen leuchteten auf und ich musste wieder lachen. Es war schön, ihn so glücklich zu sehen. Besonders, nachdem die letzten Wochen so hart gewesen waren. Plötzlich hatte ich einen kurzen Flashback zu dem Moment, an dem Samira vor der Station auf uns gewartet hatte. Ihren Blick, als sie den Mund geöffnet und diese Worte gesagt hatte. Ein eiskalter Schauer lief über meinen Rücken und ließ mich erschaudern. Mein Grinsen war sofort wieder weg.

Wir parkten vor dem Haus meiner Mutter und Beck sah mich an. »Was ist los, Tessa?«

Mein Atem stockte wieder. Die Gefühle überrannten mich. Mein Herz raste. Bis … bis ich aus dem Fenster blickte, in den Garten meiner Mutter, auf die Terrasse vor ihrer Tür, wo Luca auf einer Holzbank saß. Mein Körper beruhigte sich fast augenblicklich.

Er war dick eingepackt und ich war sicher, dass meine Mutter ihm den dicken feuerroten Anorak aufgeschwatzt hatte. Und die farblich passende Pudelmütze auf seinem Kopf. Und Handschuhe. Er gab sich cool, als er uns entgegenblickte, aber ich kannte ihn gut. Ich sah, dass seine Augen funkelten. Dass er sich freute, uns zu sehen.

Ich lächelte breit. »Nichts«, antwortete ich Beck und stieg aus dem Auto.

»Sag ihr, dass ich das Ding nicht mehr anziehen muss«, rief Luca mir sofort entgegen, als ich durch das Gartentor trat. Beck, der mir dicht folgte, lachte. »So schlimm ist der Anorak doch gar nicht.«

»Aber du wusstest sofort, was ich meine«, brummte Luca.

Ich blieb vor ihm auf der Terrasse stehen und blickte auf ihn runter. Und er erwiderte den Blick, immer noch versucht düster, aber da funkelte etwas in seinem Gesicht. Eine Freude, die ich auch spürte. Am liebsten wäre ich ihm um den Hals gefallen und hätte ihn an mich gedrückt, aber ich wusste, dass er darauf gerade nur mit Knurren reagieren würde.

Wieder sah ich Samira vor meinem inneren Auge, hörte, wie sie sagte: »Die OP ist vorbei. Es gab ein paar Komplikationen. Luca ist auf der Intensivstation.«

Ich sah wieder, wie Beck meine Hand griff, wie wir nach unten gerannt waren und wie wir danach tagelang immer wieder dort hingekommen waren, um Luca zu besuchen. Bis er zwei Tage später aufgewacht war – und sich sein Zustand seitdem immer mehr verbessert hatte.

Und jetzt, wo er so düster zu mir hochfunkelte, spürte ich wieder die unendliche Dankbarkeit in mir aufsteigen.

»Guck nicht so, als würdest du mich gleich umarmen wollen«, brummelte Luca und wich meinem Blick aus. Da war eine Mischung aus Verlegenheit und Sehnsucht in seinem Gesicht und ich schwor mir, mir diese Umarmung heute noch zu holen. Wenn niemand hinsah und wenn er besänftigt war von dem guten Essen meiner Mutter.

Diese kam genau in diesem Moment nach draußen und strahlte uns an. »Oh, wie schön, dass ihr da seid! Kommt rein, los! Du auch, Luca. Wir hatten fünf Minuten gesagt, und jetzt sind wir schon bei sieben.« Sie stemmte die Arme in die Hüften und ich sah sofort wieder die Frau, die mich aufgezogen hatte – mich und so viele andere Pflegekinder. Ich lächelte.

Luca widersprach ihr nicht, stand auf und ging an ihr vorbei ins Innere des Hauses. Er war noch nicht zu hundert Prozent mit meiner Mutter warm geworden, aber ich wusste, dass er sie mochte. Manchmal, wenn er sich nicht beobachtet fühlte, ließ er sich sogar zu zuckenden Mundwinkeln hinab, wenn sie einen ihrer schlechten Witze riss.

Die Wärme des Hauses umfing uns und meine Mutter nahm uns sofort die Mäntel ab, um sie an einen der zu wenigen Haken zu hängen.

»Kommen die Jungs auch?«, wollte ich wissen und schnupperte in der Luft. Es roch nach kräftiger Suppe, nach Bratkartoffeln mit Gulasch … und nach Eiersalat. Grinsend sah ich zu meiner Mutter, die gerade mit dem Kopf schüttelte. »Nein, ich wollte das Risiko nicht eingehen, dass sie Luca mit irgendetwas anstecken. Sie kommen erst morgen, wenn er wieder im Krankenhaus ist.«

»Juhu«, rief Luca wenig enthusiastisch aus der Küche. Er hatte sich schon an den Tisch vor seinen Teller gesetzt und zog jetzt ein gequältes Gesicht.

»Bist du nicht froh, dass morgen endlich die nächste Chemo losgeht?«, wollte Beck wissen und ließ sich neben ihn auf die Bank fallen.

»Juhu«, wiederholte Luca und verdrehte die Augen. Beck sah mich mit hochgezogenen Augenbrauen an und ich zuckte mit den Schultern. Es war offensichtlich, dass er nervös war, aber das würde Luca wohl nicht zugeben. Also legte Beck einfach einen Arm um ihn und fuhr ihm durch die Haare. Luca wehrte sich, aber sein Mund schien viel mehr mit einem Lächeln zu kämpfen, als er es wollte.

Ich half meiner Mutter, das Essen auf den Tisch zu stellen. Wie ich es von ihr gewohnt war, hatte sie viel zu viel gekocht für vier Personen. Das stammte wohl noch aus der Zeit, in der sie für so viele Kinder gesorgt hatte. Beck schien sich auf jeden Fall zu freuen. Besonders, als sie eine große Schüssel Eiersalat vor ihn stellte. Er strahlte sie an. »Du bist die Beste, hat dir das schon mal jemand gesagt?«

»Nicht oft genug«, schmunzelte meine Mutter und holte die heiße Schokolade vom Herd. Ich freute mich, dass sie Beck mochte – er hatte es aber auch leicht gehabt, so gut, wie er mit

Luca umging. Denn meine Mutter liebte den Jungen. Sie war streng mit ihm, aber ich wusste auch, dass sie es liebte, wieder für jemanden zu sorgen. Und die beiden passten wirklich gut zusammen.

Beck wandte sich wieder zu Luca, der gerade versuchte, seine Haare zu ordnen. »Und, freust du dich, dass du Weihnachten mal außerhalb der Klinik verbringen kannst?«

»Mhm«, machte Luca, was wohl seine Art war zu sagen: *Ich bin absolut außer mir.*

Er starrte immer noch auf seinen Teller und ich fing einen Blick von meiner Mutter auf, die sofort reagierte: »Ich hol noch ein bisschen Kaminholz aus dem Schuppen. Achtet ihr auf die Brownies?« Sie zwinkerte und verschwand auf den Flur. Kurz danach konnte ich die Hintertür gehen hören.

Beck und ich sahen uns an, bevor wir uns an Luca wandten.

»Es ist okay, nervös zu sein«, sagte ich.

»Ich bin nicht nervös.«

Beck stupste Luca an. »Komm schon, sind wir nicht schon darüber hinaus?«

Wir schwiegen eine Weile, dann seufzte Luca endlich. »In Ordnung, vielleicht bin ich ein bisschen nervös.«

So schnell hätte ich fast gar nicht damit gerechnet. Ich griff über den Tisch nach seiner Hand und er ließ es geschehen, auch wenn er wieder mit den Augenbrauen zuckte. »Du schaffst das. Wir schaffen das. Denn dir ist hoffentlich klar, dass wir dich jeden Tag besuchen werden. Auch wenn wir dich schon längst zu Tode nerven.«

»Das tun wir«, stimmte Beck zu. »Und möglicherweise hat der Weihnachtsmann dir auch ein paar neue Spiele für den Gameboy gekauft.«

Luca schnaubte, wohl wegen des Kommentars mit dem Weihnachtsmann. Aber seine Augen funkelten wieder, also freute er sich zumindest über den zweiten Teil des Satzes.

»Ihr besucht mich jeden Tag?«, fragte er aber skeptisch. »Das ist echt viel.«

»Für dich oder für uns?«

Seine Mundwinkel zuckten. »Beides.«

Beck und ich lächelten uns an.

»Ich dachte eigentlich, dass schon längst klar ist, dass du uns nicht mehr loswirst. Also wirst du wohl damit leben müssen«, brummte Beck amüsiert.

Ich nickte. »Und außerdem müssen wir ja gut im Blick behalten, ob du dich schnell erholst. Wenn du dich nämlich erholt hast, wollen wir ein Wochenende mit dir ans Meer fahren.«

Er riss die Augen auf. »Ernsthaft?«

»Ernsthaft. Richtiger Kurzurlaub.« Ich wippte grinsend mit den Augenbrauen.

Luca zuckte mit den Schultern und jetzt war es offensichtlich, dass es ihm schwerfiel, ein Lächeln zu unterdrücken. Damit hatten wir ihn wohl geködert. Das warme Gefühl breitete sich wieder in mir aus, dieses Verlangen, ihn in den Arm zu nehmen. Meine Mutter würde bestimmt bald wieder da sein. Also zuckte mein Blick hoch. »Beck, hier riecht es verbrannt. Willst du vielleicht mal einen Blick auf die Brownies werfen?«

»Klar.« Ein bisschen verwirrt dreinschauend stand er von der Bank auf und ging zur Küche rüber, um in den Ofen zu schauen. Ich nutzte die Zeit schnell, um neben Luca zu rutschen und ihn zu umarmen. Er brummte protestierend. »Ich brauche keine Umarmung«, knurrte er.

»Aber ich«, gab ich lächelnd zurück und das war der Moment, in dem er stillhielt. Ganz vorsichtig seine Arme um mich legte und mich kurz drückte. Sachte, als würde er MICH für zerbrechlich halten. Dann schob er mich wieder von sich weg. »Reicht«, gab er brummend von sich, aber das Lächeln war jetzt endgültig in sein Gesicht gerutscht.

Ich setzte mich wieder auf die andere Seite des Tisches und da kamen auch Beck und meine Mutter wieder zurück.

Mein Handy vibrierte in meiner Tasche, als alle begannen, sich das Essen auf die Teller zu geben und miteinander zu schwatzen. Ich warf einen Blick darauf in der Annahme, dass es wieder eine der unzähligen Nachrichten in der Gruppe von Maya, Sami und mir war. Sie hatten schon den ganzen Morgen Bilder von Weihnachtsbäumen ausgetauscht.

Aber sie war nicht von den beiden.

Es war eine Nachricht von Nela. Ich öffnete sie mit angehaltenem Atem. Es waren nur ein paar Worte.

»Frohe Weihnachten, Tessa«, das für andere nichts Besonderes gewesen wäre. Aber für mich war es das.

»Alles okay?« Beck musterte mich von der anderen Seite des Tisches und musste wohl sehen, wie ich strahlte, denn er lächelte.

Ich hob den Kopf und blickte die Menschen um mich herum an. Meine Mutter, mit der ich mich endlich wieder versöhnt hatte. Luca, der seine OP überstanden und nun ein Teil unseres Lebens war. Und Beck. Mein wunderbarer, liebevoller Beck, der mich so unendlich glücklich machte, dass ich es manchmal immer noch nicht glauben konnte.

»Alles perfekt«, sagte ich und legte das Handy beiseite.

ENDE

Danksagung

Es ist ein bisschen unwirklich, dass »Tagmond« jetzt tatsächlich fertig ist. Ich kann mich noch gut an die Vorfreude erinnern, die Geschichte von Tessa und Beck (und Luca) zu schreiben. Und jetzt liegt das fertige Manuskript vor mir und ich bin so stolz darauf.

Die Arbeit daran fiel mir erstaunlich leicht, aber natürlich gibt es wieder eine Menge Menschen, ohne die ich es wahrscheinlich nicht (oder viel zu spät) zu Ende gebracht hätte. Allen voran wieder einmal meine Co-Working-Buddies Alex, Marie, Tami, Laura, Kyra … und so viele andere Kolleg:innen, mit denen ich das ein oder andere Mal zusammen schreiben durfte!

Danken möchte ich meinen großartigen Testleserinnen, meiner Mama natürlich und ganz besonders Meli: danke für den Hype, das schnelle Lesen und den Zuspruch (»mein kleiner Bakugou«), den Luca noch einmal auf eine ganz andere Ebene gehoben hat ;)

Danke an Hannah von Knaur, an meine Agentin Rosi und meine Lektorin Michelle, die so viel für mein Buch getan haben, auf ganz unterschiedliche Weisen – danke für euer Herzblut!

Und natürlich ein riesiges Dankeschön an alle meine Leser (ja, auch an dich!) und an die, die mir so viel Liebe und nette Worte auf Instagram schicken. Ihr könnt euch nicht vorstellen, was mir das immer bedeutet. Danke, danke, danke. ♥

Wir lesen uns hoffentlich beim nächsten Roman!

Eure Anne